Christoph Ernst

Dunkle Schatten

Akteure

Käthe Hirsch
68 Jahre alt, reist nach über fünfzig Jahren zum ersten Mal wieder nach Berlin

Maja Schäfer
29 Jahre alt, Käthes Großnichte

Caroline
Majas Berliner Freundin, die sie oft besucht

Hendrik Lehmann
wohnt in Käthes ehemaliger Berliner Wohnung

Bella Himmelfarb
Käthes Freundin in New York

Elvira und Josef Grosser
Käthes Freunde in Berlin

Mabel und Arno Wyden
reisen mit Käthe nach Berlin

Kurt Lauenstain
lebte während der Nazi-Zeit im Untergrund

Larissa Lauenstain
Kurts Tochter, die seit 1961 in Westberlin wohnt

Ulf Jenninger
Kommissar bei der Berliner Polizei

Bernhard Reidenbach
Käthes Anwalt

Prolog

Berlin Anfang der 1990er Jahre

Als ich zurück in die Wohnung komme, ist der Flur schummrig. Es riecht noch immer nach Erbrochenem. Ich gehe in Carolines Zimmer und ziehe ihr altes Meyer-Lexikon aus dem Regal. Unter „Herbstzeitlose" finden sich botanische Bilder, aber nichts über das Gift. Dafür muss man „Colchicum" nachschlagen, in Band Zwo. Dort steht, wie das toxische Alkaloid auf den menschlichen Organismus wirkt. Der Arzt hat nicht übertrieben. Schon eine geringe Dosis ist tödlich. Es beginnt mit diffusem Brennen im Hals. Stärkere Symptome treten erst nach sechs bis acht Stunden auf. Ohne Gegenmaßnahmen ist das Opfer einen Tag später nicht mehr zu retten.

Mir wird im Nachhinein ganz flau. Hätte ich wie geplant heute bei Hendrik übernachtet, wäre ich frühestens morgen Mittag zurück in der Goethestraße gewesen. Dann hatte Caroline längst im Koma gelegen. Oder wäre schon tot.

Mir ist kalt. Die Art Kälte, die einem bis in die Knochen kriecht. Der Anschlag, der meine Freundin fast das Leben gekostet hat, galt mir. Wer auch immer dahinter steckt, hatte es nicht auf Caroline abgesehen, sondern auf mich. Ich sollte seine präparierten Pralinen fressen und mir die Seele aus dem Leib kotzen. Ich, Maja, keine andere.

Nur warum hat er dann ein so langsam wirkendes Zeug benutzt und es ausgerechnet in Pralinen gepackt? Ich bin 29. Das ist nicht unbedingt das Alter, in dem Frauen sich für Cognacbohnen erwärmen. Außer sie sind liebeskrank und heißen Caroline.

Nein, das Konfekt war eigentlich gar nicht für mich gedacht, sondern für eine wesentlich Ältere, die es als reizende, kleine Aufmerksamkeit betrachtet hätte. Eine Frau wie Käthe. Natürlich. Ihr hat er die Dinger ursprünglich unterjubeln wollen. Nur so ergibt es Sinn.

Darum brauchte er auch ein Gift mit langer Latenzzeit. Das war Teil seines Plans. Vermutlich wollte er ihr die Pralinen erst kurz vor der Abreise geben, vielleicht sogar erst in Tegel, direkt vorm Einchecken. Sie hätte frühestens im Flieger davon genascht und das Zeug erst gewirkt, wenn sie schon Tausende Kilometer weit weg war. Vorzugsweise erst in New York.

Wahrscheinlich hätte sie sich anfänglich gar nichts Böses gedacht, sondern ihre Übelkeit auf den Flugzeugfraß geschoben, die Zähne zusammengebissen und abgewartet, bis es zu spät gewesen wäre.

Fraglich, ob sie es überhaupt noch ins Krankenhaus geschafft hätte. Oder ob man dort begriffen hätte, dass sie ermordet worden war. Ältere Leute erkranken nach anstrengenden Reisen gelegentlich. Einige sterben auch. Selbst wenn. Sonderlich weit wäre die New Yorker Polizei kaum gekommen. Für alles, was vor Käthes Abreise lag, hätte sie die Hilfe der Berliner Kripo benötigt, wo Typen wie Jenninger hockten, die lieber Selbstmord unterstellten und ernsthafte Ermittlungen abblockten.

Der süße Tod als Abschiedsgeschenk. So böse wie brillant. Der Täter hätte beste Aussichten gehabt, nie gefasst zu werden. Aber etwas warf seinen Plan über den Haufen. Käthe musste sofort sterben, auf der Stelle, noch hier in Berlin, brachial und ohne jede Raffinesse. Darum sind die Pralinen liegen geblieben. Bis ich auftauchte, zu viele Fragen stellte und ihm lästig wurde. Er beschloss, mich auch zu beseitigen, schnappte sich die Schachtel, orderte ein paar Rosen dazu und beauftragte Fleurop.

Elegant, nur leider nahm die Falsche die Pralinen entgegen. Caroline hat ein fatales Faible für Zartbitterschokolade und sie weiß, dass man mich damit jagen kann. Also machte sie die Schachtel auf und bediente sich. Arme Caro. Ich kann nur beten, dass die Ärzte sie retten können.

Ich bibbere wie ein kleines Mädchen. Doch es ist nicht nur die Kälte.

Wieso sollte gerade er mich töten wollen? Warum? Kann das wirklich sein? Alles in mir sperrt sich dagegen. Zugleich ahne ich, dass das meiste, was ich bis vor kurzem noch geglaubt habe, falsch ist. Im Zweifelsfall hat er mich von Anfang an hintergangen, und so rum gesehen wäre es eben nicht nur denkbar, sondern konsequent. Ich weiß es nicht. Es übersteigt meine Phantasie. Ich will so nicht denken. Aber ich habe wirklich nicht den leisesten Schimmer. Außer, dass ich aufhören muss, mich an Lügen zu klammern. Egal, wie weh die Wahrheit tut. Sonst hat er beim nächsten Mal mehr Erfolg.

Am liebsten würde ich packen und abhauen. Den ganzen Schrott hinter mir lassen. Ich hätte nie nach Berlin fahren sollen. Doch die Einsicht kommt zu spät. Jetzt muss ich es irgendwie zu Ende bringen. Schon wegen Caro. Nur wo setze ich an? Wenn ich die ganze Zeit auf Sand gebaut hab', was stimmt überhaupt noch?

Der Anrufbeantworter blinkt. Ich sollte das Ding endlich abhören. Ich hocke mich vor das Gerät und sacke mit dem Rücken gegen die Wand. Theoretisch bräuchte ich nur die Taste zu drücken, doch vorher muss ich mich innerlich sammeln.

Wie hat es angefangen? Was war der Auslöser für diesen Alptraum? Der eine entscheidende Augenblick. Gibt es den überhaupt?

Ich lege den Kopf zurück und stelle mir vor, wie Käthe vor knapp drei Wochen hier ankam, in der Stadt, aus der sie als Dreizehnjährige hat fliehen müssen.

Ihre erste Rückkehr nach fast fünfundfünfzig Jahren. Der Berliner Senat hat sie eingeladen, zusammen mit anderen älteren Herrschaften, die damals auch vor den Nazis geflüchtet sind, und deren Deutsch genauso rostig klingt wie Käthes, obwohl man noch raushört, dass es mal ihrer aller Muttersprache gewesen ist.

Sie sollen eine Woche lang Touristen spielen. In der Alt-Neu-Hauptstadt des vor drei Jahren wieder vereinten Landes. Die Nachfahren derer, die sie einst vertrieben haben, wollen ihnen zeigen, dass das neue Berlin ganz anders ist als das alte. Juden können sich dort heute wieder unbesorgt bewegen, Geld ausgeben und investieren.

Doch Käthe kommt nicht nur als Touristin. Sie will sich zurückholen, was ihr gehört.

Eine athletische Mittzwanzigerin erwartet die Gruppe am Gate: „I'd like to welcome you in the name of the visitors' program ..."

Die Frau ist blond und überragt Käthe um einen Kopf. Sie würde wunderbar in einen Riefenstahl-Film passen, denkt Käthe. Doch ansonsten unterscheidet sich die Blonde wenig von anderen jungen Frauen in New York. Außer vielleicht durch ihre etwas zu großherzig offen stehende Bluse.

Der Terminal ist ein moderner Rundbau, dessen Ausgänge auf einen Innenhof mit Parkplätzen führen. Dort wartet auch der Bus, der sie in die Hotels bringen soll. Berlin ist nicht annähernd so heiß wie Manhattan, aber ähnlich schwül. Der Himmel gleißt Weißgrau. Käthe sucht nach ihrer Sonnenbrille.

„Kennen Sie Tegel? Oder ist es das erste Mal seit damals?“

Zwischen den Worten der Blonden schimmert etwas durch, das Käthe stört. Zumal sie jetzt Deutsch spricht.

„No, I don’t know this airport.“ Käthe streift sich angestrengt über den kurz geschnittenen, weißen Schopf. „Who built it? The Americans?“

„Die Franzosen“, erklärt die Blonde. Ihr Ton kommt Käthe aufreizend nachsichtig vor.

„My German has gotten a bit rusty. It’s been almost fifty-five years, you know.“

Sie wendet sich ab. Am Taxistand lehnt ein dunkelhaariger Mann an dem Kotflügel eines Mercedes und kratzt sich im Schritt. Die Droschken sind beige und haben den schwarz-weiß karierten Streifen um die Taille abgelegt.

Es dauert, bis das Gepäck der Gruppe verstaut ist. Mabel Wyden bittet den Fahrer, ihren Koffer aufrecht hinzustellen. Ihr Mann Arno ist nirgends zu sehen und der Fahrer versteht kein Englisch. Käthe fasst sich ein Herz und übersetzt für sie. Dann besteigt sie den Bus. Durch das getönte Seitenfenster springt sie die Werbetafel der Berliner Flughafengesellschaft an. Schon sprudeln die Erinnerungen.

Im Frühjahr 1938 war das Flugfeld in Tempelhof gerade ausgebaut worden. Das hatte ihr Onkel Leo damals gezeigt. Leo war der jüngere Bruder ihrer Mutter. Einmal bei Tisch hatten er und sein Freund Herzfeld sich mit ihrem Vater über Wladimir Jabotinsky gestritten, und als ihr Vater sagte, ihn widerten jüdische Faschisten genauso an wie die Nazis, hatten sich beide erhoben und ihre Servietten neben die Teller fallen lassen. Es bräuchte sich keiner zu bemühen. Sie fänden allein hinaus.

Das war drei Tage nach ihrem elften Geburtstag gewesen. Die Nazis hatten gerade die Rassengesetze verabschiedet, in Haifa schlugen sich Araber mit Juden und die Tüte Bruchkeks am Schönhauser Tor kostete plötzlich fünf Pfennige mehr.

Jahre später, als sie bereits in New York waren, erwähnte ihr Vater, dass Leo und Herzfeld glühende Rechtszionisten gewesen seien. Da war Herzfeld, der es nie nach Palästina schaffte, längst in Lodz verhungert, und Leo, der noch in die Niederlande hatte fliehen können, schon über Westerbork nach Auschwitz deportiert. Im Spätherbst 1942 verlor sich seine Spur.

Zu der Zeit lief in den Kinos noch „Mrs. Miniver". Käthe entsinnt das Plakat mit Greer Garson, davor ihre Freundin Bella, die sich eine Chesterfield zwischen die kirschrot geschminkten Lippen steckt und verkündet, wenn ein Mädchen seine Tage bekäme, könne es auch rauchen.

Das Hotel liegt nicht weit vom Wittenbergplatz. Die beiden Wydens steigen auch dort ab. Käthe trägt ihren Koffer lieber selbst. Sie ist ihr Leben lang allein zurechtgekommen und muss nicht gleich Trinkgeld verteilen.

Das Zimmer ist so geschmacklos wie ein Raum im Sheraton. Immerhin gibt es zwei Fenster. Auf dem Tisch stehen Nelken. Daneben liegt das Programm für die nächsten Tage. Es wird sogar einen Empfang im Rathaus geben. Mit dem Bürgermeister. In der beigefügten Broschüre entdeckt sie sein Foto. Der Mann ist um die fünfzig und lächelt wie ein Musterschüler. Ähnlich glatt wie das Geschöpf mit der nachlässig geknöpften Bluse.

Einen Moment lang fragt Käthe sich, was die Eltern des Musterschülers wohl damals getrieben haben. Sie weiß, die

Frage ist müßig. Trotzdem wird sie sich sie in den nächsten Tagen ständig stellen. Bei fast jedem, der ihr hier über den Weg läuft.

Das devote „Jawohl" des Portiers etwa hat ihr gleich eine Gänsehaut beschert. Sofort hatte sie wieder den eilfertigen Pedell in der Gipsstraße vor sich, Herbst 1933, als die Ledermäntel den Religionslehrer aus der Klasse zerrten. Mitten im Unterricht. An Chanukka.

Wenigstens ist der Wasserdruck der Dusche passabel. Als sie die Bluse auszieht, bemerkt sie, dass ihre Uhr noch auf New Yorker Zeit geht. Sind es fünf oder sechs Stunden? Sie greift zum Telefon, um sich an der Rezeption zu erkundigen. Dabei streift ihr Blick den Radiowecker neben dem Bett. Sie lässt den Hörer sinken. Das deutsche Wort für „daylight saving time" ist ihr entfallen. Ihr ist so vieles entfallen. Dafür kriecht anderes wieder aus den Rumpelkammern ihres Gedächtnisses.

Das erschrockene Gesicht des Lehrers verschwimmt mit dem hageren Antlitz von Leo. Damals hatte Leo alt auf sie gewirkt. In der Rückschau? Jung. Keine fünfunddreißig. Zu jung, um im ersten großen Krieg Soldat zu werden. Anders als ihr Vater.

Käthes Vater stammte aus Galizien. Sprach er von dem Dorf, in dem er aufgewachsen war, bekamen seine Augen einen seidigen Glanz. Er erzählte von fetter, schwarzer Erde, wogenden Weizenfeldern, windgebeugten Weiden, frostklirrenden Wintern und davon, dass es nur vier Paar Schuhe für die sieben Geschwister gegeben habe.

Er hatte in Lemberg als Bäckerbursche gearbeitet, bis die Österreicher ihn zur Artillerie holten und an die Isonzo-Front schickten. Seitdem hörte er schlecht. 1919 hatten die Polen ihn gleich wieder einziehen wollen und er war nach Berlin geflohen. Dort hatte er Leos Schwester getroffen, an einem Morgen im Mai vor der Filiale der Gebrüder Weinberger in der Brunnenstraße.

Anfangs war Leos Familie alles andere als erbaut gewesen, dass ihre Tochter einen Ostjuden heiratete, aber als der Schwiegersohn dann das Geflügelgeschäft in der Dragonerstraße besaß, hatten sie ihn akzeptiert und waren an Pesach regelmäßig erschienen, um bei ihnen zu feiern.

Käthe blickt in die glänzenden Gesichter um die festlich gedeckte Tafel, hört das Stimmgeplätscher verstummen, sobald ihr Vater aus der Haggadah vorliest, sieht das Schälchen mit Salzwasser auf dem gestärkten Damast neben den polierten Kristallgläsern und wie ihre Mutter ihr lächelnd zunickt, damit sie das „Ma-nischtana“ aufsagt.

Es schneidet ihr durch die Brust.

Da ist es wieder. Das letzte Seder, bevor ihr Vater nach Amerika ging. Der Heiterkeit, die den Abend sonst begleitete, war Schwere gewichen. Der Abschied stand im Raum und mit ihm die Angst vor dem Morgen.

„Was unterscheidet diese Nacht von anderen Nächten …“

Der Exodus ins Ungewisse. Die Vergangenheit als Zukunft.

Beim Beten des „L'schana habaa“ klang ihr Großvater, der sonst einen sonoren Bass besaß, ganz heiser. Anschließend räusperte er sich, streckte die Hand aus und reichte sie ihrem Vater.

„Mazel tov, Jannek! Möge Gott dich beschützen.“

Ein paar Sekunden lang herrschte Schweigen. Vielleicht lag es daran, wie überrascht alle waren, dass der alte Preuße Hebräisch sprach. Bis ihre Mutter aufsprang und hinauslief, die Serviette vor den Mund gepresst, als habe sie heftige Zahnschmerzen.

Käthe reibt sich den Nacken. Nun, wo die Aufregung

nachlässt, spürt sie, wie es sie einholt. Der Jetlag und die Zweifel.

Neben dem Bett steht der geöffnete Koffer. Obenauf liegt Bruce Chatwins „What am I doing here". Sie hat das Buch vor allem wegen des Titels mitgenommen. Gleich wird sie den Anwalt anrufen. Anschließend will sie das Haus in Augenschein nehmen.

„Pull yourself together, girl!" Sie strafft die Schultern und geht ins Bad.

Zwanzig Minuten später verlässt sie das Hotel. Ihr Stadtplan steckt im Tagesrucksack, Geld und Pass in der Hose. Handtaschen laden bloß Diebe ein. Der Himmel ist blau. Berlin badet in der Nachmittagssonne.

Das Kaufhaus des Westens steht noch, auch der Eingang zur U-Bahn war derselbe. Sie folgt dem Tauentzien Richtung Kurfürstendamm und Zoo, vorbei an Kinos und Geschäften, die ihr nichts sagen. Auf den Treppen zum Breitscheidplatz hocken Stadtstreicher. Fünf Halbwüchsige inszenieren Kunststückchen auf Fahrrädern. Mit ihren nach hinten gedrehten Basecaps und überweiten Hosen erinnern sie sie an die puertoricanischen Halbstarken, die in Washington Heights vor dem Tryons Park auf Pappkartons Break-Dance üben.

Der Anstrich der S-Bahn ist derselbe wie früher: beige und burgunderrot. Auch die hölzernen Sitzbänke und Warnlampen gibt es noch, aber bis der Zug die Station Lehrter Straße passiert, erkennt sie nichts wieder. Dann taucht hinter der Brache des Mauerstreifens die Ruine des Reichstags auf und sie erblickt die mit Graffiti übersäten Wachtürme, Lampenmasten und das Asphaltband, auf dem bis vor kurzem noch die Grenztruppen der DDR patrouilliert hatten.

Ein Agententhriller aus den Sechzigern kommt ihr in den Sinn. Mit Richard Burton in der Hauptrolle. „Der Spion, der aus der Kälte kam". Frostige Bilder einer winterkahlen Stadt. Das Finale an der nächtlichen Mauer: Burton hat sich bereits in den Westen gerettet und wartet auf das Mädchen, das mit ihm flieht. Als sie ihm nicht folgt, kehrt er um und klettert zurück. Dann peitschen Schüsse.

Der mörderische Beton, die Wachtürme und der Stacheldraht hatten auf sie immer wie die Kopie einer Ghettomauer gewirkt, eine Art monströses Mahnmal: für Warschau, Lodz, Krakau und zahllose andere Orte. Alles schon wieder Geschichte, denkt sie. Der Kalte Krieg ist vorbei, die Mauer geschleift und an Burton erinnert nur noch die trunksüchtige Taylor.

Die S-Bahn rattert über die Spree. Der Halbmond des Bahnhofs Friedrichstraße rollt heran. Menschen drängen sich ins Abteil. Mit einem Mal ist die Luft erfüllt von Schweiß, Parfüm und der Kakophonie durcheinanderwirbelnder Satzfetzen. Doch das, was da an ihr Ohr dringt, hört sich anders an als das aseptische Deutsch der Blonden vom Besucherprogramm. Es klingt bestürzend vertraut. Nachlässig verschluckte Endungen und getragene Vokale, auf denen die Sprechenden sich auszuruhen scheinen. Der Zungenschlag ihrer Kindheit. Sie lauscht gebannt. Beinahe hätte sie ihren Halt verpasst, zumal die Station nun nicht mehr Börse heißt, sondern Hackescher Markt. Dafür ist es derselbe Bau, sogar noch derselbe Geruch.

Der Schock kommt erst draußen, als sie sieht, welchen Kahlschlag der Krieg angerichtet hat. Nur die steinernen Rechtecke, auf denen sie früher mit Mimi Elbohm durch Himmel und Hölle gehüpft war, hatten überdauert. Sie lächelt, als sie an Mimi denkt. Aber gleich darauf dröhnt ihr wieder das Stampfen genagelter Sohlen in den Ohren.

Ständig waren Braunhemden durchs Viertel gezogen. Grüßen war Juden verboten, aber wer nicht grüßte, bezog Prügel. Hörte sie Marschmusik, flüchtete sie sich in den nächstbesten Hauseingang. Damit es ihr nicht so erging wie ihrem Vater. Der war eines Abends im Januar, als er seinen Laden abschloss, von einem Trupp der HJ überfallen worden.

Als er danach zu Hause klingelte, war sie an die Wohnungstür gehüpft und hatte ihm geöffnet. Eine zerschlagene Gestalt war ihr entgegengetaumelt, Handtücher um den Kopf gewickelt, den Mantel schwarz von Blut, und ihre Mutter war aus der Küche gestürzt, weil sie so laut schrie.

Dass das Wiedersehen vieles aufwühlen würde, ist ihr klar gewesen. Doch sie hat die Wucht der Bilder unterschätzt.

Als Bella sie fragte, weshalb sie führe, hatte sie halb scherzend geantwortet, einmal wolle sie den Eltern der Mutter noch einen Stein aufs Grab legen. Woraufhin Bella, die sich die Lippen noch immer anmalte, obwohl sie das mittlerweile schüttere Haar nachfärben musste, nur den Kopf schüttelte. „There's no rush. You'll meet 'em soon enough …"

Sie fühle sich kerngesund, hatte sie erwidert. Außerdem lüden die Deutschen sie ein. Sie zahlten für Flug und Hotel.

Wie die Tickets nach Auschwitz, sagte Bella da. Die haben wir auch selbst gezahlt. Vergiss das nicht, Süße.

Die Fußgängerampel wechselt auf Grün. In der Rosenthaler Straße bröckelt Putz von den Fassaden. Dazwischen gähnen Bombenlücken. Die Neubauten, die in die Brachen geklatscht sind, sind so schäbig wie steril. Es ist warm, die

Luft mild. Trotzdem sieht sie kaum Menschen. Liebreizend ist das Viertel nie gewesen, aber hier wurde geschwitzt, gelacht, getratscht und flaniert. So still wie jetzt hat sie es nur ein einziges Mal erlebt. Sie sträubt sich dagegen, doch die Bilder flackern über ihre innere Leinwand.

Sie sieht sich am Fenster stehen und auf die silbrigen Bänder der Tramgleise starren. Bleigrau lastet der Himmel über den Dächern. Die Alte Schönhauser liegt wie ausgestorben. Seit Wochen hetzen Plakate gegen jüdische Händler. Viele, deren Läden nachts mit Hassparolen beschmiert worden sind, haben heute geschlossen. Keiner weiß, was sie vorhaben. Nur, dass die SA auf dem Tempelhofer Feld eine Kundgebung abhält. Als Auftakt für den Boykott.

Die Bürgersteige sind leer gefegt. Wer irgend kann, meidet die Straße. Außer ihrem Vater. Der erklärt morgens, er wolle sich mal umsehen. Er ergreift Hut und Mantel und geht. Mittags ist er noch nicht zurück. Sie stochern schweigend im Essen. Schließlich hält sie es nicht mehr aus, läuft ans Wohnzimmerfenster und sieht hinaus.

Mutter, die ihr eine Weile Gesellschaft leistet, sagt, das sinnlose Warten mache sie ganz verrückt. Sie bleibt, von der Gardine halb verdeckt. Minuten gerinnen zu Stunden.

Irgendwann sieht sie einen einzelnen Mann. Er kommt vom Schönhauser Tor, vielleicht aus dem „Café New York“. Oder der „Fliegerbombe“ gegenüber. Einen Moment lang glaubt sie, es sei ihr Vater. Er trägt den gleichen Hut.

Der Mann hat es eilig. Unterwegs guckt er alle paar Schritte über die Schulter. Dann erst bemerkt sie das schwarze Auto. Es kriecht wie ein übergroßes Insekt den Kantstein entlang, folgt dem Mann, holt ihn ein, bremst ab und rollt neben ihm her. Der Mann fängt an zu laufen. Das Auto lässt ihm ein wenig Vorsprung, beschleunigt, gleitet wieder auf seine Höhe. Es spielt mit ihm. Jetzt rennt der Mann. So schnell, dass seine Mantelschöße fliegen. Er verliert den Hut. Doch ihm bleibt keine Zeit ihn aufzuheben. Das Auto schwenkt aufs Trottoir, zieht scharf an ihm vorbei und keilt ihn zwischen Kotflügel und Häuserfront ein. Drei Gestalten springen heraus, packen den Mann und schubsen ihn in den Fond. Türen klappen, der Motor heult auf und der Wagen schießt zurück auf die Fahrbahn. Sekunden später hängen bloß noch blaue Abgasschwaden in der Luft. Ohne den Hut, der kopfüber auf dem Pflaster liegt, könnte man glauben, es sei nur ein böser Traum.

Ihr Vater war irgendwann wieder nach Hause gekommen. Aber am Montag in der Schule sah Mimi verheult aus. Denn die Nazis hatten wahllos jüdisch aussehende Männer verhaftet und alle ohne Pass nach Polen abgeschoben. Auch Mimis Vater.

Käthe erkennt die Alte Schönhauser kaum wieder. Es gibt fast keine alten Gebäude mehr. Nur der Gründerjahrekasten, den ihr Vater Ende der Zwanziger gekauft hat, steht noch. Altersschwarz, mit Kriegsnarben übersät, doch intakt. Wie eine steinerne Ironie des Schicksals.

Im Erdgeschoss, über der verrammelten Stiege des Kellerladens, haften Reste der Beschriftung: Kolonialwaren Münzfeld. Ihre Finger streichen über die verwitterte Farbe. Daneben ist das Tor zum Hof. Vom Durchgang geht es ins Treppenhaus. Als ihr Blick über das Klingelbrett gleitet, ist sie fast erleichtert, dass keiner der Namen ihr mehr etwas sagt.

Früher war die Tür nie abgeschlossen. Sie probiert die Klinke. Quietschend schwingt der rechte Flügel auf. Halbdunkel. Zerbeulte Briefkästen über abgeplatztem Lack. Im

„Stillen Portier" an der Wand vergilbt ein Anschlag der kommunalen Wohnungsverwaltung von 1987.

Der Hof wirkt größer, weil der eine Seitenflügel fehlt, obwohl man zum Nachbargrundstück hin eine Mauer aus Trümmersteinen errichtet hat. Fahrräder rosten am Gitter vorm Keller. Etwas abseits, hinter den Mülltonnen und der Teppichstange, lungern Küchenstühle um ein durchgesessenes Sofa.

Wie oft hat sie hier mit Hansi gespielt. Hansi von nebenan, ein Jahr älter als sie, rotblond und übersät mit zahllosen Sommersprossen. Jeden Tag hatte er sie zur Schule eskortiert und mittags wieder abgeholt. Oft blieb er danach zum Essen. Einmal schenkte er ihr einen Strauß Löwenzahn. Das muss genau dort gewesen sein, wo jetzt das Sofa steht. Als sie ihn fragte wofür, wurde er rot.

Im Jahr darauf schickten ihre Eltern sie in die Auguststraße. Nun ging sie morgens allein. Seit sein großer Bruder bei der HJ war, machte Hansi sich rar. Traf er sie, tat er, als sei sie Luft. Bis sie ihn stoppte und fragte, warum er böse auf sie sei. Da wandte er sich wortlos ab. Ihr Gesicht brannte, als habe er sie geohrfeigt.

Der Aufgang in den Vorderflügel befindet sich rechts, auf halbem Weg nach vorn. Die verdreckten Fenster lassen nicht mehr Licht durch als rußiges Pergament. Die Zwanzig-Watt-Birne über dem Treppenabsatz ist zu schwach, um die ausgetretenen Stufen zu erhellen. Sie wartet, bis ihre Augen sich an die Finsternis gewöhnen. Es riecht nach Katzenurin, Kohl und Briketts. Leimfarbe blättert von der Decke. Von irgendwoher dringt Schlagermusik.

Im ersten Stock wohnten damals der dicke Herr Rothenbach und Pudel Maxi. Darüber die Heinzes. Deren Tochter Gerda, ein blasses Wesen mit Froschaugen, verzog immer das Gesicht, wenn sie ihr begegnete, aber Frau Heinze hatte weiterhin „Guten Tag" gesagt, auch nachdem ihr Mann in die SA eingetreten war. Daneben lebte ein kinderloses Ehepaar. Die Friedländers. Der Mann verschwand eines Tages. Er sei nach Dachau gekommen, hieß es. Irgendwann bei Tisch ließ ihr Vater fallen, man habe der Frau eine Pappurne mit seiner Asche geschickt. Gegen Rechnung und Zustellgebühr.

Käthe rafft sich auf, holt Luft und steigt weiter hoch, als über ihr eine Tür schlägt, gefolgt von polterndem Stakkato auf der Treppe. Der junge Mann muss abrupt bremsen, um sie nicht umzurennen. Auf sein verdutztes „'tschuldigung" antwortet sie unwillkürlich mit „Sorry". Er hat einen Bogen um sie geschlagen und ist schon drei Stufen weiter. Nun dreht er sich um.

„Kann ich Ihnen helfen? Wen suchen Sie denn?"

Er scheint nicht zu der Sorte junger Ostdeutscher zu gehören, die neulich in der „Newsweek" zu sehen gewesen sind. Unter der Reichskriegsflagge.

„Niemanden", sagt sie. „Ich sehe mir bloß das Haus an. Ich habe hier mal gewohnt."

Die Laute rollen ihr unverhofft sanft von der Zunge.

„Ach ja?"

„Das ist eine Weile her."

„Wann denn?"

Seine Neugierde ist ihr suspekt. Aber er hat Grübchen und Sommersprossen. Ihre Schwäche für Sommersprossen ist geblieben. Trotz allem.

„Vorm Krieg."

„Heißen Sie zufällig Gutman oder Hirsch?"

Hören die denn nie damit auf?

Offenbar kann sie ihren Schreck nicht verbergen. Er grinst entschuldigend.

„Ich bin Hendrik Lehmann und wohne im Dritten. Beim Rasieren habe ich mich oft gefragt, wer früher wohl meine Badewanne benutzt hat. Also hab' ich mir die alten Mieterlisten besorgt."

Er ist höchstens dreißig. Wie alt mag sein Vater sein? Oder ist er schon der Enkel?

„Warum fragen Sie mich nicht, ob ich Heinze heiße?"

Er lacht. Hell und unbekümmert. „Weil die in einem Altersheim bei Köpenick lebt. Tat sie jedenfalls vor zwei Jahren."

„Was ist mit Frau Friedländer?"

Seine Heiterkeit verfliegt. „Die wurde November 1942 deportiert."

Eine frostige Hand streicht Käthe übers Genick. Sie muss sich gegen das Geländer lehnen.

Der junge Mann wischt eine Strähne aus der Stirn. „Es tut mir leid …"

Sein Bedauern ist echt. Sie schwankt einen Moment und streckt dann die Hand aus. „Käthe Hirsch."

Er kommt ihr entgegen. „Ich glaube, Sie kennen meine Badewanne."

„Ach ja?"

„Ich wohne links."

„Knarren die Dielen im Flur noch?"

„Als würden sie dafür bezahlt!"

Sie muss lächeln. Er lacht. Sie mag sein Lachen.

Er fischt in der Jeans nach seinen Schlüsseln. „Wenn Sie mögen, führe ich sie Ihnen gleich mal vor."

Sie denkt an Bellas Worte und an Hansi.

„Ich will Sie nicht aufhalten."

„Tun Sie nicht", kommt es hastig, und dann nach einem kurzen Zögern: „Ich hab' immer gehofft, mal jemandem wie Ihnen zu begegnen …"

Plötzlich wirkt er betreten.

Sie ist ganz bestürzt, will sagen, sehr freundlich, vielleicht ein andermal. Und sagt: „Warum?“

„Weil ich es nicht verstehe.“

Er muss sich räuspern. Sein Lächeln tut ihr weh.

Sie würde gern auflachen: Und da fragen Sie mich? Ich bin die Allerletzte, die Ihnen das erklären könnte! Aber seine Ratlosigkeit scheint echt. Ist er gar nicht deutsch? Verrückt. Was tue ich hier? Ihre Wangen beginnen zu brennen. Fast so wie damals.

Sie hört sich sagen: „Na schön, dann zeigen Sie mir mal die Wohnung!“

So ähnlich dürfte es abgelaufen sein. Aber genau weiß ich es nicht. Ich weiß nur, wie es für mich anfing. Vor knapp einer Woche.

1

Es ist der erste Sonntag seit zwei Monaten, an dem ich ausschlafen kann, ohne dass nachher der Schreibtisch wartet. Donnerstag habe ich das letzte Material abgegeben.

Seit Anfang April habe ich alle möglichen und unmöglichen Hamburger Archive auf Spuren von Hans Albers durchkämmt und sämtliche Kritiken, Berichte und Artikel zusammengetragen, die mit dem nuschelnden Mimen zu tun haben. Was interessant sein könnte, habe ich geordnet, nach Quellen sortiert und kommentiert. Mein Auftraggeber, der ewig gestresste Redakteur einer Hamburger Tageszeitung, die im hauseigenen Verlag ein Buch über den Blonden Hans plant, schien jedenfalls zufrieden. Für das kleine Extra, eine Liste der Zeitzeugen, die bereit sind, sich von ihm interviewen zu lassen, gab er mir zusätzlich sogar 450 Mark.

Vor dem Examen habe ich zwar nicht davon geträumt, mir neben summenden Kopierern die Beine in den Bauch zu stehen, aber mit einem Abschluss in Neuerer Geschichte und Literatur darf frau nicht allzu wählerisch sein. Immerhin zeichnete der Redakteur meine Stundenzettel klaglos ab und hielt sich auch ansonsten zurück. Vermutlich roch er, dass mich schüttere Spätvierziger mit flachem Gesäß kalt lassen. Trotz Cabrios. Vielleicht sah er mir auch an, dass ich noch anderweitig Wunden leckte.

Nach Vaters Tod war der Werkauftrag wie ein Geschenk des Himmels. Das ideale Korsett, um seelisch und finanziell halbwegs über die Runden zu kommen. Mir graute davor, allein im nasskalten Hamburg zu hocken und zu grübeln. Nun ist die Arbeit getan und ich habe plötzlich keine Verpflichtungen mehr. Vor diesem Tag habe ich mich insgeheim gefürchtet.

Doch der Winter ist lange vorbei. Es ist Frühsommer. Die Tage sind licht und lang. Spatzen toben durch den Hinterhof. Gegenüber, an der Wand der früheren Fabrik, malt die Sonne einen hellen, roten Keil auf die Backsteinmauer. Ich balanciere barfuß im Nachthemd neben dem Wasserkocher und bestaune den wolkenlosen Himmel. Die bedrohliche Freiheit fühlt sich gut an. Ich breite versuchsweise die Arme aus, drücke den Rücken durch und recke mich. In dem Moment kreischt das Telefon hinter mir auf dem Küchenbüffet. Ich nehme ab.

„Guten Morgen, Maja! Hoffentlich habe ich dich nicht geweckt."

Mutter lügt. Sie weiß, dass ich gern ausschlafe.

„Was ist?"

„Köln hat sich erledigt …"

„Wovon redest du?"

„Käthe …"

Richtig, Käthes Besuch. Bei Vaters Beerdigung hatten wir darüber gesprochen, dass sie Ende Mai kommt. Sofort holt mich mein schlechtes Gewissen ein. Ich habe Käthe noch nicht mal geschrieben.

„Was ist mit ihr?"

„Ich hab' traurige Nachrichten. Eben rief die Polizei an."

Mutters Stimme bleibt nüchtern. Ihre Stimme bleibt immer nüchtern, wenn etwas wirklich Übles passiert ist. Mir dämmert, dass der Tag versaut ist. Trotz des strahlenden Sonnenscheins.

„Sie ist tot. Anscheinend ein Unfall. Sie ist von einer Brücke gestürzt. Auf irgendwelche Gleise. Der Beamte hat sich leider nicht besonders klar ausgedrückt."

Eine Eishand krallt sich um mein Herz. Käthe ist mir plötzlich ganz gegenwärtig: Ihr vor Hitze gerötetes Gesicht, die flinken, braunen Augen und ihre beredten

Hände, die durchs flimmernde Nachmittagslicht tanzten, damals im Riverside Park vorm Mausoleum von Ulysses S. Grant, als sie mir Manhattan zeigte und über den legendären Durst des Bürgerkriegsgenerals sprach.

Als ich hörte, Käthe käme nach Deutschland, wollte ich eigentlich sofort nach Berlin, um sie zu begrüßen. Als Geste. Obwohl es weit mehr als das gewesen wäre. Aber ich sagte mir, sie hätte mehr davon, wenn wir uns in Ruhe sähen.

Doch das war nur vorgeschoben. Ich hatte Angst, Vaters Mythen weiter zu demontieren. Käthe hätte mir viele Fragen beantworten können, die ich mir seit seinem Tod stellte. Sie war die Letzte, die Clara noch persönlich kannte. Vaters Mutter war Käthes Cousine. Käthe hatte mir in New York mal die verwickelten Familienbande erklärt. Durch sie kam überhaupt erst raus, dass meine Urgroßeltern gläubig gewesen waren. Vaters Auskünfte blieben da eher vage. Er war knapp dreizehn, als man Clara verhaftete.

Ich mag Käthe und sie mochte mich. Ich hätte ihr auch schreiben können. Oder sie anrufen. Aber ich hab's immer wieder hinausgezögert. Weil es sich anfühlte, als würde ich Vater dadurch im Nachhinein hintergehen. Darum bin ich nicht nach Berlin gefahren. Obwohl es das einzig Richtige gewesen wäre.

„Mittwoch hat sie mir auf den AB gesprochen. Sie habe noch was Wichtiges zu erledigen und käme später. Ich wollte sie zurückrufen, aber hab' sie nicht mehr erreicht …"

„Wer hat dich benachrichtigt?"

„Ein Herr Jenninger. Von der Berliner Kripo."

„Wieso von der Kripo?"

„Die wird bei so was automatisch eingeschaltet. Du bist ihre nächste Angehörige und wirst wohl mit ihm reden müssen."

Mechanisch greife ich nach dem Block neben dem Brotkasten.

„Von wem hat er deine Nummer?"

„Von Frau Grosser. Das ist die Dame, bei der sie gewohnt hat. Die will mit der Kultusverwaltung sprechen …"

„Mit der was?"

„Kultusverwaltung. Von der Gemeinde. In Weißensee gibt es noch ein altes Familiengrab. Da könnte sie hin."

„Wovon redest du?"

„Käthes Beerdigung."

„In Berlin?"

„Wo sonst? All ihre Verwandten in Amerika sind tot. Außerdem hat sie sich das ausdrücklich so gewünscht."

„Sagt wer?"

„Frau Grosser. Käthe ist Jüdin! Theoretisch müsste sie binnen 24 Stunden nach ihrem Tod beigesetzt werden."

„Seit wann legst du auf so was Wert?"

Mutter ist katholisch getauft und mittlerweile konfessionslos.

„Seit wir mit deinem Vater in der Synagoge waren …"

Ich schlucke. Volltreffer. Sie seufzt.

„Es hat ihn ein Leben lang gequält, nicht zu wissen, wo Clara liegt. Jetzt können wir wenigstens dafür sorgen, dass ihre Cousine anständig bestattet wird."

Ich denke sofort an das kleine Schwarz-Weiß-Foto auf dem elterlichen Bücherbord. Mit der lachenden, jungen Frau von Ende zwanzig darauf, die mir erschreckend ähnlich sieht. Trotz ihrer Bubikopf-Frisur. Das Bild ist über sechzig Jahre alt. Clara in besseren Tagen.

„Wegen der Kosten brauchst du dir keine Gedanken zu machen: Käthe war versichert. Ihre Freundin schickt uns die Verfügung, die sie in New York hinterlassen hat."

„Welche Freundin?"

„Bella. Bella Himmelfarb."

Richtig. Bella. Die herbe Hagere mit der rauchigen Altstimme und den orange gefärbten Haaren, die gern türkise Blusen und massige Klunker trug.

„Was für eine Verfügung?"

„Eine Art testamentarischer Vollmacht. Du kannst also schon mal packen."

„Langsam! Du meinst nicht etwa ..."

„Was sonst? Du bist ihre einzige Nichte und hast ohnehin grade frei."

Der Wasserkocher macht polternde Geräusche. Wie eine akustische Lawine.

„Nur weil eine wildfremde Frau die Pferde scheu macht?"

„Bestimmt nicht. Sondern weil dein Vater es sich so gewünscht hätte ..."

„Wieso ausgerechnet Berlin?"

„Sei froh, dass es das Grab gibt. Oder möchtest du sie etwa nach New York überführen? Ich weiß, es kommt sehr plötzlich. Aber deine Freundin Caroline freut sich doch immer, wenn du sie besuchst, und Frau Grosser hat versprochen dich zu unterstützen."

Alles Mögliche flutet mir durch den Kopf. Mutter kann erbarmungslos übergriffig sein. Ich höre, wie sie seufzt.

„Es kostet dich bloß drei oder vier Tage. Wer weiß, es könnte dir helfen, Verschiedenes zu ordnen."

„Wie ordnen?"

„Du tust, was dein Vater nie tun konnte. Für ihn, für Clara und für dich selbst ..."

Ich will einwenden: Was hat das mit Käthe zu tun? Und bleibe stumm.

„Dein Vater fehlt mir. Jeden Tag. Mich hat nie gestört, dass er über manches nicht reden konnte. Bei dir ist das was anderes. Nur dazu war er eben erst in der Lage, als euch kaum noch Zeit blieb ... Ich kann dir die Entscheidung nicht abnehmen. Aber bitte denk wenigstens darüber nach."

2

Die Synagoge, von der Mutter gesprochen hat, steht in der Stadt, aus der mein Vater kommt. Vierzig Kilometer südlich von Köln. Es ist die einzige Synagoge, die ich je mit ihm zusammen besucht habe. Gotteshäuser jeglicher Art mied er sein Leben lang. Doch nun sollte dort eine Gedenkstätte eröffnet werden. Dazu waren frühere „jüdische Mitbürger" aus Israel und Übersee eingeladen. Die wollte er sehen. Krebs hin oder her. Seine Bitte, ihn zu bringen, war ein Vorwand. Er hätte die Strecke auch noch allein geschafft. Er brauchte Rückhalt.

Ich habe den Schneematsch vor Augen, das Wiegen der Scheibenwischer und Singen der Reifen auf dem Asphalt. Vater saß neben mir, Mutter im Fond. Wir redeten nicht viel. Bloß einmal meinte er: „Mal sehen, ob sich noch einer von ihnen an mich erinnert."

Vor dem Gebäude ballte sich eine Menschentraube. Polizisten wühlten durch Handtaschen und übten Objektschutz. Der Bürgermeister, ein adipöser Mittfünfziger, schwitzte in laufende Kameras.

Die Synagoge grenzte an Fachwerkhäuser. Nur darum hatte man sie in der „Kristallnacht" nicht angezündet. Später lagerten die Möbel deportierter Juden hier. Nach dem Krieg stand das Gebäude leer, dann zog ein Elektroladen ein. Als der pleite ging, entdeckten die Stadtväter ihr historisches Gewissen und beschlossen, den Bau instand setzen zu lassen.

Der Bus mit den Ehrengästen traf nach uns ein. Die Honoratioren gingen in Position, um sie zu begrüßen. Vater hielt sich abseits. Er trat von einem Bein aufs andere, als wisse er nicht, ob er weglaufen oder winken solle. Bis ein weißhaariges Männchen, das sich aus dem Businneren schälte, ihm die Entscheidung abnahm.

„Dat giddit doch nit, det Kerlsche!", krähte es, schob Polizisten und Würdenträger beiseite und humpelte strahlend auf ihn zu.

Sekunden später war das Protokoll gesprengt und mein betreten lächelnder Vater umringt von all den weit gereisten Fremden. Sie redeten auf ihn ein, fassten ihn an und tätschelten ihm die Wangen, bis sein Gesicht ganz rosig glänzte, vom Lachen, der Rührung und den staunenden Händen. So, als sei er noch der kleine Junge, den die dicke Alma mit Wecken und Brötchen auf ihrem zu großen Botenfahrrad durchs Viertel schickt, und nicht der todgeweihte, kahlköpfige Chemo-Greis. Ich sah sein selbstvergessenes Lächeln und die Freudentränen in den Augen der anderen. Sie begrüßten ihn wie einen verlorenen Sohn, gerade so, als kehre er, der nie fort gegangen war, endlich heim.

Mutter, die ihre Nase hinter einem Taschentuch versteckte, schniefte leise: „Das hätt' er auch eher haben können, der Depp …"

Wer weiß, dachte ich da nur. Vielleicht ging es nicht eher.

Das Kaffeegranulat zischt unter dem heißen Wasser. Ich nehme die Tasse und setze mich ans Fenster.

Vater war Claras einziger Sohn. 1933 hatte man ihren Mann sofort verhaftet und in eines der Moorlager gesteckt. Obwohl die Nazis ihn bald wieder laufen ließen, weil sie das Eiserne Kreuz des Verdun-Veteranen fälschlich vaterländisch auslegten, waren ihr die Zeiten zu unsicher, um weitere Kinder in die Welt zu setzen.

Vater sagte oft, ich sähe ihr ähnlich. Was das ovale Gesicht, die Lippen und der Schnitt meiner Augen angeht, ist die Nähe offensichtlich, aber ob ihr Haar so kastanienbraun war wie meines, hat er mir nie verraten. Ihr Brief war wichtiger.

Er hatte in alten Unterlagen gekramt und war auf die letzten Zeilen gestoßen, die sie ihm aus der Gestapo-Haft noch hatte schicken können. Er wollte sie mir vorlesen, aber seine Stimme ließ ihn im Stich. Er wischte sich mit Daumen und Zeigefinger über die Augen und schüttelte den Kopf: „Lies selbst. Wird dir nicht schwer fallen. Ihr habt eine ähnliche Schrift …"

Es war das erste Mal, dass er sich traute, in meiner Gegenwart zu weinen. Fünf Wochen vor seiner Beerdigung.

Claras Schicksal ließ ihn nie los. Nur kam dabei immer merkwürdig kurz, dass Clara Jüdin war. Entscheidend sei ihr Widerstand gewesen. Im nächsten Atemzug sprach er von irgendwelchen illegalen Flugblattaktionen und wie sie heimlich für die „Roten Brigaden" in Spanien gesammelt habe.

Aufgefallen ist mir das erst, als ein Besucher mal fragte, woher denn die „schöne Chanukka Menora" sei, die sich auf unserem Bücherbord versteckte. Vater wirkte plötzlich verlegen, murmelte etwas von sentimentalen Gründen und druckste schließlich, die stamme vom Vater seiner Mutter.

Bis dahin hatte der neunarmige Leuchter für mich in die Adventszeit gehört. So wie der Kranz, mit dem Mutter den Esstisch schmückte, die Papiersterne am Fenster und der vergoldete, nasenlose Posaunenengel aus Gips, der schon die Ausbombung überstanden hatte und über den sich die Eltern jedes Jahr wieder stritten, weil er ihn geschmacklos fand und sie sich weigerte, ihn wegzuwerfen.

Woher der Leuchter kam, war ungesagt und ungefragt geblieben. Als gäbe es da eine stillschweigende Übereinkunft.

Doch der Gast spielte nicht mit. Er habe gar nicht gewusst, dass Clara Jüdin gewesen sei. Vater zuckte in gespielter Nonchalance die Achseln. Der Gast bohrte weiter. Ob man sie deshalb in Belsen ermordet habe?

„Nein", lächelte Vater angestrengt. „Das war politisch. Ich kann dir die Akten zeigen."

Hätte der Gast jetzt den Mund gehalten, wäre alles glatt gegangen, Vater hätte eine Anekdote für ihn hervorgezaubert und die Klippe wäre umschifft gewesen. Doch das begriff der Mann nicht. Entweder, weil er es wirklich nicht verstand. Oder weil er es viel besser verstand als ich.

Er fragte, was aus Claras Eltern geworden sei. Ich entsinne das Schweigen, das den Raum plötzlich ausfüllte und Vaters nackte, gequälte Augen. Die gefräßige Stille wurde immer lauter, bis Mutter schließlich einsprang.

„Alterstransport. Man hat sie bei Riga erschossen. Wo genau, konnte uns niemand sagen. Das ist nirgends festgehalten."

Mein Kaffee ist längst kalt. Ich starre noch immer hinaus in den Hof, die Füße auf dem Fensterbrett, das Porzellan umklammert im Schoß.

Mich zieht nichts nach Berlin. Aber Mutters Logik leuchtet mir ein. Ich tue es nicht nur für Clara und die anderen, die Vater nie hat begraben können. Ich tue es für mich selbst. Weil ich nicht ein Leben lang an den Toten kleben will. So wie er.

Im Flur höre ich eine Tür klappen. Meine Mitbewohnerin schlurft zum Klo. Ich gehe zur Spüle und gieße den Kaffeerest in den Ausguss.

Zeit zu telefonieren.

Es gehen drei Züge täglich nach Berlin. Doch erst mal muss ich klären, ob ich mal wieder bei Caroline unterkommen kann.

3

Caroline und ich sind uns in einem Bergkaff auf Korfu begegnet. Sie reiste auch allein. Abends schleppte sie mich ins einzige Café im Ort, wo lauter mürrische, alte Männer über Karten hockten. Ich wollte gleich wieder abdrehen, doch sie flötete laut „Kalispera" und orderte Retsina, den der verwirrte Wirt uns tatsächlich brachte. Sie kam gerade aus London. Dort hatte sie in Kneipen gejobbt und einem heiratswütigen Australier das Herz gebrochen.

„Er wollte mit mir nach Adelaide. Down Under ist fein. War aber nicht mein Traum, in Suburbia mit einem Sack Kinder am Bein zu versauern. Ich bin aus Lankwitz. Das ist herbe genug. Also ist er allein zurück."

„Was ist so herbe an Lankwitz?"

Sie zündete sich eine der ovalen, griechischen Zigaretten an und blies den Rauch weltfraulich Richtung Decke.

„Wenn dein Papi in der freiwilligen Polizeireserve ist und dein großer Bruder extra nach Westdeutschland zieht, um sich beim Bund zu verpflichten, backst du entweder Blaubeerkuchen fürs deutsch-amerikanische Freundschaftsfest, bis du schwarz wirst – oder du kratzt die Kurve. In London gab's wenigstens gute Musik. Ich mag Blues. Sagt dir Junior Wells was?"

Ich schüttelte den Kopf.

„Keine Handbreit höher als 'n Hausschwein, aber spielt wie 'n Riese …"

Ich war noch nie einer begegnet, die sich für Blues begeisterte. Anfangs wollten wir nur ein paar Tage zusammen wandern, dann entschloss sie sich, mit nach Israel zu kommen. Wir trampten bis Piräus und reisten über Zypern nach Haifa.

Das Kibbuz lag bei Jerusalem, an der Vorkriegsgrenze zur Westbank. Tagsüber werkelten wir zwischen Aprikosenbäumen, abends feierten wir mit den anderen Freiwilligen und den Soldaten, die ihr Jahr dort abreißen mussten. An den Wochenenden sahen wir uns im Land um. Als ich fort musste, weil das Semester längst wieder angefangen hatte, blieb sie noch. Sechs Monate später ging sie zurück nach Berlin.

Sie fing bei „Catfish" an, einer kleinen Musikagentur in Wilmersdorf, die sich um Künstler aus den USA kümmerte. Offiziell war sie Public-Relations-Fee, faktisch Mädchen für alles.

Sonntags um kurz nach zehn ist Caroline noch nicht gesellschaftsfähig. Es dauert, bis sich eine verschlafene, leicht belegte Frauenstimme meldet.

„Oh, hallo Maja."

Ich sage ihr, was los ist.

„Au weia, warte … Wie ist sie gestorben?"

„Ein Unfall. Ich weiß nichts Genaueres."

„Uhh", würgt sie. „Das ist doch die, die du besucht hast? Die schräge Alte, die du so mochtest?"

„Ja …"

„Ach, Süße, das tut mir leid! Momentan kriegst du's auch ziemlich fett."

Mir ist nicht danach, das jetzt zu vertiefen.

„Ich bin ihre nächste Angehörige und soll mich um die Beisetzung kümmern. Es gibt da wohl noch ein altes Familiengrab in Weißensee."

„Wann reitest du ein?"

„Heut' Abend, wenn's okay für dich ist?"

„Klar. Ingo hat 'nen Schlüssel …" Ingo ist ihr Nachbar. „Oder du wartest beim Griechen am Karl-August-Platz."

Die Kontaktaufnahme zu Kommissar Jenninger gestaltet sich sperriger. An Wochenenden arbeiten Beamte normalerweise nicht, aber immerhin hat er gestern Mutter angerufen. Ich wähle ein paar Mal ins Leere, bis mir jemand in der Zentrale erläutert, es gäbe Probleme mit dem Telefon. Endlich nimmt ein unwirsch schnaufender Typ ab, der seinen Namen nicht sagen kann.

„Spreche ich da mit Hauptkommissar Jenninger?"

Statt zu bejahen, knurrt er bloß.

„Mein Name ist Maja Schäfer. Es geht um Käthe Hirsch. Sie hatten meine Mutter angerufen …"

„Richtig."

„Was ist denn passiert? Sie soll von einer Brücke gestürzt sein?"

„Beim Mahnmal an der Putlitzbrücke, ja. Letzte Nacht. Viel mehr wissen wir bisher auch nicht."

„Ich fahre heute Abend nach Berlin."

„Am besten kommen Sie morgen früh gleich bei mir vorbei. Momentan sind wir in die Perleberger Straße ausgelagert. Direktion 3. Ich bin ab halb acht im Büro und erwarte Sie dann."

Der Hörer klatscht auf die Gabel. Es summt. Die Verbindung ist tot.

„Arschloch …"

Ich frage mich, ob er mit Angehörigen immer so feinfühlig umspringt, bevor ich Frau Grosser anrufe. Die hört auf den Vornamen Elvira und klingt ähnlich gehetzt wie der grantige Bulle. Über den Unfall weiß sie angeblich auch nichts.

Dafür erfahre ich, weshalb Käthe länger hat in Berlin bleiben wollen.

„Vor ihrer Abreise hat sie bei Bella eine Willenserklärung hinterlegt, die alles regelt. Bella faxt sie Käthes Anwalt zu."

„Wozu brauchte Käthe einen Anwalt?"

„Wegen des Hauses in Mitte, das ihrem Vater vorm Krieg gehört hat."

„Welches Haus?"

„Na das, auf das jetzt die Erben des Arisierers Ansprüche erheben. Deshalb hat sie sich doch sofort an Dr. Reidenbach gewandt! Der ist auf Restitutionsverfahren spezialisiert. All ihre Papiere liegen noch hier. Zusammen mit der Police. Die brauchen Sie, um alles mit den Behörden zu regeln."

„Was für Papiere?"

„Für die Grundstückssache. Das erklärt Ihnen besser der Anwalt selbst." Frau Grosser saugt hörbar den Atem ein. „Hören Sie! Ich will nicht unhöflich sein. Bis viertel vor muss ich den Kantor angerufen haben."

Es ist erst fünf nach halb.

„Eins noch …"

„Was?"

„Wieso wollen Sie Käthe in Berlin beisetzen lassen?"

„Ihre Großeltern liegen in Weißensee. Sie war kürzlich an ihrem Grab. Anschließend sagte sie, wenn sie es sich aussuchen könne, würde sie am liebsten auch dorthin."

„Was meint Bella denn dazu?"

Frau Grosser zögert. „So wie ich sie kenne, wird sie Käthes Wunsch respektieren."

„Sie kennen Bella?"

„Wir sind über ein paar Ecken verwandt. Durch sie sind Käthe und ich uns begegnet."

„Ach ja?"

„In London, vor drei Jahren. Mein Englisch ist nicht besonders gut. Käthe half mir aus. Im Frühjahr fragte sie, ob sie nach Ende des offiziellen Besuchsprogramms noch ein paar Tage bei uns wohnen könne. Das Besucherprogramm lädt die Leute immer nur für sieben Tage ein. Danach müssen sie selbst zahlen ..." Ihre Stimme raschelt ungeduldig. „Jetzt muss ich wirklich Schluss machen, sonst erwisch' ich den Kantor nicht mehr. Melden Sie sich, wenn Sie hier sind, ja? Gute Fahrt ..."

Ich glotze auf den grünen Plastikhörer und denke an füllige Bundeskanzler, verspätete Kriegsgewinnler und ungeklärte Eigentumsverhältnisse. Käthe habe ich bisher nicht in dieser Nachbarschaft verortet.

4

Ich nehme den Zug am frühen Abend. Als ich am Zoo einrolle, ist es draußen noch hell. Bei Caroline und Ingo laufen Anrufbeantworter. Statt meine Tasche zum Griechen zu schleppen, rufe ich Frau Grosser an. Die hat inzwischen offenbar zwei Valium eingeworfen und wirkt deutlich entspannter. „Kommen Sie doch gleich vorbei. Dann kann ich Ihnen schon mal alles mitgeben ..."

Von der U-Bahnstation Fehrbelliner Platz sind es keine fünfhundert Meter. Neben dem Eingang eines graubraunen Nachkriegsblocks prangen ein putziger Berliner Bär und die Zahl 1953. Grossers wohnen im Vierten. Als ich klingele, geht sofort der Summer.

Elvira Grosser habe ich mir wasserstoffblond und mager vorgestellt. Die kompakte Matrone, die mich am oberen Ende der Treppe erwartet, wirkt etwa so zartgliedrig wie ein Bullterrier.

„Ihre Tasche können Sie gleich hier stehen lassen."

Sie reibt sich nackte, fleischige Arme und deutet neben das Bord gegenüber der Wohnungstür. Unter ihrem kurzen, dunklen Haar glänzt ein feiner Schweißkranz. Ich folge ihr ins Wohnzimmer. Eine Welle stickiger Luft schwappt uns entgegen. Alle Fenster sind verriegelt, Sofa, Sitzecke und Schrankwand zwischen Auslegeware, falsche Perser und altrosa Tapeten gequetscht. In einem Ohrensessel hockt ein graugesichtiger Mensch.

„Das ist Josef. Mein Lebensgefährte."

Durch ihren Ton schimmert Stolz. Früher mal muss Josef einer zum Vorzeigen gewesen sein. Große, dunkle Augen, schlohweißer, voller Haarschopf. Doch seine Lippen sind blau und neben ihm lehnt ein Sauerstofftank. Vater haben sie auch so ein Ding mitgegeben, als sie sonst nichts mehr für ihn tun konnten.

„Lassen Sie", bitte ich, als er stöhnend versucht, sich aus dem Sessel zu quälen. Sein knochiges Gesicht verzieht sich zu einer Grimasse.

„Es geht nicht mehr so, wie ich will ..."

„Josef hat ein Lungenemphysem", erklärt sie. „Er verkühlt sich leicht. Ich kann ja trotzdem einen Moment die Balkontür aufmachen ..."

Mich befremdet, wenn Frauen über ihre daneben sitzenden Männer in der dritten Person sprechen. Aber vielleicht bin ich ihr Alibi, endlich mal wieder zu lüften.

„Recht so, Jossel?"

„Gewiss, meine Herzallerliebste."

Sie ist keine Schönheit mehr und pflegt die Ruine von

einem, nach dem sich bis vor kurzem viele noch umgedreht hätten. Dafür, dass er sie Herzallerliebste nennt. Sie scheint nicht unglücklich. Offenbar deutet sie mein leeres Lächeln als Frage.

„Jossel steht für Josef."

Sein Hemdsärmel ist hoch gerutscht. Auf dem Unterarm sieht man die Tätowierung. Gegen die blasse Haut stechen die fünf blauen, unbeholfen geritzten Zahlen krass ins Auge. Wie Kindergekrakel mit Kuli. Er registriert meinen Blick. Sein Mund zuckt.

„Ein Souvenir aus Auschwitz. Falls ich vergesslich werde …"

Er stammt aus einer Kleinstadt bei Prag, unweit von Lidice. Sie ist mit ihrer Mutter nach Belgien geflohen und 1947 nach Palästina ausgewandert. Getroffen haben sich die beiden erst Ende der Siebziger. In Berlin.

Es gibt Tee. Ich sitze nahe der Balkontür, wegen der Frischluft. Eigentlich will ich über Käthes Tod und die Beerdigung reden. Auch Frau Grosser scheint das zu wollen, aber Josef löchert mich mit Fragen. Besonders über Clara.

„Von Ravensbrück kam sie nach Hannover-Limmer?"

„Da durfte sie Gasmasken für die Continental herstellen, bis die SS Anfang April das Lager räumte und alle Frauen nach Bergen-Belsen abtransportierte. Die Befreiung durch die Engländer neun Tage später hat sie nicht mehr erlebt."

„Wissen Sie Näheres?"

Ich druckse herum. Laut Vater ist Clara in Belsen verschollen. Ich habe immer gedacht, sie sei dort an Typhus gestorben. Doch nach seinem Tod bin ich auf Dokumente gestoßen, die eine ganz andere Geschichte erzählen. Eine, die er uns sein Leben lang verschwiegen hat.

Vielleicht hätte ich Josef sogar davon berichtet, doch plötzlich ist er woanders. Frau Grosser sieht ihn flehend an und wirft mir besorgte Blicke zu. Er ignoriert ihren stummen Appell. Stattdessen spricht er auf einmal über seine letzten Kriegsmonate.

Von Theresienstadt aus ist er nach Auschwitz-Monowitz in die Buna-Werke der IG Farben gekommen, später in ein Lager bei Gleiwitz. Januar '45 dann hat die SS die rund tausend Häftlinge durch den knietiefen Schnee bis an die Bahnstation von Troppau getrieben, sie in Viehwaggons gepfercht und nach Mauthausen geschafft.

„Die Reise dauerte fünfzehn Tage. Überlebt hat es nicht mal die Hälfte. Die übrigen sind erfroren, verhungert oder mit Gewehrkolben erschlagen worden …"

Anschließend schildert er, wie ihn amerikanische Truppen Ende April in der Nähe von Linz befreiten.

„Unsere tapferen Bewacher machten sich über Nacht aus dem Staub. Gegen Mittag tauchte der erste GI auf. Davon bekam ich nichts mit, weil ich mit Fleckfieber im Revier lag. Als ich in Quarantäne ging, wog ich vierundvierzig Kilo. Der Arzt winkte ab. Mein Magen sei zu zerfressen. Aber vier Monate später sah ich beinahe wieder aus wie ein Mensch."

Ich habe von der berüchtigten „Buna-Suppe" und dem Elend der Todesmärsche gehört. Viele von Vaters Freunden sind im Lager gewesen. Grauen aus zweiter Hand, geronnen zu schwarzer Muttermilch. Doch so wie Josef über das Erlebte spricht, habe ich sie nie darüber sprechen hören. Wenn er „die Herren der Schutzstaffel" beschreibt, die das Quälen und Töten gewalttätigen Kapos überließen, weil sie „ihre delikaten Reitgerten und kostbaren Stiefel nicht an ungewaschenen Juden beschmutzen" wollten, bleibt er beinahe sarkastisch. Doch darunter wütet Ratlosigkeit. Es gibt für ihn keine tröstliche, tiefere Wahrheit, die ihm gestattet, den Ereignissen einen Sinn abzutrotzen.

„Und nach der Befreiung?“

„Machte ich den Fehler meines Lebens. Die Amerikaner boten mir ein Visum an. Aber ich wollte zurück. Sehen, wer noch lebt. Außer einem entfernten Onkel waren alle tot. In unserem Haus, das die Nazis zuvor beschlagnahmt hatten, saß nun die Kreisleitung der kommunistischen Partei. Nach längerer Diskussion war deren Chef großzügig bereit, mir ein Zimmer zur Verfügung zu stellen. Also blieb ich.“

Frau Grosser rutscht auf dem Sofa hin und her und zupft an ihrem Rocksaum. Er tut, als ob er das nicht bemerke und stülpt die Unterlippe vor.

„Hitler war tot, die Deutschen vertrieben. Es dauerte, bis ich begriff, dass ich vom Regen in die Traufe geraten war. Sie wollten mich zwingen, in die KP einzutreten. Als ich sagte, ich sei Sozialdemokrat, verlor ich erst die Arbeit, dann den Pass. Ums Lager kam ich nur rum, weil ein Freund für mich log. Das war ’48. Lange vor dem Slansky-Prozess!“

„Reg dich nicht auf, Jossele. Bitte!“

Elvira sitzt auf der Kante des Sofas. Er wird von einem Hustenkrampf gebeutelt.

„Da soll ich mich nicht aufregen?“, grinst er atemlos. „Wissen Sie überhaupt, wer Rudolf Slansky war?“

„Stellvertretender Regierungschef?“

„Hut ab! Aber hauptsächlich war Slansky Jude“, keucht er. „Und die ganze Prozessserie eine antisemitische Farce. Neun von elf zum Tode Verurteilte waren Juden. Wussten Sie das?“

„Nein.“

„Woher auch!“

Er lacht böse, während sie angestrengt die Beine übereinander schlägt und an ihrem Rocksaum zupft.

„Fast alle, die man da als vermeintliche Agenten vor Gericht zerrte, waren jüdisch und das ganze groteske Verschwörungsszenario so haarsträubend wie die Protokolle der Weisen von Zion."

„Josef!", mahnt sie und rollt die Augen. „Bitte!"

„Darüber reden die Linken heute nicht mehr gern. Das verschweigen all diese demokratisch geläuterten Sozialisten lieber. Dafür wissen sie, dass Israel nur ein imperialistischer Statthalter der USA ist, dessen einziger Daseinszweck darin besteht, die Palästinenser zu unterdrücken!"

Der Rest geht in einer wütenden Hustenattacke unter.

„Du weißt, was dir der Arzt gesagt hat. Frau Schäfer ist nicht hier, um über Politik zu diskutieren."

Er gibt sich geschlagen, grinst wie ein verzweifelter Kobold, würgt an Schleim und hebt die Hände.

„Meine Herzallerliebste mag nicht, wenn ich darüber rede. Weil es mich aufregt. Aber wenn ich das nicht darf, regt es mich mindestens genauso auf."

Sie beugt sich vor und legt ihm die Hand auf den Arm. „Das Emphysem ist sehr belastend für sein Herz. Die Nachricht von Käthes Tod hat ihn schon genug mitgenommen."

Ich nicke stumm und denke an meinen letzten großen Streit mit Vater. Über Israel.

5

„Das Grundübel liegt im Zionismus", sehe ich ihn dozieren. „Der ist so rassistisch wie das ganze Staatsgebilde. Das sage ich bewusst als Jude."

Er streifte sich erregt das Haar zurück. Trotzdem klang

er sachlich. So, als säße er in einer seiner Parteiversammlungen. Sein Ton ließ keinen Widerspruch zu. Normalerweise hätte ich ihm auch nicht widersprochen. Normalerweise mieden wir dieses Terrain. Heute jedoch war keiner in der Lage, noch die Notbremse zu ziehen.

Seine Sätze machten mich wütend, obwohl ich derlei ständig an der Uni hörte. Nur war er eben kein naiver Student. Er hatte es am eigenen Leibe erfahren. Umso mehr wurmte mich, dass er nur dann zum Juden wurde, wenn er als Kronzeuge gegen Israel punkten konnte.

„Die Staatsgründung war ein Akt der Notwehr. Nachdem Europa sechs Millionen Mal versagt hatte."

„Auf Kosten der Palästinenser. Die hat keiner gefragt."

„Vielleicht hätte man Israel besser in Schleswig-Holstein errichten sollen, aber den Überlebenden war kaum zuzumuten, sich Tür an Tür mit den Mördern niederzulassen."

„Du findest es also in Ordnung, dass die Palästinenser die Zeche fürs Versagen der Europäer zahlen?"

„Es gab einen UN-Teilungsplan. Kein Palästinenser wäre vertrieben worden, hätten die Araber den angenommen."

„In Deir Yassin haben Leute wie Shamir und Begin Frauen und Kinder abgeschlachtet."

„Parallel zum Krieg."

„Legitimiert das die Besatzung?"

„Ich rede nicht von der Besatzung. Ich rede vom Existenzrecht Israels. Das wird bis heute von den meisten Nachbarn bestritten."

„Warum wohl?", höhnte er.

„Israel ist so klein wie Hessen. Trotzdem soll es Schuld sein, dass Muslime von Marokko bis Pakistan nicht auf die Beine kommen?"

„Weißt du, wie viele Palästinenser von deinem hilflosen David um ihre Heimat gebracht worden sind?"

„Zu viele. Aber vielleicht nimmst du auch mal zur Kenntnis, dass das jordanische Militär in den vier Wochen des schwarzen September mehr Palästinenser getötet hat als die israelische Armee in vierzig Jahren Krieg und Intifada."

„Mit Hilfe Israels und der USA."

„Stört dich nicht, dass die Medien immer nur über israelische Menschenrechtsverletzungen berichten? Lässt Assad tausende Oppositionelle ermorden, interessiert das keinen. Schiebt Israel drei Fatah-Kämpfer ab, spricht die Tagesschau von Deportationen."

Er setzte sich auf und griff nach den Zigaretten. „Angeblich ist Israel eine Demokratie. Da darf man andere Standards erwarten."

„Die meinen Abschiebung und reden von Deportation. Als ob sie nicht wüssten, was das Wort seit 1941 bedeutet. Zumindest im Deutschen."

Das Feuerzeug knallte auf den Tisch. Sein Gesicht verschwand hinter Rauch. „Das hältst du für Absicht?"

„Was sonst? Dadurch unterstellt man den Israelis dieselbe Haltung wie Adolf Eichmann und irgendwelche ominösen Solidaritäts-Komitees können über die ‚Endlösung der Palästinenserfrage' spekulieren."

„Wirfst du mir das etwa auch vor, weil ich Israel kritisiere?"

Seine Stimme klang heiser.

„Bestimmt nicht, weil du es kritisierst. Sondern wie du es kritisierst."

Er grinste bitter und fixierte mich durch den graublauen Nebel. „Für mich ist jüdischer Nationalismus kein Deut besser als irgendein anderer", erklärte er. „Besonders wo Hitler ihm Pate gestanden hat." Er holte tief Luft. „Für solch einen Staat ist Clara gewiss nicht gestorben."

An der Stelle stürzte etwas in mir ins Bodenlose. Ich sprang auf und fing an zu schreien.

„Hör auf! Hör endlich mit diesem beschissenen Märchen auf! Vielleicht wollte sie ja gar keine Märtyrerin sein! Vielleicht wäre sie lieber Mutter gewesen. Hätte es Israel schon gegeben, wäre da wenigstens ein Ort gewesen, wohin sie hätte fliehen können. Dein sowjetisches Arbeiter- und Bauernparadies nahm keine Juden. Genauso wenig wie der Rest der Welt. Alle sahen sie tapfer weg, machten ihre Grenzen dicht und überließen den Nazis das Feld. Vorher brachte die Schweiz das Deutsche Reich noch dazu, Pässe von Nichtariern mit einem fetten ‚J' zu kennzeichnen, damit es auch ja keiner mehr aus Deutschland rausschaffte!"

Er lachte gezwungen, doch ich war zu sehr in Fahrt.

„Hast du dich ein einziges Mal gefragt, wie sie sich im Herbst 1939 gefühlt haben mag? Nach Abschluss des Hitler-Stalin-Pakts, als der Teufel mit dem Beelzebub ins Bett stieg und sie von Gott und der Welt verraten war? Glaubst du wirklich, sie ist aus irgendwelchen heroischen Motiven gegen Hitler angetreten? Ihr war klar, was von dem zu erwarten war. Sie hatte keine andere Wahl. Deshalb hat sie gekämpft! Nur deshalb!"

Anschließend lief ich raus und packte. Ich heulte vor Wut. Vor Wut und Enttäuschung. Weil er sich und mich und Clara gerade verraten hatte und mir zum ersten Mal aufging weshalb, und weil er mir deswegen leid tat und ich mich für mein Mitleid hasste.

6

Elvira Grosser gibt sich einen entschlossenen Ruck und setzt eine geschäftsmäßige Miene auf. „Wir haben noch eine Menge zu besprechen."

Einigermaßen übergangslos erläutert sie, Käthes Bestattung stehe grundsätzlich nichts im Wege. Momentan liege die Leiche zwar noch in der Pathologie, theoretisch könne sie dort jedoch sofort von einem Beerdigungsunternehmen abgeholt werden. Dann zählt sie auf, wen sie bereits kontaktiert hat: Den Kantor, den Rabbi und die Friedhofsverwaltung. Das geht mir etwas zu schnell.

„Wer zahlt das?"

„Käthe hatte eine Versicherung abgeschlossen", lächelt sie. „Die Police habe ich Ihnen schon rausgesucht. Die können Sie gleich dem Anwalt zeigen."

Sie greift neben das Sofa und hievt einen handbreiten Packen Papiere auf den Tisch. Es raschelt, als sie aus dem oberen Drittel des Stapels einen Doppelbogen zieht. „Hier!" Sie tippt auf einen Absatz am Ende der dritten Seite. Mitten im Kleingedruckten.

Die Klausel für den Todesfall ist gut versteckt, was Frau Grosser, die angeblich schlecht Englisch beherrscht, nicht davon abgehalten hat sie trotzdem zu finden. Tatsächlich deckt die in Aussicht gestellte Summe alle etwaigen Bestattungskosten.

Sie schiebt mir die restlichen Papiere zu.

„Die sollen Sie ja sowieso mitnehmen."

Neben einem College-Block, der Käthe offenbar als Notizbuch gedient hat, gibt es Briefe ihres Anwalts, Zeitungsberichte über den Streit um ein Denkmal in Steglitz und einen an AIDS verstorbenen Neonazi, ältere Artikel zum Prozess gegen die Chefs des Wirtschaftsverwaltungshauptamts der SS sowie Kopien interner Vermerke aus dem genannten SS-Amt.

„Warum hat sie all das gesammelt?"

Frau Grosser zuckt die Achseln. „Fragen Sie Dr. Reidenbach. Der kann Ihnen gewiss auch helfen, falls es Schwierigkeiten wegen des Grabbriefs für Weißensee geben sollte. Der ist auf den Namen Traube ausgestellt."

„Traube?"

„Die Eltern ihrer Mutter. Die sind dort im Spätherbst 1941 noch beigesetzt worden."

Ich schüttele unwillkürlich den Kopf.

„Sie sollten auf einen der ersten Alterstransporte."

Als der Groschen fällt, muss ich schlucken. „Wie?"

„Veronal. Das machten viele so, wenn der Befehl zur Aussiedlung kam. Besonders Ältere."

„Sofern sie das Geld dafür hatten", wirft Josef ein. „Schlaftabletten gab's nur schwarz. Veronal kostete ein Vermögen."

Frau Grosser rührt in ihrer Tasse. „Entweder war die Dosis zu gering oder man hat ihnen was Falsches untergejubelt. Jedenfalls kamen sie noch ins Jüdische Krankenhaus."

„Es gab ein jüdisches Krankenhaus?"

„Im Wedding. Das war den ganzen Krieg über in Betrieb." Er verzieht den Mund. „Schließlich sollten die Juden gesund ins Gas reisen."

Ich stelle mir die beiden Alten vor, die Mägen ausgepumpt, benommen, mit brüllenden Schläfen und wundem Hals, sich in der Ambulanz auf einem durchgelegenen Metallbett wiederfindend. Verflucht zum Weiterleben.

Frau Grossers Blick gleitet an mir vorbei. „Am nächsten Tag haben sie sich die Pulsadern aufgeschnitten. Nur deshalb liegen sie in einem Grab. Käthe hat das erst hier erfahren. Beim Besuch auf dem Friedhof. Sie war ganz aufgewühlt davon …"

Von draußen weht ein Hauch Abendluft ins Zimmer.

„Trotzdem wollte sie, dass man sie dort begräbt?"

„Ja. Der Ort sei voller Frieden …" Sie reibt sich den Ellenbogen. „Käthe liebte Berlin. Vor drei Tagen sagte sie mir, sie beneide mich darum, den Mut gehabt zu haben, es hier noch mal zu versuchen."

Frau Grosser lächelt müde. Mein Mund fühlt sich trocken an. Ich denke an die Szene in dem düsteren Diner. Käthe hat mir damals von Mascha Kaleko erzählt, ihre Verse für mich rausgekramt, aus irgendeinem grauen, zerlesenen Band, der mir so trostlos erschien wie das Leben der Frau, die sie verfasst hatte. Ein Flüchtlingsschicksal eben. Eines, von dem ich damals herzlich wenig wissen wollte.

Das kam erst, als ich unterwegs nach Israel war. Da stieß ich beim Büchertauschen auf Remarques „Arc de Triomphe". Den hatte Käthe erwähnt, als wir vor dem graugelben, gesichtlosen Apartmentblock in Washington Heights standen, wo Erich Maria mal gewohnt hatte. Der Roman packte mich auf den ersten Seiten. Bis zum Anlegen in Haifa hatte ich ihn verschlungen, gierte nach mehr, ergatterte in Tel Aviv „Nacht von Lissabon", schob Feuchtwangers „Teufel in Frankreich" hinterher, entdeckte Brod, Toller, Seghers und Graf.

Der Tee ist leer. Josef mustert mich, als könne er Gedanken lesen. Mein Blick flieht zu dem traurigen Clown, der von der Tapete in den Raum guckt, eins der Kitschgemälde, wie sie für Touristen auf Kunstmärkten feilgeboten werden. Frau Grosser räuspert sich.

„Bella hat Käthe vor der Reise gewarnt. Sie wollte nicht, dass sie fuhr. Deswegen rief sie mich sogar an. Sie habe so ein komisches Gefühl. Was soll passieren, hab' ich ihr gesagt? Die Gestapo ist abgeschafft, Berlin ist viel sicherer als New York. Glaub mir."

Ihre Stimme, die eben noch nüchtern durch die Fakten manövriert ist, wird ganz hell. Sie fährt sich mit der rechten Hand an den Kopf, als müsse sie sich dort festhalten.

Wie oft habe ich bei Telefonaten mit Mutter Zuversicht geheuchelt! Bloß um es rasch zuzudecken. Ich redete mir sogar ein, ich täte das um ihretwillen. Bis ich begriff, dass ich nur vor der eigenen Ohnmacht weglief. So wie sie vor Bellas Ahnungen weggelaufen ist.

Josefs Husten unterbricht das Schweigen. Ich checke mein Handgelenk und spüre einen vertrauten Stich. Die Uhr von Andreas. Zu unserem letzten Jahrestag. Es tut noch immer weh.

„Ich fürchte, ich muss langsam …"

„Gewiss." Elvira schnellt vom Sofa hoch. „Ich hole Ihnen rasch eine Tüte für die Papiere."

Sie verschwindet im Flur. Josef würgt sich aus dem Sessel. Er ist überraschend groß, gut fünf Zentimeter größer als ich. Ich versuche ihn mir mit 44 Kilo vorzustellen. Als „Muselmann". So hießen die lebenden Skelette im KZ, vermutlich in Anlehnung daran, was Christen früher mit ihren türkischen Gefangenen veranstaltet hatten.

„Ihr Besuch war sehr anregend. Kommen Sie bald wieder."

Er greift nach meiner Hand. Einen Moment lang bin ich verwirrt, glaube, er will zum Handkuss ansetzen, doch er besinnt sich und streift mir stattdessen nur über den Arm.

„Wussten Sie übrigens, dass Sie jüdische Augen haben? Die müssen von Ihrer Großmutter sein."

Ich spüre, wie ich erröte. Manche beuten ihren Veteranenbonus grundsätzlich aus, egal ob die Angetraute nun zusieht oder nicht. Doch er spielt in einer eigenen Liga.

Der wehmütige Zug um den Mund, die sanften, überraschend kräftigen Hände.

Wie viel Lebenshunger braucht einer, um durchzustehen, was dir widerfahren ist?

„Fast wie die von meiner Herzallerliebsten!"

Sein Augenaufschlag ist so heiter wie unschuldig. Frau Grosser steht wieder hinter mir. Sie presst die Tüte vor den Bauch und verzieht süßsauer die Lippen.

„Ich bringe Sie noch zur Tür."

7

Treppenhäuser haben oft einen eigenartigen Geruch und dieses riecht nicht nur nach Bohnerwachs und Enge. Ich will los, aber Frau Grosser macht den Eindruck, als habe sie noch etwas auf dem Herzen. Vielleicht ist sie auch nur geschafft. Gerade will ich ihr sagen, dass ich sie auf dem Laufenden halten werde, da packt sie mich am Arm. Mit beiden Händen.

„Hören Sie. Wenn Sie ihn sehen …"

Ihr heiseres Flüstern löst sofort Panik in mir aus.

„Ich bin zu alt, mich nimmt er nicht für voll. Sie sind jung …"

„Wen sehen?"

Der wunde Ausdruck ihrer Augen. Spricht sie etwa von ihrem Josef?

„Jenninger."

Gott sei Dank. Dass ihr der Kripomensch unsympathisch ist, hat sie schon durchblicken lassen.

„Lassen Sie sich nicht von ihm abspeisen. Er soll Ihnen genau erklären, wie das passiert ist. Lassen Sie sich von ihm die Stelle zeigen."

Ihre Fingernägel bleiben in meine Haut gekrallt.

„Klar", lache ich hilflos. „Weshalb sollte er mich anlügen?"

Sie lässt mich abrupt los. „Er wird Ihnen sagen, sie hat Selbstmord begangen."

Also doch. Das, was schon die ganze Zeit über in der Luft hängt und ich beiseite gewischt habe, ist ausgesprochen. Wieso stürzt eine ältere Frau nachts allein von einer Brücke auf Bahngleise?

„Bisher war die Rede von einem Unfall …"

„Sicher. Wegen Josef."

„Wie bitte?"

„Leise!" Zischend reißt sie den Finger vor den Mund. „Er weiß nichts davon. Am Telefon konnte ich Ihnen nichts sagen. Nicht, wo er die ganze Zeit daneben saß …"

Ich verspüre den Drang, laut aufzulachen. Ihr Ausdruck hält mich davon ab.

„Sie hat unter dem Denkmal für die Deportierten gelegen. Ich kenne die Stelle. Wissen Sie, wie hoch da das Geländer ist? Da fällt man nicht einfach runter."

Die Brille blitzt im Treppenhauslicht. Ihre waagerecht ausgestreckte Hand ist zwischen Brust und Bauchansatz gewandert. Die fleischigen Finger zittern. Ich bemerke, dass ihr Bernsteinring schief sitzt und nicke taub.

Mir dämmert, was sie mir sagen will. Sie glaubt weder an einen Unfall noch an Selbstmord. Mein Speichel schmeckt auf einmal schal. Der rote Knopf für den Lichtschalter hinter ihr beginnt zu glimmen. Noch fünf Sekunden und wir stehen im Dunkeln.

„Das Erste, was Jenninger mich heute Morgen fragte, war, ob sie einen Abschiedsbrief hinterlassen hat. Dann wollte er wissen, ob sie in den letzten Tagen deprimiert gewirkt habe."

Ich lange mechanisch an ihr vorbei zum Schalter. Mein Kopf sirrt.

Frau Grosser hält die Unterarme gekreuzt, aber ihre Hände bleiben in Bewegung. Sie kneten das Fleisch. Als kneteten sie Gedanken.

„Er sieht, was er sehen will. Ihm reicht, dass es keine anderen Hinweise gibt."

„Haben Sie ihm von Käthes Besuch in Weißensee erzählt?"

„Sicher. Auch wie gelöst sie hinterher war ... Viele Selbstmörder schienen ganz gelassen, wenn ihr Entschluss feststehe. Außerdem müsse einem der Ort zu denken geben."

„Wie das?"

„Man könne es als eine Art Botschaft sehen."

Die Theorie leuchtet ein. Als Theorie. Vielleicht stimmt sogar, dass Käthe sich ihre Liebe zu Berlin nie eingestanden hat. Doch das macht sie noch lange nicht zu einer, die an ihrer Sehnsucht nach der verbrannten Heimat zerbricht. Das passt eher zu Mascha Kaleko, die ich mir frierend und verlassen vor einer leeren Flasche Gin in einem schäbigen Studio in Chelsea vorstelle.

Käthe hat nicht nur Kaleko geliebt, sondern auch Dos Passos, Heller und Baldwin. Sie ist zwischen East River und Hudson zu Hause gewesen. Die Zeit verändert einen Menschen. Aber Käthe war eine Kämpferin.

Frau Grosser sieht das offenbar ähnlich.

„Ich kannte Leute, die sich das Leben genommen haben. Keiner von denen war wie sie. Das hat Jenninger überhaupt nicht interessiert." Ihr Lachen klingt gallig. „Es kann eben nicht sein, was nicht sein darf ..."

Darum also hat sie mich nach Berlin geholt. Die Beerdigung ist nur der Vorwand. Sie will verhindern, dass man

Käthes Tod als Suizid ad acta legt. Aber alles in mir sträubt sich. Sie spürt das.

„Was denken Sie, wie die ausländische Presse reagiert, wenn eine jüdische Emigrantin bei ihrem Besuch in Berlin unter solchen Umständen stirbt? Eine, die obendrein als Gast des Senats hier ist?"

Ich glotze auf die altweiß gestrichene Flurwand, das schwarze Plastik um den roten Punkt und das Grau des Türrahmens. Frau Grosser wirft den Kopf zurück.

„Bei all den Hakenkreuzschmierereien und Überfällen auf Ausländer?"

Die Reflexion auf ihren Brillengläsern irritiert mich. Im entscheidenden Moment verliere ich immer den Blickkontakt. Der schwarzgrau gefleckte Terrazzo unter meinen Füßen beginnt zu flimmern. Ich muss hier raus, sonst zerrt sie mich mit auf ihr Karussell.

„In ein paar Stunden sehe ich den Mann ja." Ich greife nach meiner Tasche. „Dann werde ich ihn fragen."

Die Nacht riecht nach Laub und Sommer. Vom Hohenzollerndamm dringt gedämpftes Rauschen. Fernsehgeflimmer sickert aus Fenstern. Der einzige Mensch außer mir auf der Straße ist eine einsame Gestalt einen halben Häuserblock weiter, die einem Hund beim Pinkeln zuguckt. Ich sauge meine Lungen erlöst voll Luft.

Hier draußen herrscht eine andere Realität. Eine, in der die Dämonen unwirklich wirken, mit denen die beiden da oben zwischen ihren Tapeten eingesperrt sind.

Doch so leicht lassen sich die Dämonen nicht abschütteln. Während ich auf die Verwaltungsbauten zugehe, die im Halbrund den Fehrbelliner Platz belagern, mir ihre wuchtige Düsternis entgegenwächst und ich mich mit stillem Grausen frage, was hinter den Fensterhöhlen wohl alles an verdrängter Wirklichkeit pocht, schimmert der stumpfe Muschelkalk wie die Haut eines Drachens, der sich nur schlafend stellt.

Mir kommt gar nicht mehr in den Sinn, mein Gepäck zurück zum Zoo zu tragen. Jedenfalls nicht ernsthaft. Dafür ist es längst zu spät. Selbst wenn ich mir einrede, dass ich die Sache jederzeit abbrechen kann.

8

Vom Fehrbelliner Platz bis zur Deutschen Oper ist es nicht sonderlich weit, obwohl man unterwegs umsteigen muss. Ich brauche eine halbe Stunde länger, weil ich mich in den Unterlagen fest lese und das Umsteigen vergesse.

Käthes Schrift ist schwer zu entziffern. Außerdem enthält der Block über ganze Passagen nur kryptische Notizen. Also überfliege ich zunächst die Artikel. Der tote Neonazi lässt mich kalt. Das Verfahren gegen die Köpfe des SS-WVHA und der Streit um die geplante „Spiegelwand“ sind fesselnder. Allerdings kann ich mir beim besten Willen nicht erklären, was das Wirtschaftsverwaltungshauptamt der SS oder ein Denkmal für deportierte Juden mit ihrem Restitutionsanspruch zu tun haben sollen.

Dafür erfahre ich, wo die Immobilie steht. Käthes Anwalt hat Grundbuchauszüge in der Alten Schönhauser Straße einsehen lassen. Der Komplex ist im März 1938 an einen Spediteur namens Engerling gegangen, der ihn kurz darauf einem Dr. Reinhard Schwertfeger weiter verkauft hat. Käthes Anwalt mutmaßt, dass der Spediteur nur der Strohmann des Zweitkäufers gewesen ist.

Hinter seinem Schreiben liegt eine Broschüre der „Berliner Bau- und Invest GmbH“. Die saniert Gebäude im Osten. Ihr Chef ist ein Marcus Dreiser. Aus den Zeitungsausschnitten weiß ich, dass Dreiser konservativer Abgeordneter in Steglitz ist und von der Spiegelwand wenig hält. Er nennt sie einen „ästhetischen Alptraum". In welchem Verhältnis Dreiser zu Käthes Immobilie steht, erschließt sich mir allerdings nicht.

Als ich durch die Aktennotizen aus dem SS-Wirtschaftsverwaltungshauptamt blättere, werde ich immer ratloser. In den Büros des Amts A ist nach Ansicht eines Abteilungsleiters zu viel Kohlepapier verbraucht worden. Daraufhin hat er festgelegt, dass jedes Blatt mindestens vier Mal einzusetzen ist, und zwar sukzessive von unten nach oben, je nachdem, ob es sich um den ersten, zweiten oder dritten Durchschlag handelt.

Entweder sind seine Mitarbeiter extrem verschwendungssüchtig gewesen oder er wahnsinnig pedantisch, denn er hat es für nötig gehalten, fünf Rundschreiben dazu zu verfassen. Das letzte stammt vom 18. Februar 1943, dem Tag, als Josef Goebbels im Sportpalast nach Kanonen statt Butter hat brüllen lassen. Doch das ist es nicht, was mir auf einmal Frostschauer über den Rücken jagt, bis die Buchstaben vor meinen Augen zu tanzen beginnen.

Auf sämtlichen Kopien ist der akkurate Abteilungsleiter bisher nur mit Rang und Kürzel aufgetaucht. Sein letzter Vermerk hat offenbar offizielleren Charakter, darum ist er mit vollem Namen unterzeichnet.

Der Mann besitzt eine energische Handschrift, getränkt mit Verve und Präzision, so schwungvoll wie penibel. Im Übrigen heißt er Schwertfeger, kürzt seinen Namen mit R. ab und trägt einen Doktortitel. Genau wie der zweite Käufer des Hauses von Käthes Vater.

Plötzlich wird mir kalt. Denn der Mann mit dem Faible für gründlich genutztes Kohlepapier bekleidet nicht nur den Rang eines SS-Sturmbannführers, seine Abteilung gehört zum Amt A. Dieses Amt wiederum, so habe ich gerade aus den alten Zeitungsberichten erfahren, hat sämtliche Vermögenswerte verbucht und weitergeleitet, die bei der „Aktion Reinhard" angefallen sind, also die Ausbeute aller Mordaktionen an den polnischen und ins polnische „Generalgouvernement" verschleppten Juden, inklusive der „Restverwertung" ihrer Haare, ihres Zahngoldes und ihrer „Flugasche".

Schwertfeger ist aber kein Allerweltsname. Promovierte Schwertfeger sind noch seltener. Eventuell hat es zwei Dr. R. Schwertfeger gegeben, von denen der eine in Steglitz-Lichterfelde gemeldet war, während der andere nur dort arbeitete. Aber sehr wahrscheinlich ist das nicht.

9

Caroline öffnet mir mit Zigarette im Mundwinkel und Weinglas in der Rechten.

„Da bist du ja endlich! Wir dachten schon, du hättest es dir anders überlegt ..."

Ihre Wangen sind gerötet.

„Alles okay?"

Ich nicke einigermaßen benommen. Offenbar hat sie schon einiges konsumiert.

„Frank ist auf einen Sprung da."

Sie spricht den Namen Englisch aus und so, wie sie dazu die Brauen lüftet, bedarf es keiner weiteren Erklärung. Sie leidet nie unter Männermangel. Ich habe längst den Überblick verloren, aber zwinge mich zu einem interessierten Lächeln.

„Er ist Bassgitarrist aus Chicago. Hat früher im Buddy

Guy's Legends gespielt und ist sogar mal mit Junior Wells aufgetreten."

Sie wirft ihre Botticelli-Locken zurück, als sage das alles. In Israel haben die Jungs sie dauernd für eine Schwedin gehalten und Anita genannt. Wegen Anita Ekberg.

Die Wohnung liegt im dritten Stock und ist früher von einer WG genutzt worden. Ich folge ihr durch den langen Flur zur Küche. Die ist mindestens zwanzig Quadratmeter groß und blickt zum Hof. Aus einer Stereo-Anlage in der Ecke dringt verzerrter Blues. Jim Morrison arbeitet sich an John Lee Hookers „Crawling King Snake" ab. Ich höre die „Doors" gelegentlich ganz gern, aber bei dieser Aufnahme hat Morrison vorher eindeutig zu viel getrunken.

Vorm Gasherd, den Rücken zur Tür, tänzelt ein sehniger Mann. Eine atemgelähmte Sekunde lang kämpfe ich mit dem Déjà vu: Sein halblanges Haar, Schultern, Taille und Gesäß, die ganze Art, wie er sich hält – genau wie bei Andreas. Das Double meines Abgelegten als Caros Neuer ist das Letzte, was ich jetzt brauche.

„Frankie? This is Maja."

Er wechselt zwischen Stand- und Spielbein und schwingt herum. „Oh hi ..."

Sein Schlussvokal zieht sich wie Kaugummi. Gott sei Dank bleibt mir das perlweiße Colgate-Grinsen ganz fremd: Ein in die Jahre gekommener All-American-Boy, breites Kinn, gerade Zähne, auf glatte Art hübsch. Vielleicht eine Spur zu verkifft.

„Hallo."

Ich spreche das Wort absichtlich deutsch aus. Eine Mischung aus Schock und Trotz. Caroline schlingt ihm den Arm um die Hüfte und schmiegt ihr Becken besitzergreifend an seinen Oberschenkel. Mir graut schon vor der dünnen Wand des Gästezimmers. Seine Linke gleitet ihr beiläufig den Rücken hinunter und ruht sich auf ihrem Steiß aus.

„Caroline told me that you love pasta, and since she hates cooking, I thought I'd prepare some for us ..."

Du kochst also schon hier, denke ich nur und weiß im selben Moment, dass wir nie Freunde sein werden. Dafür kann er nichts. Er erinnert mich bloß zu sehr an Andreas.

10

Andreas und ich haben bis vor einigen Monaten noch Tisch und Bett geteilt. Seinetwegen bin ich von Köln nach Hamburg gezogen. Andreas zählt zu den wenigen Kerlen, deren Kinn ich auf Augenhöhe bewundern kann. Meine Länge schreckt Männer zwar nicht ab, aber schränkt das Spektrum ein. Den meisten fehlt die Phantasie dafür, dass eine wie ich auch hin und wieder anlehnungsbedürftig ist und eine Schulter mag. Andreas hat da nie lange gefragt. Und er sprach sogar von sich aus über Kinder. Obwohl ich ihm nie verraten habe, wie zauberhaft ich mir die Mischung aus seinen Leonardo-Locken und meinen Bernsteinaugen vorstellte. Wir fanden eine Altbauwohnung direkt bei der Uni. In der Rutschbahn. Unrenoviert. Mit Stuck und Balkon. Das große Los. Alles sah goldig aus. Bis Betty auftauchte.

Betty kam auch aus Köln. Gegen Ende der Schulzeit waren wir in derselben Clique. Anfangs bildete ich mir ein, sie wolle nur unsere Freundschaft auffrischen.

In der Zeit bereitete ich mich gerade aufs Examen vor. Andreas schrieb an seiner Promotion. Dass er oft abwesend wirkte, schob ich auf die Arbeit, selbst dann noch, als ich ihn eines Abends mit munterem Flirtlachen am Telefon antraf. Er sah ganz erschrocken auf, drückte mir den Hörer in die Hand und verließ das Zimmer. Jede andere hätte Lunte gerochen. Aber sobald Betty lossäuselte, verflog mein Argwohn.

„Hallo Majamaus, da hat sich das Geplauder mit deinem Hübschen ja doch noch gelohnt …"

Folgenden Freitag war sie spontan angereist, obwohl ich ihr gesagt hatte, ich habe an dem Wochenende kaum Zeit.

„Macht nichts", gurrte sie. „Ich muss hier einfach mal wieder raus …"

Ihr neuer Haarschnitt irritierte mich. Auch, dass Andreas, der sonst gern Komplimente verteilte, so einsilbig darauf reagierte. Wir frühstückten zu dritt. Anschließend musste ich in die Bibliothek. Ich saß schon auf dem Fahrrad, als ich mich sagen hörte: „Lass es, Maja. Das ist völlig bescheuert."

Drei Minuten später stand ich wieder vor der Wohnungstür. Mein Herz pochte hart. Ich wusste es, bevor ich sie hörte. Betty saß mit gespreizten Schenkeln zwischen abgegessenen Tellern, die Arme um seinen Hals geschlungen. Er hing in halber Grätsche vor ihr. Sie bemerkte mich als Erste. Er brauchte länger. Ich glotzte auf ihre erhitzten, gefleckten Wangen und in sein vertrautes, entsetzlich fremdes Gesicht. Sekundenlang sperrte sich mein Verstand. Aber es war kein Schmierenstück, es war echt, und es zerstörte auf einen Schlag alles, was ich je über ihn oder mich zu wissen geglaubt hatte. Als ob mir jemand eine Klaviersaite durch die Eingeweide zöge.

Bettys Augen blitzten. Mir fiel wieder ein, was ich ihr über Andreas erzählt hatte. Zu jedem Verrat, pflegte Vater gern zu sagen, gehören mindestens zwei.

Laut würgte ich bloß: „Ihr hättet wenigstens die Marmelade wegstellen können. Die ist von meiner Mutter."

Dann machte ich auf dem Absatz kehrt und floh.

Andreas bot mir großzügig an zu gehen. Er wusste, dass ich verzichten würde, weil ich die Miete nie allein tragen konnte. Zumal er mir taktvoll verschwieg, dass er Betty schon am Tag meines Auszugs in Hamburg erwartete. So gab ich ihr buchstäblich die Klinke in die Hand.

Sie parkte ihren Fiat ein, als ich eben die letzte Fuhre in meinem verwarzten Mietkombi verstaute. Natürlich sprang die Rostlaube im entscheidenden Augenblick nicht an und ich durfte zu allem Elend auch noch das junge Glück bei der Begrüßung bewundern.

Als ich anschließend Revue passieren ließ, wie viel Liebe, Schweiß und Hoffnung ich ins Renovieren der Rutschbahn gesteckt hatte, sehnte ich mich nach einer Pumpgun. Stattdessen stierte ich die kahlen Wände meiner neuen Bleibe an und heulte in ein nacktes Kissen, das auch ohne Bezug nach Andreas roch.

Am nächsten Tag hockte ich zwischen halb geleerten Kartons, als das Telefon klingelte. Zunächst reagierte ich nicht, weil der Apparat in der Küche stand und der Anruf im Zweifelsfall für meine Vermieterin war. Doch es schellte beharrlich weiter, bis ich mich schließlich aufraffte.

Sobald ich Mutters Stimme hörte, wusste ich, wieso ich nicht hatte ans Telefon gehen wollen. Katastrophen gehorchen dem Gesetz der Serie. Mutter klang grauenhaft gefasst. Vater war auf ihr Drängen endlich beim Arzt gewesen. Es sei schlimm. Bauchspeicheldrüsenkrebs.

Vater war kurz zuvor zweiundsechzig geworden und nie ernstlich krank gewesen. Vielleicht blieb er deshalb so gelassen. Er verbitte sich verfrühte Kondolenzbesuche. Ich solle mich gefälligst um mein Examen kümmern. Ich fuhr trotzdem. Zur Chemotherapie, die in der Woche darauf beginnen sollte, erklärte er nur, Frauen fänden Glatzen ja angeblich sexy. Auch Mutter gab sich optimistisch.

„Du kennst ihn. Er lässt sich nicht so leicht unterkriegen."

Ich blieb übers Wochenende. Der Oktoberhimmel war strahlend blau. Wir fuhren nach Zons, aßen am Rhein, lachten viel und machten Pläne für nächsten Sommer.

Fünf Monate später war er tot. Die Bäume entlang des Militärrings zeigten erstes, zaghaftes Grün. Ein Hauch Frühling wehte mir entgegen, als ich aus dem Heilig-Geist-Spital kam, durch den Park lief, in die Wolken sah und es nicht fassen konnte.

11

Franks Nudeln sind verkocht, der Salat ist mit zu viel Essig angemacht und die Sauce versalzen. Wenn er genauso Gitarre spielt, sehe ich schwarz für seine Karriere. Aber der Wein ist akzeptabel. Es gibt Soave. Da kann er nicht viel falsch machen.

Beim dritten Glas fange ich an mich zu entspannen, zumal er ankündigt, nach dem Essen abzuhauen. „When you do your girls talk, I ain't got no business 'round here."

Ich bin geneigt, ihm das als echten Takt auszulegen, doch das anzügliche Zwinkern, das er mir parallel gönnt, macht den zarten Ansatz gleich wieder zunichte.

Er habe bei „Alligator Records" Aussichten auf einen Vertrag, verkündet Caroline. „Dafür müssen wir eventuell in die USA."

Die Sache klingt extrem vage. Trotzdem gibt sie sich begeistert. „Alligator ist ein irre spannendes Label."

Ich mag nicht, wie er sie ansieht. Vielleicht ist ihm ihre demonstrative Zuneigung peinlich, aber wenn sie durch ihre Lockenpracht wühlt und ihn anschmachtet, verzieht er bereits den Mund. Ich beobachte das Pochen an ihrem Hals, ihre glänzenden Augen und ihr verliebt schwachsinniges Lächeln. Am liebsten würde ich sie schütteln.

Später sitzen wir auf dem Balkon. Frank hat sich tatsächlich verzogen. Von Caros Balkon aus blickt man auf Kopfsteinpflaster, Gaslaternen und alte, üppige Linden, die der Brennholznot der Nachkriegswinter entgangen sind. Sie eröffnet mir gerade, es sei ihr ernst mit ihm.

„Sonst lass' ich Typen ja nie so an mich ran. Bei Frankie ist das anders. Als ob er der ist, auf den ich immer gewartet hab'."

Ich bin heilfroh, dass es dunkel ist und zwischen uns nur zwei Teelichter flackern.

„Seit wann kennst du ihn?"

„Zwei Monate. Wir haben uns im Quasimodo getroffen." Ihre Hand macht eine vage Kreiselbewegung. „Ich weiß, es hört sich wie ein totales Klischee an, aber er ist einfach besonders ..." Sie greift nach der Flasche und gießt sich nach. „Ich hab' ja nie verstanden, wieso du Kinder wolltest. Nun kann ich's mir zum ersten Mal vorstellen."

Sie ist verliebt und hat einen Schwips. Aber wenn ich weiter den Rand halte, geht es mir nur noch schlechter.

„Trotzdem solltest du ihm vielleicht nicht immer ganz so deutlich zeigen, wie verknallt du in ihn bist."

„Ich hab's satt, Spielchen zu spielen. Außerdem will er sich scheiden lassen."

„Er ist verheiratet?" Vor Schreck verschütte ich meinen Wein.

„Sie leben seit über einem Jahr getrennt."

Trotz des Kerzenschimmers erkenne ich die Furche zwischen ihren Brauen. Doch ich hocke bereits im Fettnapf.

„Gibt's Kinder?"

„Einen Sohn in den Staaten."
„Hat er Kontakt?"
„Das will die Mutter wohl nicht …" Sie setzt sich auf. „Was ist?"
„Scheiße, Caro … "
„Ich hab gleich gemerkt, dass du ihn nicht magst."
„Quatsch. Außerdem freut es mich, dass du Kinder willst …"
Leider bin auch ich keine sehr überzeugende Lügnerin.
„Verdammt, Maja! Hab ich gesagt, ich lass' mich morgen von ihm schwängern? Ich fass' es nicht!" Sie rauft sich die Haare. „Nur weil du noch dieser Nulpe hinterher trauerst, die Betty pimpert."
„Wie kommst du darauf?"
„Schon so, wie du ihn vorhin beim Reinkommen angeguckt hast."
„Ich bitte dich, Caro", lache ich gequält. „Das ist es nicht …"
„Sondern?"
„Ich will nicht, dass er dir wehtut."
„Ach ja? Keine Sorge, Süße. Ich kann bestens auf mich aufpassen."
„Na fein. Wenn du's genau wissen willst, ja, er hat mich wirklich an Andreas erinnert. Mit dem fühlte sich auch alles wunderbar an und dann entpuppt er sich als schwanzgesteuertes Arschloch."
„Wahrscheinlich hast du ihn nur erotisch unterfordert und Betty ihm was geboten!"
„Ist das die Retourkutsche?"
„Du bist hier diejenige, die mir Frank nicht gönnt, weil du diesen Flachwichser nicht vergessen kannst!"
Sie hat Recht. Alles Mögliche quillt in mir hoch. Neid, Schmerz, Scham. Und Selbstmitleid. Ich gieße mein Glas

randvoll und suche es wegzuspülen. Obwohl es mich bereits schüttelt. Ein kurzer, wütender Schauer.

Caroline schweigt. Schließlich streckt sie den Arm aus und nimmt meine Hand.

„He! Vergiss den Sack endlich. Er ist es nicht wert. Kein Typ ist das."

„Gut gebrüllt. Das sag' ich mir auch. Jeden Tag mindestens zehn Mal."

„Lenk' dich ab!"

„Dann vermiss' ich ihn nur umso mehr."

„Hast du es je versucht?"

„Einmal. Als er mich anfasste, verging mir alles. Ich kann mir nicht irgendeinen Typ schön saufen und mit ihm in die Kiste springen. Das, wonach ich mich sehne, hat mit Nähe zu tun …"

Wozu weiter darüber reden? Ich bin gekränkt und verletzt. Doch am meisten verstört mich meine eigene Blindheit. Zwei Tage, bevor ich Andreas mit Betty überraschte, hatten wir uns noch geliebt. Ich war glücklich in diesem Moment. Über das Fließen zwischen uns, die Leichtigkeit, die mich erfüllte, das wunderbare Gefühl, zugleich frei und geborgen zu sein. Nun sage ich mir, dass es bloß Einbildung war. Ein Trugbild. Nicht nur in jener Nacht. Sondern immer schon. Von Anfang an.

Morrisons Stimme dringt durch die angelehnte Tür. Inzwischen ist er bei „Build me a woman" angelangt. Sein hungriges Timbre rieselt mir über den Rücken bis in die Lendenwirbel. Natürlich habe ich Sehnsucht. Oft mehr als das.

„Wusstest du eigentlich, dass ich diesen lausigen Küchentisch selber abgebeizt habe?"

Caroline mustert ihren Wein. „Nee. Aber es passt wie Arsch auf Eimer."

12

„Und? Hoffst du zu erben?"

Eines der zwei Teelichter ist ausgebrannt und ich muss mir den Zug um ihren Mund denken.

„Keinen Schimmer, ob's was zu erben gibt."

Wir sitzen noch immer auf dem Balkon. Die Nacht ist sternenklar. In der letzten Stunde habe ich ihr von Elvira und Josef erzählt.

„Mit dem Anwalt redest du aber?"

„Sicher."

„Uups …" Sie will sich nachschenken, aber die Flasche ist alle. Sie stellt sie ins Halbdunkel neben ihren Stuhl, wo bereits mehr Leergut steht, erhebt sich leicht schwankend und entschwebt. Kurz darauf kehrt sie zurück und reckt etwas durch die Balkontür. „Orvieto!"

Als sie mir eingießt, merke ich, dass ich längst betrunken bin. Sie greift nach den Zigaretten.

„Elvira hat das Begräbnis also nur benutzt, um dich her zu locken?"

„Verrat' mir mal, wie sie's sonst hätte anstellen können?"

Caroline kichert leise. „Du bist unschlagbar. Die Alte manipuliert dich, dass sich die Balken biegen, und du nimmst sie auch noch in Schutz. Hör auf, so verdammt nett zu sein. Die Steigerung von gut ist bescheuert."

„Fein! Dann bin ich eben bescheuert. Ich glaube, Elvira hat Käthe wirklich gemocht. Was kann sie tun? Wer hört ihr zu? Wen kratzen ihre Zweifel? Wenn Elvira sagt, die Kripo untersucht den Fall nicht, weil Käthe Jüdin ist, dann unterstellt man ihr gleich 'ne Opfermacke."

„Opfermacke?"

„Ja! Opfermacke. Wer nach Belgien abhauen musste

und fünf Jahre mit der Gestapo Versteck spielen durfte, hat seinen Knacks weg ... Den hatte mein Alter übrigens auch. Obwohl der auch ’n harter Knochen war und uns die Veranstaltung im Nachhinein gern als drolliges Katz-und-Maus-Spiel verkaufte: Wie die dicke Alma, die Kleinstadtcops mit Selbstgebranntem abfüllte und unter den Tisch soff, wenn irgendwer sie wieder verpfiffen hatte, weil sie außerhalb der vorgeschriebenen Zeiten an Sternträger verkaufte.“

„Wer ist die dicke Alma?“

„Die Frau, die ihn aufnahm, als seine Eltern ins Lager kamen. Weil die Nazifürsorge ihn sonst zur Zwangsarbeit geschickt hätte. Oder gleich ins Gas ...“

„Und Sternträger?“

„Na die, die nur noch mit gelbem Stern am Busen vor die Tür durften, damit sie ja nicht auf die Idee kamen, Straßenbahn zu fahren oder in den Bunker zu gehen, wenn’s Phosphor vom Himmel regnete.“

„Schon gut.“

Caroline streift sich eine Strähne hinters Ohr. Das aufflackernde Feuerzeug beleuchtet ihr Gesicht. Ich bin wütend.

„Wusstest du etwa nicht, dass deutsche Luftschutzkeller für Arier reserviert waren?“

„Nein. Ich kann ja nicht jede Perversion kennen, die sich die Nazis ausgedacht haben. Will ich auch gar nicht.“

„Da bist du nicht die Einzige. Das wollen die Wenigsten.“

„Nimmst du mir das etwa übel?“

Ich trinke noch einen Schluck.

„Manchmal. Wenn’s um Leute wie Elvira geht. Oder meinen Vater. All die, die stille Wetten abschließen durften, was sie wohl eher umbringt, die Bomben oder das

Zyklon B. Und die hinterher von lauter Typen umgeben waren, die das zwar alles mit angesehen hatten, aber trotzdem von nichts wussten und es bis heute nicht wissen wollen …"

„Verstehe", murmelt sie.

Ihr Korbstuhl schrabt über den Estrich. Es klirrt, als sie gegen eine der leeren Flaschen stößt und ins Zimmer abtaucht. Kurz darauf ertönt das getragene Zittern einer Slide Guitar. Sie hat Hans Olson aufgelegt. Der ist momentan ihr Liebling. Legt sie ihre Lieblinge auf, wird es gewöhnlich Zeit für mich ins Bett zu gehen, denn dann wird sie sehr versonnen. Oder grundsätzlich. Oder melancholisch. Je nachdem.

Heute haben wir die Rollen getauscht: Ich bin diejenige, die ständig Wein nachschüttet, weil ich mich nach Taubheit sehne. Doch es funktioniert nicht. Der Alkohol weicht den Schorf nur auf. Ich denke an Vaters graues Chemogesicht und seine Tränen über Claras Brief.

„Mal dir aus, wie sich das anfühlt. Wenn das, wovor du gezittert hast, für die anderen nie stattfand. Wenn sie es leugnen und dich nachträglich dafür doppelt zahlen lassen, indem sie so tun, als wärst du nur ein neurotischer Spinner."

Caroline steht rauchend gegen den Türrahmen gelehnt. Ich starre sie an, starre auf den Fleck ihres Gesichts, keine zwei Meter weit weg und Welten entfernt. Ihre Zigarette glimmt im Dunkel.

„Das will ich mir gar nicht ausmalen. Nur weil du glaubst, da was nachholen zu müssen."

Sie streckt sich, als wolle sie ins Bett.

„Wie nachholen?"

„Abschied nehmen, vielleicht. Elvira ist nebensächlich. Sie tut dir eben leid."

Ich verstehe nicht, was sie sagen will. Nur, dass sie mir ausweicht. Auf einmal holt mich wieder ein, was ich oft gespürt habe, wenn irgendwelche Erwachsenen mich verwundert anguckten, weil Vater mit kalkweißem Gesicht aufgesprungen war und aus dem Raum stürzte. Wo sie sich doch bloß eine harmlose Bemerkung über ihre reizende BDM-Führerin erlaubt hatten. Damals im Warthegau.

Wie ich sie gehasst habe, diese Blicke, die hinter geheuchelter Unschuld den ganzen Reigen von Häme bis Triumph abfeierten, verpackt in klebriges Mitleid. Für mich: Mein Gott, was ist der Mann empfindlich. Das arme Kind ...

Jetzt bin ich es, die wund ist. Allein bleibt. Mit Caroline, der blauäugigen, entsetzlich fremden Freundin, die sich das alles nicht ausmalen will.

Ich sehe Clara abrutschen, höre sie ein letztes Mal den Namen ihres Sohns schreien, kauere zwischen ausgemergelten Gestalten in einem eisigen Güterwagen, verteidige meinen Quadratfuß Platz mit blutig gelaufenen Holzpantinen, hocke in einem Kellerloch, wo sich ein ekelhafter Hauswart vor mir aufbaut, die wulstigen Lippen leckt und an seinem Hosenlatz fingert.

„Ja“, würge ich trotzig. „Sie tut mir leid. Ihr Mann tut mir leid. Mein Vater tut mir leid. Und ich tue mir leid. Weil ich's versäumt habe, Käthe nach seiner Mutter zu fragen ...“

Einen Moment lang werde ich ganz blind. Die Bilder überschlagen sich. Ich trinke, ein, zwei gierige Schlucke, muss würgen, trinke weiter, bis es endlich das Wüten im Bauch zudeckt und der Schmerz abebbt.

Caroline schnickt ihre Zigarette über die Balustrade. Die Glut beschreibt einen sanften Bogen und zerstiebt auf dem Pflaster.

„Und du glaubst, dadurch, dass du dich von Elvira einspannen lässt, kannst du das nachholen?“

Die Blätter der Linde vor ihrem Balkon wispern leise. Ein Windhauch. Kaum spürbar. Caroline räuspert sich, als warte sie auf eine Antwort. Dann sackt sie in die Knie und nimmt meine Hand.

„Maja?“

Sie beugt sich vor. Irgendetwas hält sie ab.

„Was?“

„Nichts. Ich geh' schlafen.“

Sie streichelt mir zwei Mal über den Arm, dann lässt sie mich los und verschwindet. Ich bleibe sitzen und verfolge den Großen Wagen, der schräg rechts von mir über den Nachthimmel rollt, mitten durchs Bad der Sterne. Die Blätter der Linden flirren leise.

„Wer weiß“, flüstere ich leise, nur zu mir selbst. „Vielleicht. Vielleicht auch nicht.“

Da erst merke ich, dass meine Wangen nass sind.

13

Der verhangene Himmel am nächsten Morgen korrespondiert mit meinen verquollenen Lidern und dem bösartigen Pochen hinter den Schläfen, das sich trotz drei Tassen Kaffee hartnäckig hält. Ich verbringe fast zwanzig Minuten im Bad, bis ich äußerlich einigermaßen präsentabel bin. Caroline schläft noch, als ich die Haustür hinter mir schließe.

Jenninger sitzt in der Polizeidirektion 3. Die ist in Moabit, nicht weit von der Stelle, wo Käthe gestorben ist. Vielleicht kann ich ihn dazu bewegen, sie mir zu zeigen. Um ihn zu motivieren, habe ich zum Schminkset gegriffen und mein adrettes Kostümjäckchen übergeworfen. Normalerweise vergreife ich mich selten im Register. Heute haue ich daneben. Vermutlich der Restalkohol.

Spätestens als ich am Zoo nach Tegel umgestiegen bin und in die müden Gesichter der türkischen Putzfrauen sehe, die von der Frühschicht kommen, dämmert mir, dass mein auf hanseatisch gequälter Chic hier bestenfalls albern wirkt. Der goldene Westen ist weit, Berlin nicht Hamburg und Moabit mindestens so viele Lichtjahre vom sonnigen Charlottenburg entfernt wie das trostlose Tiefstack vom glitzernden Blankenese.

Ich steige Birkenstraße aus. Auf den Stufen nach oben wirbelt mir der Wind verdreckte Zeitungsfetzen entgegen und schickt scheppernd zwei Bierdosen hinterher. Draußen fängt es eben an zu nieseln. Nachkriegsbehausungen aus Beton wechseln mit grauen Altbauten. Dazwischen türkische Nachbarschaftsvereine, Discounter, Ramschläden und abgetakelte Eckkneipen, wo hinter mottenzerfressenen Windfängen Tristesse tobt. Selten habe ich mich unpassender aufgemacht gefühlt.

Zehn nach acht stehe ich vor dem lang gestreckten Backsteinwürfel, der den Eingang zur Direktion 3 beherbergt. Die Direktion besetzt einen kompletten Häuserblock, in dem der lokale Abschnitt, Bereitschaftspolizei, Kripo und Meldestelle untergebracht sind. Auf der Rückseite des Karrees ist ein Frauenknast.

Es gibt keinen Lageplan, dafür einen Pförtner, der den Kollegen vertritt und ächzend bekundet, mir nicht weiterhelfen zu können.

„Ich sitz eigentlich woanders und kenn' mich hier auch nicht aus."

Er stößt auf eine Durchwahl. Irgendwer nimmt ab und verrät ihm, dass Jenninger zwar im Haus ist, aber momentan nicht am Platz. Er nickt gewichtig und legt auf. „Da isser jedenfalls."

Nach einem weiteren Anruf weiß er auch, in welche Richtung ich mich zu halten habe. „Erster Stock im Nachbarbau. Durch die Meldestelle, dann die Treppe hoch und über die verglaste Fußgängerbrücke."

Die Meldestelle riecht nach kaltem Rauch, Angstschweiß und Langeweile. Drei arabische Teenager bedenken mich mit Anzüglichkeiten, aber verstummen, als ein Uniformierter auf dem Gang erscheint. Das benachbarte Gebäude stammt noch aus der Kaiserzeit. Jenninger sitzt in Raum 107.

Ich klopfe und trete ein. Vier Schreibtische, zwei große Fenster und Aktenschränke. Die einzige Person im Büro ist eine kurz geschorene Wasserstoffblonde, die mit Telefon auf dem Bauch in ihrem Sitzmöbel lümmelt. Spitze Stiefel lagern lässig auf der Tischkante. Sie hält die Hand vor den Hörer und mustert mich kühl.

„Sie waren das eben?"

Ich bejahe.

„Sekunde ..."

Sie deutet auf einen Stuhl neben der Tür und horcht in den Hörer. Während ihre Schneidezähne einen Kugelschreiber traktieren, beäugt sie mich abschätzig.

„Gut", sagt sie schließlich. „So machen wir's. Schick mir die Sachen. Ich geb's weiter."

Sie parkt die Linke auf der Gabel, behält den Hörer in der Hand und tippt eine Durchwahl ein.

„Ulf? Du hast Damenbesuch."

Sie gönnt mir den Anflug eines Grinsens, doch so, wie sie das „Damenbesuch" intoniert, habe ich den Stempel längst weg.

14

Ulf Jenninger ist feist und Mitte vierzig, die Sorte Mann, auf den das Klischee passt, dass jedes Deo versagt, obwohl er von Plastik auf Baumwolle umgestiegen ist. Er riecht nach Nikotin. Aus seiner wulstigen Nase sprießen Haarbüschel. Außerdem ist er beim Rasieren sehr flüchtig vorgegangen.

Ich hocke auf einem harten Besucherstuhl, quer zu seinem Schreibtisch, so, dass ich die Mimik der Blonden nicht mitkriege. Dafür gucken mich Fahndungsplakate und Vermisstenmeldungen an.

„Nein", erklärt er mir. „Das muss Frau Grosser missverstanden haben. Die Leiche Ihrer Tante kann noch nicht freigegeben werden."

„Also war's kein Unfall?"

„Ihre Verletzungen wurden anscheinend durch den Sturz verursacht."

Auf dem Tisch liegen Farbabzüge, wie zufällig dort abgelegt. Bilder vom Fundort der Leiche. Mein Blick krallt sich sofort daran fest. Jenninger knurrt zwar missbilligend, aber hält mich nicht davon ab, sie genauer zu betrachten. Käthe liegt seitlich neben den Gleisen zwischen Schlackebrocken. Ihre Beine sind übereinander geworfen, der rechte Arm verdreht, die Hand abgeknickt unterm Rumpf. Ihr Gesicht guckt in den Himmel, das Kinn ist weggerutscht. Ihr Mund steht halb offen.

„Wenn es kein Unfall war, was dann?"

Er schiebt die Unterlippe vor und bedenkt mich mit einem langen, leeren Blick, die Sorte Blick, die müde Männer begriffsstutzigen Frauen gönnen. „Wir gehen von Suizid aus. Anscheinend ist sie übers Gitter gestiegen und gesprungen."

„Sie war Jahrgang 1925. Meinen Sie nicht, dass eine Frau von fast 68 eine angenehmere Art wählen würde, um aus dem Leben zu scheiden?“

Er hebt die fleischige Hand und lässt sie auf den Tisch klatschen. „Vielleicht wollte sie damit was demonstrieren. Immerhin lag sie direkt unter dem Denkmal für die Deportierten.“

„Dafür war sie nicht der Typ.“

Er sackt zurück, nimmt einen Schluck aus dem Hertha-BSC-Becher, den er beim Reinkommen auf der Schreibtischkante abgestellt hat, und kratzt sich unter der Achsel. „Haben Sie mir nicht gerade erzählt, Sie hätten sie vor fast zehn Jahren das letzte Mal gesehen?“

„Welchen Grund sollte sie gehabt haben?“

„Was weiß ich? Depressionen.“

Er fischt eine Zigarette aus dem zerknitterten Jackett, das über der Stuhllehne hängt, und kämpft mit einem widerspenstigen Feuerzeug. „Die Stelle, wo wir ihre Leiche gefunden haben, ist bei Selbstmördern beliebt“, sagt er dann. „Da sind schon einige gesprungen. Auch Frauen.“

„Oder es hat sie jemand hinuntergestürzt.“

„Es gibt keine Anhaltspunkte für Fremdeinwirkung.“

„Gestern hab’ ich erfahren, dass sie einen Anwalt eingeschaltet hat, um Restitutionsansprüche auf eine Immobilie in Ostberlin anzumelden. Ihr Vater besaß bis 1938 ein Mietshaus in der Alten Schönhauser Straße. Auf das sind offenbar auch die Erben des Arisierers scharf.“

„Wie heißen die?“

„Das erfahre ich nachher hoffentlich von ihrem Anwalt. Der Käufer damals war ein Dr. Schwertfeger.“

Jenninger reibt sich das Kinn. „Schwertfeger? Woher?“

„Berlin-Lichterfelde.“

„Und der Name des Anwalts?“

„Bernhard Reidenbach." Ich krame in der schicken Mappe, zücke den wesentlich weniger eleganten Zettel mit der Adresse und schiebe ihn ihm zu. „Schwertfegers Erben dürften über den Tod meiner Tante bestimmt nicht betrübt sein."

„Man kann niemandem vorschreiben, worüber er betrübt zu sein hat."

„Nehmen Sie einfach zur Kenntnis, dass es Leute gibt, denen ihr angeblicher Selbstmord sehr gelegen kommt."

Jenninger hat sich die Nummer des Anwalts notiert. Nun schiebt er den Kugelschreiber gemächlich beiseite und lächelt ein Rauswurf-Lächeln. „Habe ich. Sonst noch was?"

„Statt mir zu erklären, sie sei depressiv gewesen, sollten Sie dem vielleicht nachgehen."

„Hören Sie, Frau Schäfer. Der Tod Ihrer Tante tut mir leid. Aber ich weiß, was ich zu tun habe."

Er bläst den Rauch in meine Richtung, greift nach einer Akte und fängt an demonstrativ darin zu blättern.

„Dann wissen Sie ja auch, dass nicht immer alles so ist, wie es auf den ersten Blick scheint."

Er schüttelt den Kopf und atmet durch.

„Sollte der Befund des Pathologen was Neues ergeben, melden wir uns. Vielen Dank, dass Sie sich herbemüht haben."

Er widmet sich wieder der Akte. Meine Schläfen dröhnen. Ich starre auf die Abzüge. Eines der Bilder hat der Polizeifotograf von der Brücke aus gemacht, wohl um die Topographie festzuhalten. Es erinnert mich an ein Foto aus der Ausstellung „Family of Man", das den Akt einer jungen Frau zeigt, die bäuchlings auf einem Teppich aus Efeu liegt. Der Tod hat das Motiv zu einer grotesken Karikatur entstellt und obwohl Käthe bekleidet ist, wirkt sie viel nackter. Nun wartet ihr Körper in der Pathologie darauf, dass der Gerichtsmediziner die Kreissäge an der Stirn ansetzt. Auf einmal verstehe ich, wieso Frau Grosser diese Blöße so bald wie möglich mit Erde bedecken will.

„Sie hatte Pläne. Es gibt ein Motiv …“

„Das hatten wir bereits.“ Jenninger sieht gequält auf.

„Sie hat sich nicht umgebracht. Sie muss ermordet worden sein! Warum bügeln Sie das so ab?“

„Mein Kollege bügelt hier gar nichts ab“, bellt da die Blonde in meinem Rücken. „Er hält sich an die Fakten! Für Spekulationen sind wir nicht zuständig.“

„Schon gut, Wiebke.“ Jenningers Blick gleitet zurück zu mir. „Glauben Sie mir. Ich war schon mit ähnlichen Fällen beschäftigt.“

Ich merke, wie ich wütend werde. Einigermaßen mechanisch stehe ich auf.

„Vermutlich ist das so ziemlich das Letzte, was Ihre Vorgesetzten in den Schlagzeilen sehen wollen, aber genau da wird's landen. Das verspreche ich Ihnen!“

„Moment.“ Seine kleinen, blassblauen Augen haben sich zu Schlitzen verengt. „Seit wann wissen Sie überhaupt, dass Ihre Tante nach Berlin kommen wollte?“

„Meine Mutter erwähnte es vor einigen Wochen.“

„Wann genau?“

„Bei der Beerdigung meines Vaters. Am 23. März.“

Jenninger deutet bloß auf den Stuhl. Ich setze mich widerwillig. Er spitzt die Lippen.

„Ihr Vater war der engste Angehörige von Frau Hirsch?“

„Soweit ich weiß.“

„Mit anderen Worten: Sie erben jetzt?“

„Worauf wollen Sie hinaus?“

„Sind Sie sicher, dass Sie erst gestern von dem Restitutionsantrag erfahren haben?“

Daher weht der Wind. „Absolut sicher."

„Wir werden das überprüfen."

„Tun Sie das!"

„Außerdem brauchen wir eine Kopie dieser Verfügung, die Frau Hirsch bei ihrer Freundin hinterlegt haben soll."

„Die müsste längst bei ihrem Anwalt liegen ... Noch was?"

Er schüttelt den Kopf. „Das wär's. Vorläufig."

Er greift nach einem Stück Papier. Ich erhebe mich und meide Blondies Blick. Als ich schon fast in der Tür bin, stoppt er mich noch mal. „Ach ja, falls Sie die Unterkunft wechseln, teilen Sie uns das unverzüglich mit. Ich will nicht in die Verlegenheit geraten, Sie suchen lassen zu müssen."

Ich bemühe mich um ein halbwegs gelassenes Lächeln. „Sicher."

Der Flur riecht nach Desinfektionsmitteln. Bravo, Maja, denke ich. Brillanter Auftakt. Er mag der Prototyp des bornierten Bullen sein, aber wenn er sich für irgendwas hält, dann für einen fortgeschrittenen Profi. Dümmer hättest du's kaum anstellen können.

15

Der Reinfall bei Jenninger hat keine halbe Stunde gedauert. Schräg gegenüber der Polizeidirektion sehe ich eine Telefonzelle. Käthes Anwalt Dr. Reidenbach ist bereit, mich kurzfristig zu empfangen. Wir verabreden uns für halb elf. Bis dahin ist noch etwas Zeit.

Der Nieselregen hat aufgehört. Ecke Perleberger und Rathenower hole ich mir bei einem türkischen Grill eine Spinattasche, inspiziere den Stadtplan und folge der Stephanstraße zur Putlitzbrücke.

Die Putlitzbrücke verbindet Moabit und Wedding, ist mehrere hundert Meter lang und zieht sich über ein Gewirr von Gleisanlagen und den Spandauer Kanal. Zwei leere Fußwege. Vier Spuren stark befahrener Asphalt. Drum herum zersiedelte Industriebrache und Behelfsbauten.

Etwa auf einem Drittel der Strecke steht das Denkmal. Kein sonderlich markantes Objekt. Von weitem wirkt es wie eine windschiefe Stele. Erst aus der Nähe erkenne ich, dass es eine ins Nichts führende Treppe darstellen soll. Die Inschrift darunter ist in Großbuchstaben gesetzt. Kurze Zeilen, die viel Raum lassen für hohle Echos.

STUFEN DIE KEINE STUFEN MEHR SIND
EINE TREPPE DIE KEINE TREPPE MEHR IST
ABGEBROCHEN
SYMBOL DES WEGES DER KEIN WEG MEHR WAR
FÜR DIE
DIE ÜBER RAMPEN
GLEISE
STUFEN
UND TREPPEN
DIESEN LETZTEN WEG GEHEN MUSSTEN

Darunter steht etwas kleiner: *Vom Bahnhof Putlitzstraße wurden in den Jahren 1941-1944 Zehntausende jüdische Mitbürger Berlins in Vernichtungslager deportiert und ermordet.*

Das „ermordet" hängt absichtlich schief und fällt aus dem Rahmen. Gerade so, als sei das Morden damals aus dem Rahmen gefallen, während das „Mitbürger" daran erinnert, wer bis heute kein echter Bürger ist.

Auf dem Granit vor der Schrift liegt eine Handvoll Steinchen. Das Geländer reicht mir fast bis zur Brust. Unmöglich, hier so einfach abzustürzen. Ich stütze mich auf die Brüstung. Irgendwo da unten muss die Stelle sein. Der Regen hat alle Spuren fort gewaschen, selbst die Reifenprofile der Polizeifahrzeuge. Zwischen den Gleisen bleicht bloß eine Aldi-Tüte. Für einen Moment habe ich das dringende Bedürfnis, rasch weiterzugehen. Stattdessen sehe ich mich um. Rechts von mir, graugrün und unscheinbar, inmitten von Maschendraht, Unkraut und rostigen Schienen, verrotten die Reste eines Bahnsteigs. Der Beton ist so verwittert, dass bereits Birken darauf wachsen. Dahinter hangeln sich Steinbaracken an der Querstraße entlang.

Ich weiß nicht, ob es der Bahnsteig ist, von dem die Züge damals abgingen, aber ich habe sofort die verdunkelte Stadt vor Augen, in stumpfes Nachtschwarz gehüllt. Konturen, die sich nur scherenschnittartig gegen den Himmel abheben, und eine Lichtinsel, auf der sich Menschen drängen. Männer, Frauen, Kinder, Alte. Die Kinder unter Wollmützen und mit altertümlichen Schulranzen. Manche weinen, andere reden leise, doch die meisten sind stumm.

Barhäuptige Männer mit Armbinden entladen Lastwagen und schaffen Koffer zum Ende der Plattform. Eisenbahner, Polizisten und Ledermäntel in Zivil gucken ihnen zu. Ich höre Rangiergeräusche, halblaute Rufe und helles Zischen. Dann kriecht eine Dampflok aus dem Dunkel.

Birkenschösslinge, geborstener Beton und überwucherte Schwellen. Vielleicht hat Käthe dasselbe gesehen wie ich. Aber im Gegensatz zu mir kannte sie die Gesichter, die Stimmen und ihr Lachen.

Ein Windstoß bauscht die Plastiktüte auf. Sie wirbelt in Richtung des vergessenen Bahnsteigs. Die Leere brüllt wie ein physischer Schmerz.

Hat Jenninger vielleicht doch Recht? Ist es nur mein

Trotz? Weigere ich mich das bestialische Echo zu ertragen, so wie Vater sich zeitlebens geweigert hat, die Umstände von Claras Tod zu akzeptieren? Was bleibt, wenn die Wahrheit nichts mehr heilt?

Gestern, als Josef über Monowitz sprach, erinnerte er sich an den italienischen Tenor, der nach dem Abendappell auf einmal die Arie der Gefangenen aus „Nabucco" anstimmte. Der Mann habe gesungen, wie er nie wieder einen habe singen hören. So ergreifend, dass alle Häftlinge stehen geblieben seien. „Die Kapos liefen zusammen und wollten uns mit Schlägen vertreiben. Sie schrien, er solle das Maul halten. Sie prügelten auf ihn ein. Aber er hörte nicht auf. Er sang einfach weiter. Er sang, als ob er auf der lichtdurchfluteten Bühne der Scala stünde und nicht im knöcheltiefen Schlamm vor den verlausten Baracken von Buna. Er sang, obwohl die Schläge auf ihn einprasselten und ihm das Blut längst übers Gesicht lief. Er sang, bis er nur noch ein Klumpen Fleisch war." Josefs Augen brannten. „Er ist durchgedreht. Sein Verstand hat das nicht mehr verarbeiten können."

Nein, dachte ich, während Frau Grosser auf dem Sofa herumrutschte wie auf glühenden Kohlen. Der war nicht verrückt. Der wollte ein letztes Mal seine Stimme erheben. Für sich. Für dich. Für das, was da in den Schloten der Krematorien zu Rauch zermahlen wurde.

Ich denke daran, wie Clara gestorben ist, und frage mich zum ungefähr tausendsten Mal, weshalb Vater es nicht ertragen hat, uns die Wahrheit über ihren Tod zu sagen. Vielleicht hätte es ihn gerettet, wenn er sie uns zugemutet hätte und wir gemeinsam hätten darüber trauern können.

Birken auf Beton. Braune, verrostete Gleise. Ich will wenigstens die Wahrheit über Käthes Tod ans Licht bringen. Das bin ich ihr schuldig. Um meinetwillen. Für all das, was ich ihr nie gesagt und geschrieben habe. Falls es überhaupt einen Weg aus der Ohnmacht gibt, dann nur den.

16

Der U-Bahn-Ausgang am Sophie-Charlotte-Platz führt direkt auf den Boulevard, mitten in die verblichene Pracht wilhelminischer Etagenhäuser, abgasgebeutelte Platanen und das Tosen der Fahrzeuge, die sich auf acht Spuren stadtein- und stadtauswärts wälzen.

Reidenbachs Kanzlei liegt am Kaiserdamm, kurz vorm Lietzenseepark, im dritten Stock eines opulenten Altbaus, dessen verspiegeltes Foyer schulterhoch mit Marmor gepflastert ist. Allerdings duftet der Treppenläufer weniger nach Geld als nach Hundekot und beim Betreten der Praxis stolpere ich über einen zwei Finger breiten Fußabtreter.

Am Empfang sitzt eine dunkel getönte Frau von Mitte zwanzig.

„Der Herr Doktor ist noch in einer Besprechung. Nehmen Sie bitte einen Moment Platz." Damit deutet sie auf die Sesselgruppe nahe der Garderobe. Kurz darauf schiebt sich eine platinblonde Matrone aus einem der Räume. Ihr folgt ein dunkelblond gelockter Spätdreißiger.

„Da ist er ja schon", zwitschert die Empfangsfrau.

Für die frühe Stunde tritt Reidenbach sympathisch leger auf. Seine Hemdsärmel sind hochgekrempelt und der Schlipsknoten eine Handbreit gelockert, wobei das perfekt gebügelte Beinkleid und die teuren Schuhe signalisieren, dass der laxe Auftritt einzig dem schweißtreibendem Einsatz für die Kundschaft geschuldet ist.

Doch ich bin zu sehr vom Goldschmuck und den grellrosa Lippen der Mandantin gefesselt, die an der Tür verharrt und Reidenbach in einem gutturalen Wortschwall ertränkt. Er sucht sie zu beschwichtigen.

„Sie brauchen sich wirklich keine Sorgen zu machen, gnädige Frau. Wir werden unser Bestes tun."

Sein Mund ist voll, aber eine Spur zu spöttisch, um sinnlich zu wirken. Die Platinblonde greift wie eine Ertrinkende nach seiner Rechten.

„Sie müssen, Cherr Daktorr. Mein Schicksal liegt in Ihren Chänden ..."

Die wogende Dramatik einer russischen Diva. Er dienert geschmeidig. „Das ehrt mich. Sobald ich Genaueres weiß, rufe ich Sie an."

Ihr Seufzer verliert sich in hellem Gurren. Großes Kino. Reidenbach schließt schwungvoll die Tür, strafft die Schultern und kommt lächelnd auf mich zu.

„Ich sehe, Sie haben gut hergefunden. Am besten gehen wir gleich in mein Büro."

Schon am Telefon ist mir das sonore Organ aufgefallen. Er streckt den Arm einladend aus. „Ach, Frau Stern ... Bitte gleich die Akte Hirsch."

Sein Schreibtisch steht schräg vor einem dreifenstrigen Erker, der Ausblick über den See bietet und dafür sorgt, dass er das Licht im Rücken hat. Ich nehme in einem ledernen Freischwinger Platz. Während seine Empfangsdame mir Mineralwasser einschenkt, erläutere ich ihm meinen Verwandtschaftsgrad zu Käthe. Er sitzt zurückgelehnt, die Beine übereinander geschlagen, und spielt mit einem teuer aussehenden Kugelschreiber, der in der Kuhle zwischen Daumen und Zeigefinger hin und her tänzelt.

„Natürlich werde ich Ihnen alles sagen, was ich Ihnen guten Gewissens sagen kann. Im Übrigen müssen wir ihren testamentarischen Willen abwarten."

„Frau Grosser meinte, Ihnen läge eine Verfügung vor."

„Die ist leider noch nicht eingetroffen." Er gönnt mir ein Abperllächeln. „Wie ist denn überhaupt Ihr Kenntnisstand?"

„Seit gestern habe ich die Unterlagen. Wozu brauchte sie die alten SS-Akten?"

„Was für SS-Akten?"

Ich hole Käthes Kopien aus der Mappe und schiebe sie ihm zu. Reidenbach blättert den Stapel durch.

„Wissen die Ermittler davon?"

„Keine Ahnung."

Er lässt ein knappes Räuspern hören. „Wir sollten das der Polizei zur Verfügung stellen. Frau Stern kann gleich ein Doppel anfertigen."

Er macht Anstalten zum Hörer zu greifen. Ich protestiere.

„Vorher wüsste ich gern, ob der Schwertfeger, der das Haus von Käthes Vater übernommen hat, identisch mit diesem SS-Major ist?"

„Im Document-Center gibt es eine Akte. Nur ist die leider unvollständig. Irgendwer hat alles entfernt, wodurch sich dieser Dr. Schwertfeger eindeutig identifizieren ließe." Sein Mund zieht sich einige Male rasch zusammen. „Daher bin ich etwas überrascht, dass Frau Hirsch diese Kopien besaß. Mir hat sie die nie gezeigt."

„Vielleicht wollte sie damit warten, bis sie beweisen konnte, dass es sich um denselben Schwertfeger handelt."

„Wieso?"

„Weil sie den Behörden misstraute."

Reidenbach lacht befremdet auf. „Warum?"

„Vorhin war ich bei der Kripo. Kommissar Jenninger, der für den Fall zuständig ist, wusste angeblich gar nichts von ihrem Restitutionsverfahren. Er erklärte mir, sie habe Depressionen gehabt und sei von der Brücke gesprungen."

„Wie bitte?“

„Frau Grosser glaubt, er handelt auf Anweisung von oben. Der Mord an einer Emigrantin, die Gast des Senats ist, würde dem Bürgermeister bestimmt nicht die Art Presse bescheren, die er sich wünscht.“

Er hebt leise amüsiert die linke Augenbraue. „Haben Sie das jüdisch absichtlich unterschlagen oder versteht sich das bei uns von selbst?“

Sein Ton bleibt neutral. Mir dämmert erst jetzt, dass er auch nicht getauft ist. Für eine Sekunde fliegt mich fast so etwas wie Stolz an. Im nächsten Moment allerdings frage ich mich, ob meine schönen Augen nur ihm und Josef auffallen, oder auch dem feisten Jenninger.

Reidenbach räuspert sich: „Mag sein, dass man den Tod Ihrer Tante liebend gern unter den Teppich kehren würde. Aber das geht nicht. Sie war US-Bürgerin. Für die sind automatisch die Amerikaner zuständig. Vergessen Sie nicht, in Berlin herrscht noch Vier-Mächte-Status. Im Zweifelsfall sind die alliierten Kontrollorgane längst eingeschaltet. Bis zu ihrem endgültigen Abzug mischen die da noch kräftig mit.“

„Jenninger hat sich sofort erkundigt, seit wann ich von dem Restitutionsanspruch wisse. Falls er irgendwen verdächtigt, dann mich.“

Reidenbachs Lächeln verblasst, als habe es jemand eingefroren und ich spüre, wie sich etwas hart in meinem Magen verknotet.

17

„Mit dem Einigungsvertrag trat das Gesetz zur Regelung offener Vermögensfragen in Kraft. Doch das betraf nur den Zeitraum zwischen 1945 und 1989, beziehungsweise 1949 und 1989. Jüdische Ansprüche waren auf den Formularen gar nicht vorgesehen. Obwohl es weder in der Sowjetischen Besatzungszone noch in der DDR Entschädigungen für Vermögensverluste unter den Nazis gegeben hatte. Erst auf Druck der Claims Conference besserte man da nach. Nun konnten sich auch Arisierungsopfer melden. Sogar direkt übers Justizministerium." Er greift nach dem Aktenordner. „Genau das hat Ihre Tante getan."

„Wann?"

„Anfang April."

„Kennen Sie das Haus?"

Er blättert und liest laut vor. „Alte Schönhauser Straße 14. Vorderhaus und Seitenflügel. Sechzehn Mieteinheiten, zuzüglich der Fläche, auf der bis 1944 der andere Seitenflügel stand. Insgesamt fast fünfzehnhundert Quadratmeter. Kein unattraktives Objekt. Das dürfte schon vorm Krieg einiges wert gewesen sein."

„Und heute?"

„Kommt drauf an. Die Lage ist hervorragend."

„Die Lage?"

„Seit der Hauptstadtentscheidung gehen die Grundstückspreise in Mitte hoch. Die Alte Schönhauser liegt mitten im Zentrum. Bis der Regierungsumzug abgeschlossen ist, dürfte der Verkehrswert erheblich steigen.

„Können Sie mir eine Summe nennen?"

„Ich bin kein Fachmann. Unsaniert? Eine bis anderthalb Millionen. Nageln Sie mich nicht darauf fest."

Die Zahl versetzt mir einen Schock. Ich muss sofort an Jenninger denken und an Carolines mokantes „Hoffst du zu erben".

„Aber angeblich gibt es da doch noch jemanden, der Ansprüche angemeldet hat?"

„Schwertfegers Tochter. Die hat sich im Frühjahr 1990 von den DDR-Behörden bestätigen lassen, dass das Haus ihr gehört."

„Wie? Die Eigentumsfrage ist längst geklärt?"

Er schüttelt den Kopf. „Arisiertes Vermögen muss grundsätzlich an die ehemaligen Eigentümer, ihre Erben oder jüdische Einrichtungen zurückgegeben werden: Paragraf 1 Absatz 6 des Vermögensgesetzes."

„Bleibt die Hürde, dass die Opfer erst beweisen müssen, dass sie die Eigentümer sind, was Jahrzehnte nach ihrer Ermordung und Flucht nicht ganz einfach sein dürfte."

„Stimmt. Deshalb wird zugunsten jüdischer Antragsteller generell ein ‚verfolgungsbedingter Vermögensverlust' vermutet. Alle Verkäufe nach 1935 gelten als Zwangsverkäufe. Es sei denn, damals wurde der marktübliche Preis gezahlt und der Verkäufer konnte frei über die Summe verfügen. Ihre Tante hatte mithin ausgezeichnete Chancen, die Immobilie zurückzuerhalten."

„Was passiert jetzt, wo sie tot ist?"

Er zuckt die Achseln. „Zunächst mal gar nichts."

„Demnach bleibt Frau Schwertfeger die Eigentümerin?"

Er verzieht den Mund. „Vorläufig. Übrigens heißt die Dame nicht Schwertfeger, sondern Dreiser."

Ich muss Luft holen. „Lassen Sie mich raten: Ihr Mann ist geschäftsführender Vorstand der Berliner Bau- und Investgesellschaft?"

„Richtig. Darüber hinaus ist er in derselben Partei wie der Regierende Bürgermeister und gilt als dessen persönlicher Freund. Böse Zungen behaupten, er sei die graue Eminenz im Berliner Südwesten. Nur damit Sie gleich wissen, mit wem Sie es zu tun haben."

Ich merke, wie ich schlucken muss. „Wurde das Haus deshalb an Schwertfegers Tochter zurückgegeben?"

„Nein."

„Wieso dann?"

„Weil es juristisch seit 1939 denselben Eigentümer hatte. Weder die sowjetische Militäradministration noch die Regierung der DDR haben Schwertfeger je rechtskräftig enteignet."

„Wie bitte?"

„Für die Ostberliner Behörden war er tot und ohne Erben fiel das Haus an den Staat."

Ich brauche zwei Sekunden, um die Tragweite der Information zu verdauen.

„Und nun?"

„Warten wir ab, was in der Verfügung steht." Er wirft einen Blick auf seine Uhr. „Ich rufe nachher noch mal in New York an."

18

Draußen auf dem Kaiserdamm rätsele ich, warum die DDR-Behörden, die Schwertfeger für tot erklärt haben, unfähig gewesen sind, ein Westberliner Adressbuch aufzuschlagen. Weshalb er selbst sich nie gerührt hat, ist offensichtlich. Als früheren SS-Funktionär hätte man ihn sofort enteignet. Also machte er sich klein und hoffte auf andere Zeiten. Bessere für ihn und seine Nachkommen. Die Rechnung ging auf. Bis Käthe erschien. Doch die hätte sich ohne die Einladung des Senats vermutlich nie um das arisierte Haus ihres Vaters bemüht. Darum interessiert mich, was sich hinter dem Besucherprogramm verbirgt. Außerdem kann man mir dort vielleicht sagen, mit wem Käthe in den letzten Wochen Kontakt hatte.

Die Verwaltung des Besucherprogramms sitzt in der

Hardenbergstraße, direkt neben dem Amerika-Haus, im fünften Stock eines schmucklosen sechziger Jahre Baus. Ich klopfe an der erstbesten Tür. Zwei verschwitze Frauen verstauen eben Bücher und Papiere in Umzugskartons. Auf meine Frage, wer die Gäste des letzten Programms betreut habe, bläst sich die Jüngere von beiden eine widerspenstige Locke aus der Stirn: „Die aus den USA? Das macht Frau Orlowski."

Frau Orlowski ist kurzhaarig und ergraut. Auch sie turnt zwischen Umzugskisten, Aktenordern und Schnellhefterstapeln. Ich stelle mich ihr artig vor. Ob sie ein paar Minuten Zeit habe?

„Jetzt?", stöhnt sie. „Sie sehen ja das Chaos hier. Die Senatskanzlei wird verlegt. Ab nächste Woche sollen wir ins Rote Rathaus. Dann darf ich jeden Morgen von Schöneberg nach Mitte. Worum geht's denn?" Dreißig Sekunden später wechselt ihre Gesichtsfarbe. „Frau Hirsch? Mein Gott, das ist ja schrecklich! Wie ist denn das passiert?"

„Genaueres weiß ich auch nicht, aber sie soll hier in Berlin beerdigt werden und ich möchte alle, die ihr nahe standen, benachrichtigen."

„Verstehe", erwidert Frau Orlowski tonlos, noch immer den Aktenordner vorm Bauch umklammernd wie eine tröstende Wärmflasche. Schäfchenwolken wandern über das Hellblau ihres Computermonitors. Dann legt sie den Ordner entschlossen beiseite, sackt auf ihren Drehstuhl und lädt mich zum Sitzen ein.

„Ihre Gruppe war ziemlich groß. Ungefähr ein Drittel aus der Region New York. Bei so vielen Leuten lerne ich nicht jeden persönlich kennen. Aber Ihre Tante schrieb mich vorher an. Ob sie anschließend noch bleiben könne. Von den Amerikanern verlängern immer einige. Die sind ja ganz gut betucht. Bei den Israelis ist das anders."

Offenbar sind ihr die Israelis lieber, weil die weniger Umstände machen.

„Wir bekommen einen Sammeltarif. Solange die Lufthansa Berlin nicht direkt anfliegt, sind Extrawünsche immer aufwändig, weil wir gleich mit mehreren Airlines verhandeln müssen."

Ihr Gesicht gewinnt wieder an Farbe, als sie berichtet, was das Besucherprogramm alles mit den Gruppen unternimmt, die der Senat zwei Mal im Jahr einlädt.

„Wir bemühen uns schon, ihnen was zu bieten. Wobei es weniger um Vergangenheit als Gegenwart geht. Natürlich besuchen wir besonders Stätten jüdischen Lebens. Seit der Grenzöffnung 1989 verlagert sich da einiges von der Fasanenstraße nach Mitte. Die große Synagoge in der Oranienburger ist Ihnen gewiss ein Begriff. Gleich nebenan entsteht das neue Gemeindezentrum und um die Ecke, in der Tucholskystraße, sitzt Adass Jisroel ..."

Ich nicke, obwohl ich die Gegend nur von einem gespenstischen Juninachmittag kenne, 1990, wenige Tage vor der Währungsunion. Am Zoo tauschten die rumänischen Schwarzwechsler schon eins zu zehn, was sich noch nicht bis zur Friedrichstraße rumgesprochen hatte, wo sie hinter den obsoleten Grenzerboxen noch eins zu fünf boten. Draußen auf der Friedrichstraße herrschte völlig unwirkliche Stille. Keine Menschen. Keine Taxis. Nur ein einzelner, panisch wirkender Trabi, der in groteskem Tempo Richtung Linden knatterte. Alle Geschäfte geschlossen. Eine Geisterstadt in banger Erwartung der Deutschmark. So sieht die Endzeit aus, dachte ich damals. Inzwischen ist die neue Gegenwart offenbar angekommen. Frau Orlowski berichtet, die jüdische Knabenschule in der Großen Hamburger Straße solle wieder in Betrieb genommen werden. Die Knabenschule in der Großen Hamburger klingt zwar interessant, aber da ich zu diesem Zeitpunkt noch nicht weiß, dass auch Käthe dort mal Schülerin war, interessiert mich anderes mehr.

„Organisieren Sie Exkursionen zum Friedhof in Weißensee?"

„Seit kurzem, ja."

„War meine Tante dabei?"

„Das müssten Sie ihre Betreuerin fragen. Warten Sie!" Sie fischt nach einem der Aktenordner auf dem Papierkorb. „Wenn sie da ist, können Sie selbst mit ihr sprechen."

Die junge Frau am anderen Ende hat eine angenehme Stimme.

„Ja sicher. Ihre Tante war mit in Weißensee. Sie kannte den Kustos sogar. Noch aus der Zeit vorm Krieg."

„Wer ist denn das?"

„Ein Herr Lauenstain. Kurt Lauenstain."

„Wissen Sie, wie ich ihn erreiche?"

„Versuchen Sie's über den Friedhof. Montags ist er meist da. Er macht das jeden zweiten Tag."

„Gab es noch andere aus der Gruppe, mit denen sie Kontakt hatte?"

„Da fallen mir nur die beiden Wydens aus Queens ein. Die müssten sogar noch in Berlin sein. Ich glaube, die wollten auch eine Woche dranhängen. Sie sind im selben Hotel wie Ihre Tante abgestiegen, ‚Hotel Hamburg', Ecke Landgrafen- und Kurfürstenstraße. Frau Orlowski kann Ihnen bestimmt die Nummer geben."

„Danke."

„Gern." Sie stockt, als fiele ihr schwer, die richtigen Worte zu finden. „Sollte noch was sein, rufen Sie mich jederzeit an. Ich mochte Ihre Tante ..."

Ich notiere mir ihre Nummer. Frau Orlowski konsultiert derweil einen anderen Ordner, klemmt sich den Hörer hinters Ohr und tippt eine Zahlenkolonne ein.

„Das ‚Hotel Hamburg' ist immer gut ausgebucht. Kann sein, dass die Wydens inzwischen gewechselt haben. Möglicherweise ins ‚Ambassador' oder ‚Penta'. Die liegen da alle in dem Dreh."

Doch Mabel und Arno Wyden wohnen noch in dem Hotel. Frau Orlowski hält die Hand vor die Muschel. „Der Herr am Empfang fragt, ob Sie gleich durchgestellt werden wollen?"

Darauf bin ich seelisch zwar nicht eingestellt, aber sie reicht mir schon den Hörer. Es fiept und eine Frau meldet sich auf Amerikanisch. Ich erkläre ihr, wer ich bin.

„Oh yes. How nice! You probably want to speak with my husband. I don't understand any Deutsch. Arnie? It's Cathy's niece …"

Sie spricht extrem nasal und schnauft hörbar. Ihr Gatte berlinert mit New Yorker Akzent. Er klingt fröhlich und ahnungslos.

„Sie sind das Mädchen aus Köln?"

„Inzwischen aus Hamburg."

„Cathy hat uns viel von Ihnen erzählt. Sie waren bei ihr in New York, richtig?"

Seine Beschwingtheit schnürt mir die Kehle zu. Nachher hat er auch einen Herzfehler, so wie Josef.

„Ich bin in Berlin."

„Ach wirklich? Was führt Sie her?"

„Käthe."

„Wie?", kommt es irritiert. „Ich dachte, sie sei längst abgereist."

„Nein. Ist sie nicht. Ich fürchte, ich habe schlimme Nachrichten …"

Ich sage ihm das Wenige, was ich eben schon Frau Orlowski gesagt habe. Es bleibt eine Weile still.

„Wo sind Sie gerade?“ Seine Stimme hat alle Fröhlichkeit verloren, aber bleibt fest.

„Am Zoo.“

„Wollen Sie nicht vorbeikommen?“

19

Das Hotel ist ein moderner Kasten an der Ecke Landgrafen- und Kurfürstenstraße. Im Foyer lungern Stechpalmen und Sitzgruppen. Außer einem Glatzkopf im Dreiteiler, der durch die „Wirtschaftswoche“ blättert, entdecke ich bloß ein älteres Paar um die Siebzig, von der Optik her eindeutig transatlantisch. Er ist mager und bebrillt, sie lila getönt und ähnlich kompakt wie Elvira Grosser. Als sie mich sieht, stößt sie ihn an. Er erhebt sich und geht mir entgegen. Ein kleiner, leicht gebückter Mann, der sich erst ganz aufrichtet, als er direkt vor mir steht.

„Maja? Ich bin Arno Wyden. Danke, dass Sie gekommen sind. Es tut uns von Herzen leid ...“ Ganz selbstverständlich greift er mit beiden Händen nach meiner Rechten. Sein Ton ist so tapfer wie warm. Die braunen Augen schimmern teilnahmsvoll. Sie heißt Mabel, überragt ihn um einen halben Kopf und raucht lange, braune Zigaretten, was ich genauso gewöhnungsbedürftig finde wie ihre Haarfarbe, aber ihr Lächeln wirkt offen und herzlich und nimmt mich sofort für sie ein. „I'm so sorry for you. It must be a terrible loss ...“

Ihre Anteilnahme verwirrt und beschämt mich. Ich hatte mich auf eine quälende Begegnung eingestellt, habe mit hilflosem Schmerz und unterschwelligen Vorwürfen gerechnet. Aber sie werfen mir nichts vor. Im Gegenteil. Sie wollen mich trösten. Sie empfinden Käthes Tod offenbar auch als großen persönlichen Verlust, aber sehen in mir diejenige, die ihres Zuspruchs bedarf.

Wegen Mabel sprechen wir Englisch. Wenn mir ein Wort fehlt, übersetzt er. Ich versuche ihnen die Details behutsam beizubringen, doch er legt den Finger sofort selber in die Wunde.

„Vermutlich ist es das Bequemste für die Polizei, von Selbstmord auszugehen."

Ich berichte von Jenninger, dem Anwalt und der Schwertfeger Erbin. „Der Frau gehört inzwischen das Haus. Sie scheint die Tochter eines SS-Offiziers zu sein, über den Käthe Material gesammelt hat. Er war Abteilungsleiter im Wirtschaftsverwaltungshauptamt der SS und hat die Immobilie 1938 über einen Mittelsmann gekauft."

„Wie heißt sie?"

„Dreiser. Ihr Mann ist Immobilienentwickler. Offenbar hat er beste politische Kontakte."

Arno guckt ratlos und sieht Mabel an. „Hat sie das dir gegenüber erwähnt?"

„Was ist mit dem Herrn, der Besucher in Weißensee herumführt?"

„Wir waren nicht mit in Weißensee."

„Käthe hat dort angeblich einen Mann getroffen, der mit ihr zusammen zur Schule gegangen ist."

„Doch. Jetzt erinnere ich mich." Arno rückt sein Brillengestell zurecht. „Er war damals untergetaucht und hat sich als ‚U-Boot' durchgeschlagen."

Wir sprechen Englisch, aber er benutzt das deutsche Wort.

„Kennen Sie ihn?"

Ein knappes Kopfschütteln.

„Arno ist in einer anderen Welt groß geworden", wirft Mabel ein.

Er verzieht das Gesicht. „Wir wohnten im Bayerischen Viertel."

Sie lächelt. „Damals hat Arnie noch keine Juden wie Käthe oder mich gekannt."

„Ach, wirklich?"

„Mabels Großvater ist aus Odessa", erklärt er matt.

„Der eine. Der andere ist aus Czernowitz."

Es kommt fast schnippisch. So, als rieben sie sich an diesem Thema häufiger.

„Was hat das mit dem Bayerischen Viertel zu tun?"

„Da wohnten reiche deutsche Juden", sagt sie spitz. „Die pflegten keinen Umgang mit ihren armen Vettern aus dem Osten."

„Reich waren wir nie, aber wir gingen eben nicht in die Synagoge, sondern in den Tempel."

Sie grinst triumphierend. „Arnie liebt Wiener Schnitzel. Er weiß bis heute nicht, wie man koscher lebt."

„Das musst grad' du sagen!"

„Bei mir ist das was anderes. Ich hab' wenigstens ein schlechtes Gewissen!"

Er verdreht die Augen und sieht mich so gequält an, dass ich lachen muss.

„Falls es Sie tröstet, davon hab' ich auch nicht den blassesten Schimmer ..."

Mabel ringt in gespielter Entrüstung die Hände. „Wo bin ich hier nur hingeraten?"

„Meine Mutter ist katholisch", sage ich. „Zumindest war sie's mal. Und mein Vater hatte als Kommunist mit Religion nie was am Hut."

„Wie mein kleiner Bruder", lacht Mabel. „Heute ist er orthodoxer als wir alle zusammen."

Ich muss sofort an die Szene vor der Synagoge denken.

„Aber er war doch Jude“, meint Arno, halb fragend.

„Sicher“, erwidere ich. „Aber ich glaube, er hatte immer Angst vor seiner jüdischen Seite ...“

Plötzlich schnürt mir etwas die Kehle zusammen.

„Was ist?“

Mabel guckt ganz betroffen und Arno scheint verstört. Ich versuche zu lächeln, wedele mit der Hand und schlucke zweimal. „Entschuldigen Sie. Es ist nur ... es ist noch so frisch. Wir haben ihn erst im März begraben.“

„Oh Gott“, Mabel setzt sich erschrocken auf. „Das wusste ich nicht ... Ich hatte keine Ahnung. Es tut mir leid.“

„Schon gut.“ Ich grinse tapfer, merke, wie mir das Wasser in die Augen schießt und schüttele den Kopf. „Tut mir leid ...“

Mabel kramt in ihrer Tasche und reicht mir ein rosa gefärbtes Kleenex mit Veilchenduft. Ich greife nach dem Taschentuch und bearbeite meine Nase. „Ich weiß nicht, was auf einmal mit mir los ist ... Und nun auch noch Käthe ...“

Meine Stimme spielt nicht mit. Mabel schürzt den Mund und schnalzt begütigend.

„Es ist schön, dass du nach Berlin gekommen bist. Wirklich. Sie hätte sich sehr darüber gefreut!“

„Ja“, schaltet sich Arno ein. „Bestimmt. Und wir freuen uns auch, endlich ihre liebe Großnichte zu treffen.“

Doch ich fühle mich nicht lieb und der Satz, dass Käthe sich gefreut hätte, tut weh. Ich versuche mich auf die Szenerie draußen hinter der Glasfassade zu konzentrieren, doch als er sich mitfühlend schnäuzt, habe ich schon wieder Tränen in den Augen.

„Sehen Sie: Käthe war die letzte Verbindung zu meinem Vater. Sie hat seine Mutter noch gekannt und nach seinem Tod sind da so viele Fragen offen … Nun ist da keiner mehr. Ich bin einfach traurig, dass ich sie verpasst hab'."

Mabel beugt sich vor und tätschelt mir den Arm.

„Du wirst die Antworten bekommen. Vielleicht nicht die, die du erwartest, aber alle, die du brauchst."

„Was macht Sie so sicher?"

Sie deutet ein leises Achselzucken an. „Das weiß ich einfach. Weil du stark genug dafür bist."

Aber ich fühle mich nicht stark, sondern einfach nur verloren. Bis jetzt ist Käthes Tod auf der Vernunftebene hängen geblieben. Ich habe den Schmerz eingefroren und mir befohlen zu funktionieren: Es kommt die Zeit, da kannst du weinen.

Die Zeit kommt. Anders, als gedacht. Ich hocke in einer sterilen Berliner Hotellobby zwischen zwei fremden alten Leuten und es läuft mir aus Augen und Nase.

Mabel reicht mir Kleenex an und lässt mich nicht mehr los, während Arno erklärt, es sei schön, dass ich weinen könne. Überhaupt sei es nett, mich kennen zu lernen, auch wenn der Anlass nicht sonderlich nett sei, bis Mabel ihm über den Mund fährt, ob er nicht endlich mal damit aufhören könne, dauernd „nett" zu sagen.

„Von mir aus brauchst du im Moment gar nichts sagen. Du siehst doch, was los ist."

Er verzieht beleidigt das Gesicht. Ich muss lächeln und da lacht er plötzlich und auf einmal lacht auch Mabel.

„Wie können wir Ihnen helfen?"

„Sie helfen mir schon eine ganze Menge."

Sie klopft mir sachte auf den Handrücken. „Das ist gut … Nur, wir würden Ihnen auch gern anders helfen."

„Genau", echot er.

Ich hole Luft. „Der Mord hängt vermutlich mit der Grundstücksache zusammen. Alles, was Sie darüber wissen, ist wichtig."

Arno sieht seine Frau an. „Viel hat sie darüber nicht gesprochen. Von dem Haus ja, auch von dem Anwalt, den sie in der Sache eingeschaltet hat."

„Sagte sie nicht, ihr Anwalt habe lange in Israel gelebt?"

„Ja", nickt er. „Sie meinte, einer wie der würde es auch in New York schaffen."

„Und sie hat kein einziges Mal den Namen Schwertfeger erwähnt? Oder Dreiser? Marcus Dreiser?"

„Nein." Arno wendet sich an Mabel. „Dir gegenüber?"

Sie streicht sich mit dem Zeigefinger über ihr multiples Kinn. „Nie."

„Und übers Haus?"

„Doch ... Ja. Das hat sie kaum wiedererkannt. Die Straße habe sich so verändert. Ich hatte den Eindruck, sie fand es ein wenig deprimierend."

„Das stimmt nicht, Arnie. Sie hat uns doch von diesem jungen Mann erzählt, dem, der in der Wohnung ihrer Eltern lebt."

„Richtig."

Mabel rutscht nach vorn. „Der war ihr wohl sehr sympathisch. Den wollte sie noch mal treffen."

„Wissen Sie seinen Namen?"

Sie hebt bedauernd die Brauen. „Nein. Aber wie viele Leute wohnen schon in so einem Haus?"

In Vorderhaus und Seitenflügel mindestens vier Dutzend, denke ich.

„Sie sagte, die Wohnung liegt im dritten Stock", sagt Arno da. „Rechts. Zur Straße hin."

Mabel schaut ihn verwundert an.

„Wir sprachen über den Boykott. Den von 1933. Ihr

Vater war verschwunden. Sie hat stundenlang am Fenster gewartet. Dabei sah sie, wie ein Mann von der Straße weg verhaftet wurde."

„Mein Gott!", entfährt es Mabel. „Wusste sie von *deiner* Geschichte?"

Er bejaht stumm.

„Was für eine Geschichte?"

„Arnie hat auch so ein Erlebnis ..." Sie wendet sich an ihn. „Magst du Maja nicht davon erzählen?"

Er wehrt ab. „Ich glaube kaum, dass sie sich dafür interessiert."

„Doch", sage ich. „Genauso wie für Käthes Geschichte."

„Komm schon." Mabel lächelt ihm aufmunternd zu. „Zier' dich nicht so."

Arno räuspert sich und sieht mich an. Ich nicke bloß. Er schwankt eine Sekunde, dann lässt er ein resigniertes Ächzen hören.

„Bevor wir die Koffer tatsächlich packten, waren wir in Gedanken schon tausend Mal weg. Aber es dauerte, bis auch mein Vater merkte, dass wir wirklich keine Wahl hatten, weil die uns ohnehin längst rausgeschmissen hatten. Er wollte es nicht wahrhaben. Er war Frontsoldat gewesen, mehrfach verwundet und hoch dekoriert. Er glaubte, das werde uns schützen, und als er es im November '38 endlich begriff, brach für ihn eine Welt zusammen ... Mutter war es, die immer wieder drauf drängte, endlich das Land zu verlassen. Sie kümmerte sich um alles, stand tagelang vor den Konsulaten Schlange und beantragte die Visa. Ohne sie wären wir nie raus gekommen."

„Erzähl ihr vom Fenster ..."

Sein Blick wandert an die Decke, als hocke dort die Erinnerung und gleitet zu dem getönten Glas, das das Foyer von der Straße trennt. „Wir sind im Frühjahr 1939 aus

Berlin weg. Da wir bloß zehn Mark mitnehmen durften, überlegten wir, was sich drüben zu Geld machen ließe. Es gab diese Kameras, ‚Agfa' oder ‚Leica' oder was weiß ich. Es hieß, die seien in Amerika ungeheuer beliebt. Davon schleppten wir bestimmt ein Dutzend mit. Ich allein trug drei um den Hals. Als wir in New York ankamen, gab's die an jeder Straßenecke …"

„Das Fenster", mahnt Mabel.

„Natürlich wurde auch geschmuggelt. Das übernahm Vater. Wir reisten getrennt, damit er uns nicht in Gefahr brachte. Er begleitete uns noch zum Zug und kam bis Spandau mit. Er selber wollte später nachkommen und uns in London treffen. Wir fuhren mit der „Hoek van Holland" und alles ging glatt. Am ersten Abend in London übernachteten wir in einer Pension. Meine Schwester war krank, darum schlief sie im selben Bett wie Mutter. Mir gaben sie eine eigene Kammer. Mitten in der Nacht wachte ich auf. Es war stockfinster. Ich wusste nicht, wo ich war und bekam Angst. Ich dachte plötzlich, ich hätte alles nur geträumt. Tatsächlich seien wir noch in Deutschland und mein Vater wäre verhaftet worden. Da fing ich an zu weinen. Meine Mutter muss mich gehört haben. Sie kam rein. Ich war fast vierzehn und schämte mich für die Tränen. Sie nahm mich in den Arm. Was los sei? Dann ging sie mit mir zum Fenster und ließ das Rollo hoch. Draußen strahlten die Lichter vom Leicester Square. Siehst du die Leuchtreklamen? Das ist London. Wir sind in Sicherheit. Wir alle. Auch dein Vater. Er schläft nebenan." Arno lächelt. „Das hab' ich nie vergessen. Ihre Worte und den Blick aus diesem Fenster. Erst da verließ ich Deutschland wirklich. Seitdem denke ich: Alles, was da draußen ist, egal wie viel Furcht es dir auch einflößt, ist tausendmal besser als das, was du damals hinter dir lassen durftest …"

20

Irgendwann verkündet Mabel, sie sei hungrig. Ob ich sie nicht zum Essen begleiten wolle? Die beiden wollen ins Café am Kleinen See, wo vor dem Krieg schon ein Ausflugslokal gestanden hatte, in das Arnos Mutter ihn gelegentlich mitgenommen hat. Wir gehen an der Ruine der spanischen Botschaft vorbei in den Tiergarten und landen an einem Weiden umstandenen Teich, wo ein Pavillon ans Wasser grenzt. Wir setzen uns auf die Terrasse.

Arno ordert tatsächlich Schnitzel. Auch Mabel befolgt nicht sklavisch die Speisevorschriften, wofür sie sich mehrmals wortreich entschuldigt, wenn sie gerade wieder verzückt die Augen verdreht hat.

Später beim Kaffee reden wir über Käthe und Berlin und die zweite Hälfte der Dreißiger. Arno berichtet nicht nur von prügelwütigen Hitlerjungen, auch von jüdischen Vereinen, Sportfesten und Kulturabenden. „Mendelssohn war verboten. Bloß bei uns wurde er noch gespielt. Das gleiche galt für Kabarett oder Theater. Niemand hätte sich 1935 getraut, den Nathan zu inszenieren. Wir durften das. Wir waren in die Ecke gedrängt, aber innerhalb des Ghettos herrschte mehr Freiheit als draußen. Zumindest eine Zeit lang …" Er blickt über den Teich, wo ein kleines Mädchen Schwäne mit Brotresten füttert. „Es mag paradox klingen, aber ich verdanke den Nazis meine Identität. Erst Hitler hat mich zum Juden gemacht …"

„Inwiefern?"

„Lässt man dich dauernd spüren, dass du minderwertig bist, fängst du entweder an, dich selbst dafür zu hassen oder du denkst, ich muss wirklich was Besonderes sein …"

Wir sitzen und plaudern. Ich vergesse die Zeit. Bis ich irgendwann auf meine Uhr sehe und bemerke, dass ich noch nach Weißensee will. Arno meint trocken, da solle ich mich besser sputen.

„Bis dahin brauchst du mindestens eine Stunde."

Überstürzt verabschiede ich mich. Ein paar Minuten später lande ich wieder auf der Budapester Straße, tauche ein in den Strom aus Büromenschen, Touristen und Gaffertrauben um die Kisten der Hütchenspieler. Mein Kopfschmerz ist verflogen. Der Atem der Stadt weht mich an, diese eigenartige Mischung aus Verheißung, Lust und Lebenshunger. Ich mag Berlin. Die Glätte fehlt, mit der im Westen alles zugekleistert ist. Das macht es rauer und echter. Vor genau zwanzig Jahren hat mich Mutter das erste Mal hierher mitgenommen. Ich war enttäuscht, dass uns am Zoo keine Giraffen, sondern nur ihr verfrorener Cousin empfing, doch sobald wir einen der Doppeldeckerbusse bestiegen, die vor dem Europa-Center im Schneematsch warteten, packte es mich. Berlin steckte voller Wunder. Es roch sogar anders als Köln. Das sei die Braunkohle, meinte Mutter damals.

Nun lacht der Frühsommer. Kein Mensch heizt. Trotzdem riecht es genauso, und mit einem Mal dämmert mir, wie zählebig diese spezifische Geruchspatina ist und dass die Stadt, in der Käthe aufgewachsen ist, vermutlich schon genau so gerochen hat.

Die S-Bahn ist überraschend leer. Es gibt sogar Sitzplätze. Ich nutze die Chance, um Käthes Notizen weiter zu studieren. Langsam freunde ich mich mit ihrer Handschrift an. Mir macht es nichts aus, dass sie auf Englisch schreibt, die wenigsten Einträge datiert sind und sie offenbar nicht täglich Tagebuch geführt hat. Leider jedoch sind die meisten Orte und Namen bloß abgekürzt und gegen Ende ihres Aufenthaltes scheint sie kaum noch etwas notiert zu haben und der Inhalt wird zunehmend kryptisch. Am meisten Kopfzerbrechen bereitet mir eine Kolonne von Zahlen- und Buchstabenreihen, die sie säuberlich untereinander aufgelistet hat, etwa über eine halbe Seite. Sie beginnt mit „10/18/41 1013 P BG-LR“ und schließt mit „11/24/44 AB?-AB 27 P“. Die durch Striche unterteilten Doppelziffern sind möglicherweise amerikanische Datumsangaben, doch was der Rest bedeutet, erschließt sich mir nicht. Mein Faible für Zahlenrätsel hält sich in Grenzen. Außerdem gleitet rechterhand gerade das Pergamon-Museum vorbei. Noch ein Halt, dann muss ich raus.

Der Alexanderplatz wirkt riesig. Fuji-Neon triumphiert über sozialistische Betonmoderne. Graugesichtige Menschen, gigantische Asphaltschneisen. Fast alle Zweitakter aus Vorwendetagen sind verschwunden. Die Kollegin von Frau Orlowski hat mir erklärt, wie ich nach Weißensee komme. Man bräuchte bloß eine der Straßenbahnen zu nehmen, die die Greifswalder hoch fahren. Trotzdem irre ich fast zehn Minuten lang herum, bis sich ein altes Mütterchen erbarmt, mir die richtige Haltestelle zeigt und mir sagt, ich solle eine Station hinter dem Antonplatz aussteigen. Der Haupteingang des Friedhofs läge an der Stirnseite der Herbert-Baum-Straße.

Von der belebten Berliner Allee geht es ab in eine schläfrige Vorstadtstraße mit alten Bäumen, holprigen Sandgehwegen und buckligem Kopfsteinpflaster, wo sämtliche Häuser noch aus der Kaiserzeit zu stammen und seit Jahrzehnten vergessen scheinen. Kein Mensch ist zu sehen. Nur eine getigerte Katze, die vor mir in einen der verwilderten Vorgärten huscht. Das Tosen der Metropole versickert. Die Luft ist getränkt von betäubendem Fliederduft. Auf einmal wird es seltsam still, wie unter einem unsichtbaren Schleier, der alles dämpft und verlangsamt, als ob ich in die braunstichige Fotografie einer vorgestrigen Welt versetzt bin. Es dauert, bis ich ahne, woran das liegt. Es gibt kaum Autos. Die zwei, die ich sehe, sind wie verlorene Zeugen einer unwirklichen Gegenwart.

Am Ende der Straße ragt ein lang gestreckter Gebäudekomplex auf. Davor ein reich verziertes, schmiedeeisernes Tor: Der Eingang zum Friedhof. Die Fußgängerpforte steht halb offen und quietscht leise. Vorne düstere Wacholderbüsche um ein Rondell, dahinter Arkaden aus angeschwärztem Gelbklinker, die zwei höhere Trakte verbinden. Fast wie die schaurig schöne Kopie eines verwunschenen Florentiner Stadtpalastes.

Auch hier nirgendwo ein Mensch. Alle Büros sind verwaist, der Blumenladen geschlossen. Zögernd folge ich dem Plattenweg um den Gebäudekomplex herum. Die Rückseite beherrscht ein Bau mit halbrunder Apsis, ein Stück weiter ist die Gärtnerei. Der mit gejätetem Unkraut beladene Schubkarren davor sieht aus, als sei er eben abgestellt worden, doch niemand antwortet auf mein Rufen. Ich will schon aufgeben, bin bereits auf dem Weg zum Tor, da entdecke ich vorn in einem der Räume, den ich leer gewähnt habe, einen Zeitung lesenden Mann. Er sitzt hinter einer Art Tresen. Als ich eintrete, blickt er über den Rand seiner Brille hinweg auf.

„Wir schließen in fünfzehn Minuten. Falls Sie auf den Friedhof wollen, sind Sie ein bisschen spät dran."

„Ich suche einen Herrn Lauenstain."

„Was wollen Sie denn von ihm?"

„Ich bin die Nichte einer Bekannten."

„Welcher Bekannten?"

„Käthe Hirsch."

Sein leises Lächeln verfliegt. Er legt die Zeitung beiseite und erhebt sich.

„Ich bin Kurt Lauenstain. Du musst Maja sein. Käthe hat von dir erzählt."

Sein Duzen kommt ganz selbstverständlich. In drei Schritten umrundet er den Tresen. Er dürfte kaum jünger sein als Arno, aber zählt zu den zeitlos sehnigen Typen, die jenseits der sechzig noch drahtig sind. Ähnlich wie Vater. Sein Händedruck ist energisch und fest.

„Heute früh stand ihr Name auf der Beerdigungsliste. Ich hatte gehofft, es sei eine Verwechslung. Lass' uns rausgehen. Ich brauch' frische Luft."

Mir fällt auf, dass er den linken Fuß leicht nachzieht und seine Khakijacke wahrscheinlich noch aus volkseigener Produktion stammt. Sie beißt sich mit der weinroten Kippah. Wir setzen uns auf eine der Bänke vor den Arkaden und reden. Er fördert eine Pappschachtel mit Zigaretten zutage, klopft mechanisch eine raus, zündet sie sich an und blickt in den gelben Himmel.

„Ich kannte sie aus der Schule. Sie war zwei Klassen unter mir. Derselbe Jahrgang wie meine Schwester. Als die Mädchenschule in der Auguststraße geschlossen wurde, kam sie zu uns. Ich war im Theaterkreis. Wir probten gerade Szenen aus dem Buch Esther. Für Purim. Ich sollte die Esther spielen. Davor graute mir. Dann stand sie auf einmal neben der Bühne. Mit zwei Zöpfen und karierten Kniestrümpfen. Der Lehrer sagte, sie solle die Rolle mal probieren. Nur wenn ich damit einverstanden sei, meinte sie. Ich war heilfroh. So konnte ich großzügig verzichten und mich aus der Affäre ziehen …" Sein leises Schlucken kommt mit der Andeutung eines Lächelns. „Aus den Augen verloren hab' ich sie erst Ende der Dreißiger. Ich hatte keine Ahnung, dass sie noch lebt. Nicht alle, die damals raus kamen, haben's geschafft …" Er mustert mich, nimmt einen letzten Zug, lässt die Zigarette fallen und tritt sie aus.

Ich skizziere ihm, was ich im Verlauf des Vormittags erfahren habe.

„Der Kripomensch meint, es gäbe keinerlei Hinweise auf Fremdeinwirkung."

Er nickt nachdenklich. „Seit wann bist du überhaupt in Berlin?"

„Seit gestern."

„Habt ihr wenigstens noch mal telefoniert?"

Ich schüttele den Kopf. „Bis Freitag saß ich an einem Auftrag. Mein Vater ist im März gestorben. Das Beste, was mir einfiel, war, mich danach in die Arbeit zu stürzen. Ich hab' ihren Besuch völlig verdrängt. Dabei hatte ich eigentlich zu ihrer Begrüßung herkommen wollen."

„Du bist mir keine Erklärung schuldig."

„Ich hätte fahren sollen."

„Sie mochte dich und sie wusste, dass du sie magst. Das zählt."

„Ich weiß. Trotzdem."

„Irgendwas bleibt immer offen ..."

Er lächelt wieder sein eigenartiges, wissendes Lächeln.

„Wie ging es ihr denn, als du sie das letzte Mal gesehen hast?"

Dass ich ihn duze, kommt ganz unwillkürlich. Aber er ist mir auf eine bestimmte Weise ganz vertraut und es fühlt sich an, als würde ich ihn schon länger kennen. Käthe verbindet uns. Zugleich erinnert er mich an Vater. Nicht nur vom Typ her. Auch wie er spricht, die kleinen Gesten und Zwischentöne, die kurzen Seitenblicke und mimischen Kommentare. Diese merkwürdige Mischung aus Wachsamkeit, Anspannung und Witz. Bis hin zu der Art, wie er raucht.

„Wie es ihr ging? Sie steckte voller Pläne. Aber vielleicht war das nur geschauspielert."

„Du glaubst, die Polizei hat Recht?"

Er wendet den Kopf ab und wirkt plötzlich müde. „Was sonst?"

„Man hat sie ermordet!"

„Wer sollte Interesse daran haben, sie zu töten?"

Ich muss ungläubig auflachen. „Die Erben des Arisierers natürlich! Die Leute, denen sie drohte, die Immobilie wegzunehmen!"

Er schüttelt den Kopf. „Dreiser kann man alles Mögliche unterstellen. Aber das kaum!"

Dreisers Name aus seinem Mund irritiert mich fast mehr als der wegwerfende Ton.

„Warum nicht?"

„Der hat viel zu viel Geld. Nein. Ich fürchte, sie ist da einer fixen Idee aufgesessen."

„Welcher fixen Idee?"

Er hustet. „Irgendwer hat ihr wohl erzählt, er sei in rechte Kreise verstrickt. Dreiser würde sich jedoch nie mit solchen Kontakten kompromittieren."

„Er ist der prominenteste Gegner der Spiegelwand!"

„Das eine hat mit dem anderen nichts zu tun."

„Woher weißt du so gut über Dreiser Bescheid?"

„Meine Tochter Larissa ist beim SFB."

„Hat sie Käthe die Sachen über das SS-Wirtschaftsverwaltungshauptamt besorgt?"

„Möglich."

„Nicht die Artikel, die Fotokopien."

„Was für Fotokopien?"

„Die aus dem SS-Wirtschaftsverwaltungshauptamt, von Sturmbannführer Dr. R. Schwertfeger." Ich klaube die Seiten aus der Mappe. Lauenstain zückt eine Brille und überfliegt sie.

„Der Mann, der die Immobilie im Herbst 1938 kaufte,

hieß Dr. Reinhard Schwertfeger", erkläre ich. „Er wohnte in Steglitz. Dieser Dr. Schwertfeger hier war Abteilungsleiter im Amt A des SS-Wirtschaftsverwaltungshauptamts in Steglitz-Lichterfelde. Vermutlich ist es ein und derselbe Schwertfeger."

Lauenstain brummt, blättert und gibt mir die Papiere mit einem Ächzen zurück. „Nein. Das kannte ich nicht."

„Was passiert wohl, wenn herauskommt, dass Dreisers Schwiegervater sich nicht nur persönlich an jüdischem Eigentum bereichert hat, sondern auch den millionenfachen Raubmord in Polen verwaltet hat?"

„Sicher." Lauenstains Kaumuskeln zucken. „Er hätte allen Grund, das zu verheimlichen. Trotzdem musst du das erst mal beweisen. Und du solltest dir gut überlegen, mit wem du darüber sprichst. Dreiser ist ein mächtiger Mann. Egal, ob das stimmt, es dürfte ihm kaum gefallen oder seine Freunde für dich einnehmen."

„Schwertfegers Akte im Document Center ist bereinigt worden. Der Anwalt wollte sofort von mir wissen, woher Käthe das hatte."

„Nicht von Larissa. Da bin ich mir sicher."

„Kann ich selber mit ihr sprechen?"

„Warum? Wozu willst du Larissa da mit hineinziehen?"

„Als mich der Kommissar so abblitzen ließ, hab' ich ihm gedroht an die Presse zu gehen."

„An die Presse?"

„Falls die Polizei Käthes Tod zum Selbstmord erklärt."

Lauenstain wiegt den Kopf. „Dir ist klar, dass du da in ein Wespennest stößt!"

„Soll ich etwa zusehen, wie man Käthes Tod als Suizid zu den Akten legt?"

Lauenstain kaut leer. „Es wird ohnehin ein Schock für sie. Sie hat Käthe sehr gemocht."

„Gerade deshalb!“

Sein Blick flieht zu den Wacholderbüschen. „Na schön“, sagt er schließlich. „Ich rede mit ihr. Aber ich kann dir nichts versprechen. Unser Verhältnis ist nicht immer ganz einfach.“

„Was heißt das?“

Er beugt sich vor und stützt seine Hände auf den Knien ab. „Sie war neun, als ihre Mutter mit ihr nach Westberlin ging. Das war im Sommer 1961 … Bis zum Herbst 1989 hatten wir keinen Kontakt.“

„Mein Gott … Wieso?“

„Meine damalige Frau und ich stritten oft. Über Politik. Sie wollte in den Westen. Für mich war das Verrat. Eines Tages ging sie dann einfach und nahm Larissa mit. Ich nehme an, sie wollte mich zwingen, ihr und dem Kind zu folgen. Vierzehn Tage später stand die Mauer. Das nahm mir die Entscheidung ab. 1964 teilte mir das Amtsgericht Charlottenburg mit, die Ehe sei geschieden. All meine Briefe kamen ungeöffnet zurück. Auch die an Larissa.“

Sein Gesicht spiegelt die gleiche Hilflosigkeit, die Vater an den Tag legte, als er mir Claras Abschiedsbrief zeigte. Fast dreißig Jahre, denke ich.

„Das ist schlimm. Es tut mir sehr leid …“

„Im Herbst ’89 starb Inge. Am dritten Advent stand Larissa bei mir vor der Tür. Ich erkannte sie sofort. Sie ist das Ebenbild ihrer Mutter.“

Er holt tief Luft und lässt die Hände flach auf die Oberschenkel fallen. „Jetzt ist es ja anders.“ Beim Aufsehen zieht er die Schultern zurück und gönnt mir ein schiefes Lächeln. „Was ist? Willst du dir das Grab ansehen?“

21

Lauenstain verschließt die Pforte am Eingang. Dann gehen wir zurück und folgen dem Hauptweg, vorbei an einem Geviert mit jüngeren Grabstellen, bis wir eine kastaniengesäumte Allee erreichen, die in einen verwilderten Park führt. Lichtfächer brechen durch die Äste alter Buchen, strömen in Kaskaden über Birken, plätschern über Akazien und Eschen. Nur zögerlich offenbart der Ort sein wahres Wesen.

Hier liegen die Reste der einst Mächtigen. Sie haben sich grandiose Mausoleen errichten lassen, Schreine, flankiert von Pilastern und Säulen, Statuen, Obelisken und Amphoren, bewehrt durch wuchtige Grenzsteine und daumendicke Ketten. Monumente für die Ewigkeit. Monumentale Zeugnisse der ewigen Eitelkeit.

Es gibt niemanden mehr, der die Engels, Aschrotts und Loewenbergs betrauert, ihre in Marmor und Granit gefassten Klagen vom Moos befreit, den Farnteppich lüftet und das Laub beiseite schiebt. Knöterich und Efeu lecken das Mauerwerk empor, hebeln Kupferdächer auf, sprengen Fundamente und verschlingen geborstene Ziegel. Die frühere Pracht, der Glanz, die Größe sind versunken und die Reste nur Zeugnis des grandiosen Irrtums. Wer hier bestattet wurde, hatte sich angekommen gewähnt: Als Bürger, Preuße, Patriot.

Das Bild der seit Jahrzehnten vergessenen Gräber offenbart das Ausmaß des Selbstbetrugs, die Tragik der nie erwiderten Liebe. Zugleich atmet die zerfallende Nekropole eine seltsame Schönheit. Der Triumph der Natur birgt auch etwas Versöhnendes, fast Heiteres. Das Licht, das durch die Blätter plätschert, formt ständig wechselnde Muster, als wolle es die, die dort liegen, mit seinem Tanz erfreuen.

Wir reden nicht viel. Die Steine erzählen zahllose Geschichten, auch immer wieder die eine, die alle anderen überschattet.

Die letzten Beerdigungen haben 1943 stattgefunden. Gelegentlich gibt es Nachträge, verbunden mit Namen wie Theresienstadt, Lodz oder Auschwitz und an einer Stelle sehe ich ein Grab für geschändete Thorarollen.

Hin und wieder deutet Lauenstain auf ein Epitaph und erläutert die Bildmotive, wie die zwischen Mittel- und Ringfinger gespreizten Hände eines segnenden Rabbis. Wir passieren eine Anlage aus grauem Kalkmuschelstein, das Ehrenmal für die jüdischen Frontkämpfer und ich habe sofort Arno Wydens Vater vor Augen, der hier gewiss auch mal angetreten ist, bevor er im Herbst 1938, am Morgen nach der „Kristallnacht", all seine Orden in den Mülleimer geworfen hat.

„Anteilig sind mehr Juden als Christen im Ersten Weltkrieg fürs Reich gefallen", erläutert Lauenstain trocken. „Zum Dank schickte man die Veteranen über Theresienstadt nach Auschwitz."

Kurz darauf bleibt er am Rand einer kleinen Lichtung stehen.

„Das ist es ..."

Wenige Meter weiter sehe ich einen schlichten, rechteckigen Basaltblock, umrahmt von jungen Birken und Holundergestrüpp. Offenbar ist der Platz als Familiengrab gedacht gewesen, aber der Quader trägt bloß zwei Namen. Nelly Traube, geborene Fränkel, und ihr Mann Louis. Verstorben am 25. November 1941.

Nelly ist 1878 zur Welt gekommen. Louis vier Jahre früher.

Bis jetzt habe ich mir Käthes Großeltern als Greise vorgestellt. Das verschiebt sich abrupt, als ich die Daten lese.

Nelly ist kein Jahr älter als Vater gewesen und Louis gerade mal so alt wie Käthe.

Ich hocke mich hin und lasse die Finger über die Gravur gleiten. Lauenstain räuspert sich. „Käthe hat einen Türkis mitgebracht. Der müsste da irgendwo rechts liegen …“

Tatsächlich. Am unteren Rand, halb verborgen von Moos, leuchtet es blaugrün. Ein daumennagelgroßer Stein, poliert und braun geädert. Ich wische ihn an meiner Bluse ab und lege ihn wieder auf den Basalt. Über mir flirrt Laub. Vögel zwitschern. Wind singt leise in den Birkenwipfeln. Mit einem Mal verstehe ich, wieso Käthe sich gewünscht hat, hier zu liegen. Neben den Eltern ihrer Mutter.

„Wie hat sie von den Umständen ihres Todes überhaupt erfahren? Gibt es irgendwelche Unterlagen bei der Friedhofsverwaltung?“

Lauenstain sieht reglos auf den Stein. Ich denke schon er hat die Frage gar nicht mitgekriegt, da sagt er: „Ich führte sie her. Dann erinnerte ich mich …“

Er bricht ab, nimmt die Hand vor den Mund und streicht sich über die Wangen. Plötzlich wirkt er verhärmt. Aber vielleicht liegt das nur an meiner Perspektive.

„Ich hab’ damals geholfen, die beiden zu beerdigen …“ Er spricht ohne mich anzusehen. „Viele zogen es vor, selbst Schluss zu machen … Der Mann kämpfte noch mit einem der Pfleger, bevor sie sich mit einem Skalpell in einer Abstellkammer verrammelten.“

„Woher weißt du das?“

„Von den Leuten, die sie brachten.“

Mein Magen zuckt. „Hast du ihr das so im Detail geschildert?“

„Natürlich nicht. Ich habe ihr von den Schlaftabletten und dem Krankenhaus erzählt. Ohne weitere Einzelheiten. Aber ich wollte sie nicht anlügen.“

„Wie kamst du dazu, hier zu arbeiten?"

„Ich war zwangsverpflichtet. Ungefähr einen Kilometer von hier. Der Friedhof suchte Aushilfen. Dafür gab's Extra-Marken. Ich machte, was anfiel, harkte Wege, schnitt Hecken und hob Gräber aus. Vorm Krieg arbeiteten Hunderte hier. Das war zu meiner Zeit lange vorbei."

Er zündet sich eine Zigarette an und deutet auf den Stein. „Als man sie herbrachte, war ich zufällig dabei. Jüdische Beerdigungsunternehmen hatten die Nazis abgeschafft und die Personaldecke im Jüdischen Krankenhaus in der Iranischen Straße war nicht sehr üppig."

„Bis wann hast du hier gearbeitet?"

„Anfang '42. Da bin ich nach Treptow. Der Weg wurde zu weit."

„Und der Friedhof?"

Er sieht mich erstaunt an. „Der blieb. In den letzten Kriegstagen, als die Rote Armee schon auf dem Gebiet von Groß-Berlin stand, ist die SS hier noch in die Verwaltung eingedrungen, um die Letzten, die übrig waren, zu erschießen."

„Wie? Der Friedhof war die ganze Zeit über in Betrieb? Obwohl Berlin angeblich ‚judenrein' war?"

Mein Erstaunen amüsiert ihn. „Berlin war nie judenrein. Die Gestapo schätzte, dass ihr allein bei der Fabrik-Aktion im März 1943, als alle Zwangverpflichteten aus den Betrieben weg verhaftet wurden, fünftausend Juden durch die Lappen gegangen sind. Zusätzlich zu denen, die in ‚privilegierten Mischehen' lebten." Seine Hand fährt wieder ans Kinn, er zögert kurz, dann gibt er sich einen Ruck. „Komm. Ich zeig' dir was ..."

„Was?"

„Wirst du gleich sehen." Er geht vor. Kurz darauf stehen wir vor einem grauen, tempelähnlichen Bau. „Das ist das Grab des Kammersängers Schwarz. Der galt mal als bedeutendster Bariton seiner Zeit …"

In der Mitte des Mausoleums ist ein Steinblock mit der Inschrift: *„Herr, du bist meine Zuflucht für und für."*

Lauenstain liest den Satz laut vor, obwohl er hervorragend zu erkennen ist, und zeigt aufs Innere der Dachkonstruktion. Dort sehe ich ein verdrecktes, gläsernes Rechteck, den Einstieg, um an die Balken unter dem First zu kommen.

„Das war meine Zuflucht. Bestimmt ein Dutzend Mal. Nicht immer warm, aber trocken. Kamst du früh genug, ging es. Riskant war der Weg quer durch die Stadt, besonders bei Bombenangriffen." Für einen kurzen Moment wird sein Gesicht hart. „Leider war ich nicht der Einzige, der von dem Versteck wusste, und nachdem ich zwei Mal auf Fremde traf, hab' ich's gemieden."

„Warum?"

„Weil die Gestapo früher oder später davon Wind kriegen musste. Dobberke hat jeden, den er schnappte, so lange verhören lassen, bis er auch das letzte bisschen Information aus ihm rausgepresst hatte."

„Dobberke?"

„Der Kommissar, der das Judenreferat in der Burgstraße leitete. Beim Hackeschen Markt."

22

Zwanzig Minuten später, nachdem er das Tor des Friedhofs wieder verschlossen hat, deutet sein Kinn auf einen betagten Golf, der halb verdeckt von Flieder auf der Nebeneinfahrt des Friedhofs steht.

„Ich kann dich mitnehmen. Die Alte Schönhauser liegt fast auf meinem Weg."

Er fährt das gleiche Modell, das Vater mal besessen hat. Das Wageninnere riecht sogar genauso.

„Die hat die DDR Ende der Siebziger importiert", sagt er. „Ich zählte zu den Glücklichen, die einen ergattern konnten. Deshalb brauchte ich mir nach der Wende auch nicht gleich einen schrottreifen Westwagen zuzulegen."

Sein Lächeln ist mehr als ein Kommentar. Doch er braucht sich mir gar nicht zu erklären. Er scheint ähnlich gestrickt wie Vater: Ein Jude, für den alles, was nach den Nazis kam, besser war, und der möglicherweise bloß Kommunist geworden ist, weil die Rote Armee am härtesten gegen Hitler gekämpft hat. Eben darum hat er später auch der Partei ihre Verlogenheit nachgesehen, sich die triste Realität schöngeredet und ist weiter tapfer bei der Stange geblieben, als der „erste sozialistische Staat auf deutschem Boden" längst an seinen inneren Widersprüchen gescheitert war.

Natürlich sieht er 1989 als Triumph der kapitalistischen Schrottwagenhändler. Wie soll einer, der das Leben mit Frau und Tochter der Idee eines politischen Systems opfert, die Veränderung sonst sehen? Vater verstand die Welt 1989 auch nicht mehr. Ich habe noch seine ratlosen Verwünschungen im Ohr. Spätestens wenn es mit den Massenentlassungen anfinge, werde der kollektive Kater einsetzen. „Dann merken die, was sie sich da eingehandelt haben, für die dreißig Sorten Shampoos, die Sexshops und den Plastikzauber."

Lauenstain hält die Hand an der Zündung und mustert mich, als warte er auf eine Reaktion. Ich weiß, was er hören möchte, aber ich will ihm weder nach dem Mund reden noch ihn verprellen.

„Ich bin froh, dass der große Zaun weg ist", sage ich nur. „Über den Rest kann man streiten."

Er verzieht den Mund und startet den Motor. Wir rumpeln über das Pflaster der Herbert-Baum-Straße. Es dauert ein paar Sekunden, bis er mir wieder einen Seitenblick zuwirft.

„Warst du denn vorher mal bei uns?"

„Ab und zu."

„Wo?"

„Im Thüringer Wald, an der Ostsee und in der Schorfheide …" Er guckt verwundert. „Mein Vater war Genosse", schiebe ich nach. „Deshalb durften wir gelegentlich in die schicken Ferienheime des FDGB."

„Sieh an!" Er pfeift leise. „Na und? Wie war das für dich?"

„Die Guten wohnten auf der anderen Seite. Bei euch war alles wunderbar."

Er bekommt den Sarkasmus mit und runzelt die Brauen. Ich will ihn nicht unnötig verletzen, aber er weckt den gleichen Widerspruchsgeist in mir wie Vater.

„Meine heile Welt bekam erst Risse, als ich den Fehler beging, falsche Musik mitzubringen. Dafür wurde ich gerügt. Anschließend musste ich meinen Kassettenrecorder in Verwahrung geben."

„Was für Musik?"

„Patti Smith."

Patti Smith sagt ihm nichts.

„Sie ist Amerikanerin. Deshalb war sie tabu. Das wussten diese Flachpfeifen, obwohl keiner von ihnen den Text verstand!"

Er schüttelt den Kopf. „Wie alt warst du da?"

„Fünfzehn."

Seine Stimme klingt missbilligend. „Wären die nur halb so vernagelt gewesen …"

„Das meinte mein Vater auch. Ich dürfe das nicht so ernst nehmen."

„Sicher", nickt er.

„Das sehe ich anders. Ich fürchte, das hatte durchaus System."

„So?"

„Im selben Frühjahr nahmen wir in der Schule den Prager Frühling durch. Mir fielen auf den Fotos die Hakenkreuze auf, die Demonstranten an sowjetische Panzer gemalt hatten. Was unsere Lehrerin in Köln dazu sagte, hielt ich für Hetze. Also fragte ich hier einen verdienten Genossen. Bei einer Diskussion. Der flippte aus und ich wurde fast nach Hause geschickt."

Seine Kaumuskeln zucken. „Und?"

„Im Jahr darauf fuhr ich mit dem evangelischen Jugendwerk nach Frankreich. Die störte es nicht, dass ich Heidin war und mein Alter Kommunist."

Er räuspert sich. „Bist du später denn mal wiedergekommen?"

„Nie länger ..."

Ich verschweige ihm, wie lange es gedauert hat, bis ich mir eingestehen konnte, dass ich aus Vaters Glaubensgemeinschaft längst ausgetreten war. Ab und zu kommt es mir immer noch vor, als sei ich desertiert. Nicht nur, weil mich die Häme der Haie, die alles auf Geld, Gier und Geiz reduzieren, so anekelt.

Rechterhand ziehen die Plattenbauten am Thälmann-Park vorbei. Schräg aus dem Halbprofil wirkt die monströse Büste des ermordeten Arbeiterführers wie das Abbild eines alternden Punks mit Irokesenschnitt.

Die Telefonzelle in der Wilhelm-Pieck riecht nach Substanzen, die ich mir lieber nicht im Detail vorstelle. Caroline nimmt beim ersten Rufzeichen ab. Sie wartet auf einen Anruf von Frank und steht hörbar unter Strom.

„Du kommst gerade aus Weißensee und nun willst du auch noch zu diesem Typen? Ich dachte, du fährst nur zur Polizei und anschließend zum Anwalt?"

„Ich war noch in der Hardenbergstraße und hab' Bekannte von Käthe getroffen."

„Okay, mach' wie du denkst", sagt sie spitz, „aber wunder' dich nicht, wenn ich nachher mit Frank unterwegs bin."

„He Caro ..."

Sie hat schon aufgelegt. Ich starre auf die zerkratzte Plexiglasscheibe. Trotz der stickigen Schwüle bekomme ich plötzlich eine Gänsehaut.

In der Alten Schönhauser Straße stehen kaum noch Häuser aus der Vorkriegszeit. Eigentlich kommt nur der altersgeschwärzte Gründerjahrekasten in Frage, an den zwei Neubauten geklatscht sind. Als die Hausnummer die letzten Zweifel beseitigt, verfliegt das ungute Frösteln.

Die Toreinfahrt ist durch eine große Flügeltür versperrt. Knarrend schwingt der rechte Flügel auf. Spinnweben hängen wie Trauerschleier über abplatzender Leimfarbe. Der Durchgang zum Hof riecht muffig. Das Treppenhaus wird nur von einer trüben Zwanzig-Watt-Glühlampe erhellt und ist so finster, dass ich das Geländer zu Hilfe nehmen muss und mich Stufe für Stufe hoch taste. Im dritten Stock rechts gibt es kein Namenschild, bloß einen Block mit Bleistift am Bindfaden für Nachrichten etwaiger Besucher, die hier aufkreuzen, wenn der Wohnungsinhaber aushäusig ist.

Mittig, auf Brusthöhe, befindet sich eine historische Handklingel zum Drehen, die hier vermutlich schon vor Käthes Einzug gehangen hat. Ihre Ränder sind zigfach übermalt, doch sie schellt überraschend laut.

„Sekunde ..."

Rasche Schritte klatschen auf Dielen. Die Tür schwingt auf und ein sommersprossiger junger Mann strahlt mich an. Er trägt nichts außer Boxershorts und grinst, als habe er mich erwartet. Seine Linke hält ein Handtuch, mit dem er das lockige, fast schulterlange, dunkelrot glänzende Haar frottiert. Caro würde beim Anblick seines gut konturierten Oberkörpers garantiert ein halblautes „lecker" fallen lassen. Ich bin weniger forsch. Außerdem geht es hier um Käthe.

„Entschuldigen Sie den Überfall. Ich bin Maja Schäfer, die Großnichte von Käthe Hirsch …"

„Ja?" Seine Brauen wandern fragend nach oben. „Was ist denn?"

Mich verwirrt, dass er so gar nicht ostig aussieht, eher wie ein kalifornischer Surfer, was wahrscheinlich daran liegt, dass er entfernt dem jungen Jim Morrison ähnelt, allerdings mit roten Locken und grünen Augen. Ich rufe mich innerlich zur Ordnung und straffe die Fakten auf drei Sätze.

„Oh Scheiße …" Er sackt mit der Hand gegen den Türrahmen. „Wann ist das passiert?"

„Vorgestern Nacht. Kann ich kurz reinkommen?"

Erst jetzt scheint er zu merken, dass ich noch immer im Treppenhaus warte und er selbst halbnackt ist.

„Sicher. 'tschuldigung …"

Ich folge ihm durch den Flur, stolpere über eine prall gefüllte Segeltuchtasche und lande in einem hellen, großen Zimmer, das durch eine offen stehende Schiebetür mit dem Nachbarraum verbunden ist.

„Ich zieh' mir nur rasch was über."

Er verschwindet und ich sehe mich um. Zwei doppelflügelige, hohe Fenster zur Straße, vor einem davon ein alter Küchenstuhl, vier blau gestrichene Obstkisten und darüber eine ausgehängte Tür. Als Schreibtischersatz. Entlang der Fußleisten meterweise Bücher. In der Ecke ein kackbrauner Kachelofen. Sonst nur noch ein rissiger Ledersessel, ein rotes, altersschwaches Sofa und ein dreibeiniger Nierentisch. Einziger Wandschmuck ist ein Siebdruckplakat, das eine Werkschau im ‚Tacheles' anpreist und das Brandenburger Tor zu Mauertagen zeigt. Vom Westen aus. Mit der Warnung: *You are leaving the American Sector!*

Hat der Tiergarten je zum amerikanischen Sektor gehört? Oder ist das künstlerische Freiheit?

Ich will mich gerade aufs Sofa setzen, als er wieder reinkommt. Barfuß, in Jeans und T-Shirt. Nun erfahre ich auch, dass er Hendrik heißt. Hendrik Lehmann. Er duzt mich, aber ich hätte ihn auch geduzt.

Er fällt in den Sessel. „Wieso gehen die von Selbstmord aus?"

„Angeblich gibt es keine Hinweise auf Fremdeinwirkung ..."

„Das ist doch Quatsch! Ich glaub' nicht, dass sie sich das Leben genommen hat." Er steht auf und tritt ans Fenster. „Wir sind uns vor elf Tagen begegnet. Hier im Treppenhaus. Ich hätte sie fast umgerannt. Sie sagte, früher habe sie mal hier gewohnt, und als sie mir ihren Namen sagte, wusste ich sofort, dass es diese Wohnung war."

„Woher?"

Er dreht sich um. „Aus den alten Mieterlisten. Vorm Krieg lebten mehrere jüdische Familien hier. Ich lud sie ein, sich die Wohnung anzusehen. Anfangs wollte sie nicht. Vielleicht war ich ihr suspekt. Doch dann taute sie auf. Später sagte sie, sie habe Angst gehabt, ihre Erinnerungen aufs Spiel zu setzen."

„Hast du sie danach noch mal gesehen?"

„Drei oder vier Mal. Sie hat mir das Viertel gezeigt."

„Habt ihr auch über Dreiser gesprochen?“

„Klar. Der Schuppen hier wird ja von einem Ableger der ‚Bau- und Invest‘ verwaltet.“ Sein Gesicht wirkt plötzlich älter. „Weiß die Polizei denn nichts von deren Plänen für das Haus?“

„Welchen Plänen?“

„Die wollen luxussanieren und die Wohnungen einzeln verkaufen. Im Herbst soll der Spaß losgehen. Sie hat Dreiser einen fetten Strich durch die Rechnung gemacht.“

Ich nicke. „Hat Dreiser Kontakt zu Neonazis?“

„Wie kommst du darauf?“

„Weil mir jemand sagte, sie habe das geglaubt. Was gut dazu passt, dass sie Artikel über Neonazis gesammelt hat.“

Er fährt sich mit der Hand durch die feuchten Locken und fischt eine Schachtel Zigaretten vom Schreibtisch, zündet sie an und plumpst in den Sessel.

„Also?“, bohre ich. „Hat er Kontakte?“

Hendrik sieht einem Rauchkringel nach. Sein linkes Bein baumelt über der Lehne.

„Manche Leute behaupten das, ja …“

„Wer?“

„Ein Typ aus Friedrichshain, der sich mit der Bau- und Invest angelegt hat. Den haben fünf Skins überfallen. Er landete mit gebrochenen Rippen und verdrahtetem Kiefer in der Charité. Nach der Entlassung stellte er fest, dass man in seiner Wohnung alles kurz und klein geschlagen hatte.“

„Was sagt die Polizei?“

Hendrik liest eine Untertasse vom Boden auf und streift bedächtig die Asche daran ab. „Ermittelt gegen Unbekannt. Seit einem dreiviertel Jahr.“

„Ist die Geschichte glaubwürdig?“

„Klar. Unklar ist, ob Dreiser dahintersteckt. Manchmal stimmen ja auch die übelsten Vorurteile über Westspekulanten." Er setzt die Untertasse ab und kreuzt die Arme im Nacken. „Ich hab' ihr davon erzählt, weil ich einen Typen kenne, der eventuell mehr darüber weiß."

„Wen?"

„Ein Ex-Nazi, der lange in der Weitlingstraße gewohnt hat und bei der ‚Nationalen Alternative' war."

Von der Weitlingstraße in Lichtenberg habe ich gehört. Da halten Nazis ein Haus besetzt und liefern sich regelmäßig Straßenschlachten mit Punks aus dem Friedrichshain. Als Hendrik meine Gesichtsentgleisung mitbekommt, grinst er: „Inzwischen hat er nüscht mehr mit denen zu tun. Im Gegenteil. Er muss sich vor denen verstecken. Deshalb ist es auch schwierig, ihn zu fassen zu kriegen."

Er verheimlicht mir etwas. Es gibt noch eine Variante, wie Käthe sich auf die Schnelle Feinde hat machen können. „Traust du ihr zu, allein in die Weitlingstraße gefahren zu sein?"

Meine Frage ist müßig. Ich traue es ihr auch zu. Hinter meinen Schläfen beginnt es heftig zu pochen. Ich schließe die Lider und massiere mir die Nasenwurzel.

„Du siehst aus, als bräuchtest du einen Kaffee …"

Ich schlage die Augen auf. Hendrik guckt besorgt.

„Danke. Schon gut."

Ich will ihm sagen, dass ich sowieso gleich los muss, doch er ist plötzlich neugierig.

„Wann hast du überhaupt von ihrem Tod erfahren?"

„Gestern früh. Meine Mutter rief mich an …"

„Und jetzt stellst du Nachforschungen an?"

„Notgedrungen …"

„Kanntest du sie näher?"

„Ich hab' sie mal in New York besucht. Nach der Schule. Seitdem haben wir uns regelmäßig geschrieben …"

„Wie war das mit ihr?"

Ich muss unwillkürlich lächeln. „Sie hat mich kreuz und quer durch Manhattan geschleift, in ostjüdische Trödelläden, chinesische Garküchen und deutsche Kneipen. Ich war neunzehn und eher scharf auf touristische Highlights. Die ließen sie kalt. Sie meinte, die könne ich mir auch ohne sie ansehen."

Ich habe wieder vor Augen, wie Käthe mich bei brüllender Augusthitze durch New York schleift, mir in einem Rutsch den Financial District, Chinatown, Little Italy und die Lower East Side zeigt, ständig in einem wilden Gemisch aus Deutsch und Amerikanisch auf mich einredend, um mir, als ich halb verdurstet vor einem rollbaren Erfrischungsstand, der wie eine rettende Insel im Ozean des kochenden Asphalts auftaucht, mit knappem ‚Papperlapapp! Viel zu teuer' das Geld aus der Hand zu reißen. Uptown gäbe es ein nettes, billiges Café. In das lade sie mich nachher ein.

Das nette, billige Café entpuppte sich als düsterer ‚Diner' mit hässlichem Plastikdecor, doch sie ließ verzückte Blicke schweifen und sagte, das Café sei so europäisch. Mir blieb schleierhaft, was sie meinte, bis die fette Serviererin mit selbst für mich hörbarem deutschen Akzent unsere Bestellung aufnahm.

„Sie las mir Gedichte von Mascha Kaleko vor und begeisterte sich für Remarque. Ich fand es höllisch anstrengend, aber merkte auch, dass sie mir echte Perlen schenkte. Ich hätte mir gern von ihr Berlin zeigen lassen. Ihr Berlin."

„Ja", sagt Hendrik. „Sie konnte so was gut …"

Es bleibt einen Augenblick still. Er zieht die Braue halb hoch und grinst. Ein merkwürdig melancholisches Grinsen, das nichts mehr mit dem munteren Surferboy zu tun hat. Dann zeigt er auf die freie Fläche vor der Schiebetür.

„Da drüben stand früher ein Ausziehtisch. An den passten über zwanzig Leute. Ihre Eltern pflegten an Feiertagen immer die gesamte Familie einzuladen."

Ich denke an das Foto der Festgesellschaft, das Clara hinterlassen hat. Das einzige Bild solch einer Zusammenkunft, das noch existiert. Käthe hätte die Namen der Abgelichteten gewusst. Zwanzigerjahre-Gesichter. Frauen mit Brennscherenlocken, in langen Kleidern, die Blusen hoch geschlossenen.

Mit einem Mal sehe ich das verängstigte kleine Mädchen am Fenster, von dem Arno vorhin erzählt hat. Ich erhebe mich wortlos und gehe ans Fenster. Draußen zerfließt der Abend in Blau und Violett. Welche Farbe der Himmel wohl damals hatte? Idiotisch, ihn sich automatisch bleiern vorzustellen. An solchen Tagen scheint meist die Sonne. Wie zum Hohn.

„Genau da hat sie auch gestanden." Hendriks Stimme lässt mich wie ertappt herumfahren. „Es hat ihr ein Leben lang Alpträume beschert."

Er kennt Käthes Geschichte vom Boykottag. Sogar mit dem Detail der Kneipennamen. Sein Feuerzeug macht Geräusche.

„Sie kann damals kaum älter als acht gewesen sein", sage ich.

Doch das sage ich nur aus Verlegenheit. Über den Schornsteinen auf der anderen Straßenseite wächst warmes Kobaltblau. Dämmerung rieselt ins Zimmer und verwischt die Umrisse.

„Soll ich nicht doch einen Kaffee machen?"

Leises Schuldgefühl steigt in mir auf. Wegen Caro. Das Werben seiner Augen gibt den Ausschlag.

„Na schön."

Er federt aus dem Sessel. Da klingelt es. Der Ton trifft ihn mitten in der Bewegung. Sein Gesicht wird leer.

„Entschuldige …"

Seine Freundin, denke ich. Die, über deren Tasche ich gestolpert bin. Schlagartig wird mir bewusst, wie spät es bereits ist. Der Zauber zerstiebt. Das hohle Zirpen in meiner Magengegend liegt weniger am Glanz seiner Augen als an Blutzuckermangel. Vorhin habe ich bloß Salat gegessen. Zeit zu gehen.

„Ich will bloß meine Sachen holen." Jung, kühl, fordernd. Also doch die Segeltuchtasche. Deshalb hat er an der Tür vorhin so gestrahlt.

„Die sind schon gepackt."

„Herzlichen Dank." Es schlurft, als sie die Tasche hochhebt. „Ich muss weiter. Nimm's nicht persönlich."

„Keine Sorge." Seine Stimme bebt. Er tut mir leid.

Ein spitzes „Ach ja?"

„Ich hab' Besuch."

„Sicher. In *dem* Aufzug!" Ein glockenhelles Lachen. „Na ja, wenn du meinst, dass du das brauchst …"

„Was?"

„Oh Gott, Hendrik, du bist so entsetzlich durchschaubar!"

Er benimmt sich idiotisch, aber ich verstehe allzu gut, wieso. Nicht nur, weil die Stimme der Ische mich an Betty erinnert. Ich huste halblaut.

Es poltert. Absätze klacken auf dem Holz. Ein blondes Geschöpf erscheint im Türrahmen. Sie ist genau der Typ, neben dem ich mir früher immer zu lang und knochig vorgekommen bin. Hendrik taucht auf und würgt: „Das ist Maja … Maja, das ist Jasmin."

„Na, dann brauch' ich mir ja keine Gedanken zu machen."

Sie dreht sich grußlos um und rauscht ab. Er sieht ihr wie geprügelt hinterher. Die Tür klatscht ins Schloss.

„Tut mir leid“, murmele ich, als er sich leise stöhnend mit beiden Händen an den Kopf greift.

„Schon gut … Sie konnte noch nie pünktlich sein.“

Ich denke an seinen Auftritt an der Tür. Bei der letzten Begegnung mit Andreas trug ich auch das Kleidchen, in dem er mich früher angeblich so irre attraktiv fand. Um mir anschließend die sorgfältig aufgetragene Wimperntusche zu zerheulen. Sein Blick ist zur Decke geflohen und klebt an der Stuckrosette, aus deren Mitte noch die abgeklemmte Gasleitung ragt. Ich will weg. Aber ich hocke am falschen Ende des Raumes.

„Vor einer Weile ist mir das Gleiche passiert“, sage ich schließlich. „Nach drei Jahren. Als wir grade unsere neue Wohnung renoviert hatten.“

„So?“

„Wegen einer früheren Schulfreundin. Eines Morgens durfte ich ihn mit ihr auf unserem Küchentisch überraschen.“

„Autsch!“

Er kräuselt die Lippen. „Das hat sie mir erspart und drei Jahre waren's nicht.“

„Sondern?“

„Fünf Monate. Er heißt Leander. Momentan inszeniert er ein Stück am Maxim-Gorki-Theater. Sie macht Regieassistenz. Ich hab's vermittelt.“

„Auch nicht schlecht.“

„Sie wollte dringend nach Berlin. Ihr gefiel, dass ich an der Volksbühne bin und geräumig wohne.“

„Was treibst du an der Volksbühne?“

„Bühnenbildner.“

„Bühnenbildner?“

„Ein Brotjob.“

„Wofür?“

Er hat sich wieder eine angezündet. Der Rauch steigt ihm in die Augen. Er nimmt die Zigarette aus dem Mundwinkel und zeigt auf die quer gelegte Tür. „Schreiben."

„Stücke?"

Ein knappes Kopfschütteln. „Prosa."

„Welche Art Prosa?"

„Ich sitz' an 'nem Roman."

„Worüber?"

„Berlin heute …"

„Alle warten auf den großen, deutschen Nach-Wende-Roman. Was hat sie daran auszusetzen?"

Er zuckt die Achseln. „Leander hat Erfolg … Erfolg sei sexy, sagt sie."

„Ach, du Schande!"

Demnach müsstest du eigentlich rasenden Erfolg haben, denke ich nur. Unsere Augen treffen sich. Wieder bin ich verwirrt, bis sich mein Magen rührt. Also frage ich, ob wir den Kaffee nicht woanders trinken wollen. Irgendwo, wo man auch einen Happen essen kann.

23

Wie hungrig ich bin, merke ich erst, als ich die Linsensuppe rieche. Dazu gibt es Rotkraut und Wachsbohnen. Die Kombination passt zu der Kneipe, in die er mich geschleppt hat. Die sieht aus wie ein Hippie-Treff in den späten Siebzigern: Ein ehemaliger Laden mit kahlen, blaulila getünchten Wänden, Sperrmüllmobiliar und Tropfkerzen. Aus dem Kassettenrecorder nölt Tom Waits.

Claudia, die Wirtin, eine langhaarige Brünette in indischer Bluse, hat ihn mit Namen begrüßt. Offenbar ist er hier häufiger.

„Wunderbar“, stöhne ich verzückt. „Das traut sich bei uns ja keiner mehr. Überall gibt's nur Rucola. Nichts gegen Rauke, aber wer dafür Wachsbohnen vergisst, gehört zu Kochen mit Bocuse bestraft.“

Bocuse sagt ihm nichts.

„Kaisers neue Kleider auf kulinarisch …“

„Wieso haste nicht gesagt, dass du Hunger hast?“

„Schlinge ich dir zu sehr?“

Statt direkt zu antworten rollt er sein Glas in der Hand. Er hat nur Rotwein bestellt.

„Wie hätte die Ansage lauten sollen? Hallo, ich bin Maja, lass' mich bitte kurz deine Küche plündern?“

„Ich hätt' dir 'ne Stulle schmieren können.“

„Klingt verlockend. Ich liebe Stullen.“

„Ach ja?“

„Mein Papa hat uns immer ganz phantastische Teile gezaubert. Mit Schmierkäse. Gut für die Goldmedaille in Monaco.“

„Meine sind auch nicht ohne“, grinst er. „Für die gab's fast den großen vaterländischen Verdienstorden.“

„Wieso nur fast?“

„Zu viele falsche Einträge in der Kaderakte.“

„Nämlich?“, schlürfe ich.

„Hast du Brüder?“

„Einen. Der ist jünger. Deshalb esse ich auch so schnell …“ Ich lasse den Löffel sinken. „Wenn du's leid bist, dass ich dich ausfrage, sag's mir.“

Er lächelt. Ich warte.

„Ist dir die Zionskirche ein Begriff?“

„Vage …“

„Da gab's doch dies Punkkonzert, das von Skins gesprengt wurde. Oktober '87 …“ Er mustert sein Glas. „An dem Abend spielten *Die Firma* und *Element of Crime*. Die

Kirche war krachend voll. Auf einmal platzte eine Horde Glatzen rein, brüllte ‚Sieg Heil!', ‚Juden raus!' und prügelte auf die Zuhörer ein. Sofort entstand Panik. Alles drängte nach draußen. Auf der Kastanienallee warteten Vopos und Stasi mit LKW und verfrachteten uns in wartende Laster."

„Die Stasi hat das angezettelt?"

Er zuckt wortlos die Achseln.

„Wozu?"

„Die ‚gesellschaftsfeindlichen Elemente' sollten sich gegenseitig neutralisieren. Dummerweise berichtete das West-Fernsehen. Nun wussten alle, dass es auch bei uns Faschos gab."

„Was hattest du damit zu tun?"

„Der Typ, dem ich was aufs Maul gab, war beim MfS." Sein Mund zuckt. „Sie wollten mich wegen ‚Rowdytum' rankriegen und buchteten mich ein, doch es fanden sich genügend Zeugen, die gesehen hatten, dass er mich angegriffen hatte und nach 'ner Weile wurden die sogar auch gehört und sie mussten mich wieder laufen lassen."

Ich schiebe die leer gegessenen Teller beiseite. Er greift nach den Zigaretten.

„Wie war die Suppe?"

„Ausgezeichnet."

„Schön."

„Warst du lange in Haft?"

„Mir hat's gereicht."

Sein Blick wandert ins Blaugrau der rauchgeschwängerten Luftmoleküle.

„Woher kamen die Glatzen bei euch?"

„Im Zweifelsfall aus dem Knast. Der Typ, über den ich sprach, war Punk, als er das erste Mal in den Bau ging."

„Punks sind doch links?"

„So rasend waren die Unterschiede nicht."

„Heißt?"

„Alle sagten ‚Neger'. Da fiel es nicht so wahnsinnig schwer, die Fronten zu wechseln …"

„Neger?"

„So ‚rassenrein' wie die DDR war Nazideutschland nie. Was meinst du, wie ich mit den Ohren geschlackert hab', als ich zum ersten Mal in Kreuzberg war!"

Ich muss schlucken. „Es gab doch aber Austauschstudenten und Touristen!"

„Wer redete denn mit denen? Wir nicht. Wir trafen höchstens Türken mit Tagesvisum und die waren zum Abgewöhnen."

„Wieso?"

„Die brauchten bloß mit ihren Westmark zu wedeln und kamen überall rein. Wir froren vor der Tür und kuckten in die Röhre. Deutsch-türkische Freundschaft hat das grade nicht gestiftet."

Ich lache hilflos. „Wie verträgt sich das mit eurem Antifaschismus?"

„Ideale kann man nicht durch Phrasen ersetzen. Höchstens drunter begraben. Genau das hat die SED getan. Predigen taten die was anderes, klar. Faktisch knüpften sie da an, wo die Nazis aufgehört hatten. Deshalb kam einem die ganze verlogene Grütze ja auch zu den Ohren wieder raus!"

Ich bin sprachlos. Er setzt nach.

„Außenkontakte sind Gift für jede Diktatur. Lassen die sich nicht verbieten, treibt man den Leuten eben die Lust daran aus!"

Ich spüre, dass er die Wahrheit sagt. Doch ich will es nicht glauben.

„Was ist mit all denen, die tatsächlich was Neues aufbauen wollten? Denen, die gegen die Nazis gekämpft hatten, den KZ-Überlebenden und Emigranten, die zu euch gingen, weil sie die Restauration im Westen unerträglich fanden? Die kannst du doch nicht alle so untern Tisch wischen!"

„Ulbricht ist auch vor den Nazis geflohen und Honecker saß jahrelang im Zuchthaus! Seit wann macht Leiden Menschen besser? Glaubst du, die Lager waren Kaderschmieden für Lichtgestalten?"

„Natürlich nicht, aber es gab immerhin den Schwur von Buchenwald …"

Sein Lacher klingt wie eine Ohrfeige.

„Stalin hatte Schiss vor den Deutschen. Die kommunistischen Kader sollten sie in Schach halten. Natürlich tat die SED so, als hätten alle der Befreiung entgegengefiebert. Doch das Volk konnte sie leider nicht auswechseln. Also arrangierte sie sich. Nun hieß der ‚Blockwart' eben ‚Abschnittsbevollmächtigter' …"

„Das ist doch wahnsinnig platt!"

„Der Chefredakteur des ‚Neuen Deutschland' war vorher beim ‚Völkischen Beobachter'. Bei uns wurde genauso geheuchelt wie im Westen. Unterschwellig appellierten die an was ganz anderes. Alle hatten den Krieg vergeigt. Aber ihr bekamt die Amis geschenkt und wir wurden mit den Russen bestraft."

„Langsam …"

„Erst hat der Führer sie im Stich gelassen, dann der Spitzbart an die Sowjets verkauft und nun haut der Dicke sie schon wieder in die Pfanne!"

„Kohl kannst du alles Mögliche vorwerfen, aber nicht, dass keine Sau mehr Trabi fährt!"

„Mir geht's darum, was die Leute denken: Der Sozialismus war 'ne Katastrophe, der Kapitalismus ist Kahlschlag. Was bleibt da noch? Beten oder braune Sauce!"

„Was hättest du dir denn gewünscht?"

„Ein Land ohne Stasi und Stacheldraht. Für ‚Lidl' bin ich bestimmt nicht auf die Straße gegangen!"

„Die Masse hat nach der D-Mark gekreischt."

„Nachdem sie mit Begrüßungsgeld angefüttert worden war."

„Das waren *meine* Steuern. Dafür habt *ihr* dem Saumagenfresser die Wiederwahl beschert!"

„Andersrum! Erst haben eure Westparteien die komatösen Blockflöten reanimiert und die Bürgerbewegungen untergepflügt."

„Die Zwei-Staaten-Lösung war doch völlig illusorisch!"

„Das war der Mauerfall vor dem 9. November auch. So was weißt du immer erst hinterher."

„Warum habt ihr's dann nicht ausprobiert?"

„Weil's zu schnell ging. Wir waren noch gar nicht zur Besinnung gekommen, da winkte Aldi schon mit Bananen und Helmut Kohl mit seinem Zehn-Punkte-Plan."

„Kohl und Aldi haben euch die Revolution geklaut?"

So heftig, wie er die Zigarette ausdrückt, kostet es ihn Mühe, gelassen zu bleiben.

„Das Gelaber von den ‚blühenden Landschaften' hat die meisten doch völlig besoffen gemacht. Alles, was wir dafür tun mussten, war unsere frisch gewonnene Souveränität zu beerdigen ..."

„Menschen mögen einfache Lösungen. Die hat Kohl ihnen geboten und sie haben zugegriffen. Was wär' die Alternative gewesen? Umerziehungslager?"

„So würdest du nicht reden, wenn du die Demo auf dem Alex erlebt hättest. Die dreiviertel Million, die den Schießbudenfiguren aus dem Politbüro da zeigte, welche Macht ein Volk hat, wenn es aufsteht. Der ging's um Mündigkeit! Die Fressen-Ficken-Fernsehen-Nummer kam erst später."

„Genau. Sobald sich die Pforten der Konsumtempel öffneten!"

„Was steckte denn hinterm Anfüttern der Ost-Äffchen, diesem in Spendierhosen verpackten Päppeln des westdeutschen Einzelhandels?"

„Verrat's mir …"

„Die Furcht eurer Bonzen, ihr könntet eure Hohepriester des Shareholder-Values gleich mit in die Produktion schicken!"

„Schön wär's. Jeder, der hier Westwagen fährt, beweist, dass der Kapitalismus schickere Autos produziert und beseitigt alle Zweifel gleich mit, was wahre Lebensqualität ausmacht! Ihr habt das Credo ‚Ich kaufe, also bin ich' wiederbelebt!"

„Wir?"

„Wer sonst? Fürs nächste Jahrzehnt ist jede Debatte über andere Arbeitszeiten oder Nachhaltigkeit vom Tisch! Glaubst du, mich kotzt das nicht an?"

Er nimmt sein Glas, kippt den Inhalt wie Schnaps runter, zeigt mit einem „Du auch?" auf meins und ruft Claudia zu, sie soll uns noch zwei bringen.

Bulgarischer Roter. Schwer und süß.

„Vermisst du die DDR?"

„Ungefähr wie Krätze."

„Ich mein' nicht die Politik …"

Seine Hand wandert über die Stirn und verfängt sich am Hinterkopf. Er sieht mich einen Moment lang ganz eigenartig an. „Klar", sagt er dann. „Rauchen kannste auch ohne ‚Marlboro' lernen. Wir sind ja nicht ständig mit krummem Rücken rum gelaufen."

„War's kuscheliger?"

„Das ist so ein Klischee." Er verzieht den Mund. „Ja. Wie in einem gut geheizten, vollen Raum, der nie gelüftet wird. Wenn du versuchst das Fenster aufzumachen, ist es mit der Kuscheligkeit ganz schnell aus."

„Aber?"

„Geld spielte keine Geige. Ärzte und Professoren verdienten nicht viel mehr als Schichtarbeiter. Deshalb konnten die auch im selben Haus wohnen. Einige Arbeiter lasen sogar freiwillig Bücher. Kein Mensch hungerte. Die Unterschiede lagen woanders ..."

„Bei was wirst du nostalgisch?"

Sein Kopf kippt in den Nacken. „Komische Frage ... Dauernd. Beim Preis für Schrippen. Oder wenn ich an die schaurigen Grillettas denke."

Er grinst wieder sein zerrissenes Grinsen. Fast alle klammern sich ans Vertraute. Egal, woher sie kommen. Er ist genauso heimatlos wie Lauenstain. Oder Vater. Die DDR, die er gehasst und geliebt hat, existiert nicht mehr. Die Häuser stehen vielleicht noch. Der Rest ist weg. Passé. Verweht. Für immer. Nur eine sterbende Erinnerung.

Das flackernde Kerzenlicht wirft Schemen an die Wände, weckt Kobolde und Gnomen. Fremd. Bestürzend nah. Das wechselt binnen eines Lidschlags. Wahrscheinlich liegt es am Wein. Ich sollte zu Wasser wechseln.

Er fragt, wo ich „wirklich" zu Hause bin. Ich erzähle von Köln und Hamburg, von Vater und Clara und Israel.

„Deine Großmutter war also schon Kommunistin?"

„Ja. Obwohl sie gar nicht in der Partei war. Ihr Mann kam 1933 gleich nach Esterwegen ins KZ. Die Nazis ließen ihn nach einigen Monaten laufen, weil er im Ersten Weltkrieg ein Bein verloren hatte und sie ihn für harmlos hielten. Sie hat Flugblätter verteilt und Geld für die Roten Brigaden gesammelt."

„Ist sie deswegen verhaftet worden?"

„Nein. Das war eher zufällig, im Rahmen der so genannten Gewitter-Aktion nach dem Attentat vom 20. Juli. Da haben die Nazis alle möglichen Leute verhaftet, die sie für ‚unsichere Kantonisten' hielten. Auch die Eltern meines Vaters."

„Hat sie ihren jüdischen Hintergrund verleugnet, weil sie Kommunistin war?"

„Mein Vater stellte es gern so dar, aber ich hab' da erhebliche Zweifel. Ich halte es für eine Schutzbehauptung, weil er sich selbst nicht klar machen wollte, wie antisemitisch seine politische Heimat war. Sie dürfte sehr wohl begriffen haben, dass die meisten ihrer Genossen mit Hitlers Judenpolitik am wenigsten Probleme hatten."

„Und du?"

Gute Frage.

„Ich hab's schon früh angezweifelt, aber mir ist schwer gefallen, mich davon zu lösen. Wegen meines Vaters. Ich hatte das Gefühl, wenn ich so etwas denke, lass' ich ihn im Stich. Richtig begriffen habe ich das allerdings erst viel später, nachdem ich im Kibbuz gewesen war und anfing, ihm zu widersprechen, wenn er wieder mal auf Israel einprügelte."

Hendrik mustert sein Glas.

„Langweile ich dich?"

„Nein", sagt er aufblickend. „Im Gegenteil … Du bist die erste Westpflanze, mit der ich so rede."

„Westpflanze?"

„Ja."

„Wieso betonst du das so? Sind Westler eine andere Spezies?"

„Sicher. Ihr haltet euch für die Sieger."

„Wie bitte?"

„Für die meisten von euch gehört das Leben in der DDR auf den Schrotthaufen der Geschichte. Ihr wollt nicht damit belästigt werden. Also treten wir es artig in die Tonne, damit wir möglichst schnell zu vollwertigen Bundesdeutschen werden, und in spätestens zwanzig Jahren werden uns irgendwelche Nulpen aus Castrop-Rauxel dann erklären, wie's bei uns im Osten wirklich zugegangen ist …" Er sieht mich an. „Du bist anders. Du hörst zu. Und ich hab' das Gefühl, es interessiert dich wirklich. Vielleicht, weil du diese zwiespältigen Empfindungen kennst."

Er steckt sich noch eine an und mustert mich durch die Rauchkringel. Ich muss mich räuspern. „Du meinst das Aufatmen, weil's endlich vorbei ist und die Trauer, dass es vorbei ist?"

„Auch …"

„Aber?"

Er zuckt die Achseln und trinkt einen Schluck. „Du hast studiert, bist gereist, warst in Israel und New York. Ich hab's nie weiter als Rumänien geschafft und mein Abitur wär' fast ausgefallen, weil ich mich nicht als Offizier verpflichten wollte."

„Ja und? Ich war nie in Rumänien."

„Trotzdem. Wir benutzen zwar dieselben Wörter, doch was wir damit verbinden, sind verschiedene Welten. Manchmal wär's leichter, zwei Sprachen zu sprechen."

„Sollen wir aufhören zu reden?"

„Nein."

Die Ironie ist aus seinen Augen verschwunden. Auf einmal schimmern sie ganz nackt.

„Ist Reden so schlimm?"

„Mit dir? Nicht wirklich."

In seiner Iris glimmen dunkle Einsprengsel. Ich spüre, wie es in meinem Hals zu klopfen beginnt. Höchste Zeit, zu Wasser zu wechseln.

Gestern habe ich Caroline erklärt, Andreas sei mir noch

zu präsent. Und jetzt registriere ich erschrocken, wie er sich verabschiedet. Leise und beängstigend schnell.

Hendriks Mund steht einen Spalt weit offen, als warte er darauf, dass ich etwas Entscheidendes damit anstelle. Nun faltet er auch noch die Unterlippe zwischen Daumen und Zeigefinger. Vergiss es, sage ich mir. Das ist so ziemlich das Letzte, was du jetzt brauchst. Er flieht höchstens vor der Segeltuchtasche. Sei kein Idiot und nimm's persönlich.

In dem Moment geht mir plötzlich auf, wie spät es bereits ist. „Oh Scheiße! Es ist ja schon fast zwölf! Wann fährt die letzte S-Bahn?"

Ich klinge entlarvend heiser. Er lächelt.

„Du hast noch Zeit. Was dagegen, wenn ich dich bringe?"

Als er mich ansieht begreife ich, dass mir längst völlig egal ist, ob er vor der Segeltuchtasche flieht.

24

Am Dienstagmorgen wache ich früh auf. Nach dem Duschen hole ich Zeitung und Brötchen. Gegen halb neun kriecht Caroline aus ihrem Zimmer, schlurft in die Küche, nimmt sich Kaffee und zündet sich eine an. Nach drei Zügen tötet sie die Glut wieder, betastet ihre Stirn und trinkt in einem Zug zwei Gläser Leitungswasser.

Sie hat sich gestern noch mit Frank getroffen. Wann ich denn nach Hause gekommen sei?

Ich habe mit Ach und Krach die letzte S-Bahn erwischt, um todmüde, selig und höllisch konfus ins Bett zu fallen und morgens als Erstes mit der Frage aufzuwachen, wann Hendrik wohl anruft. Doch ich sehe, wie es ihr geht, also sage ich bloß „spät".

Frank hat sie im „Schwarzen Café“ sitzen lassen. Es hört sich nach zu viel Wein und einem Drama vor Publikum an.

„Vielleicht solltest du weniger trinken …“

„Das musst du grad sagen!“ Caroline langt mit zittrigen Händen nach den Zigaretten. „Keine Sorge, ich hab’ alles im Griff.“

Sie blickt nervös zum Telefon, dem alten, schwarzen Apparat mit extra langer Schnur, den sie auf die Dielen gestellt hat. Als käme von dort die Erlösung. Gestern habe ich sie noch beneidet. Heute tut sie mir leid. So wie sie darauf giert, dass er ihr ein Bröckchen Zuneigung zuwirft.

„Er wird sich schon noch melden.“

„Hoffentlich!“

Ihr Kopf fliegt trotzig zurück. Ein Rauchstrahl schießt in den Raum, franst an den Rändern aus und verliert sich in einer blaugrauen Wolke.

Damals auf Korfu, beim Wandern, hat sie mal ein Rudel wilder Hunde vertrieben. Während ich noch nach Steinen suchte, um die Biester mit Würfen fernzuhalten, griff sie sich ohne zu fackeln den einzigen Stock weit und breit und ging auf den Leitwolf los, einen riesigen, schwarzen Köter, der kräftig genug war, sie zu Boden zu reißen. Er legte die Lefzen frei, knurrte und duckte sein Hinterteil, als wolle er sie anspringen. Sie zuckte mit keiner Wimper und ging weiter langsam auf ihn zu, bis er grollend den Schwanz einkniff und sich trollte. Ich sehe sie noch, die Linke in die Hüfte gestemmt, wie sie ihm hinterher lacht. Dieser Moment hatte etwas Magisches: Sie war Barbarin und Beschützerin, fürchterlich und schön, eine stolze Amazone, die sich nicht unterwarf. Aber vor allem eines: Frei.

Als das Telefon schrillt, springt sie auf und hastet zum Apparat.

„Ja?“ Sie streicht mit fliegenden Händen ihr Haar zurück. Dann erlischt ihre freudige Erwartung, als schöbe man sie unter die kalte Dusche. „Sicher“, würgt sie. „Sekunde.“ Sie streckt den Arm aus und hält mir den Hörer hin. „Für dich. Der Anwalt.“

„Ihr Fax aus New York ist da“, erklärt Reidenbach aufgeräumt. „Jetzt brauchen wir nur noch eine notariell beglaubigte Übersetzung. Sie können gleich vorbeikommen.“

Er empfängt mich persönlich. Wir gehen direkt in sein Arbeitszimmer. Auf seiner Schreibunterlage kringeln sich vier glänzende Seiten Faxpapier. Käthes Verfügung. Ich überfliege den Text. Sie hat wirklich alles bedacht. Jede Eventualität. Ich starre auf den Text, male mir aus, was ihr beim Verfassen durch den Kopf gegangen sein muss und spüre ein hohles, dumpfes Frösteln in der Magengrube.

„Nun?“ Reidenbach hat gewartet, bis ich wieder aufsehe. Er zögert einen Moment, bevor er aufmunternd nickt. „Sieht aus, als könnten wir loslegen. Sie sind da als Erbin genannt. Das erspart uns einen Haufen Ärger.“ Er langt nach einer edel schimmernden Aktenmappe, klappt sie auf und reicht mir zwei Vertragsbögen. „Frau Stern hat schon mal die Papiere vorbereitet.“

„Was ist das?“

„Damit beauftragen Sie mich, Ihre Interessen zu vertreten.“

„So weit bin ich noch nicht.“

Ein kurzes, verwundertes Auflachen. „Es war der ausdrückliche Wunsch Ihrer Tante …“

„Hat sich dieser Hauptkommissar schon bei Ihnen gemeldet?“

„Wir haben vorhin telefoniert und Frau Stern hat ihm die Verfügung zugefaxt.“

„Die Berliner Bau- und Invest hatte vor, die Alte Schönhauser zu sanieren, aufzuteilen und als Eigentumswohnungen zu verkaufen."

„Der Polizei ist klar, was für Dreiser auf dem Spiel steht." Er deutet auf die Verträge. „Ich brauche Ihre Vollmacht."

„Meine Tante liegt noch in der Pathologie."

„Sicher. Dazu komme ich gleich."

„Ich weiß gar nicht, ob ich eine Schrottimmobilie in Ostberlin besitzen will."

„Eigentümerin", lächelt er. „Sie wären die Eigentümerin. Außerdem ist das Objekt bloß etwas vernachlässigt."

„Ich hab's mir angesehen. Wie soll ich das je finanzieren?"

„Über eine Hypothek. Das findet sich. Jetzt ist entscheidend, entsprechende Schritte in die Wege zu leiten."

„Ich will wissen, ob und was Dreiser mit dem Tod meiner Tante zu tun hat!"

„Na schön", grinst er bemüht. „Dreiser diskutiert heute in Steglitz über die Spiegelwand."

„Wann und wo?"

„Um 19 Uhr im alten Rathaus. Wenn Sie wollen, treffen wir uns vorher und fahren gemeinsam hin."

25

Gegen halb zwölf bin ich zurück in der Goethestraße. Caroline ist längst fort. Ich räume die Küche auf und höre den Anrufbeantworter ab.

Noch immer keine Nachricht von Hendrik. Dafür will Frau Grosser wissen, was das Treffen mit Jenninger ergeben hat. Am Ende des Bandes, nach drei Mitteilungen für Caroline, dann Lauenstains Stimme. Offenbar kann er mit Caros „Jingle“ wenig anfangen. Sie hat Gayle Tufts’ „Fax me, Baby“ auf die Ansage überspielt. Lauenstain hüstelt gequält. Larissa sei informiert. Ich möge sie im Sender anrufen. Es folgt eine achtstellige Nummer.

Larissa ist nicht im Büro. Ich soll es in zehn Minuten noch mal versuchen. Also nutze ich die Zeit und rufe Frau Grosser an.

„Wir haben uns schon Sorgen um Sie gemacht. Wir dachten, Sie melden sich, nachdem Sie bei der Polizei waren …“

„Es war gestern alles recht hektisch.“

„Da kann man sich doch trotzdem mal melden …“

Ihr Ton ärgert mich. Ich habe nicht vor, mich gleich adoptieren zu lassen. Statt darauf einzugehen, sage ich ihr, die Beerdigung müsse bis zur Freigabe der Leiche ohnehin noch warten.

„Das wirft alle meine Pläne über den Haufen …“ Ich habe keinen Schimmer, was sie plant. „Haben Sie Jenninger wenigstens von dem Restitutionsantrag erzählt?“

„Sicher. Für ihn lässt die Untersuchung keinen anderen Rückschluss als Selbstmord zu.“

„Das ist doch unglaublich!“

„Dr. Reidenbach hat ihm eine Kopie von Käthes Verfügung geschickt.“

„Wozu?“

„Er wollte gleich wissen, seit wann mir klar sei, dass ich eventuell erbe.“

„Was?“

„Dafür hab’ ich ihm gedroht, den Fall in die Medien zu bringen. Kurt Lauenstain hat mir die Nummer seiner Tochter gegeben. Die arbeitet beim SFB.“

„Wer?“ Sie klingt irritiert.

„Käthes früherer Klassenkamerad. Der, den sie in Weißensee getroffen hat. Hat Sie Ihnen von dem denn nichts erzählt?"

„Doch, doch", beeilt sie sich. „Es ist nur, nun, Bella erwähnte, Käthe habe sich bei ihr nach einer Bekannten erkundigt, die während des Krieges auch in Berlin war …"

„Wieso? Kannten sich die beiden?"

„Das weiß ich nicht."

„Wie heißt die Frau denn?"

„Das müsste ich Bella fragen …" Sie wirkt unentschlossen. „Was hat der Anwalt denn zu dem Fax gesagt?"

„Es muss nur noch von einem offiziellen Dolmetscher übersetzt werden, dann werden die deutschen Behörden es hoffentlich anerkennen."

Ich unterschlage ihr, dass es sich weniger um eine Verfügung als um ein Testament handelt. Sie will nachhaken, aber ich würge das Gespräch ab.

„Sobald ich mehr weiß, sag' ich Ihnen Bescheid. Jetzt muss ich die Tochter von Lauenstain anrufen."

Nach dem Auflegen fliegt mich der Hauch eines schlechten Gewissens an. Erst dann fällt mir ein, dass ich vergessen habe, sie um Bellas Nummer zu bitten.

Der zweite Anlauf beim SFB ist erfolgreich. Obwohl Larissa einigermaßen reserviert klingt, soll ich im Sender vorbeikommen. Am frühen Nachmittag hat sie Zeit.

Eben will ich aufstehen und mir einen Kaffee machen, als das Telefon klingelt. Ein Mann verlangt nach mir. Es dauert, bis ich seine Stimme erkenne, weil es heftig in der Leitung rauscht. „Ist meine Nachricht angekommen?"

„Danke. Ich hab' eben mit Larissa gesprochen. Ich sehe sie gleich."

„Grüß sie bitte …", hüstelt Lauenstain. „Hast du den jungen Mann noch erreicht?"

„Ja. Käthe hat ihm viel erzählt."

„So?"

„Aus ihrer Jugend und von früher."

Er erwartet offenbar mehr Details von mir, doch mich über mein Zirpen unterm Zwerchfell auszulassen halte ich für deplatziert. Ich will ihn nicht anlügen und fühle mich ertappt. Eine kleine, peinliche Pause entsteht.

„Hör mal", räuspert er sich schließlich. „Ich möchte mich dir nicht aufdrängen, aber mir geht dein Satz über verpasste Chancen nicht aus dem Kopf. Ich kenne das Viertel, wo Käthe aufgewachsen ist. Wenn du willst, könnten wir dort mal spazieren gehen."

„Jederzeit. Heute allerdings hab' ich schon …"

„Langsam, langsam", unterbricht er mich laut lachend. „Wann immer es dir passt."

„Gut. Ich melde mich morgen!"

„Fein. Mehr wollte ich nicht!"

Es klickt. Ich wiege den Hörer in der Hand. Welche Überwindung hat es mich gekostet, überhaupt nach Berlin zu fahren! Und nun? All die Menschen, die Käthe kannten und mir mit Sympathie begegnen: Lauenstain, die Wydens, auch die Grossers. Es tut gut, mit ihnen über Käthe zu reden. Wieso habe ich mich davor gefürchtet? Das gemeinsame Erinnern befreit. Und dann ist da noch Hendrik, der Surferknabe, der vermutlich nie auf einem Surfbrett gestanden hat, und der mir durch alle Sinne geistert wie ein wunderbar lästiger Ohrwurm. Ich will ihn wiedersehen, möglichst schon heute Abend, und ich finde, er könnte endlich mal anrufen, damit wir uns verabreden können und ich die Chance hab' herauszufinden, ob er mich heute immer noch an den jungen Jim Morrison erinnert und seine smaragdgrünen Augen und der sanftraue Klang seiner Stimme heute noch dasselbe in mir auslösen wie gestern.

26

Draußen lacht ein wolkenloser Himmel. Ich trödele an der Kirche vorbei zur Krummen Straße, schlendere die Kantstraße entlang, beäuge den Elektronikramsch in den Auslagen der Russenläden und bin eins mit der Welt, bis ich mich beunruhigt frage, wo der Lietzensee bleibt. Mir dämmert, dass ich die Distanz heillos unterschätzt habe. Ich falle in Trab und komme atemlos in der Masurenallee an.

Das Haus des Rundfunks, ein blauroter Backsteinkasten aus den Zwanzigern, atmet die Heiterkeit einer Behörde. Larissa Lauenstains Büro wird von zwei jungen Ladys bewacht, die nach Germanistik duften. Anscheinend absolvieren sie ein Praktikum hier und rangeln um den Posten der festen Freien. Ihre frostige Art jedenfalls legt nahe, dass sie mich für eine Konkurrentin halten. Also klopfe ich einfach an der benachbarten Tür.

Hinter einem breiten Schreibtisch thront eine zierliche Frau, makellos geschminkt und trotz ihres Alters noch fast mädchenhaft. Der hennarot gefärbte Kurzhaarschnitt und die Designerohrringe korrespondieren mit der subtilen Eleganz ihres dunklen Hosenanzugs. Sie sieht nicht aus, als käme sie jemals verschwitzt zu einer Verabredung.

„Ihr Glück, dass Sie mich noch erwischen. Ich hab' gleich ein Gespräch mit Sten Nadolny. Vorher würde ich gern noch etwas essen." Sie mustert mich von Kopf bis Fuß. „Am Theodor-Heuss-Platz gibt es einen Italiener, der halbwegs passable Mittagsmenüs anbietet."

Das Restaurant befindet sich auf der Ecke zum Kaiserdamm, eine Pizzeria mit Raustuckdekor, karierten Tischdecken, Messinglampen und auf rustikal getrimmtem Mobiliar.

Vermutlich speist Larissa hier nur selten und hat sich

spontan für das Lokal entschieden, weil es ihr peinlich ist, in offensiv transpirierender Begleitung die sendereigene Kantine aufzusuchen. Immerhin stammt der Kellner nicht aus Beirut. Oder er hat lange an seinem italienischen Akzent gefeilt. Ich bestelle Thunfischsalat und Apfelsaftschorle. Larissa wählt Gnocchi und Pellegrino. Sie wirkt ähnlich kühl wie am Telefon. Falls Käthes Tod sie erschüttert hat, weiß sie es hervorragend vor mir zu verbergen.

„Wieso vermuten Sie, die Polizei vertusche den Fall?"

„Der leitende Kommissar blockt jeden Zweifel an seiner Selbstmordtheorie ab."

„Was macht Sie so sicher, dass es *kein* Selbstmord war? Glauben Sie ernsthaft, die Staatsanwaltschaft weist die Kripo an, die Ermittlungen zu unterdrücken?"

Ihr Ton ist spöttisch. Sie hat den Ellenbogen aufgestützt und hält ein aufgespießtes Griesbällchen am äußeren Ende ihrer Gabel, das leise hin und her wippt.

„Vielleicht befürchtet er auch nur, sich in die Nesseln zu setzen. Wälzt die Presse die Sache breit, dürfte das seine Chefs kaum begeistern. Also behauptet er, es gäbe kein Motiv. Aber ihr Restitutionsantrag hatte Aussicht auf Erfolg. Zumal der Arisierer wahrscheinlich identisch ist mit einem Abteilungsleiter im SS-Wirtschaftsverwaltungshauptamt, der in die Aktion Reinhard verwickelt war."

„Das sagten Sie schon am Telefon. Von mir hatte sie diese Fotokopien nicht!"

„Und dessen Tochter mit dem Chef der Berliner Bau- und Invest verheiratet ist, der wiederum angeblich über beste Kontakte zum Regierenden Bürgermeister verfügt."

„Meinen Sie etwa Dreiser? *Den* Dreiser?"

„Ja. Natürlich."

Sie scheint aufrichtig überrascht. „Was sagt Kurt denn dazu?"

„Ich dachte, Sie hätten ihm Unterlagen für Käthe besorgt?“

„Da ging's um was anderes. Also, was sagt Kurt?“

Sie nennt ihren Vater nur Kurt, als müsse sie die Distanz wahren.

„Er bezweifelt, dass Dreiser als Drahtzieher in Frage kommt.“

Sie lächelt süßsauer. „Kennen Sie Dreiser?“

„Das hole ich heute Abend nach. Er wird in Steglitz an einer Diskussion über die Spiegelwand teilnehmen.“

Mein Ton gerät ungewollt schnippisch und als sie auflacht, reagiere ich defensiv. „Was amüsiert Sie so?“

„Nun“, sie spitzt die Lippen. „Sein politischer Spagat ist schon einigermaßen beeindruckend.“

„Wessen Spagat?“

„Dreisers …“

„Wovon reden Sie?“

„Soweit ich weiß, ist Dreiser im ‚Nahost-Freundeskreis‘. Ein parteiübergreifender Zirkel zur Unterstützung Israels.“ Ihre perfekt konturierten Lippen ziehen sich rasch zusammen. „Besser gesagt, der Rechten in Israel …“ Sie setzt sich auf und blickt mich direkt an. „Tja. Das hat Kurt Ihnen natürlich verschwiegen.“

Ich bin immer noch bei Dreiser. Der Wechsel zu ihrem Vater, gepaart mit vorwurfsvoll, resigniertem Unterton ist mir etwas zu abrupt.

„Wieso *natürlich*?“

Ihr Rücken sackt wieder gegen die Stuhllehne. „Kurt neigt leider dazu, Fakten sehr selektiv preiszugeben.“

„Vielleicht hat er es vergessen.“

„*Vergessen?*“

„Oder Gründe dafür gehabt.“

„Fragt sich nur welche …“

Sie gönnt mir wieder ihr blasiertes Lippenverziehen. Ich fange an, mich über sie zu ärgern. Sie ist zwar ein Dutzend Jahre älter als ich und hat alle Kontakte, die ich brauche, doch mich stößt ab, wie sie über ihren Vater spricht.

„Nehmen Sie es ihm übel, dass er damals im Osten geblieben ist?"

Ihre wohl komponierte Maske zerfällt für eine halbe Sekunde und zeigt ein erstaunt, verletztes ‚Ach, *das* hat er Ihnen also erzählt', bevor sie zurück in ihre alte Form findet. Ich bin darauf gefasst, dass sie das Gespräch abbricht, doch sie überlegt es sich anders, kaut langsam zu Ende, schluckt den Bissen hinunter und lässt die Gabel klirrend auf den Teller fallen.

„Nein. Gewiss nicht. Ich an seiner Stelle hätte mich genauso verhalten."

„Aber?"

Sie bemüht ein falsches Lächeln. „Ich weiß, wie charmant er sein kann. Sie sollten sich davon nicht allzu sehr beeindrucken lassen."

Ich schüttele den Kopf. „Warum haben Sie sich überhaupt mit mir getroffen?"

„Er bat mich darum. Außerdem mochte ich Käthe."

„Ach ja?"

„Sie hat mir erzählt, wie er früher war. Vorm Krieg …"

Das kommt gewollt souverän. Ich sehe plötzlich, wie weh es ihr tut. Für einen Moment taut die Eisprinzessin auf. Doch sofort tritt wieder ein harter Zug um ihren Mund und sie zensiert die Blöße. „Und Sie? Oder sollte ich Sie besser gleich nach *Ihrem* Vater fragen?"

Mit knappem Verzichterlächeln wirft sie einen Blick auf ihre Armbanduhr, um mich dran zu erinnern, welch wichtiger Termin auf sie wartet, und obwohl ich im ersten Moment fast laut auflache, um ihr zu zeigen, dass ich sie für eine blöde Schnepfe halte, begreife ich plötzlich. Es ist gar keine Eifersucht. Jedenfalls keine landläufige. Dahinter taucht etwas viel Übleres auf. Der stumme Schrecken simulierter Normalität angesichts des Unsäglichen. Wie der Elefant aus dem Gedicht, der im Raum hockt und über den niemand spricht, obwohl ihn alle sehen. Der sich zwischen sie und ihren Vater geschoben hat, diesen verlorenen Vater, der nie greifbar für sie war und der sie allein gelassen hat.

Ich mache einen letzten Anlauf und erzähle ihr von meinem Vater und unserem Besuch in der Synagoge. Ihr Gesicht zeigt keine Regung. Aber sie hört zu.

„Ich hab' erst kurz vor seinem Tod begriffen, warum bestimmte Themen für ihn tabu blieben. Er konnte sich dem einfach nicht stellen. Die Hürde war zu hoch. Er glaubte, es werde ihn auseinander reißen. Wie im Märchen vom eisernen Heinrich. Ohne Happy End."

Larissas Gabel ist liegen geblieben. Sie hat den Kopf schräg gelegt und zupft schon seit geraumer Zeit an einer einzelnen Strähne.

„Sprechen Sie hier von Ihrem Vater oder meinem?"

„Davon, was beiden damals widerfahren ist und ihnen seitdem Alpträume beschert. Was sie sich besser nie eingestehen, nicht, wenn sie halbwegs ruhigen Gewissens weiter in diesem Land leben wollen. Egal, ob nun in Ost oder West."

„Wieso Gewissen?"

„Weil ihre Rettung auch ein Fluch war. Wo zahllose andere, vermeintlich bessere, den Platz eingenommen hatten, den die Nazis für sie vorgesehen hatten …"

Larissa wirkt starr. Ihre Lippen sind schmal. Sie richtet sich ein wenig auf. „Sehen Sie. All das gilt vielleicht für Ihren Vater … Kurt hat stets sehr gut für sich selbst gesorgt. Welche Folgen das für andere hatte, war drittrangig."

Ich lache hilflos. „Was meinen Sie damit?“

„Eben das …“

Sie deutet ein hartes Nicken an, dann greift sie wieder zur Gabel, stößt sie entschlossen in einen Griesball, schiebt ihn in den Mund, kaut konzentriert, um anschließend den nächsten und übernächsten aufzuspießen. Beeindruckend, wie energisch sie dabei vorgeht. Sten Nadolny wartet und den wird sie genauso zerkauen wie diese lauwarmen Gnocchi.

Sie scheint intelligent zu sein. Doch in all den Jahren ist sie offenbar nie auf die Idee gekommen, dass ihr Vater unter der Trennung genauso gelitten haben könnte wie sie. Vielleicht, weil sie sich ihrer Mutter verpflichtet fühlt. Oder dem Stolz, ihr Leben auch ohne seine Hilfe so blendend in den Griff bekommen zu haben. Was weiß ich schon? Ich sehe nur das Ergebnis: Ihre tapfer kaschierte Kränkung, und ich habe keine Lust mehr, dagegen anzurennen. Die Mauer ist zu hoch, zu glatt und zu hermetisch, und der Mensch dahinter viel zu verletzt, um sich selbst und ihrem Vater zu verzeihen.

„Trotzdem vielen Dank“, sage ich nur und winke den Kellner heran.

27

Das Gespräch hat meine Laune gedämpft, aber als ich zu Fuß durchs nachmittägliche Charlottenburg zurückgehe, tut mir Lauenstain weit mehr leid als seine Tochter. Der hat mir zwar nicht die ganze Wahrheit erzählt, doch im Zweifelsfall bloß, um ihren gefriertruhenartigen Charakter in ein etwas milderes Licht zu rücken.

Im Übrigen darf ich mich getrost von der Hoffnung verabschieden, Larissa werde mir in irgendeiner Form helfen.

Carolines Anrufbeantworter blinkt verheißungsvoll. Das Ding steht im Flur. Ich bin die Treppe hoch gerannt, weil ich es kaum abwarten kann, und das Leuchten des roten Kontrolllämpchens lässt mein Herz sofort höher schlagen. Das Band spult quietschend zurück. Es fiept zwei Mal leise. Doch die beiden Nachrichten sind für Caroline und ich spüre fast physisch, wie rasend schnell Enttäuschung in mir aufsteigt.

Möglicherweise hat sich Hendrik meine Telefonnummer falsch gemerkt. Aber das glaube ich nicht. So wenig, wie ich glaube, dass sämtliche Telefonzellen, die er angesteuert hat, demoliert gewesen sind. Ansonsten kann er mich notfalls vom Theater aus anrufen. Nein, die Antwort ist einfacher. Er hat es gar nicht versucht. Ich habe mich getäuscht. Er ist eben doch bloß eine erotische Naturbegabung und klebt noch zu sehr an der blonden Jasmin.

All das, was bis eben leicht, heiter und beschwingt gewesen ist, sackt weg und ich fühle mich auf einmal entsetzlich müde.

Gestern, als wir aus Claudias Kneipe traten, hatte sich die Luft samtweich angefühlt. Entfernt murmelte die Stadt. Fast alle Fenster lagen im Dunkel. Die Fassaden warfen das jodgelbe Licht der Laternen nur widerwillig zurück, schluckten es und lösten sich zu changierenden Schemen auf.

Metall schepperte hell. Eine Katze schrie und schoss fauchend aus dem Schwarz eines Torbogens. Ich erschrak und drängte mich unwillkürlich an ihn. Ohne ein Wort schlang er den Arm um meine Schulter und ließ mich erst ein paar Sekunden später los.

„Wie in einer Geisterstadt. Keine Seele mehr unterwegs."

Ich sprach unwillkürlich leise. „Ist es hier abends immer so still? Angeblich war das doch mal ein wilder Kiez."

Er hob die Schultern. „Lange her."

„Erzähl mir davon …"

Er fing meinen Blick auf, musterte mich halb spöttisch, halb fragend, als sei er sich nicht sicher, wie er die Bitte zu deuten habe.

„Komm schon", bat ich.

„Ich stell's mir eng, laut und nicht immer nur lustig vor: volle Wohnungen, Gestank, in den Höfen Werkstätten und Trödler. Kneipen als Stubenersatz oder zum Aufwärmen. Spielhöllen und Puffs neben Bethäusern …" Sein Arm wanderte durch die Luft. „Da, wo wir grad herkommen, war die ‚Mulackritze', wo sich die Halbwelt von Bohemiens bewundern ließ." Er räusperte sich. „Hast du Fritz Langs ‚M – eine Stadt sucht einen Mörder' gesehen?"

Ich dachte an Peter Lorres gehetztes Filmgesicht und nickte stumm.

„Gründgens hat sich seinen Gentlemangangster dort abgeguckt. Zwischen Hehlern, Huren und Strichern."

Das fahle Orange der Straßenbeleuchtung tauchte die Schatten in Schwarzblau und ließ seine Züge ganz knochig erscheinen. Hart und blass. Fast surreal. Mir war, als wanderten wir tatsächlich durch eine vor Jahrzehnten versunkene Welt. Die Leere füllte sich mit den Geistern barfüßiger Kinder, Lumpensammlern und Schlafburschen. Aus den düsteren Torbögen rieselte das Flüstern der Bordsteinschwalben. „Na, Kleener, wie isset? Willste ma mein Poesiealbum ankieken?"

Hendrik war bei den Raubzügen der Brüder Sass angelangt, die die Diskonto-Bank am Wittenbergplatz um zweieinhalb Millionen Reichsmark erleichtert und die Briefkästen ihrer Nachbarn mit Geldscheinen voll gestopft hatten. Zehn Schritte weiter stoppte er vor einem verrammelten Kellereingang. Unter der ausgewaschenen, fünffach übergestrichenen Beschriftung erkannte ich hebräische Buchstaben.

„Hier sind mal Geigen hergestellt worden …"

Er hielt das Tempo, aber glitt unwillkürlich ins Moll. Wie vorhin, als er von Käthes Erinnerungen gesprochen hatte.

„Was ist aus den Brüdern Sass geworden?"

„Man hat ihnen die Disconto-Sache nie nachweisen können …"

„Aber?"

„Der Rest ist nicht mehr so hübsch." Er stoppte, als müsse er sich überwinden. „1933 hauten sie nach Dänemark ab. In Kopenhagen hatten sie Pech und landeten im Bau. Ende der Dreißiger lieferte man sie aus. Sie sollten nach Sachsenhausen. Auf dem Weg dahin hat man sie erschossen …"

Er zog den Mund zusammen, als wolle er ausspucken, fingerte stattdessen nach einer Zigarette und steckte sie sich in den Mund. Ohne sie anzuzünden. Wir waren fast am Hackeschen Markt. Hinter uns rumpelte es. Ein gespenstisch leerer Triebwagen schob sich um die Ecke, beschleunigte sirrend und zog an uns vorbei.

Er löste sich von meiner Seite und steuerte quer über den Fahrdamm auf ein düsteres, dreistöckiges Haus zu. Es war kleiner und älter als die Nachbargebäude und wirkte merkwürdig gequetscht. An der Front baumelten Reste von Reklameschrift. Lepröser Putz legte nackte Backsteine bloß. Er trat zu dem Durchgang an der rechten Seite und sah sich um.

„Komm", rief er halblaut.

Ich blieb schauernd stehen. Die Müdigkeit. Das bittere

Ende der Brüder Sass, die bösen Anekdoten aus den Apriltagen 1945, die er im Vorbeigehen streifte, an Orten, wo fliegende Feldgerichte gewütet hatten, irgendwelche Hauseingänge, in denen Zwölfjährige als Deserteure erschossen worden waren.

Ich wusste schon von weitem, wonach es in der Toreinfahrt roch. „Was willst du da?"

Er lachte leise. „Dir was zeigen."

„Was?"

„Soll ich brüllen?"

Ich überwand mich und folgte ihm über die Straße.

„Hier war im Krieg eine Blindenwerkstatt", wisperte er, als ich neben ihm stand. „Der Typ stellte Juden ein, um sie davor zu schützen, aus Berlin weggeschafft zu werden ..."

Hendrik ging vor. Der schmale Hof verengte sich nach hinten. Rechterhand, ans Nachbarhaus gepresst, stand ein weiteres Gebäude. Keine drei Meter breit. Über dem Durchgang in den zweiten Hinterhof war eine Art Brücke.

„Oben links. Erster Stock. Siehst du die Fenster? Das sind die Räume der Werkstatt ...", flüsterte er. „Da hinten, hinter der Verbindungstrasse zwischen den Häusern, war eine Familie versteckt. Aber die sind aufgeflogen. Irgendwer hat sie verpfiffen."

„Wie viele hat er retten können?"

„Keine Ahnung. Zehn? Zwanzig? Vielleicht mehr. Ist das so wichtig? Hauptsache, er hat's getan."

Ich dachte an die dicke Alma. Der ich nie begegnet bin und der ich trotzdem das Leben verdanke, weil sie dafür gesorgt hat, dass mein Vater die Chance bekam, Vater zu werden. Hendriks Blick blieb nach oben gerichtet. Auf die schwarzen Fenster.

„Denen, denen er nicht mehr helfen konnte, soll er noch Pakete ins Lager geschickt haben."

„Woher weißt du das?“

Er blieb stumm. Im Profil sah ich den hellen Film am unteren Augenrand, der wie ein kleiner Halbmond glänzte. Als er merkte, dass ich ihn anguckte, kräuselte er die Nase und lächelte rasch. „Hauen wir ab. Sonst verpasst du wirklich noch die letzte S-Bahn.“

Ich starre auf den Anrufbeantworter, ein Ziehen unterm Zwerchfell, wie ich es lange nicht mehr gespürt habe. In dem Moment schrillt die Glocke über der Wohnungstür.

28

Ich sehe von oben, wie ein Mann mittleren Alters und eine weißblonde, kurzhaarige Frau die Treppe heraufkommen. Im ersten Moment halte ich sie für Zeugen Jehovas. Oder Leute von der GEZ, wegen Carolines nie gezahlter Rundfunkgebühren.

Doch dann guckt der Mann hoch und ich blicke in das teigige Gesicht von Hauptkommissar Jenninger. Nun weiß ich auch, wer die Blonde ist: Wiebke, das Cowgirl. Was wollen sie von mir? Nichts Gutes, sonst würden sie mich kaum so überfallen. Ich bleibe abwartend in der Tür stehen.

„Ihr Glück, dass wir Sie antreffen.“ Jenninger erreicht schnaufend den Treppenabsatz. Seine Stirn glänzt.

„Glück?“

„Erspart Ihnen die Vorladung.“

„Weswegen?“

„Wir haben nur ein paar Fragen“, erklärt die Blonde. „Dürfen wir kurz reinkommen?“

Sie wirkt ganz entspannt. Ihre Stirn ist knochentrocken. Sie scheint weit besser in Form als er. Ich ignoriere sie und fixiere Jenninger. „Vorladung?"

Er grinst. „Wollen wir das nicht lieber drinnen besprechen?"

Genau das habe ich befürchtet. „Ich bin gleich verabredet. Vorher wollte ich eigentlich noch duschen. Aber bitte …"

Ich mache ergeben eine einladende Geste. Als er sich an mir vorbei in den Flur schiebt, weht mich eine ungute Mischung aus Zigarettengeruch, billigem Rasierwasser und Schweiß an. Es gibt Typen, die die Vorlage fürs Klischee sind, und er zählt eindeutig dazu.

Ich deute ans Ende des Flurs. „Am besten gehen wir in die Küche. Da vorn gleich links."

Wiebke folgte ihm. In der Küche setze ich mich an den Tisch. Sie bleibt stehen. Er platziert sich mir gegenüber.

„Seit wann wissen Sie von der Verfügung Ihrer Tante?"

„Vorgestern. Gelesen habe ich sie erst vorhin. Bei Dr. Reidenbach."

„Komisch."

„Wieso?"

„Läge doch eigentlich nahe, wo Sie die Begünstigte sind."

Er angelt in seiner Jackentasche nach einem Streichholz, steckt es in den Mund und beginnt darauf herumzukauen. Wenn er jetzt auch noch Schlips und Zweireiher trüge, würde er perfekt den garstigen Polypen aus einem der Filme der Schwarzen Serie abgeben.

„Mag sein", seufze ich. „Ich kannte den Inhalt jedenfalls bis heute nicht."

„Sind Sie sicher?"

Das kommt von der Blonden, die gerade dabei ist, Carolines antike Vitrine zu inspizieren. Während ihr Chef mich befragt, sieht sie sich demonstrativ beiläufig um. Ich weiß, dass sie das nur tut, um mich zu verunsichern. Trotzdem wirkt es. Caroline pflegt ihre illegalen Substanzen ähnlich nachlässig zu verwahren wie ihre Alkoholvorräte. Ich bin schon häufiger auf Tütchen mit Gras oder babyfarbenen Pillen gestoßen, die irgendwo halb versteckt schlummern. Ich schwinge herum.

„Absolut."

„Na fein", ächzt Jenninger. „Wir werden Frau Grosser befragen."

Ich bin noch bei der Blonden, deren Rechte eben über eine Zeitung gleitet und sie sachte anhebt. „Bevor Sie weiter in den Sachen meiner Gastgeberin wühlen, zeigen Sie mir doch bitte den Durchsuchungsbefehl!"

Das Cowgirl tut, als sei es nicht gemeint. Immerhin zieht es die Hand zurück. Jenninger sagt tadelnd: „Aber, aber. Warum gleich so fuchtig?"

„Sie wissen ganz genau, dass ich nichts mit dem Tod meiner Tante zu tun habe. Was soll das Theater? Ich dachte, Sie gehen von Selbstmord aus?"

„Wir tun nur, was Sie verlangt haben. Wir ermitteln in alle Richtungen."

„Was ist mit Dreiser?"

Bevor er reagieren kann, schaltet sich Blondie ein. „Durch den Tod von Frau Hirsch haben Sie Anspruch auf ein Grundstück, das geschätzte eineinhalb bis zwei Millionen wert ist. Tendenz steigend …"

„Ja, und?"

„Ganz einfach", sagt sie. „Falls irgendwer Interesse daran gehabt haben sollte, Käthe Hirsch zu ermorden, kommen zu allererst Sie in Frage."

„Bis vorgestern wusste ich nichts von dem Grundstück.

Genauso wenig wie von einer testamentarischen Verfügung. Außerdem habe ich erst hier in Berlin erfahren, dass es kein Unfall war. Fragen Sie Frau Grosser."

„Das werden wir tun. Darauf können Sie wetten. Falls wir da auch nur auf die geringste Unstimmigkeit stoßen sollten …"

„Sofern es sich überhaupt um Mord handelt. Bislang gibt es dafür keinerlei Hinweise", bremst Jenninger seine Kollegin.

Innerlich koche ich, doch ich will ihm nicht die Genugtuung geben, laut zu werden. „Haben Sie schon Herrn Dreiser befragt?"

„Wozu?"

„Er hatte vor, die Immobilie in der Alten Schönhauser zu sanieren und als Eigentumswohnungen zu verkaufen. Durch den Restitutionsantrag meiner Tante sind seine Pläne geplatzt."

„Ja und?"

„Außerdem habe ich gehört, dass die Berliner Bau- und Invest rechte Schlägertrupps einsetzen soll, um lästige Mieter loszuwerden."

Jenninger nimmt das Streichholz aus dem Mund. „Sagt wer?"

„Ein Mann aus dem Friedrichshain, dessen Wohnung demoliert wurde, nachdem ihn fünf Skins krankenhausreif geschlagen haben."

„Name?"

„Der Fall ist aktenkundig. Ihre Kollegen ermitteln."

„Wie heißt er?"

Ich schweige. Jenninger lacht ölig auf. „Sie tun sich keinen Gefallen, wenn Sie solche Storys verbreiten. Sonst haben Sie übermorgen ein Verleumdungsverfahren am Hals."

Wäre er nicht das Abziehbild des bösartig bornierten

Bullen, würde ich ihm von den Schwertfeger-Akten erzählen und sagen, welche Sorte Schreibtischtäter Dreisers Schwiegervater mit aller Wahrscheinlichkeit gewesen ist, und vielleicht würde dann sogar ihm einleuchten, dass der saubere Schwiegersohn durchaus mehr als nur ein Motiv gehabt hätte, Käthe Hirsch zu beseitigen. So aber denke ich nur an Lauenstains Warnung und frage ihn stattdessen, ob er mir drohen will.

Er atmet gewichtig aus. „Sie kommen aus Hamburg. Wir sind hier in Berlin."

„Gelten hier etwa andere Regeln?"

„Nein", wirft Blondie ein. „Aber es ist nicht Ihr Spielplatz!"

„Sie verstehen nicht", grinst Jenninger. „Wir wollen Sie nur davon abhalten, Dinge zu tun, die Sie später bereuen."

„Indem ich Sie auf Herrn Dreiser hinweise?"

Er rollt mit den Augen. „Wir wissen, wer Herr Dreiser ist. *Sie* nicht."

„Das ist nicht Ihre Baustelle", erklärt sie. „Wer auf fremden Baustellen rumturnt, bricht sich leicht den Hals."

Was die beiden mir bieten, kenne ich bisher nur aus schlechten Filmen, wo korrupte Polizisten als Handlanger irgendwelcher Großstadthaie auftreten. Die Realität ist anscheinend genauso platt. Jenningers Ansage ist klar: Bestehe ich weiterhin darauf, dass er Käthes Tod untersucht, macht er mich zu seiner Hauptverdächtigen und sorgt dafür, dass ich keine ruhige Minute mehr habe. Mein Hals fühlt sich plötzlich trocken an.

„Verstehe", würge ich. „So läuft das also …" Meine Stimme zittert, doch nicht nur aus Angst. „Ist sonst noch was? Ich muss gleich los und würde vorher wirklich ganz gern noch kurz duschen!"

Seine Miene schwankt einen Moment zwischen Spott und Mitleid, dann wiegt er langsam den Kopf und die Hand mit dem Streichholz fällt auf den Tisch.

„Komm Wiebke. Frau Schäfer hat dringende Termine. Wir wollen ihre kostbare Zeit nicht länger beanspruchen."

29

Reidenbach tigert vorm Presse-Café in der Hardenbergstraße auf und ab. Ich winke ihm von der gegenüberliegenden Ampel aus zu. Er breitet die Arme aus, gleitet an den zäh dahin fließenden Autos vorbei quer über den Fahrdamm und ergreift meinen Ellenbogen.

„Hier entlang! Je eher wir da sind, umso besser."

Er schiebt mich Richtung U-Bahn-Eingang. Sekunden später saugt der Strudel aus Leibern uns die Treppe hinunter. Ich rempele eine Rentnerin an, die mitten im Strom stehen geblieben ist und ihre Tasche durchwühlt, trete fast auf eine rumänische Bettlerin mit Säugling im Arm, registriere einen zahnlos grinsenden Geiger, der sich und seinen Begleitgitarristen wie zum Hohn unter einem riesigen Plakat von „Esprit" postiert hat, wo eine makellose Schönheit Schwanenhals zeigt, sehe, wie ein selbstvergessener Vierjähriger die Hände nach einem Obdachlosen ausstreckt, der einen zerknickten Pappbecher von McDonald's umklammert und greint, er habe Aids, woraufhin die elegant gewandete Mami des Vierjährigen ihren Sprössling panisch hochreißt und den Bettler anzischt, er solle gefälligst leise sterben.

Reidenbach hat mich losgelassen und hastet voraus. Seine wehenden Jackettschöße sind wie flatternde Wimpel. Wir landen auf dem Bahnsteig der Linie 9, derselben Linie, die ich gestern früh in den Wedding genommen habe. Allerdings reisen wir nun Richtung Süden und auf dieser Seite der Gleise sieht das Publikum weit bürgerlicher aus als die Leute, die sich gegenüber drängen. Keine übermüdeten türkischen Putzfrauen, dafür die elegante Mutti, das glatte Puppengesicht noch immer vom Ekel entlarvt.

Der Zug donnert aus dem Tunnel, hält kreischend und spuckt mehr Menschen aus. Einen Bruchteil lang herrscht Stille, bevor die Gegenbewegung einsetzt. Doch das Abteil ist überraschend leer. Es lachen sogar freie Sitzplätze.

Ich setze mich neben die Tür, Reidenbach mir gegenüber. Feiner Schweiß glänzt unter seinem Haaransatz. Er schöpft Luft und lächelt. Die Hektik verpufft. Ich berichte ihm von Jenningers Überraschungsbesuch nach meiner Rückkehr vom Treffen mit Larissa. Er schüttelt den Kopf.

„Nachvollziehbar, dass Sie das aufbringt. Aber Sie haben ihm schließlich gleich mit den Medien gedroht …“ Er spreizt die Finger mit den Handflächen nach außen.

„Sie meinen, er will mich bloß dazu bringen, ihn in Ruhe zu lassen?“

„Was sonst? Die Sache ist hochsensibel und es mischt sich ohnehin schon alle Welt ein. Versetzen Sie sich mal in seine Lage: Seine Vorgesetzten sitzen ihm im Nacken und bis die letzten alliierten Truppen abgezogen sind, darf er sich noch mit Amerikanern, Briten und Franzosen abstimmen.“

„Wieso das?“

„Ihre Tante war Amerikanerin und wurde an der Grenze zwischen dem britischen und französischen Sektor gefunden. Keiner von denen will übergangen werden.“

„Klingt kompliziert.“

„Ist es auch. Jenninger kann sich eigentlich nur in die Nesseln setzen. Dann tauchen Sie auf und verlangen, dass er gegen einen prominenten Geschäftsmann ermittelt, der politische Protektion genießt."

„Na schön, aber Dreiser ist nun mal derjenige, welcher …"

Reidenbach verzieht den Mund. „Das weiß er selbst. Trotzdem."

Mir fällt eine ganze Menge dazu ein, doch ich bin zu wütend und wechsele lieber das Thema. „Was erwartet uns denn heute Abend?"

„Eine Debatte über Nutzen und Nachteil öffentlichen Gedenkens. Die Gewerbetreibenden in Steglitz befürchten Umsatzeinbußen, wenn vor ihrer Tür an ermordete Juden erinnert wird."

„Wieso Einbußen?"

„Vergessen Sie nicht, wie viele von denen erst vor einigen Jahren fünfzigjähriges Betriebsjubiläum gefeiert haben."

Er lächelt maliziös. Ich brauche eine Sekunde, um die Anspielung zu verstehen. 1938 ist nicht nur das Jahr der „Kristallnacht", sondern auch der „Arisierungswelle" gewesen.

„Gab es denn so viele jüdische Geschäfte in Steglitz?"

„Genügend."

„Ich dachte, Steglitz sei eher konservativ?"

Er hebt die Schultern.

„Seit wann sind Juden das nicht?"

Mein Blick gleitet durchs Abteil und bleibt an zwei frisch frisierten, ergrauten Damen hängen, die trotz der Wärme geschlossene Sommermäntel tragen und prall gefüllte KaDeWe-Tüten wie einen Schutzwall um sich herum aufgerichtet haben.

„Was hat Dreiser in dem ‚Nahost-Freundeskreis' zu suchen?"

Reidenbach lacht freudlos auf. „Gute Frage … Er befürwortet den Ausbau der Siedlungen und eine harte Hand gegenüber Palästinensern."

Seine Reaktion überrascht mich. Schließlich hat er Mabel Wyden gestern gesagt, er habe lange in Tel Aviv gelebt.

„Was stört Sie daran?"

Er sackt nach hinten und seufzt stumm. „Kennen Sie Israel?"

„Ich war mal da. Wieso?"

„Wie lange?"

„Etwas über zwei Monate."

„Immerhin …" Ein knappes Grinsen. „Und? Hat's Ihnen gefallen?"

„Ja … Also: Was ist mit Dreiser?""

Er beugt sich wieder vor und scheint einen Moment lang den Bodenbelag des Abteils zu studieren, bevor er mir direkt in die Augen sieht.

„Ich verstehe, wieso einige Juden in Deutschland meinen, sie müssten jede Idiotie mittragen, die Jerusalem ausheckt, aber ich frage mich, was Dreiser davon hat. Kürzlich soll er vorgeschlagen haben, Internierungslager für palästinensische Jugendliche einzurichten."

„Das halten Sie für dumm?"

Seine Mundwinkel zucken. „Für Schwachsinn!"

„Wieso?"

„Es ist das genaue Gegenteil von dem, was Israel braucht!"

„Was braucht es denn?"

„Eine vernünftige Zwei-Staaten-Lösung. Ohne die dürfte es mittelfristig zum Untergang verurteilt sein …"

„Zum Untergang?"

Er hebt abwehrend die Hände. „Das mag noch dreißig Jahre dauern. Oder fünfzig. Aber es ist absehbar. Seit 1948 hat sich die palästinensische Bevölkerung vervierfacht.

Ganz zu schweigen von der übrigen Region. Da kann Israel nicht mithalten. Egal, wie viele Menschen es aus der ehemaligen Sowjetunion importiert."

„Was schlagen Sie vor?"

„Ausgleich mit den Arabern."

„Wie soll das gehen?"

„Indem Israel die Siedlungen auflöst und die besetzten Gebiete räumt. Noch kann es sich leisten, den ersten Schritt zu tun. Wartet es viel länger, gibt es bald niemanden mehr, der mit ihm verhandeln will."

„Israel hat den Krieg nicht angefangen."

„Sicher", sagt er erschöpft. „Ich kenne die Argumente: ‚Wir kämpfen seit vierzig Jahren. Wir haben Ägypten, Syrien und Jordanien besiegt. Sie haben uns wieder und wieder angegriffen und wir sie immer zurückgeschlagen. Die Sache hat bloß einen Haken: Israel kann die Araber hundert Mal schlagen. Das verschafft ihm trotzdem keine Sicherheit. Gelingt es seinen Feinden aber auch nur ein einziges Mal, Israel zu schlagen, ist es Geschichte."

„Noch ist Israel die stärkste Militärmacht in Nahost."

Er lacht. „Das ist ja grad der Fluch! Es nährt die Illusion, der Konflikt ließe sich mit Gewalt lösen. Das führt über kurz oder lang in die Katastrophe. Keinem Freund Israels kann daran gelegen sein!"

Bei ‚Schalom Achschaw' hatte ich ihn bisher nicht verortet.

„Das sehen manche vielleicht anders."

„Sicher. Trotzdem ist es der Weg in den Abgrund!"

„Warum tun sie es dann Ihrer Meinung nach?"

„Aus falsch verstandener Solidarität. Oder strategischem Interesse. Und manche auch, weil damit endlich die deutsche Schuldfrage gelöst wäre!"

Ich schüttele nur den Kopf. Seine Augen blitzen.

„Fragen Sie sich mal, wer für Israel gefährlicher ist: Ein linker Spinner, der die Palästinenser für die wahren Opfer des Holocaust hält und darum den Judenstaat abschaffen will oder einer, der als angeblicher Unterstützer daherkommt und zu Recht verängstigte Israelis in ihrer Paranoia bestärkt?“

Ich muss an meine Diskussionen mit Vater denken. Mir dämmert, was er meint. „Dreiser halten Sie für so jemanden?“

„Sie werden ihn ja gleich erleben. Bilden Sie sich Ihr eigenes Urteil.“

Der Zug bremst. Er nickt mir zu und erhebt sich. „Wir sind da.“

30

Die Veranstaltung findet in einem neugotischen Backsteinbau statt. Der Saal ist bis auf den letzten Platz gefüllt, das Publikum bunt gemischt. Entschlossene Herren, begleitet von gediegen gewandeten Gattinnen, verbiestert dreinblickende Rentner, angestrengt dynamische Geschäftsleute, alternativ angehauchte Birkenstockbeschuhte, ein verirrtes Yuppie-Pärchen, die obligatorischen Lehrer und sogar eine Handvoll grell gefärbter Jugendlicher.

Die Diskutanten versammeln sich eben auf der Bühne. Mittig eine mausäugige Frau mit Pagenschnitt vom Kulturverein, die moderieren soll und flinke Blicke durch den Saal huschen lässt, während sie ihr Ohr dem lockigen Endvierziger leiht, der die ‚Initiative Haus Wolfenstein‘, den Verein zur Erhaltung der ehemaligen Synagoge in Steglitz, vertritt. Ein bebrillter Glatzkopf repräsentiert den Bezirk. Die Gewerbetreibenden haben einen kunstgebräunten

Knaben geschickt, der die Aura eines glücklosen Staubsaugervertreters verbreitet. Neben ihm thront die vierschrötige Matrone vom Heimatverein. In Rüschenbluse. Die dritte Dame auf dem Podium kommt von der ‚Alternativen Liste'. Einzig der Platz mit Dreisers Namensschild ist noch verwaist. Unweit davon steht ein silbern ergrauter Endvierziger in Blazer und Halstuch, der alle Umstehenden überragt.

Er wird von einem dichten Kreis Bewunderer umlagert, was er souverän lächelnd über sich ergehen lässt. Mir dämmert, wovor Reidenbach mich zu warnen gesucht hat. Ich habe mir Dreiser völlig anders vorgestellt. Er wirkt wie ein Aristokrat und es liegt sichtlich nicht nur an seiner respektheischenden Größe und den markanten Gesichtszügen, dass er Leute zu begeistern versteht. Die Mienen um ihn herum sprechen Bände.

Statt mir meinen Schreck anmerken zu lassen, dränge ich mich nach vorn, weil es in der ersten Reihe wie üblich noch freie Plätze gibt. Dass Reidenbach zurückbleibt, bemerke ich erst, als ich mich nach ihm umsehe. Doch das reicht schon, damit Dreiser weiß, mit wem ich zusammen erschienen bin.

Glückwunsch, denke ich. Sinn der Übung war, ihn dir anzugucken, nicht umgekehrt.

Dreiser ruft halblaut: „Herr Anwalt! Dass Sie sich fürs Steglitzer Lokalgeschehen interessieren!"

Er löst sich aus dem Kreis seiner Bewunderer und kommt auf uns zu. „Oder sind Sie etwa wegen Ihrer reizenden Begleiterin hier?"

Lächelnd deutet er einen Diener an und streckt mir seine Rechte entgegen. Er besitzt beeindruckend helle Augen, wie ein Husky, die blendend mit den dunklen Brauen korrespondieren.

„Marcus Dreiser. Mit wem habe ich das Vergnügen?"

Ich bin so perplex, dass ich ihm nicht nur die Hand gebe, sondern auch artig meinen Namen sage.

„Charmant …" Statt mich loszulassen, entblößt er makellose Schneidezähne. Ein Außenstehender könnte das durchaus als liebenswürdig deuten. „Beneidenswert, Reidenbach. Ihre Verlobte?"

„Eine Mandantin", erwidert der Anwalt gepresst.

„Ach ja?" Dreiser lächelt immer noch. Beim Anblick seiner Huskyaugen kriecht mir Frost in die Eingeweide. Aber ich lächle tapfer und hoffe, dass mir das Grinsen nicht zu sehr entgleist.

„Sind Sie auch Jurist?"

„Nicht doch!" Ein kurzes Auflachen. „Nein!" Er lässt meine Hand fahren. „Das ist Dr. Reidenbachs Domäne und da ich ihn schon länger kenne, frage ich mich, ob sein politisches Interesse wohl Ihnen geschuldet ist …"

„Wir sind gespannt auf Ihre Argumentation."

Er lächelt. „Es geht um einen Kompromiss, mit dem alle leben können."

„Nobler Ansatz", lobt Reidenbach, der sich wieder gefangen hat. „Demnach gab Ihre vernichtende Kritik in der Morgenpost gewiss nur die Linie ihrer Parteifreunde wieder?"

„Man hat mich außerhalb des Zusammenhangs zitiert. Journalisten leben vom Polarisieren. Wie Juristen."

Bevor der düpierte Reidenbach ihm antworten kann, wendet er sich mir zu. „Falls Ihre Neugierde eher privater Natur ist, tun Sie sich den Gefallen und rufen mich an. Der direkte Weg erspart allen Beteiligten oft unnötigen Ärger."

Mit geübtem Schwenk zaubert er ein Kärtchen aus der Blazerbrust und drückt es mir in die Hand, nickt verbindlich, dreht ab und verzieht sich aufs Podium.

Reidenbach steht da wie begossen.

„Tut mir leid", murmele ich.

„Schon gut", zischt er. „Mein Fehler."

Die Frau vom Kulturverein bittet um Ruhe. Das Gemurmel erstirbt. Sie stellt die Diskutanten vor und skizziert die Agenda. Ich höre kaum hin. Meine Ohren fühlen sich taub an. Was hat Dreiser zu der Frontalattacke bewogen? Ist er ein intuitives Genie oder kennt er meinen Namen?

Seit ich in Berlin bin, habe ich mit einem Dutzend Menschen über Käthe gesprochen. Keinem davon traue ich zu, anschließend zum Telefon gegriffen zu haben, um Dreiser zu berichten. Außer dem schlecht rasierten Kommissar. Der hat sofort nachgehakt, als ich Schwertfeger erwähnte. Offenbar kennt er die Verbindung zwischen Schwertfeger und Dreiser. Er muss Dreiser über mich informiert haben. Es gibt keine andere Möglichkeit. Vom Wegsehen bis zum Vertuschen ist es ein winziger Schritt.

Natürlich wird er das im Zweifelsfall bestreiten oder behaupten, bloß meine Angaben überprüft zu haben. Doch damit rückt sein Überraschungsbesuch vorhin in ein völlig anderes Licht. Jenninger redet, riecht und gibt sich nicht nur wie ein korrupter Polizist, er ist es auch. Mein Nacken wird auf einmal heiß. Die Luft im Raum ist schlecht und viel zu warm.

Warum musste ich eben unbedingt nach vorn stürmen? Nun hocke ich hier wie auf dem Präsentierteller. Reidenbach schwitzt. Dämmert ihm gerade das gleiche wie mir?

Der graugelockte Knabe von der Initiative hat sich mit Brille bewaffnet und referiert über die ehemalige Remise, die Ende des 19. Jahrhunderts zur Synagoge umgebaut worden ist.

„Im Erdgeschoß befand sich der Betraum der Männer,

im ersten Stock der für die Frauen. Dort wurden auch die Heilige Lade und die Heiligen Schriften aufgestellt. Später verlegte man die Treppe nach außen, wo sie sich auch heute noch befindet."

Ich leide. Der Mann liest vom Blatt ab und nuschelt. Außerdem schwäbelt er. Binnen kürzester Zeit ist mein Sitzmöbel steinhart und ich kämpfe mit Gähnattacken. Das Publikum wird unruhig und die Moderatorin sichtlich nervös. „Danke für diesen ersten Einblick", unterbricht sie ihn.

„Wie? Ich bin erst am Anfang", protestiert er. „Fürs tiefere Verständnis muss man sich verdeutlichen, dass der Synagogenverein im April 1898 ..."

„Später." Sie wendet sich ans Publikum. „Bekanntlich wurde die Synagoge in der Reichspogromnacht geschändet. Seit 1945 gab es immer wieder Bestrebungen, daran zu erinnern. Durch die Neugestaltung des Hermann-Ehlers-Platzes sieht der Bezirk nun die Chance, endlich ein Zeichen zu setzen ..."

Sie erteilt dem Herrn vom Bezirk das Wort. Leider ist der ähnlich charismatisch wie sein Vorredner. Das detailfreudige Erläutern verwaltungstechnischer Hürden weckt Unmut. Ein Mann drei Reihen hinter uns ruft: „Sie tun, als sei das längst beschlossene Sache. Kein Mensch hat uns gefragt, ob wir das Ding wollen!"

„Genau", meldet sich eine Frau. „Das verschandelt den ganzen Platz!"

„Wir Steglitzer halten das für eine Schnapsidee!"

„Darüber werden wir heute reden", lächelt die Moderatorin therapeutisch. „Zunächst mal jedoch wollen wir ..."

„Wer will denn dies' Monstrum? Wir bestimmt nicht!", keift eine füllige Mittfünfzigerin mit kräftigem Kinn. „Von unseren Steuergeldern schon gar nicht. Soll das doch die jüdische Gemeinde zahlen! Zwölf Millionen unserer Landsleute sind vertrieben worden. Stellen die Tschechen und Polen etwa Denkmäler für die auf?“

„Hätte Hitler den Krieg nicht angefangen, wäre kein einziger Deutscher vertrieben worden“, mahnt die Moderatorin.

„Sagen Sie! Wir haben genug gezahlt! Für alles. Wir brauchen Ihre Initiative nicht, und diese grässliche Spiegelwand schon gar nicht! Damit wollen Sie sich doch nur auf unsere Kosten profilieren!“

Der Frau vom Kulturverein verschlägt es kurzzeitig die Sprache. Dafür schaltet sich nun eine Frau am anderen Ende des Raums ein.

„Der eigentliche Skandal ist, dass es fast fünfzig Jahre gedauert hat, bis Steglitz sich seiner Vergangenheit stellt, und nun mauern CDU und FDP! Das ist doch dasselbe wie bei den unsäglichen Diskussionen über die Straßennamen aus der Nazizeit!

„Richtig!“, klatscht ein Jüngerer mit Rastalocken. „Im Osten wird jede zweite Straße umbenannt und hier in dieser kackbraunen Hochburg klammert man sich an den Fascho-Dreck!“

„Unverschämtheit“, ruft ein rotgesichtiger Mensch. „Wir lassen uns unser schönes Steglitz nicht kaputt reden!“

„Also wirklich!“ Die Rüschenbluse des Heimatvereins wogt. „Für derlei Töne sollte hier kein Platz sein!“ Sie lässt ihre mit einem Goldkettchen versehene Brille auf die Nasenspitze sacken und wirft der Moderatorin einen vernichtenden Blick zu. Doch die hat dafür keine Augen, denn nun wird es langsam laut.

„Ihr schönes Steglitz! Dass ich nicht lache! Das ist genauso *mein* Steglitz.“

„Ach, reden Sie doch nicht! Wann ham' Se denn zuletzt Steuern gezahlt? Jeh'n Se doch zurück in Osten!"

„Den jibt et nich mehr!"

„Umso weniger brauchen wir hier Ihr Stasi-Geschwätz!"

„*Ich* soll Stasi sein?" Die Stimme des Jüngeren überschlägt sich. „Ich war in Hohenschönhausen! Drei Monate Einzelhaft!"

„Bitte, bitte, meine Herrschaften!" Die Moderatorin ringt die Hände. „Beruhigen Sie sich doch!"

„Die werden schon jewusst haben, weswejen se dir einlochen!"

„Das brauch' ich mir von so 'nem rechten Sack nicht sagen zu lassen!"

„Ich war immer CDU! Det is ne demokratische Partei!"

„Demokratisch, dass ich nicht lache!"

Inzwischen ist der rotgesichtige Alte auf den Beinen. „Nicht doch, Karl Friedrich!" Seine Begleiterin will ihn zurückhalten und klammert sich ängstlich an seinen Arm. Er flucht über das „linke Gesindel". Der, dem er Stasimitarbeit vorgeworfen hat, kontert mit „reaktionärer Arsch!" und macht Anstalten, sich durch die Reihen der Sitzenden zu ihm zu drängeln. Erboste, wütende Lacher. „Hau' ihm auf die Schnauze!" und „Rotes Pack raus!" Es droht aus dem Ruder zu laufen. Die Frau vom Kulturverein wirkt so hilflos wie verloren.

„Keine Gewalt!" Die Alternative Liste will ihr beispringen, aber ihr Stimmchen ist zu zart. Der Rest des Podiums ist verstummt. Der Bezirksheini duckt sich weg und der Nuschler von der Initiative mault. Der Gewerbetreibende grinst hämisch und die Heimatwalküre genießt es sichtlich, ihre Konkurrentin vom Kulturverein baden gehen zu sehen. Bis Dreiser sich auf einmal erhebt und zu seiner vollen Größe aufrichtet.

„Ruhe!“

Ein einziges Wort, gedonnert. Es wird schlagartig still. Wie in einem außer Rand und Band geratenen Klassenzimmer, das überraschend vom Direktor betreten wird.

„Setzen Sie sich gefälligst wieder!“, herrscht er den jungen Mann an. „Sie auch!“ Das geht an den Alten, der ganz verdattert guckt.

„Wir können hier alles Mögliche diskutieren, doch ich bitte mir ein Minimum an Respekt aus! Wenn schon nicht für einander, so für die Sache!“

Vielleicht ist es der Ton. Oder die Geste des Sich-Erhebens. Sogar die Füllige ist still. Offenbar traut ihm hier jeder zu, die Kampfhähne eigenhändig vor die Tür zu setzen.

„Es geht ums Andenken unserer ermordeten jüdischen Mitbürger! Wir reden nicht darüber, *ob* ihrer gedacht wird, sondern allerhöchstens *wie* …“

Dreisers Blick gleitet über die Stuhlreihen und bleibt an der Fülligen hängen.

„Wer davon nichts hält, hat hier nichts verloren! Genauso wenig wie all die, die meinen, das politisch für sich ausschlachten zu müssen!“

Seine Augen nehmen den ganzen Saal in die Pflicht.

Die Kinnlade des Heimatvereins ist nach unten gesackt. Der Gewerbetreibende sieht aus, als habe er sich eingenässt. Auch die Frau von der Alternativen Liste, der näselnde Schwabe und der Bezirksmensch wirken einigermaßen entgeistert.

„Danke“, lächelt Dreiser und nickt der Moderatorin zu. „Vielleicht können wir nun fortfahren.“

Es ist zwei Sekunden lang still. Dann klatscht irgendwer. Zwei kurze, harte Schläge. Gleich darauf noch ein paar. Bis es Applaus prasselt.

Dreiser tut, als gälte es nicht ihm. Doch als sich unsere

Blicke kreuzen, blitzt in seinen Augen die gleiche Art von Triumph auf, den ich damals in Bettys Augen gesehen habe.

31

Die U-Bahn riecht nach verbrauchter Luft und Desinfektionsmitteln. Außer uns besteigt nur ein älterer Mann den Wagen, der sich ins andere Ende des Abteils verzieht. Reidenbach sitzt mir gegenüber. Er wirkt so ramponiert, wie ich mich fühle.

„Und? Wie fanden Sie's?"

„Falls Sie mir klar machen wollten, dass Dreiser nicht zu unterschätzen ist, war's ein voller Erfolg. Sobald er Sie sah, wusste er sofort, wer ich bin."

„Wer hätte ihm das sagen sollen?"

„Jenninger natürlich! Deshalb hat er mich vorhin besucht!"

Reidenbach lächelt verkrampft und schweigt. Sein Blick flieht zum Abteilfenster. Ich merke, wie zornig ich bin.

„Kann man ihn wenigstens für befangen erklären lassen?"

„Mit welcher Begründung?"

„Weil er Dreiser über mich informiert hat!"

„Selbst wenn. Jenninger hat Sie als mögliche Verdächtige befragt! Was glauben Sie, wie es ankommt, wenn Sie ihn daraufhin für befangen erklären wollen?"

Er hat Recht. Man würde mich bloß auslachen. Ich verstumme. Offenbar wirke ich so niedergeschlagen, dass Reidenbach meint, mich aufmuntern zu müssen. „Einige von Dreisers früheren Partnern sind nicht mehr gut auf ihn zu sprechen. Ich hab' meine Fühler ausgestreckt. Vielleicht ergibt sich ja was daraus …"

„Angeblich bedient er sich rechter Schläger, um unliebsame Mieter loszuwerden."

„Woher haben Sie das?"

„Von dem Mann, der in der früheren Wohnung meiner Tante lebt. Der hat mir von einem Nazi-Überfall auf einen Mieter der Bau- und Invest im Friedrichshain erzählt."

„Wir brauchen Fakten, keine Gerüchte."

„Und die Zeitungsartikel? Wozu hätte Käthe sonst all das Material über Neo-Nazis sammeln sollen? Sie sah da offenbar eine Verbindung! Vielleicht ist sie sogar selbst nach Lichtenberg gefahren."

Er streicht sich das Haar zurück. „Weiß Jenninger das?"

„Er wird's kaum prüfen. Als ich ihm vorhin von den rechten Schlägern berichtete, meinte er, ich solle mich hüten, Gerüchte in die Welt zu setzen."

„Sie wollen da doch nicht etwa auf eigene Faust …" knurrt Reidenbach alarmiert. „Das werden Sie hübsch bleiben lassen."

„Keine Sorge", lächle ich. „Ich wüsste ohnehin nicht, wie ich das anstellen sollte."

Die Bahn hält. Noch zwei Stationen bis zum Zoo. Ich denke schon wieder an Hendrik. Dabei wollte ich es lassen. Dummerweise sind Vorsatz und Gefühl zwei Paar Schuhe.

Reidenbach räuspert sich. „Morgen ruf' ich Jenninger an. Mal sehen, wie er reagiert."

Ich nicke stumm.

„Was wollten Sie denn bei der Kulturredakteurin vom SFB?", fragt er.

„Ihr Vater war ein Schulfreund meiner Tante. Er sagte mir, seine Tochter habe ihr bei den Recherchen über Dreiser geholfen. Ich wollte wissen, ob sie ihr die Kopien aus diesem SS-Hauptamt WVHA besorgt hat."

„Und?“

„Abgesehen davon, dass sie mir erzählte, dass Dreiser Mitglied im Nahost-Freundeskreis war, war das Treffen wenig ergiebig.“

Offenbar lädt mein Ton zum Nachfragen ein. „Klingt, als sei es unerfreulich gewesen. Was hat sie gegen Sie?“

„Gegen mich? Nichts. Gegen ihren Vater … Die Familiengeschichte ist kompliziert. Sie wurden durch den Mauerbau voneinander getrennt und haben erst seit Herbst ’89 wieder Kontakt.“

Ohne Namen zu nennen, umreiße ich Lauenstains Vita in drei Sätzen.

„Es kann alle möglichen Ursachen haben. Darüber will ich nicht spekulieren.“

Er hebt entschuldigend beide Hände. „Schon gut … Die Konstellation klingt vertraut. Was meinen Sie, welche Auseinandersetzungen ich mit meinen Eltern hatte?“

„Worüber?“

„Dass sie hier lebten.“

„Inwiefern?“

Durch die Lautsprecher rieselte die Ansage: *Nächster Halt Zoologischer Garten.*

„Ich fand, sie hätten in die USA gehen sollen. Oder nach Israel. Meinetwegen auch England. Jeder andere Ort wäre besser gewesen.“

Bahnsteiglicht bricht durch die Scheiben. Bremsen kreischen. Der Zug ruckt in den Halt. Ich erhebe mich: „Weshalb?“

„Lange Geschichte …“

Mich interessiert, wieso er aus Israel weg ist und hierher zurückgekommen ist, obwohl er es laut Käthe doch angeblich sogar in New York geschafft hätte.

„Ich bin ganz Ohr.“

„Na schön …“ Er scheint amüsiert. „Trinken wir noch ein Glas?“

Es ist keine halb zehn und niemand wartet auf mich. „Warum nicht?“

„Kennen Sie die ‚Zwölf Apostel‘?“

„Die aus der Bibel?“

„Den Italiener am Savignyplatz.“

Mit einem Seitenblick streife ich sein Profil. Er ist nicht halb so glatt, wie ich anfänglich gedacht habe. „Gehen Sie immer zur Konkurrenz?“

Er lacht. „Jüdischer als die zwölf Apostel geht's doch gar nicht …“

Das Restaurant liegt im Schatten der Bahntrasse, keinen Steinwurf von der Auslage des Bücherbogens. Als ich ihm verrate, wo ich mittags mit Larissa gespeist habe, grinst er bloß.

„Hier treffen sich eher die Überlebenden des langen Marschs durch die Institutionen.“

Er hat Recht. Es gibt zwar auch eine Handvoll schneidiger Yuppies, aber die mittleren Semester sehen aus, als besäßen sie Praxen und Professorentitel. An die Ära, in der sie „Keine Steuergroschen für Farah Dibas Goldgaloschen!“ skandiert haben, erinnert nur noch die eine oder andere schüttere Haartracht.

Draußen neben einem Schweizer Touristenpärchen wird eben ein Tisch frei. Eine Brünette fragt, ob wir die Karte wünschen? Ich lehne dankend ab.

„Sicher?“ Er hebt die Brauen. „Die Steinofenpizza ist vorzüglich.“

„Danke. Wirklich nicht. Aber Sie haben anscheinend Hunger.“

Er zuckt bedauernd die Achseln und bestellt sich eine

„Capricciosa". Nachdem die Servierin entschwebt ist, lehnt er sich über den Tisch. „Sie wirken gar nicht so, als sei Ihnen der Abend auf den Magen geschlagen."

„Das täuscht."

Er lächelt mir eine Spur zu geschmeidig. „Da hinten unter der Brücke ist übrigens die Szene aufgenommen, in der Liza Minelli gegen die S-Bahn anschreit." Sein Kinn deutet nach Westen. „Ich fand sie phantastisch."

„Bei Isherwood singt Sally Bowles lausig."

Auf dem Weg zum Restaurant waren wir die Kantstraße runter geschlendert, vorbei an der „Paris Bar" und dem „Schwarzen Café". Reidenbach hatte den „Admiralspalast" mit dem „Theater des Westens" verglichen und war über irgendwelche Revuen bei „Cabaret" gelandet. Ich mag den Film und wahrscheinlich will er mich bloß ablenken. Doch mir ist nicht nach Smalltalk und das Geplätscher nervt mich. Ich erwäge bereits zu gehen, da erscheinen unsere Getränke und seine Pizza. Er säbelt sofort drauflos, verbrennt sich die Zunge, saugt hastig Luft ein und schüttet Wein hinterher. Ich nutze die Chance und gehe in die Offensive.

„Vorhin bin ich ganz hellhörig geworden, als Sie von den Schwierigkeiten mit Ihren Eltern sprachen …"

„Ach ja? Inwiefern?"

„Früher hab' ich mich an bestimmten Familienmythen nie gestoßen. Doch seit dem Tod meines Vaters beschäftigt mich, wieso ich ihn so vieles nie gefragt habe."

„Nämlich?"

„Mein Großvater war Kommunist und kam zweimal ins KZ. Er hat's beide Male überlebt. Seine Frau war Jüdin. Sie wurde im Herbst 1944 mit verhaftet und starb im Lager. Vorm Krieg hatte sie eine ziemlich große Familie. Einige sind ausgewandert. Von denen, die hier blieben, lebte 1945 keiner mehr …"

Reidenbach kaut abwartend.

„Das war bei uns zu Hause nie wirklich Thema. Im Gegenteil. Mein Vater unternahm alle möglichen Verrenkungen, um sie uns als heroische Widerstandskämpferin zu verkaufen."

„Und?"

„Vorgestern eröffnete mir Frau Grosser, meine amerikanische Tante habe Sehnsucht nach Berlin gehabt. Bis dahin wusste ich zwar, dass Käthe ein Leben lang deutsche Bücher las, aber dachte immer, sie sei New Yorkerin."

„Worauf wollen Sie hinaus?"

„Heute erlebe ich, wie ein Mann, der nicht das geringste Problem damit hat, die arisierte Immobilie seines SS-Schwiegervaters zu Geld zu machen, Respekt vorm Andenken jüdischer Deportierter einfordert und dafür öffentlich beklatscht wird. Mir wurde speiübel. Ich hätte eigentlich aufspringen und schreien müssen. Doch dafür war ich zu geschockt. Aber um Dreiser geht's mir gar nicht."

Reidenbach hat die Pizza zu zwei Drittel verschlungen, nun schiebt er den Rest beiseite.

„Sondern?"

„Um meinen Vater und meine Tante. Ich kann mir ihr Verhältnis zu diesem Land zwar irgendwie erklären. Bloß verstehen tue ich's trotzdem nicht. Deshalb wurde ich neugierig, als Sie von den Auseinandersetzungen mit Ihren Eltern sprachen."

Reidenbach reibt sich mit der Serviette über die Mundwinkel, rollt sie zu einer Kugel und wirft sie neben den Teller auf den Tisch. „Ganz einfach. Sie unterschieden zwischen Deutschen und Nazis. Mein Vater sagte, wenn wir von hier fort gingen, täten wir genau das, was Hitler gewollt habe. Den Gefallen würde er ihm nicht tun."

„Und Sie?"

„Ich habe lange gebraucht, um zu verstehen, was er damit meinte …“ Er trinkt einen Schluck und beäugt sein Glas. „Es war mir lange unbegreiflich, wie er hier freiwillig leben konnte. In diesem Land.“

Reidenbach sieht aus wie Ende dreißig, aber selbst wenn ich ein halbes Dutzend Jahre draufschlage, ist er zu jung, um sich an das Kriegsende zu erinnern. Also frage ich ihn. Er ist 1946 geboren. In einem Lager für „Displaced Persons“ bei München.

„Meine Eltern kamen aus Breslau. Das war inzwischen polnisch und die Atmosphäre in Berlin angeblich besser. Trotzdem hatte ich dauernd das Gefühl hier zu ersticken.“

„Wann sind Sie nach Israel?“

„Mit achtzehn. Obwohl ich keine Silbe Hebräisch verstand, fühlte ich mich sofort zu Hause. Ich wollte bleiben, aber war noch nicht volljährig. Mein Vater bestand drauf, dass ich zurückkam und hier studierte. Nach dem Staatsexamen, September ’71, bin ich dann hin.“

„Wie war das?“

Reidenbach lacht. „Ganz traditionell. Kibbuz, Ulpan, Armee.“

Er spricht vom Kibbuz, der Feldarbeit, den Orangenhainen, der Stimmung in der Siedlung, wo noch sozialistische Ideale herrschten und er das Gefühl hatte, etwas für die Gemeinschaft aufzubauen.

„Herbst ’73 war die große Zäsur …“

„Inwiefern?“

Seine Achseln zucken. „Bis dahin schien Israel unbesiegbar. Jom Kippur zerstörte diese Illusion. Die Gewissheit war fort.“

„Welche Gewissheit?“

„Dass Israel sicher sei.“ Sein Blick flackert. „Anfangs schob ich es auf den Krieg …“

Er ist auf dem Golan gewesen, beim Kampf um Qunaitra. Obwohl er äußerlich der gut sortierte Anwalt bleibt scheint es ihn im Zeitraffer dorthin zurück zu zerren. Verkarstete Gebirgszüge, die ich nur als vage blaue Schemen jenseits des Sees Genezareth vor Augen habe.

„Die Syrer kämpften weit zäher, als wir erwartet hatten. Es gab hohe Verluste. Auf beiden Seiten ..."

Er setzt das Glas an, stellt fest, dass es leer ist, winkt der Kellnerin und bestellt nach. „Sie auch?"

Das nasale Dienstleisterorgan der Brünetten beim Wiederholen der Order holt mich zurück in die Nüchternheit der kühler werdenden Berliner Frühsommernacht, in der das, worüber Reidenbach spricht, weit weg scheint. Doch für mich ist es genau andersrum. Ich habe mit einem Mal Sehnsucht nach Israel, nach dem klaren, harten Licht, der Wärme, dem Lärm, dem Chaos und dem unbeschwerten Lachen sonnenverbrannter „Sabras". Das auf mediterran gequälte Ambiente des Restaurants, die satten, rosig glänzenden Gesichter friedensverwöhnter Alt-Achtundsechziger, die trotz Kirchenaustritt eher protestantisch wirken und im Zweifelsfall alle hervorragend über den Nahost-Konflikt Bescheid wissen und Qunaitra für ein exotisches Gewürz halten, sind mir plötzlich sehr fremd.

„Und danach?"

„Ging ich nach Tel Aviv und fing an, als Anwalt zu arbeiten."

Er spricht über die Stadt, darüber, wie sehr er die Atmosphäre geliebt hat, die Architektur, die teils noch echtes Bauhaus ist, die Nähe zur See, das Klima und die üppige Vegetation. Aber seine Lobeshymne klingt aufgesetzt. Die Begeisterung bröckelt. Als läge der glatte Teil seiner Vita hinter ihm. Eigenartig. Schließlich unterbreche ich ihn. „Warum sind Sie zurück?"

Er schenkt mir sein „Das ist eine lange Geschichte-Lächeln".

„Seit wann denn?"

„Knapp zehn Jahre."

Nun ist klar, wovon er spricht. Vorhin ist es nur eine Variante gewesen, als er über Israels militärische Stärke sprach und ich ihn mir in Khaki vorstellte.

„Libanon?"

Er nickt wortlos. „Es ging nicht mehr darum, Israel zu verteidigen. Das war ein Angriffskrieg. Die Männer in meiner Kompanie wollten nicht weiter vorrücken. Ich hab' sie abstimmen lassen und nach Hause geschickt."

„Einfach so?"

„Wie sonst?

Sein Blick flieht. Er greift nach dem Glas, doch das ist noch immer leer. Ich merke, wie mein Hals trocken wird. Er hat den Vormarsch seiner Einheit gestoppt. Eigenmächtig. Während der laufenden Litani-Operation. Das muss ihn ins komplette Aus katapultiert haben. Nicht nur in der Armee, auch gesellschaftlich.

Er zuckt die Achseln und lächelt müde. „Ich hatte Glück. Ein Freund gab mir ein Attest. Trotzdem war meine Zukunft in Israel danach vorbei."

Sein Wein kommt. Er deutet einen ironischen Toast an: „‚L'Chaim' …"

„Warum sind Sie ausgerechnet hierher?"

„Meine Mutter lebte noch. Außerdem hatte ich in der Zwischenzeit begriffen, was mein Vater meinte." Er lächelt wieder sein verlorenes Lächeln. „Den Triumph wollte ich Hitler nicht auch noch gönnen."

Ich schüttele den Kopf. „Trotz Typen wie Dreiser?"

„Die gibt's überall. Wenn überhaupt, dann *wegen* ihnen."

32

1982 war ich knapp achtzehn. Alt genug, um mich lebhaft an die obszönen Farbfotos der Leichen zu erinnern, die als unordentliche Haufen in den Gassen von Sabra und Shatila herumlagen, an meinen ratlosen, wütenden Vater, der bei Tisch mit der flachen Hand auf die Zeitung schlug und sich die Haare raufte.

Sharon ist ein Mörder, schrie er, ein Erzfaschist, keinen Deut besser als dieser verfluchte SS-General Stroop im Warschauer Ghetto! Er lässt die Lager abriegeln und schickt die Falangisten rein. Es weiß, die müssen da ein Blutbad anrichten! Die können gar nicht anders! Nicht, nachdem ihr Halbgott Gemayel grade weggeputzt worden ist!

Ich beobachtete das blasse Gesicht von Mutter. Sonst beruhigte sie ihn immer. Diesmal sagte sie nichts. Vater lachte, wie einer lacht, der sich gerade mit dem Hammer auf den Daumen geschlagen hat. Er sah seine Frau an und stammelte: Das kann doch nicht wahr sein! Sag mir, dass das nicht wahr ist! Dass die so was tun! Nicht nach all dem, was gewesen ist!

Mutter stand auf, ging zu ihm hin und streichelte ihm über den Kopf. Ich weiß, sagte sie. Aber vielleicht tun sie es auch genau deswegen.

Ich hörte ihre Worte, aber begriff nicht, was sie meinte, und als ich sie später fragte, seufzte sie: Es gibt zwei Arten von Reaktion. Eine ist: Es darf nie wieder geschehen. Die andere: Das darf meinen Leuten nie wieder geschehen. Das ist ein himmelweiter Unterschied, und nur weil es für mich als Deutsche bloß eine einzige Antwort darauf geben kann, heißt das noch lange nicht, dass ich als Jüdin auch so denken müsste.

Mir ist kalt, als ich mich von Reidenbach verabschiede, und obwohl ich schnell gehe, friere ich immer noch, als ich in der Goethestraße ankomme.

Die Stufen scheinen entsetzlich hoch. Ab dem zweiten Stockwerk dringen lang gezogene, greinende Töne ins Treppenhaus. Einer von Carolines Slide Guitar Helden. Wahrscheinlich hat Frank sich nicht gerührt und sie ertränkt ihre Einsamkeit. Ich sehne mich nur nach meinem Bett. Sie sitzt rauchend in der Küche, vor sich ein halbleeres Glas, daneben den geöffneten Chianti. Ihre nackten Füße auf einem Stuhl.

„Eben war ich noch auf einen Sprung im Abraxas", sagt sie unaufgefordert als Erklärung für ihre entblößten Zehen. „Abzappeln. Aber die Mucke war beschissen und ich kam nicht in Stimmung ..."

Sie tanzt gern. Das Abraxas liegt um die Ecke. Erst jetzt sieht sie mich richtig an. Ihr Blick ist ganz klar. Sie steht wortlos auf, dreht die Musik leise und kommt auf mich zu.

„Harter Tag?"

Ich nicke bloß.

„Magst du dich noch 'n Moment zu mir setzen?"

Ihr einladend schräg gelegter Kopf und der fürsorgliche Blick tun gut. Sie überrascht mich immer wieder. Den Wein lehne ich trotzdem ab und halte mich lieber an Leitungswasser. Caroline lässt mich erzählen, was ich erzählen will und berichtet später beiläufig, sie habe mit Frank telefoniert.

Nach einer Weile spüre ich, wie meine innere Verkrampfung sich langsam löst und ich anzukommen beginne. Caroline hält sich beim Chianti zurück und als sie schließlich aufsteht, um einen Espresso zu kochen, nehme ich auch einen.

Caroline ist neugierig auf Reidenbach. „Führt er all seine Mandantinnen abends aus?"

„Er passt nicht in mein Beuteschema!"

„Schade."

„Wieso das?"

„Er hat wenigstens Schotter."

Ich muss lachen. „Seit wann spielt das für dich 'ne Rolle?"

„Frank ist ständig klamm. Das nervt. Lade ich ihn ein, kriegt er Anwandlungen."

„Lehnt er etwa ab, dich zahlen zu lassen?"

„Es kratzt an seiner Männlichkeit. Er fühlt sich dann wie ein Gigolo."

„Ernsthaft?"

„Ach Scheiße, Maja …" Sie kippt vornüber. Ihre Ellenbogen landen auf dem Küchentisch. Sie schielt demonstrativ.

In der nächsten halben Stunde wälzen wir die Rätsel von Franks Seelenleben, sind mit seinen Kränkungen als Künstler, Bindungsängsten und Carolines Irritation über den Berliner „Ex-Pat"-Klüngel beschäftigt, in dem es von gestrandeten Kreativen wimmelt.

„Ein paar sind aus der Army, die übrigen Schauspieler oder Musiker oder was auch immer. Anfangs fand ich's schrill. Aber die kennen sich alle untereinander. Das macht es irre eng …"

„Warum lernt er kein Deutsch?"

„Null Leidensdruck. Es gibt Typen, die seit zehn Jahren hier sind und noch kein Bier bestellen können."

Caroline verpackt das Drama in komödiantische Grimassen, doch dafür, dass sie Frank morgens verzweifelt vermisst hat, hört sie sich angestrengt an. Heute allerdings bin ich schlau genug den Mund zu halten. Sie bemerkt meinen Blick und lächelt flüchtig. Dann schlägt sie sich plötzlich mit der Hand vor die Stirn: „Deine Mutter hat angerufen. Sie hat ein paar Tage frei ..."

„Wie? Will sie etwa nach Berlin kommen?"

„Nein, nein. Du sollst sie nur dringend zurückrufen. Ach ja, und dann war da noch ein Typ ..."

„Wer?"

„Keine Ahnung. Er hat 'ne Nummer hinterlassen. Auf dem AB ist er auch ..."

Ich springe auf und renne zum Anrufbeantworter.

„Hoppla!", ruft sie hinter mir her.

„Ich fand es schön mit dir und würde dich gern wiedersehen. Dafür reise ich sogar an den Wannsee. Oder wir machen uns auf die Suche nach dem besten Wachsbohnensalat im Prenzelberg. Vielleicht brauchst du ja auch einen, der dir den Stadtplan vorliest. Ich bin Vorleser für gehobene und höchste Ansprüche."

Ich höre, wie seine Stimme unterwegs stockt und mein Herz schlägt einen leisen Trommelwirbel.

„Notier dir bitte die Nummer meines Nachbarn. Der hat Telefon. Das soll dich natürlich nicht davon abhalten, spontan vorbeizukommen, aber wenn du mich vorwarnst, haben wir bessere Chancen, nicht Königskinder zu spielen."

Frauen gelten als olfaktorisch sensibel. Ich mag zwar auch keine schlecht riechenden Kerle, aber für mich ist genauso wichtig, dass das Timbre stimmt, und Hendriks nervös, heiseres Organ ist wie Musik.

Als wir gestern über den Hackeschen Markt gingen und ich ihn gerade fragen wollte, was ihn im Hof der Blindenwerkstatt so bewegt hatte, kreischte es auf den Gleisen. Die S-Bahn flog vom Alexanderplatz kommend auf die Station zu. Er packte meine Hand und rannte los. Als der Zug oben einrollte, erreichten wir den unteren Eingang, hetzten die Stufen im Doppel nehmend die Treppe hoch und schafften es zum Abpfiff völlig außer Atem auf den Bahnsteig. Hendrik rief dem Mann im Fahrstand zu, er solle warten und schob mich ins vordere Gepäckabteil. Die Türen zischten. Ich wirbelte rum und blickte in sein erhitztes, strahlendes Gesicht. Im selben Moment fiel mir siedend heiß ein, dass er Carolines Telefonnummer noch nicht hatte, also klopfte ich panisch mit beiden Händen gegen die Scheibe und schrie sie ihm zu. Sieben endlos lange Ziffern, ins Anrucken des Zuges gebrüllt. Er reckte beide Daumen in die Luft und dann verschluckte ihn die Nacht.

„Jetzt versteh' ich, wieso der Anwalt dich kalt lässt ..." Caroline steht lächelnd gegen die Flurwand gelehnt. „Ein Ostler, hmm?"

„Kein typischer Ostler..."

Ich stehe auf und wir gehen zurück in die Küche. Sie ist neugierig und ich berichte ihr.

„Wieso hast du ihn mir unterschlagen?"

„Weil ich nicht wusste, ob er überhaupt anruft."

„Klar. Du überfällst ihn, ihr geht was trinken, redet stundenlang und er bringt dich zur S-Bahn. Der will garantiert nichts von dir." Sie grinst. „Du solltest öfters nach Berlin kommen! Gestern Hendrik, heute der Anwalt. Wer weiß, morgen vielleicht Dreiser."

„Hör auf! Mir wird ganz schlecht!"

Als ich ihr die Szene vor der Podiumsdiskussion schildere, verliert sich ihre Amüsiertheit.

„Woher wusste er, wer du bist?"

„Durch den ätzenden Kripomenschen. Der war übrigens heute Nachmittag hier."

„Wie?"

„Um sich zu erkundigen, seit wann ich von der testamentarischen Verfügung wisse …“

„Was?“

„Falls es Mord ist, bin ich seine Hauptverdächtige. Reidenbach meint, er will mich nur abschrecken. Ich bin mir da nicht so sicher.“

Caroline ist blass geworden.

„Was nun?“

„Der Anwalt will sich über die Bau- und Invest schlau machen. Hendrik kennt einen Aussteiger aus der rechten Szene, den wir befragen wollen und ich bin am Ball, was die Kopien von diesem Schwertfeger angehen. Lässt sich beweisen, dass Dreisers Schwiegervater und der SS-Offizier identisch sind, sieht die Welt schon ganz anders aus. Morgen rufe ich die Tante vom Kulturverein an. Die erwähnte jemanden, der angeblich bestens übers Wirtschaftsverwaltungshauptamt Bescheid weiß.“

Caroline drückt ihre Zigarette aus. „Klingt, als hättest du viel vor.“

„Falls ich dir auf die Nerven geh’…“

„Quatsch. Aber nimm das mit dem Bullen nicht zu leicht! Das riecht nach Ärger…“

33

Vielleicht liegt es am späten Espresso. Oder weil ich ohnehin viel zu aufgewühlt bin. Jedenfalls kann ich nicht einschlafen und wälze mich stundenlang hin und her. Als ich bei Morgengrauen hochschrecke, weil mich Dreisers Lächeln bis in den Traum verfolgt, stehe ich auf, koche Kaffee, setze mich in die Küche und knöpfe mir Käthes Notizen vor.

Obwohl ich systematisch sämtliche Einträge durchgehe, findet sich nirgends ein konkreter Hinweis, woher sie die SS-Kopien hat. Grob geschätzt müssen sie ihr seit ungefähr einer Woche vorgelegen haben. Ich erstelle eine Chronologie und versuche zu rekonstruieren, wo sie an welchem Tag gewesen ist. Dummerweise geben die Aufzeichnungen im fraglichen Zeitraum wenig her. Frustriert widme ich mich wieder der mysteriösen Zahlenkolonne, addiere, subtrahiere, schiebe hin und her und ersetze die Ziffern mit den entsprechenden Buchstaben des Alphabets, bis ich irgendwann auch hier aufgebe und mir eingestehe, dass ich schlicht zu blöd bin. Wahrscheinlich handelt es sich um den Code zu Murphys Gesetz. Stattdessen blättere ich durch die Textpassagen. Mitunter wird ihre Schrift flüssiger und sie gerät beinahe ins Erzählen. Ich bleibe an der Stelle hängen, wo sie schildert, wie sie Weißensee besucht.

Ankunft später Vormittag. Ein gewisser Kurt Lauenstain führt uns. Der Name klingt vertraut. Ich spreche ihn an. Er ist es wirklich. Der aus der Schule. Wir reden über Mimi und Hänschen und er erwähnt beiläufig, dass er im Krieg hier Totengräber gewesen ist. Sobald die anderen abgefahren sind, will er mir das Grab von Nelly und Louis zeigen.

Als er die Stelle auf dem Plan heraussucht, erinnert er sich sofort an sie! Jetzt weiß ich, was Mutter immer hat wissen wollen. Wie gut, dass sie all das nie erfahren hat. K. bleibt verstörend sachlich. Warum, begreife ich, als er über seine eigenen Erfahrungen spricht. Herbst 1942 ist er abgetaucht. Zur selben Zeit ging ich mit Bella in die Radio City Music Hall und träumte davon, so zu leben wie Greer Garson! Der Schrecken rückte uns erst viel später wieder näher, als wir die Gerüchte hörten und lasen, was geschehen war.

Ich muss an D. denken. Wie konnte ich nur!

Kurt kannte auch den Mann, nach dem die Straße zum Friedhof benannt ist. Herbert Baum. Kopf einer jüdischen Widerstandsgruppe. Lauter junge Leute, die anderen Juden beim Verstecken halfen! Später zündeten sie Goebbels' Propagandashow „Das Sowjetparadies" im Lustgarten an. Frühjahr 1942. Mitten in Nazi-Berlin. Sie waren noch halbe Kinder, aber haben gekämpft. Selbst wenn die Gestapo sie fast alle geschnappt hat, haben sie es wenigstens versucht, haben sich gewehrt und nicht wie Schafe zur Schlachtbank führen lassen!

So viel verzweifelter Mut! So wie bei D. …

Das Papier ist stellenweise gewellt, als sei es nass geworden, und als ich die nächsten Sätze lese, ahne ich warum. Käthe hat beim Schreiben geweint.

Muss prüfen, ob etwas darüber publiziert ist. Für D.

K.s Schilderung von Baum deckt sich mit vielem von dem, was sie neulich bei Bella berichtete. Ich werde ihr sagen, wie leid es mir tut. Aber ich wollte es nicht wissen! Nicht in allen diesen fürchterlichen Details. Es schien absolut unerträglich! Dabei hätte ich ihr bloß zuzuhören brauchen! Ohne sie zu unterbrechen. Jetzt kann ich es nicht mehr ungeschehen machen.

Käthe hat eine Zeile dick durchgestrichen. Buchstäblich übermalt, so dass sie nicht mehr zu lesen ist.

Bella meinte, es sei New York. Aber es war nicht nur New York. Die Furcht, die satte Distanz aufs Spiel zu setzen und außerhalb der Komfortzone wieder aufzuwachen. Nein, Bella, es war mehr als das. Nicht bloß schlechtes Gewissen. Es war meine Geschichte. Sie hat erlebt, was eigentlich für mich vor-

gesehen war. Ich konnte fliehen, habe es noch raus geschafft, und sitze einer gegenüber, die weniger Glück hatte und für mich mitgezahlt hat. Um weiter zu leben. Sofern man das, was D. widerfahren ist, so nennen will.

Doch jetzt bin ich hier und hier steht es wieder auf. Durch K. ist es plötzlich ganz gegenwärtig. So wie das Schicksal von Mimi, Margot, Hänschen, Nelly und Louis! Oder diesem tapferen Herbert Baum!

Ich will D. schreiben und sie um Verzeihung bitten! Bella wird mir helfen! Gib' Gott, dass ich sie nicht zu sehr verletzt habe.

An der Stelle bricht der Eintrag ab. Auf der folgenden Seite nimmt sie keinerlei Bezug mehr darauf. Doch ich habe sofort ein Bild vor Augen, drei ältere Damen in New York beim Plausch über alte Zeiten: Käthe, ihre Freundin Bella und D., offenbar eine Bekannte von Bella.

Käthe ist 1938 ausgewandert. Bella hat damals schon in New York gelebt. Und D. ist in Berlin geblieben. Bis in den Krieg hinein. Sie hat es nicht mehr „raus geschafft“, aber irgendwie überstanden, zumindest physisch. Danach, sagen wir 1946 oder 1947, vielleicht auch später, hat irgendwer für sie in den USA gebürgt, ihr ein Visum besorgt und ihr die Passage über den Atlantik ermöglicht. Fort aus dem zerstörten Deutschland. Nur leider ein paar Jahre zu spät, um ihr das zu ersparen, was sie zuvor dort hat erleben müssen. Sie reden, D. erzählt und Käthe hält es nicht aus.

Mein Herz krampft sich zusammen. Hat sie dieser Frau überhaupt noch geschrieben? Wenn nicht, kopiere ich Bella die Seite und schicke sie ihr. Damit sie wenigstens mit ihrer Bekannten sprechen und ihr Käthes Zeilen zeigen kann. Ich brauche dringend Bellas Telefonnummer! Außerdem muss ich Lauenstain danach fragen.

Ich höre, wie Caroline aus ihrem Zimmer kommt. Vielleicht ganz gut so. Ich klappe die Notizen zu und setze Wasser für frischen Kaffee auf.

34

Während Caroline duscht, rufe ich bei Hendriks Nachbarn an. Der ist entweder Brötchen holen oder bereits aus dem Haus. Auch Mutter geht nicht ans Telefon. Gegen neun haut Caroline zur Arbeit ab. Ich schnappe mir das Telefon und störe Lauenstain beim Frühstück. Er sei mittags ohnehin in der Großen Hamburger Straße. Ob ich ihn dort nicht treffen wolle? Ich sage sofort zu. So habe ich wenigstens einen halbwegs unverfänglichen Grund, um Hendrik bei der Arbeit zu überfallen.

Anschließend mache ich mich auf die Suche nach dem Telefonbuch. Das ist von 1989 und lagert gut versteckt unter Musikzeitschriften. Doch die Nummer des Kulturvereins ist noch aktuell und die Leiterin sitzt sogar schon am Schreibtisch.

„Gewiss doch“, sagt sie. „Der Fachmann für das SS-Wirtschaftsverwaltungshauptamt. Sie meinen Herrn Penkert. Ein außergewöhnlich engagierter Mann. Hobbyhistoriker … Ich gebe Ihnen die Nummer.“

Der Hobbyhistoriker ist aushäusig und lebt ohne Anrufbeantworter. Auch Reidenbach hat auswärtige Termine. Angeblich ist Schwertfegers Akte zwar bereinigt, aber ich will mich vergewissern, ob Frau Stern nichts übersehen und Käthe die Akte eingesehen hat. Also rufe ich beim Document Center an. Ein gestresst klingendes Wesen teilt mir mit, dass für alle Anfragen ein schriftlicher Antrag einzureichen ist.

„Sie müssen wissenschaftliches oder persönliches Engagement nachweisen. Die Bearbeitungszeit beträgt sechs Wochen."

„Mich interessiert nur der Vorgang, den sich schon die Mitarbeiterin meines Anwalts angesehen hat."

„Wenn Sie den selbst einsehen wollen, müssen Sie einen neuen Antrag stellen. Tut mir leid."

„Ich bin bloß ein paar Tage in Berlin."

„Dann müssen Sie eben wiederkommen."

„Warum ist das so kompliziert?"

„Weil es sich um sensible Daten handelt."

„Die Akten jüdischer Opfer sind für jeden zugänglich. Mit vollem Namen. Ohne vorherige Prüfung oder Frist."

„Die sind ja in der Regel auch schon tot."

„Können Sie mir erklären, wieso ehemalige SS-Angehörige besonderen Schutz genießen?"

„So ist das eben. Wenn Sie sich beschweren wollen, wenden Sie sich an den Landesbeauftragten."

„Halten Sie denn fest, wer wann welche Akte eingesehen hat?"

„Auskünfte, wer unser Archiv genutzt hat, erteilen wir grundsätzlich nicht. Schon gar nicht am Telefon. Wiederhören!"

Sie hat aufgelegt. Ich atme durch. Also muss ich den Antrag gegebenenfalls doch über Reidenbach stellen. Statt mich allzu sehr zu ärgern, suche ich besser die Lichtpausen heraus, die ich für Lauenstain kopieren will. Doch bevor ich das Telefonbuch wegpacke, schlage ich spontan unter „J" nach. Es gibt nur einen Eintrag für Jenninger. *U. Jenninger.* Ohne Adresse.

Die Blonde in der Polizeidirektion hat ihn geduzt. Er heißt Ulf. Zudem sind die ersten Zahlen der Nummer dieselben wie bei Dreiser, dem Hobbyhistoriker und dem

Kulturverein. Offenbar handelt es sich um einen Anschluss im Berliner Südwesten.

Dass Jenninger und Dreiser im selben Bezirk wohnen, muss nichts heißen, aber beide sind gleich alt. Nicht auszuschließen, dass sie sich von früher kennen. Ich teste die Nummer, um sicherzugehen. Nach viermaligem Freizeichen springt ein Band an, doch wem auch immer der Anschluss gehört, er hat die standardisierte Plastikstimme beibehalten, mit der das Gerät geliefert wird.

35

Die S-Bahn schlingert in den Gleisen. Wolkenfetzen malen bunte Muster auf das Braunschwarz der Spree. Rechterhand der Kupfergraben, gefolgt von der Museumsinsel. Schon kreischen die Bremsen: Hackescher Markt. Mein Puls rast. Zu wenig Schlaf und zu viel Kaffee.

Zehn Minuten später stehe ich vor der Volksbühne: Ein grauer, wuchtiger Kubus, der den Rosa-Luxemburg-Platz beherrscht wie der gestrandete Panzerkreuzer Potemkin. Über dem halbrunden Portal hängt ein Transparent mit dem Titel der jüngsten Inszenierung von Castorf. Davor spaziert ein sechsspeichiges Rad auf zwei Beinen durch räudiges Gras. Die Skulptur wirkt wie ein kopfloses Huhn, aber vielleicht projiziere ich auch nur meinen eigenen Zustand.

Der Haupteingang zum Theater ist verschlossen. An der rechten Seite entdecke ich die Treppe zur Kantine. Die Kantine liegt im Souterrain und atmet das Flair realsozialistischer Fünfziger. Im Buffet vertrocknen fünf halbe Brötchen. Bis auf sieben erregt debattierende Gestalten am anderen Ende des Raumes ist es gähnend leer.

Die blasse Hüterin der Schrippen hält sich an einem verwohnten Geschirrhandtuch fest und kennt keinen Hendrik. Ich nähere mich dem Debattierclub und räuspere mich dezent. Alle sind ausnahmslos schwarz gekleidet und rauchen, als ob sie dafür bezahlt würden. Im Übrigen nehmen sie keine Notiz von mir. Sie sind schließlich Künstler. Ich frage etwas lauter nach Hendrik. Der Mittdreißiger, der gerade redet, eine Kreuzung aus Neo-Existenzialist und verspätetem Beatnik, fühlt sich gestört.

„Hä?"

„Der arbeitet als Bühnenbildner hier."

„Nie gehört", knurrt er. „Wir sind Schauspieler."

Er wendet sich jäh wieder ab.

„Klar kennste den ..."

Seine Nachbarin stößt ihn in die Seite. Sie ist doppelt so breit wie er. Der hagere Beatnik hustet und fällt fast vom Stuhl. Sie grinst. „Wat willste denn von dem?"

Sie trägt zu enge Lederhosen und ihr ärmelloses T-Shirt legt beeindruckende Tätowierungen frei, darunter ein pfeildurchbohrtes Herz auf dem „Susi" steht.

„Ich muss ihn dringend sprechen."

Ihr Blick wandert an mir auf und ab, dann sagt sie: „Na, denn komm' ma mit, Kleene."

Sie erhebt sich wie ein Kerl, und obwohl sie mir nur bis zur Schulter reicht, fühle ich mich neben ihr geradezu elfenhaft. Sie heißt Rosi und eröffnet mir sofort, Macker seien nicht ihre Welt. Wie das denn bei mir so aussieht? Ich gestehe ihr, ich sei da eher konventionell gestrickt. Schade, meint sie. Reine Verschwendung.

Durch verwinkelte, labyrinthartige Gänge landen wir hinter der Bühne. Unter einem Gewirr aus Metallgestänge und Seilen stoppt sie abrupt und ruft laut nach einem Micha. Es poltert über uns.

„Hier!“

„Ist Hendrik bei dir?“

„Jo!“

„Da lang!“ Ohne meine Antwort abzuwarten, erklimmt sie die nächste Stiege. Zwei Biegungen weiter stehen wir am rückwärtigen Rand der riesig wirkenden Bühne. Auf der gegenüberliegenden Seite werkeln drei Männer. Einer davon ist Hendrik. Er lässt den Hammer sinken und richtet sich langsam auf. Rosi seufzt: „Na, falls er nüscht is, weeßte ja, wo ick zu finden bin …“ Sie trollt sich.

Die trockene, nach Schweiß, Puder und stockigem Vorhangstoff riechende Luft schnürt mir die Kehle zu. Ich komme mir albern vor. Dass ich gleich Lauenstain treffe, ist ein entsetzlich fadenscheiniger Vorwand. Staubflocken tanzen wie Schneegestöber durch die Lichtschneisen der an Galgen baumelnden Bühnenstrahler. Es sind nur zwei Dutzend Schritte, doch die Strecke endlos weit. Hendrik zögert eine kleine Ewigkeit, bevor er sich von den beiden anderen löst und auf mich zukommt. Meine Knie zittern. Ich hole tief Luft und stakse ihm entgegen.

Wir treffen uns genau in der Mitte der Bühne, vor dem ins Halbdunkel getauchten Zuschauerraum, der als gigantische Muschel das Echo meines Herzklopfens zurückwirft. Er bleibt einen halben Meter vor mir stehen. Die Haut über seinen Wangenknochen ist straff und seine Sommersprossen schimmern dunkel.

„He …“

„Dein Nachbar war heut’ früh nicht da und ich bin gleich hier um die Ecke verabredet …“

Meine Stimme ist heiser. Hoffentlich hört er nicht, wie mein Herz rast.

„Schön …“ Sein Adamsapfel wandert auf und ab. „Mit wem bist du verabredet?“

„Dem alten Herrn aus Weißensee, von dem ich erzählt habe.“

Ein leises Lächeln. „Drei Minuten hast du aber schon, oder?“

„Sicher“, würge ich.

Er wird ernst, forscht in meinem Gesicht, streckt vorsichtig die Hand aus. Bis er meine Fingerspitzen berührt. Ich zucke zusammen, aber ziehe die Hand nicht zurück. Da tritt er plötzlich einen Schritt vor und küsst mich. Mitten auf den Mund.

Ich spüre, wie ich rot werde. Er lacht. Ein glucksendes, tiefes Lachen, das ihn jäh packt. Er wirft den Kopf in den Nacken. „Jungs“, ruft er über die Schulter. „Ihr müsst ’ne Weile ohne mich klar kommen …“

Er fädelt mir seinen Arm um die Taille und schiebt mich sachte von den anderen fort. Zurück in den Gang. Ich spüre seinen Körper durch den Stoff, das Spiel seiner Muskeln, rieche seinen Schweiß. Der Gang ist ungefähr so romantisch wie eine Montagehalle, aber das macht nichts. Er drückt mich sanft gegen die kühle Backsteinwand und seine Hand streift mir über die Wange. Ich schlinge die Arme um seinen Hals und schließe die Augen.

36

Als ich zwanzig Minuten später durch die Oranienburger in Richtung Große Hamburger haste, schwebe ich. Immerhin hilft die frische Luft, mich äußerlich abzukühlen.

Lauenstain trägt wieder sein Ostzonen-Khaki. Er wartet direkt unter dem Portal mit der Aufschrift ‚jüdische Knabenschule‘ neben einem gelangweilten Uniformierten mit Maschinenpistole.

„Sorry. Ich war noch kurz in der Volksbühne, um dem jungen Mann aus Käthes Haus eine Nachricht zukommen zu lassen."

„Hoffentlich mit Erfolg. Ich hab' schon mit dem Hausmeister gesprochen. Wir können sofort ins Gebäude." Er deutet auf das Vestibül, wo ein Mann im grauen Kittel lauert. „Der will nämlich nach Hause."

Ich zücke meinen Ausweis, doch der Polizist wirft bloß einen gleichgültigen Blick und will auch meine Mappe nicht inspizieren.

Der Graukittel führt uns erst in die Aula, dann über die großzügige Treppe in den ersten Stock. Dort schließt er einen hellen, hohen Raum auf. Käthes ehemaliges Klassenzimmer.

„Hier ist nichts mehr wie früher", sagt Lauenstain. Obwohl das offensichtlich ist.

„Wann wurde es zur Sammelstelle?"

„1941. Zusammen mit dem Altersheim nebenan."

„Warst du seit der Schulzeit noch mal hier?"

„Kurz nach dem Krieg …" Er tritt ans Fenster und schaut nach draußen, auf die Rückfronten der angrenzenden Häuser und den Turm der Sophienkirche. „Na, nun ist es ja bald wieder eine Schule."

Er wendet sich um. Sein Lächeln wirkt verkrampft. Der in der Tür wartende Hausmeister macht Geräusche mit dem Schlüsselbund. Lauenstain zuckt bei dem Geklimper zusammen. Ob wir noch in den Keller wollen, fragt der Hausmeister. Zu den früheren Arrestzellen. „Jefoltert ham'se da ooch …"

Lauenstain guckt an mir vorbei und sieht aus als wäre ihm kalt.

„Ein andermal", sage ich. „Danke, dass Sie sich die Zeit genommen haben."

Draußen bleibt Lauenstain stehen und zündet sich eine Zigarette an. Sein Bein täte weh.

„Gelegentlich bringt es sich in Erinnerung."

„Woher hast du das?"

„Mein Fuß hat sich beim Trümmerräumen mit einer Schiene angelegt. Die Schiene war stärker."

Offenbar will er nicht weiter darüber reden. Um abzulenken spreche ich ihn auf Herbert Baum an.

„Herbert Baum?" Er saugt an seiner Zigarette. „Der war vor '33 im kommunistischen Jugendverband. Seine Frau Marianne und er kümmerten sich um Jugendliche. In ihrem Kreis gab's eine ganze Reihe, die ich aus der Schule oder Nachbarschaft kannte."

„Jüdisch?"

„So gut wie ausschließlich. Sie verteilten Flugblätter und halfen Leuten beim Abtauchen."

„Und ihr Anschlag gegen diese Propagandaausstellung?"

„War ein ziemlicher Reinfall. Der Brandsatz richtete keinen nennenswerten Schaden an, dafür hatte die Gestapo nach ein paar Tagen fast alle Mitglieder der Gruppe. Vermutlich sind sie verraten worden. Ungefähr dreißig wurden hingerichtet, die übrigen kamen ins Zuchthaus. Zusätzlich ließ Goebbels noch 500 Juden als Geiseln verhaften. Die Hälfte wurde sofort erschossen. Die anderen landeten im KZ."

Offenbar bin ich blass geworden. Er deutet ein tröstliches Lächeln an. „Immerhin haben sie's versucht."

„Zu welchem Preis!"

„Das hatten die Nazis sowieso mit ihnen vor …" Er zuckt die Achseln, nimmt noch einen Zug von der Zigarette und lässt sie dann fallen. „Wie kommst du überhaupt darauf?"

Mein Mund ist trocken und ich muss mich räuspern.

„Ich wusste nicht, dass es hier jüdischen Widerstand gab."

„Doch", lächelt er schmal. „Klar gab's den ... Genau an der Stelle, wo wir jetzt stehen, haben im März 1943 Frauen für die Freilassung ihrer jüdischen Männer demonstriert."

„Wirklich?"

Er deutet auf die Schule und die Freifläche daneben. „Die Männer waren da drin eingesperrt. Hier und in der Rosenstraße. Bei der „Fabrikaktion" wurden auch alle „arisch Versippten" verschleppt. Die Frauen kriegten das mit, gingen vor die Sammelstellen und riefen, sie wollten ihre Männer zurück. Die Gestapo versuchte sie zu vertreiben, aber die Frauen ließen sich nicht einschüchtern, obwohl die SS Maschinengewehre auffuhr. Jeden Tag wurden es mehr und aus der Nachbarschaft schlossen sich andere an. Ungefähr eine Woche lang. Schließlich gab die Gestapo nach und ließ die Verhafteten frei. Erst einzelne, dann alle."

Ich lache ungläubig auf. „Alle?"

„Nur die aus den Mischehen. Aber immerhin an die tausendfünfhundert."

Die Schmerzen in seinem Bein haben anscheinend nachgelassen. Wir gehen langsam weiter auf den ehemaligen jüdischen Friedhof, der ans Schulgrundstück grenzt. Ein Gedenkstein erinnert an Moses Mendelssohn, der hier bestattet ist. Allerdings weiß kein Mensch mehr wo. Das Areal ist bei Kriegsende durchgepflügt worden, um Bombenopfer zu verscharren. Nur entlang der Mauer zu den Hackeschen Höfen stehen einige alte jüdische Stelen.

Aber ich bin noch bei den Frauen, die der Gestapo ihre Männer wieder abgetrotzt haben.

„Wieso haben die Nazis nachgegeben?"

Er hebt die Schultern. „Angst vor der Stimmung der

Berliner. Kurz zuvor hatte es üble Luftangriffe gegeben. Es war der vierte Kriegswinter und die 6. Armee gerade in Stalingrad aufgerieben worden. Da wollte Goebbels sich die Sympathien der Bevölkerung nicht vollends verscherzen."

Ich atme tief durch. „Hätte es das eher gegeben, sähe die Welt heute anders aus …"

„Sicher", sagt er nur.

Mein Schock ist echt. Doch eher darüber, dass ich erst heute davon erfahre. Sophie und Hans Scholl stehen in jedem Schulbuch. Die Frauen, die mitten im Herzen des Hitlerreichs gegen die Deportationen ihrer Männer demonstriert haben, nicht. So wenig wie die Mitglieder der Herbert-Baum-Gruppe.

Weshalb werden sie unterschlagen? Sind sie etwa weniger heroisch als die „Weiße Rose"? Ist der Widerstand christlicher Studenten mehr wert als der von jüdischen Jugendlichen? Oder haben Juden in Deutschland sich ohnehin gefälligst darauf zu beschränken hilflose, edle Opfer zu sein?

37

Auf dem Weg zurück durch die Große Hamburger, die früher ‚Toleranzstraße' hieß, weil hier drei Religionen auf engstem Raum in Frieden miteinander lebten, passieren wir das Portal zur Sophienkirche. Über dem von Granatsplittern gezeichneten Putz ist in Metallbuchstaben das Wort ‚PAX' angebracht. Lauenstain zeigt schräg gegenüber auf den Eingang zum katholischen St. Hedwig Hospital.

„Da drüben arbeitete ein Oberarzt, der während der

Fleckfieberepidemie tote Arier in jüdische Leichen verwandelte und untergetauchte Juden als glücklich genesene arische Patienten entließ ..."

Einen halben Block weiter biegen wir um die Ecke, gehen durch den Torbogen eines hohen, roten Backsteinbaus und stehen plötzlich im Hof von Käthes Grundschule. Es sieht so aus, als habe sich in den letzten fünfzig Jahren kaum etwas geändert. Von den Sprossen der Fenster blättert Farbe. Durch Risse im Teerbelag sprießt Gras. Nur die Plastikberge vor der Mülltonne und der aufgebockte Trabi fallen aus der Zeit.

Ich wundere mich: „Wie kam sie dann in die Große Hamburger?"

„Die Nazis ordneten an, diese Schule zu schließen. Darum mussten die Mädchen in die Knabenschule."

„In ihren Notizen spricht sie von der Gipsstraße."

„Die ist um die Ecke." Lauenstain lächelt. „Was für Notizen?"

„Eine Art Tagebuch. Eine Kladde mit Erinnerungen an das, was ihr vor Ort wieder einfiel. Mit den Namen kann ich leider wenig anfangen, aber es vermittelt die Atmosphäre."

„Tauche ich auch darin auf?"

„Klar. Heut' früh hab' ich gelesen, wie ihr euch in Weißensee begegnet seid."

„Komm ich einigermaßen dabei weg?"

„Geht so ... "

Für eine halbe Sekunde scheint er fast bestürzt. Ich muss lachen. „Natürlich nicht. Was dachtest du denn?"

Er lächelt gequält.

„Lies es selbst", lade ich ihn ein.

„Ist es denn auf Deutsch?"

Ich verneine. Er verzieht die Lippen. „Dann versteh'

ich's leider nicht. Aber bei den Namen kann ich dir vielleicht helfen."

„Kannst du! Sie schreibt von einer Frau namens D. Das ist vermutlich ihr Vorname. Die war während des Kriegs auch in Berlin versteckt. Inzwischen lebt sie in den USA. Hat sie dir die gegenüber mal erwähnt?"

Er runzelt die Stirn. Seine Hand wandert ans Kinn. „Du weißt nur, dass ihr Name mit D anfängt? Sonst nichts?"

Ich nicke. Er verzieht den Mund und zuckt hilflos die Achseln.

„Sie vergleicht euch sogar miteinander. Euer Überleben im Untergrund. Sie deutet an, dass die Frau hier Schlimmes erlebt hat. So wie du."

„Tut mir leid. Mir fällt der Name nicht ein."

„Schon gut. Ich frag' Bella."

„Bella?"

„Ihre New Yorker Freundin. Die kennt diese Frau wohl näher."

„Ah ja …" Er wiegt den Kopf. „Vielleicht komme ich dann ja auch drauf … Sonst noch was?"

„Ja. Sie hat da so eine komische Liste angelegt. Warte … Ich zeig' sie dir."

Ich hole den Block aus der Mappe und suche nach der Seite.

„Hier. Anfangs dachte ich, es handelt sich um Daten. Im Englischen schreibt man zuerst den Monat, dann den Tag und das Jahr. Demnach wäre 10/18/41 der 18. Oktober 1941 oder dies 6/11/42 der 11. Juni 1942. Aber die Buchstaben ergeben keinen Sinn. Hier guck' mal 10/18/41 1013 P BG-LR. Und was sollen die Ziffern dahinter?"

Lauenstain hat seine Lesebrille aufgesetzt und studiert das Papier.

„Es sind genau 61 Zeilen", sage ich. „Falls die ersten sechs Ziffern tatsächlich Zeitangaben sind, beginnt die Liste mit dem 18. Oktober 1941 und endet am 5. Januar 1945."

„Liste", wiederholt er langsam. „Ja, natürlich … Das ist es!" Der Block in seiner Hand begann zu tanzen. Er sieht auf einmal grau aus.

„Was?"

„Du hast richtig vermutet. Dreht man die ersten Zahlen um, sind es genau die Tage. Die Buchstaben stehen für den Abfahrts- und den Zielbahnhof. Die letzte Ziffer hält fest, wie viele auf Transport gegangen sind …" Er zeigt auf den Anfang der Zahlenkolonnen. „18. Oktober 1941, Grunewald nach Litzmannstadt. Das R steht für Radegast. So hieß der Ghettobahnhof in Lodz. 1072 Personen …" Der Finger wandert weiter, bis er willkürlich stoppt. „6. Juni 1942, Anhalter Bahnhof. Theresienstadt. 972 Personen. Oder hier, einer der letzten Transporte: 24. November 1944. 27 Personen nach Auschwitz."

„Die Liste der Judentransporte aus Berlin?"

„Grunewald. Moabit. Anhalter Bahnhof … Der 18. Oktober 1941 stieß mir sofort auf. Das Datum hat sich eingebrannt. Doch ich wusste nicht, dass der letzte Transport erst im Januar 1945 abging und die Buchstaben haben mich verwirrt. AB steht für Anhalter Bahnhof und Auschwitz-Birkenau. BP für Bahnhof Putlitzstraße."

Ich schlucke. „Wozu hat sie sich das notiert?"

Er lässt den Block sinken und fährt sich mit der Hand über den Mund. „Woher soll ich das wissen?"

„Was vermutest du?"

Er schüttelt den Kopf. Er wirkt betrübt.

„Komm. Sag schon."

„Sie hat zusammengezählt, wie viele wann in den Tod gereist sind."

„Und?"

„Vielleicht ist dieser Kommissar Jenninger doch kein solcher Idiot."

„Du meinst …"

Er nickt. „Ich versteh, dass du dir nicht ausmalen magst, wie es sie mitgenommen hat."

„Nein! Das glaube ich nicht! Sie hat etwas gesucht! Irgendwas, das mit den Daten der Deportationen zusammenhängt."

„Aber du kannst es auch nicht ausschließen! Sonst verrennst du dich."

„So wie Käthe sich verrannt hat?"

Ich klinge sarkastischer als ich will.

Er wirkt angestrengt. „Man muss alle Fakten prüfen. Vorurteilsfrei. Gerade die, die einem nicht schmecken."

„Sag' das Jenninger!"

„Was, wenn der der Wahrheit viel näher kommt als du?"

Ich bleibe abrupt stehen. „Warum hast du mich gebeten, dir Kopien von den SS-Akten zu machen? Wozu? Wenn du ohnehin glaubst, dass er Recht hat und sie gesprungen ist?"

„Ganz einfach: Weil ich mir nicht sicher bin."

Ich betrachte sein Halbprofil, die faltenzerfurchte, leicht zurückweichende Stirn, die feine, zart geschwungene Nase, die Wangenknochen und die vielen Krähenfüße um die Augen. Auf einmal komme ich mir sehr jung vor. Zugleich fliegt mich eine Ahnung davon an, wieso Larissa mit ihm solche Schwierigkeiten hat.

38

Am späten Nachmittag bin ich zurück in Charlottenburg. Bevor ich Hendrik treffe, will ich noch mit Mutter reden, den Hobbyhistoriker kontaktieren und mir endlich Bellas Nummer besorgen.

Mutters Anschluss ist besetzt. Dafür erreiche ich den Historiker in Steglitz.

Zunächst scheint er wenig begeistert. Außerdem ist er in Eile. Als ich jedoch erwähne, dass es um Recherchen meiner 1938 nach New York emigrierten Großtante geht, die kürzlich verstorben ist, ändert sich sein Ton schlagartig. Er will sofort wissen, ob ich weitere Angehörige habe, „die betroffen" sind. Ich berichte ihm von Claras Zwangsarbeit für die Continental. Auf einmal ist er erschreckend entgegenkommend. Fast zu entgegenkommend. Ich erzähle ihm auch von Käthes Aktenkopien.

„Wie würde Ihnen Freitag passen? So gegen drei?"

„Fein."

„Sie wissen, wo sich das Gebäude befindet?"

„Ich hab' die Adresse."

„Es ist gegenüber vom Botanischen Garten. Man erkennt es sofort. Am besten treffen wir uns vorm Eingang."

„Wunderbar."

„Was diesen SS-Sturmbannführer Schwertfeger angeht, wird es etwas dauern. Das Amt hatte siebzehnhundert Mitarbeiter. Ein Teil der Akten wurde zwar ausgelagert und ist erhalten, aber ich will Ihnen nicht allzu große Hoffnung machen. Falls es Ihnen also nur um diesen Mann geht ..."

„Nein, nein", beeile ich mich. „Belassen wir es bei Freitag!"

„Gut. Dann bis Freitag."

Es klickt. Der Typ klingt etwas merkwürdig, aber ich

wische meine widersprüchlichen Gefühle beiseite. Stattdessen versuche ich es noch einmal bei Mutter. Sie nimmt sofort ab, als habe sie neben dem Telefon gesessen.

„Schön, dass du dich meldest! Ich weiß nicht, wie oft ich schon auf Carolines Anrufbeantworter gesprochen habe. Seid ihr nie zu Hause oder hört ihr das Ding einfach nicht ab?"

„Worum geht's?"

„Elfi. Sie will mit mir nach Frankreich, zu ihrer Freundin in Aix. Ich hab' überraschend ein paar Tage frei, aber wollte nicht zusagen, ohne mich vorher mit dir abzustimmen."

„Wieso?"

„Als ich Sonntagfrüh mit Frau Grosser sprach, ging's nur um Käthes Beerdigung. Inzwischen gestaltet sich das alles anscheinend wesentlich komplizierter."

In der Tat. Doch ich bin nachher mit Hendrik verabredet und falls sie vorhat, mich spontan zu unterstützen, passt mir das nicht wirklich in den Kram.

„Ob du in Köln oder Aix bist, macht keinen Unterschied. Caroline sagt, ich kann bleiben, so lange ich will und Geld habe ich auch noch."

„Ich hätte dich nicht so unter Druck setzen sollen. Falls es dir zu viel wird …"

„Das hast du mir schon gesagt. Du brauchst kein schlechtes Gewissen zu haben."

„Soll ich nicht vielleicht doch besser nach Berlin kommen?"

„Mami, *bitte*! Hier sind alle ganz lieb zu mir. Wirklich. Fahr mit Elfi nach Frankreich. Es wird dir gut tun!"

„Trotzdem …"

„Ich bin volljährig."

„Was heißt das schon?"

Die Diskussion zieht sich hin, bis Mutter endlich beruhigt ist. Dummerweise sorgt die Debatte dafür, dass ich hinterher total vergesse, Frau Grosser anzurufen. Zunächst höre ich den Anrufbeantworter ab, um Mutters diverse Botschaften zu löschen. Dabei stoße ich auch auf den leicht belegten Sopran von Larissa Lauenstain. Sie bittet dringend um Rückruf und ich tue ihr den Gefallen.

„Ich muss mich bei Ihnen für gestern entschuldigen", sagt sie. „Ich hätte Ihren Verdacht nicht so abbügeln sollen. Es tut mir leid. Ich fürchte, ich war etwas gereizt ..."

„Danke. Dass Sie sich deswegen noch mal melden."

„Das ist es nicht nur ... Ich ... nun, ich habe mich ein wenig umgehört. Über den Herrn, den Sie abends noch sehen wollten. Es gibt da etwas, das Sie gewiss interessiert. Doch das würde ich lieber persönlich mit Ihnen besprechen."

Sie kann nicht frei reden. Entweder hören ihre Praktikantinnen mit oder die Telefonanlage des Senders ist nicht sauber.

„Wo und wann?"

„Kennen Sie das Café am Lietzensee? Das an der Ostseite des Teichs?"

„Ich werd's finden."

„So in zwanzig Minuten?"

„Bis gleich."

Ich nehme ein Taxi. Das Café ist eine lieblose Freiluftveranstaltung mit grau verwittertem Plastikgestühl, unabgewischten Tischen und Papptellern. Larissa wartet schon und winkt mir von weitem zu. Sie ist der einzige Gast und wirkt ziemlich nervös. Ich greife mir einen der Stühle.

„Hab' ich Sie richtig verstanden? Es geht um Dreiser?"

Sie nickt knapp und beißt sich auf die akkurat geschminkte Unterlippe. Heute trägt sie Dunkelblau. Ihre Lider flattern.

„Ja. Aber es ist einigermaßen delikat und Sie sollen es gern verwenden, aber vorab müssen Sie mir versprechen, niemandem zu verraten, woher Sie's haben. Weder Ihrem Anwalt noch der Polizei. Was ich weiß, stammt ohnehin aus zweiter Hand und ich würde abstreiten, je mit Ihnen gesprochen zu haben."

„Verstehe."

„Gut." Sie wippt mit dem rechten Bein und ringt sich ein Lächeln ab. Sie holt Luft, um loszulegen, als eine muffelige Frau mit Schürze herangeschlurft kommt.

„Hier ist Selbstbedienung. Wenn Se nur sitzen wolln, gibt's genügend Bänke im Park."

„Dürfen wir denn ausnahmsweise direkt bei Ihnen bestellen?"

Larissa lächelt liebenswürdig und wir dürfen ausnahmsweise. Nachdem die Frau wieder fort ist, sagt sie: „Ich habe mehrere Kollegen befragt. Einer vertraute mir unter dem Siegel der Verschwiegenheit an, es werde gemunkelt, die Berliner Bau- und Invest habe sich übernommen. Dreiser hat sich mit Mietobjekten im Osten verspekuliert ..."

Die Serviererin erscheint mit unseren Getränken. Der Kaffee schwappt beim Absetzen über und die Apfelschorle ist nahezu farblos. Larissa zahlt für uns beide. Sie ist heute anders als gestern. Mit einem Mal vermag ich mir vorzustellen, dass sie Käthe vielleicht wirklich gemocht hat.

„Mietobjekte im Osten?"

Sie nickt. „Finanziert durch Kredite, die ihm ein Parteifreund im Aufsichtsrat der Landesbank besorgt hat. Den hat Dreiser dafür angeblich mit ins Boot genommen. Eben dieser Parteifreund steht jetzt unter Beschuss. Die Opposition fordert einen Untersuchungsausschuss zur Kreditvergabepraxis der Landesbank und darunter fällt auch sein Deal mit der Bau- und Invest."

„Käthe hat bergeweise Artikel über Dreiser gesammelt. Davon ist nirgendwo die Rede."

„Kann's auch nicht sein. Die Sache kocht gerade erst hoch und alle fürchten, sich die Finger zu verbrennen. Nicht wegen Dreiser, sondern wegen des Intimus unseres werten Herrn Bürgermeisters." Larissa spitzt mokant die Lippen. „Der soll zweistellige Millionenbeträge versenkt haben."

Ich weiß nicht, von wem sie spricht.

„Der Mann ist Vorstandvorsitzender der Wohnungsbaukreditanstalt."

Sie skizziert mir die politischen Verbindungen. Ich muss schlucken, aber das bekommt sie nicht mit. Das Reden tut ihr offenbar gut. Sie wird mit jedem Satz lockerer.

„Alles landeseigene Mittel?"

„Natürlich." Sie lässt einen perlenden Lacher hören. „Was dachten Sie?"

„In Vorbereitung der Städtepartnerschaft Palermo-Berlin?"

„Palermo ist nichts gegen Berlin."

Reidenbachs Büro ist nur ein paar Schritte von dem Café entfernt. Als ich an der Tür klingele, öffnet er mir persönlich. In Hemdsärmeln. Sein Schreibtisch ertrinkt unter Akten.

„All day work and no play makes Jack a dull boy …", kommentiert er die Papierberge und fällt in seinen Drehsessel. „Was kann ich für Sie tun?"

„Haben Ihre Nachfragen bei den ehemaligen Geschäftspartnern von Dreiser schon was ergeben?"

„Ich bin am Ball. Wieso?"

„Die Bau- und Invest soll in massiven finanziellen Schwierigkeiten stecken …“

Ich skizziere ihm, worum es geht. Er saugt nachdenklich die Wangenhaut nach Innen. „Woher haben Sie das?“

„Ich hab' versprochen, die Quelle nicht zu nennen. Vielleicht ist es nur ein Gerücht. Aber Sie sollten wissen, worum es geht, damit Sie gezielter nachhaken können.“

„Sie können noch nicht mal andeuten, von wem Sie das haben?“

„Nein.“

Er zögert eine Weile und mustert mich. Dann beugt er sich lächelnd vor.

„Haben Sie schon mal Sushi probiert? Es gibt da einen ausgezeichneten Japaner an der Kantstraße.“

„Klingt reizvoll“, lächele ich und weiß sofort, dass es nicht nur um Sushi geht. „Aber ich bin verabredet und sowieso schon viel zu spät dran.“

„Schade. Vielleicht ein andermal?“

„Vielleicht …“

Ich stehe auf und greife nach meiner Jacke.

„Liegt's an gestern?“

Er sieht mir direkt in die Augen. Ich brauche eine Sekunde. Dann schüttel ich den Kopf. „Nein. Nicht, falls Sie meinen, was Sie mir über den Libanon gesagt haben …“ Ich merke, wie ich unsicher werde und greife nach der Rückenlehne des Freischwingers. „Im Gegenteil. Ich fand Ihr Verhalten sehr mutig … Sorry, ich muss jetzt wirklich!“

Bevor er etwas erwidern kann, drehe ich mich auf dem Absatz um. Er tut mir leid und ich finde es feige so wegzurennen, aber es ist weniger sein Alter als die Tatsache, dass er sich gerade wieder eine Blöße gegeben hat. Er ist mir sympathisch und ich will ihn nicht unnötig vor den Kopf stoßen, doch er ist immerhin auch mein Anwalt.

39

Hendrik wartet unter der Weltuhr am Alexanderplatz. Eigentlich hat er vor, mir die „Mokka-Milch-Eisbar“ zu zeigen, bevor wir essen gehen. Aber ich bin noch zu aufgewühlt, um irgendwo zu sitzen und so spazieren wir kreuz und quer durch Mitte und reden, bis ich langsam ankomme.

Irgendwann landen wir bei ihm und auf einmal spielt der Tag keine Rolle mehr, nur noch sein fordernder Mund. Der Flur hinter der Wohnungstür ist zu lang, um es gleich ins Schlafzimmer zu schaffen, aber dann sind wir in einem großen, hellen Raum, der außer seinem Futon fast nichts enthält. Das Fenster ist ohne Vorhang und die Gebäude gegenüber sind keine zwanzig Meter entfernt. Doch sobald er mich von hinten umfasst und hinters Ohr küsst, vergesse ich Fenster und fehlenden Vorhang.

Seine Lippen wandern über meinen Hals in den Nacken und zwischen die Schulterblätter. Ich erschauere und bekomme eine Gänsehaut. Sanftes Feuer frisst sich über meine Lendenwirbel und breitet sich in Wellen aus, pulsiert durch mich hindurch und erhitzt die Innenseiten meiner Schenkel. Mein Atem geht heftiger. Ich spreize unwillkürlich die Beine. Der Druck seiner Hand fühlt sich an wie ein Versprechen. Ich schließe die Augen, recke das Kinn hoch und schiebe mich ihm entgegen.

Laute dringen aus meiner Kehle, ich erbebe, da kniet er schon und liebkost mich mit der Zunge. Ich spüre seine Hände auf meinem Gesäß, winde die Finger in seine Locken, bis ich es nicht mehr aushalte und ihn aufs Bett zerre. Ich will ihn berühren und schmecken, bevor ich mich ihm ganz öffne.

Später liege ich mit dem Kopf in seiner Achselhöhle

und streichele seine Brust. Der Stuck über uns schwimmt im Halbdunkel. Wärme durchströmt mich, rieselt mir aus dem Zwerchfell hinunter bis in die Zehen. Es ist schön gewesen, aufregend und beängstigend vertraut. Ich habe keinen Schimmer, was da mit uns geschieht und erschrecke für einen Moment über meine Bedenkenlosigkeit, doch es fühlt sich gut an. Auch jetzt. Gerade jetzt. Ich habe fast vergessen, wie gut es sich anfühlen kann.

Hendrik ist aufgestanden und hat sich seinen Tabak geholt.

„Lass mich mal ziehen ...“

„Du rauchst?“

„Manchmal ...“

Ich nehme zwei Züge. Mir wird schwindelig und ich muss mich aufsetzen. Er sieht mich besorgt an.

„Alles okay?“

„Ja. Ich bin bloß hungrig.“ Ich küsse ihn auf die Schulter. „Darf ich mal kurz deinen Kühlschrank inspizieren?“

Ohne seine Antwort abzuwarten, laufe ich in die Küche. Zehn Sekunden später hocke ich vor drei Gewürzgurken, einem Becher Bautzener Senf und einer fast leer gequetschten Tube Tomatenmark.

Ich richte mich auf. Es gibt auch einen Brotkasten. Darin vertrocknet ein einsamer Knust. Ernüchtert dämmert mir, wieso er hat essen gehen wollen.

„Wovon lebst du?“

Er ist im Türrahmen aufgetaucht und zerrt an seiner Hose.

„Gib mir fünf Minuten!“

„Wofür?“

„Bis gleich.“ Im Rausgehen fischt er sein Hemd vom Fußboden und wirft es über.

„He, wo willst du hin?“

Ich verfolge ihn, bin aber splitternackt und somit taktisch im Nachteil. Er schlüpft in seine Sandalen, drückt mir einen harten Kuss auf den Mund und verschwindet.

Meine Hand rutscht ratlos an der Wohnungstür runter. Wo will er um diese Zeit etwas Essbares auftreiben? Ich mache mich auf längeres Warten und ranzige Chips von der Tankstelle gefasst, bis ich beginne, die Wohnung gründlicher zu inspizieren und zwischen Bulgakows „Meister und Margarita" und seiner Plattensammlung strande.

Eben bestaune ich ein Cover von Wladimir Wyssozki, als der Schlüssel im Schloss geht und er mit einer großen Tüte und einer Flasche unterm Arm im Türrahmen zum Wohnzimmer steht.

„Wow! Das ging ja blitzartig!"

„Willst du liegend oder sitzend speisen?"

„Egal. Was gibt's denn?"

„Wart's ab …"

Er parkt die Tüte in der Küche, drückt mir zwei Teller in die Hand und bittet mich, den Nierentisch zu bestücken.

„Nimm Platz …"

Ein Geschirrhandtuch verziert seinen vor den Bauch gepressten Ellenbogen. Über der flachen Hand balanciert er ein Tablett. Darauf eine Schale Wachsbohnensalat, Käse, Brot und Beilagen. Ich breche in helle Verzückungsschreie aus.

„Du warst in der Kneipe, bei …"

„Claudia. Hoffentlich magst du den Wein."

Von irgendwoher zaubert er einen dreiarmigen Leuchter. Wir tafeln, wobei er mich gelegentlich füttert, bis ich einigermaßen gesättigt bin und ihn nach Wyssozki frage.

Er erhebt sich wortlos und legt seine Platte auf. Die Nadel knistert durch die Rille, ein verrauchter Bariton ertönt, der zu melodiösem Raunen Gitarrensaiten zupft, bevor er plötzlich aufdreht, die Saiten schrubbt und in zorniges Stakkato fällt. Wie Georges Brassens nach zwei Litern Wodka.

„Gefällt's dir?"

Ich nicke stumm. Hendrik schwelgt Rotwein schlürfend im Takt und übersetzt mir einzelne Textbrocken. „Eigentlich muss man das lesen." Er wischt sich über den Mund, küsst mich und setzt seinen Teller ab. „Der ist dran schuld, dass ich Russisch gelernt hab' ..."

„Den gab's bei euch auf Schallplatte?"

Er lacht. „Nee. Nur schwarz. Auf Kassette. Erbärmliche Aufnahmen. Dutzendfach überspielte Kopien von Konzertmitschnitten. Sachen, die ‚Melodija' nie gebracht hätte, weil er denen live viel zu heftig war. So sollte keiner den sozialistischen Alltag abbilden, geschweige denn besingen. Und er machte daraus Balladen."

„Was treibt er heute?"

„Er hat sich totgesoffen. Mit zarten 42."

Ich denke fröstelnd an Caroline. Hendrik legt den Kopf in den Nacken und sieht seinen Rauchschwaden hinterher.

„Damals waren gerade die Olympischen Spiele in Moskau. Die Behörden hielten seinen Tod geheim, doch es sprach sich rum und die Beerdigung wurde zur größten Demo in der Geschichte der Sowjetunion."

Ich kuschele mich an Hendrik und lausche, bis der Diamant durchs Ende der Rille schlürft und der Tonarm mit hellem Knacken in Ruheposition schwenkt.

„Timos Schwester hat sich gemeldet", sagt er dann. „Er ist bereit, dich zu treffen. Wenn du willst, kann ich das morgen arrangieren. Ich hab' nachmittags frei."

Er langt wieder nach dem Tabak. Ich lege ihm die Hand auf den Arm. „Erst Nachtisch ..."

40

Morgens weckt mich Hendrik mit Kaffee. Der ist nur aufgebrüht, weil es keine Filtertüten gibt. Trotzdem mundet das Gebräu hervorragend, zumal er sich noch eine Weile zu mir legt, bis er irgendwann panisch hochschreckt, auf einem Bein hüpfend in seine Hosen fährt und erklärt, er müsse sofort los.

„Schlüssel steckt. Wirf ihn nachher beim Weggehen einfach in den Briefkasten!"

Mir ist nach Faulenzen zumute, aber wenn ich Caroline vor der Arbeit noch erreichen will, beeile ich mich besser. Zehn Minuten später ziehe ich gerade die Wohnungstür zu, als jemand die Treppe raufkeucht.

„He, Hendrik …"

Der Mensch orientierte sich offenbar akustisch. Er ist um die dreißig, wiegt mindestens zwei Zentner und trägt das Hemd über der Jeans. Das klobig, dunkle Brillengestell verleiht ihm etwas Waschbärenartiges. Als er mich erblickt, verharrt er schnaufend auf dem Treppenabsatz und beäugt mich entrüstet.

„Wer bist'n du?"

Die gleiche Frage könnte ich ihm stellen. Doch ich bin gut gelaunt, also gebe ich Auskunft.

„Hendrik ist schon weg."

Er flucht. „Mist."

„Soll ich ihm was ausrichten? Ich seh' ihn nachher."

Sein Blick flitzt zwischen mir und dem Notizblock an der Tür hin und her. Er ringt innerlich, ob er sich die restlichen Stufen noch zumuten soll. Die Trägheit siegt.

„Sag' ihm 'n schönen Gruß. Er soll sich melden …"

„Ein Name würde helfen."

Er hebt entschuldigend die fleischige Hand. „Kalle."

„Wie weiter?

„Nur Kalle. Det reicht.“ Damit dreht er sich um und watschelt wieder die Treppe hinunter.

Ich bin neugierig und wüsste gern genauer, worum es geht, doch Hendriks Steckschlüssel ist ähnlich antik wie die Drehklingel und stellt mich vor gewisse Herausforderungen. Als ich unten auf der Straße ankomme, schlägt mir eine Welle schwülheißer Luft entgegen und Kalle ist längst verschwunden.

Die Telefonzelle an der Wilhelm-Pieck stinkt noch übler als beim letzten Mal. Caroline hört sich schlecht an. Ihr Abend mit Frank ist lausig gewesen. Wir verabreden uns für mittags im „Weyers“, das liegt in der Pariser Straße. Sie arbeitet um die Ecke. Nach dem Auflegen stelle ich fest, dass ich noch drei Groschen in der Hand halte und rufe Elvira Grosser an. Vor dem Treffen mit Caroline will ich auf einen Sprung bei den alten Leuten vorbei und mir endlich Bellas Telefonnummer abholen. Anschließend mache ich mich auf die Suche nach dem nächstgelegenen Supermarkt. Bevor ich Hendriks Schlüssel im Briefkasten deponiere, parke ich Brot, Obst und Salat in seiner Küche. Für alle Fälle. Um Claudia nicht zu sehr zu strapazieren.

Bis zu Grossers brauche ich eine knappe Stunde. Elvira sieht besorgt aus. Das Wetter mache Josef zu schaffen. Er hockt mit blauen Lippen neben dem Atemgerät. Trotzdem scheint er sich über meinen Besuch zu freuen.

„Wie schön, dass Sie sich wieder mal blicken lassen.“

Inzwischen hat Elvira ihn offenbar aufgeklärt, denn er fragt sofort nach Jenninger und Dreiser. Während sie uns Tee einschenkt, berichte ich von der bizarren Begegnung vor dem Diskussionsabend.

„Gestern hab’ ich erfahren, dass die Bau- und Invest in

Schwierigkeiten steckt. Reidenbach will dem nachgehen. Außerdem wird gemunkelt, Dreiser bediene sich rechter Rollkommandos, um Mieter loszuwerden. Das würde erklären, wieso Käthe Zeitungsartikel über Neonazis gesammelt hat."

Elvira guckt bedenklich. „Von wem haben Sie das?"

„Hendrik. Das ist der junge Mann, der in Käthes früherer Wohnung lebt. Er kennt jemanden, der mit der Szene vertraut ist. Den werden wir nachher treffen."

„Hendrik?" Josefs Mund zuckt.

Elvira setzt sich kerzengerade auf. „Der kennt Nazis?"

„Ex-Nazis. Inzwischen muss der Typ sich wohl vor seinen früheren Kumpanen verstecken."

„Das gefällt mir gar nicht!"

„Anders dürfte sie den Kommissar kaum dazu kriegen, sich für Dreiser zu interessieren", wirft Josef ein.

„Und was, wenn die tatsächlich mit Dreiser unter einer Decke stecken?"

Er hebt schicksalsergeben die Hände. „Wie willst du's sonst machen?"

Darauf weiß sie auch keine Antwort.

„Ich bin ja nicht allein", erkläre ich. „Lauenstains Tochter ist beim SFB. Die hat blendende Verbindungen."

„Wessen Tochter?" Er hebt fragend die Brauen.

„Die von Käthes altem Schulfreund", sagt sie. „Dem Mann, wegen dem sie Bella noch mal angerufen hat." Sie wirft mir einen Seitenblick zu. „Beziehungsweise wegen Bellas Bekannter ..."

„Ach ja, natürlich", murmelt er. „Diese Geschichte."

Ich bin hellwach. „Geht's um diese Frau, die während des Krieges auch in Berlin war?"

„Richtig", sagt Elvira. „Da gab es wohl irgendwelche Missstimmigkeiten."

„Wie heißt die Frau denn? Ich könnte Lauenstain nach ihr fragen."

„Ist mir entfallen. Sie hat ihren Namen bloß ein einziges Mal erwähnt."

„Es muss irgendetwas mit D sein."

Sie schüttelt bedauernd den Kopf.

„Haben Käthe und Bella öfters miteinander telefoniert?"

„Nahezu täglich."

Glückwunsch Maja, denke ich nur. „Haben Sie ihre Nummer? Ich muss mich sowieso noch bei ihr für das Fax bedanken."

„Sicher." Elvira holt ihr Adressbuch und diktiert mir die Zahlenreihe.

„Denken Sie an die Zeitverschiebung. Es sind sechs Stunden Unterschied …" Sie hüstelt und kommt auf den „Ex-Nazi" zurück. „Sie sollten da auf keinen Fall allein hingehen!"

„Hatte ich auch nicht vor. Hendrik, der junge Mann aus der Wohnung, wird mich begleiten."

„Gefällt er Ihnen?"

Josefs Ton bleibt betont beiläufig.

„Ja."

„Wie sieht er denn aus?"

Ich gebe ihm eine möglichst neutrale Skizze.

„Rote Locken und Sommersprossen?"

„Ziemlich viele rote Locken und noch mehr Sommersprossen."

„Ist er Jude?"

„Nicht, dass ich wüsste."

„Na ja", grinst er, „nobody is perfect …"

„Josef!" Elvira rollt mit den Augen.

„Was denn? Hauptsache, er ist kein Antisemit."

„Seien Sie trotzdem vorsichtig", ermahnt sie mich.

„Herzallerliebste!", hustet er. „In ihrem Alter warst du längst Mutter. Du wirst sie kaum davon abhalten, ihre Fehler so zu begehen, wie sie sich das erträumt."

Er greift zu seiner Tasse, führt sie mit zitternden Händen an die Lippen und trinkt einen Schluck. „Und nun erzählen Sie uns doch noch ein bisschen von dem jungen Mann …"

Caroline sitzt rauchend vor dem Restaurant und hält sich an einem Glas Weißwein fest. Sie ist heftig geschminkt, doch darunter tobt die Katastrophe. Ihre Augen glänzen fiebrig und die Nase ist verräterisch rosa. Ich umarme sie rasch, bevor ich mich setze.

„Was ist los?"

Sie stützt den Kopf in die Hand und blickt konzentriert auf die Straße.

„Ich glaub', es ist verkackt." Ihr tapferes Lächeln misslingt. Ich schiebe ihr ein Papiertaschentuch zu. „Nun mal der Reihe nach …"

„Wir wollten doch in die USA, zu Alligator-Records, die angeblich so beeindruckt von seinen „Takes" waren. Gestern kommt raus, dass das eine Luftnummer ist. Von A bis Z. Er hat sich das bloß ausgedacht."

„Und?"

„Ich wollte deren Schreiben sehen. Schließlich ging's ja auch um mein Geld …" Ihre Hand wedelt, als glaube sie es selbst nicht mehr. „Dabei ist mir scheißegal, ob er da einen Vertrag bekommt oder nicht."

„Wieso dein Geld?"

„Ich hab's vorfinanziert. Tonstudio, Abmischen, das volle Programm. Er ist doch dauernd pleite. Gestern sagt er, ich soll ihn in Frieden lassen. Ständig mischte ich mich ein." Sie ballt die Fäuste. „Dieses Arschloch! Aber ich bin selbst schuld. Er hat mich nie drum gebeten."

„Wie viel?"

„Der Schotter ist das Wenigste. Den zahlt er sogar zurück … Er sagt, er habe mich beeindrucken wollen! Kannst du dir das vorstellen?"

„Um gut da zu stehen?"

„Was sonst?" Sie ordnet sich die Haare.

„Dann liegt ihm doch an dir!"

„Davon hab' ich nix gemerkt."

„Du setzt ihn auch ziemlich unter Druck. Allein, wie du ihn mir vorgestellt hast."

Ihr Mund rundet sich protestierend. „Das hab' ich mir doch nicht aus den Fingern gesogen!"

„Wie gut ist er wirklich?"

„Gut. Er traut sich bloß nichts zu."

„Das hörte sich vorgestern anders an."

„Da war ich mies drauf."

„Was denn nun?"

Sie schielt gequält. „Es schwankt. Mal so, mal so."

Schon haben wir wieder das ewige Rätsel beim Wickel, wieso Kerle gern als Scheinriesen auftreten, um ins Schrumpfen zu verfallen, sobald Frauen ihnen zu nahe rücken. Immerhin lächelt sie wieder ein bisschen. Dann will sie wissen, wie es mit Hendrik ist.

„Frag' mich was Leichteres …"

Ich denke an seine Zunge, seinen Schweiß, die Schwielen seiner Hände. Sofort bekomme ich eine Gänsehaut.

„So ernst?" Ihr forschender Blick ist beinahe besorgt.

„Keine Ahnung."

Als Elvira mir vor einigen Tagen über Jenninger sagte, er sähe nur, was er sehen wolle, fühlte ich mich sofort ertappt.

Schönheit wohnt im Auge des Betrachters. Doch was der sieht, hängt entscheidend davon ab, woher er kommt. Und ich? So ausgehungert, wie ich bin?

„Scheiße, Caro. Es fühlt sich saugut an und ich hab' 'ne Heidenangst …"

Ihr Mund wird schmal. Die wackelige Leichtigkeit droht wieder zu kippen, also erzähle ich ihr von Josefs „nobody is perfect".

„Der Alte klingt wie 'ne ziemliche Marke …"

Ich bin froh sie abgelenkt zu haben und verschweige ihr die haarigen Anekdoten, die er mir gerade noch mit auf den Weg gegeben hat.

41

Später sitze ich in Carolines Küche und versuche Bella zu erreichen. Die ist um halb neun New Yorker Ortszeit bereits aushäusig. Dafür will Hendrik mich in Kreuzberg treffen. An der Haltstelle Schlesisches Tor. Das Telefon klingelt. Reidenbach.

„Ich rufe wegen Ihrer gestrigen Nachfrage an. Ihr Informant liegt anscheinend richtig. Das Gerücht wurde mir von zwei Seiten bestätigt. Unabhängig voneinander. Die Bau- und Invest steckt offenbar tatsächlich in massiven Schwierigkeiten. Kurz nach der Wende hat Dreiser im Osten Mietzinshäuser gekauft und in einer Grundstücksverwaltungsgesellschaft zusammengefasst. Darunter Sahnestückchen in Mitte und Pankow, aber auch Plattenbauten in Eberswalde und Görlitz. Die sollten saniert werden und als Eigentumswohnungen auf den Markt gehen. Auf dem Papier sah die Rendite blendend aus. Gute Standorte, sichere Einnahmen, entwicklungsfähige Objekte …"

Irgendwer stört ihn. Er legt kurz die Hand über die Muschel.

„Hallo?"

„Ich bin noch dran. Also, auf dem Papier sah es gut aus, aber?"

„Bis das Geschäft anlief, sollten alle Forderungen aus Mieterträgen gedeckt werden. Die wollte er verdoppeln und parallel mit der Sanierung beginnen. Dummerweise basierte die Kalkulation auf geschönten Zahlen, die unterschlugen, dass die Mieter nach der Wende abwanderten. Wohnungen, die vorher heiß begehrt waren, standen nun leer."

„Gier macht dumm."

Reidenbach hüstelt. „Gelockt haben ihn wohl nicht nur der Preis, sondern auch die Sonderabschreibungen für Investoren auf dem Gebiet der ehemaligen DDR. Hauptfinanzier war die Landesbank."

„Wie hoch sind seine Schulden?"

„Das weiß niemand genau. Da geistern Zahlen zwischen fünf und fünfzig Millionen durch den Raum. Fünfzig wären für ihn besser als fünf. Dann kann sich niemand mehr leisten, ihn den Bach runter gehen zu lassen …"

Ich spüre, wie die Enttäuschung mich einholt.

„Wenn das so stimmt, dürfte der Tod meiner Tante nichts mit dem Haus in der Alten Schönhauser zu tun gehabt haben."

„Wieso?" Reidenbach klingt irritiert.

„Dafür ist es viel zu wenig wert."

„Irrtum. Hier geht's nicht um die Summe, sondern um das Signal. Verliert Dreiser ein profitables Projekt, und zwar eins der wenigen, mit denen er persönlich haftet, dürfte die Wirkung verheerend sein."

„Verstehe ich nicht."

„Seine Bonität ist angeschlagen. Das zwingt seine Partner zum Handeln. Sonst geraten sie selbst unter Druck … Nun begreife ich auch, weshalb er so offensiv an Sie herangetreten ist. Er kann sich kein Scheitern leisten. Offenbar hat ihn mein Schreiben zum denkbar ungünstigsten Zeitpunkt erreicht."

„Welches Schreiben?"

„Das, in dem ich ihn über die Ansprüche Ihrer Tante aufgeklärt habe."

„Wenn der Brief an ihn persönlich gerichtet war, brauchte er den Banken doch nichts davon zu sagen."

„Doch. Ich hab' ihm eine Frist für die außergerichtliche Einigung gesetzt."

„Also war er unter Zugzwang?"

„Ja …"

„Was hat Ihr zweites Gespräch mit Jenninger denn ergeben?"

„Er wollte wissen, wann Ihre Tante den Antrag gestellt hat und ob Dreiser oder seine Gattin sich anschließend bei mir gemeldet hätten. Das fand ich ganz aufschlussreich."

„Warum?"

„Würde er für die beiden arbeiten, bräuchte er mich das nicht zu fragen."

„Vielleicht ist er taktisch auch geschickt und will genau diesen Eindruck bei Ihnen erwecken, um sich dagegen abzusichern, dass Sie ihn auf seine Kontakte zu Dreiser überprüfen."

Reidenbach lacht halblaut. „Gewiss."

„Man könnte Dreiser fragen."

„Mir wird er das kaum verraten."

„Aber mir vielleicht."

Reidenbach saugt die Luft zwischen den Zähnen ein: „Kein guter Scherz."

„Er hat mich eingeladen. Und solange er weiß, dass Sie eingeweiht sind, wird er mir nichts Böses tun."

„Davon gehe ich auch nicht aus. Dafür hat er Leute. Ich hab' keine Lust, eine weitere Mandantin zu verlieren."

„Weiß Jenninger denn von seinen Schwierigkeiten?"

„Nicht von mir."

„Halten Sie es für unklug, ihn darauf hinzuweisen?"

„Kommt drauf an, ob er mit Dreiser vernetzt ist. Das wäre sozusagen der Lackmustest …"

Er bittet um Entschuldigung, weil seine Mitarbeiterin wieder etwas von ihm will.

„Ich muss Schluss machen", erklärt er. „Und was Dreiser angeht: Halten Sie die Füße still. Unternehmen Sie in keinem Fall etwas, ohne mir vorher Bescheid zu geben!"

Nach dem Gespräch denke ich ein Weile nach, dann suche Jenningers Nummer raus und atme ein paar Mal tief durch. Beim letzten Mal bin ich zu aggressiv gewesen. Er gehört zu der Sorte, die sich leicht angegriffen fühlt. Also appelliere ich besser an seine Kompetenz. Das bewundernde Weibchen fällt mir bei ihm zwar besonders schwer und er weiß, dass ich ihn nicht mag, aber ich werde höflich bleiben und ihn nicht bedrängen. Ohne Sichtkontakt fällt mir das leichter. Am Telefon muss ich ihm wenigstens nicht beim Schwitzen zusehen. Er ist im Büro und nimmt ab, ohne dass Blondie sich vorschaltet. Trotzdem erwische ich ihn auf dem falschen Fuß.

„Falls Sie wegen der Freigabe der Leiche anrufen, kann ich Ihnen noch keine positive Nachricht geben."

„Es geht um Marcus Dreiser."

„So?" Anspannung rasselt durch seine Stimme.

„Wenn Sie mir ein paar Minuten Ihrer Zeit schenken."

„Momentan ist das schlecht."

„Soll ich mich später melden?"

„Das ist auch nicht besser. Also, was soll mit Dreiser sein?"

„Er ist angeblich hoch verschuldet. Die Ansprüche meiner Tante drohten seine Kredite zum Platzen zu bringen …"

Als ich fertig bin, bleibt es einen Augenblick lang still.

„Woher haben Sie das?"

„Über Kontakte des Anwalts. Reidenbachs Brief war für Dreiser eine Katastrophe. Bekommen seine Geldgeber mit, dass seine Bonität wackelt, kriegen sie kalte Füße und ziehen die Reißleine. Das bricht ihm das Genick."

Jenninger scheint mich gar nicht gehört zu haben. „Haben diese Kontakte auch Namen?"

„Entscheidend ist der Sachverhalt. Den sollten Sie unschwer klären können!"

„Gehen wir Gerüchten aus dritter Hand nach, lösen wir hier bald keinen Fall mehr! Ich brauch' was Konkreteres. Sonst haut der Staatsanwalt mir das um die Ohren."

„Soll ich Herrn Dreiser um Einsicht in seine Kreditvereinbarungen bitten?"

„Ihre Informanten können die Fakten fixieren und Zahlen nennen."

„Mit Telefonnummer und Anschrift für Nachfragen?"

„Vorzugsweise. Anonyme Denunziationen bearbeiten wir ungern."

„*Ich* gebe Ihnen diese Information. Reicht das nicht? Oder bin ich für Sie auch anonym?"

Jenninger stöhnt. „Sie beziehen sich auf irgendwelche Quellen."

„Fragen Sie Dr. Reidenbach."

Ich höre, wie er einen halblauten Fluch wegwürgt. „Sie wissen, dass der mir nichts zu sagen braucht."

„Der Restitutionsantrag bedrohte Dreisers *Existenz*! Er hatte ein Motiv, meine Tante loszuwerden! Wieso weigern Sie sich so hartnäckig, das zur Kenntnis zu nehmen?"

„Wer sagt Ihnen, dass wir das tun!", faucht er. „Was bilden Sie sich eigentlich ein? Wem nützt denn der Tod Ihrer Tante? Wird dem Restitutionsbegehren stattgegeben, erben Sie!"

Ich koche und tue genau das, was ich nicht habe tun wollen. Obwohl ich weiß, dass es für die Katz ist. Trotzdem kann ich es nicht lassen.

„Sie unterstellen mir doch nur, meine Tante umgebracht zu haben, um den einzigen echten Verdächtigen ungeschoren davonkommen zu lassen!"

Jenninger atmet hörbar durch. Als müsse er sich zusammenreißen, um nicht zu brüllen.

„Wir tun, was wir können", knirscht er. „Wir ermitteln in alle Richtungen. Wenn Ihnen das nicht schmeckt, ist das Ihr Problem! Leute wie Sie glauben immer, Sie hätten eine Sonderbehandlung verdient!"

„Eine *WAS*?"

Vielleicht merkt er sogar, welcher Lapsus ihm unterlaufen ist. Es bleibt einen Pulsschlag lang still. Dann findet er zurück in die Spur. „Sie können sich nicht hinstellen, irgendwas behaupten, und wir ziehen los und durchsuchen Dreisers Geschäftsräume. So läuft das nicht."

„Sondern?"

„Hab' ich Ihnen gesagt. Nebenbei: Wenn Sie Informationen zurückhalten, machen Sie sich strafbar!"

„Wie freundlich, mich drauf hinzuweisen!"

„Mischen Sie sich gefälligst nicht ein! In Ihrem eigenen Interesse. Ich kann auch anders!"

Es gibt ein kurzes, hartes Knacken. Dann dringt helles Tuten an mein Ohr. Ich lausche dem Geräusch, bis meine Hand schwer wird und mir der Hörer über die Brust rutscht. Aber ich lege nicht auf, sondern rufe noch mal bei Reidenbach an. Ab jetzt soll er mit dem Kommissar reden, und alles, was sie besprechen, muss festgehalten und Jenningers Vorgesetzten zur Kenntnis gebracht werden. Anders geht es nicht. Leider hat Reidenbach das Büro längst verlassen.

Abends bin ich mit Lauenstain verabredet. Er will mir noch einiges in Mitte zeigen. Hendrik hat gefragt, ob er sich uns nicht anschließen kann. Ich bin von der Idee begeistert, weil ich die beiden ohnehin zusammenbringen will. Erst als Lauenstain jetzt anruft, kommen mir Zweifel. Denn der stimmt dem Vorschlag zwar sofort zu, aber scheint pikiert. Im nächsten Atemzug will er wissen, was der junge Mann denn vor 1989 getrieben hat. Sein Unterton befremdet mich. Genau so hat Vater früher immer geklungen, wenn er meine Kontakte für politisch bedenklich hielt. Mir schwant, dass die Begegnung der zwei Herren sich komplizierter gestalten könnte, als ich bisher gedacht habe, und sich nicht zwangsläufig zum Auftakt der wundervollen Freundschaft entwickeln muss, die mir vorschwebt. Auf einmal beschleichen mich Vorbehalte. Aber das liegt vielleicht auch daran, dass ich dem Treffen mit Hendriks Ex-Nazi mit sehr gemischten Gefühlen entgegensehe.

42

Timo, der Ex-Nazi, wohnt nicht weit vom Lausitzer Platz, wo die Mietskasernen zwar aussehen wie im Osten, aber überwiegend Türkisch gesprochen wird und die wenigen

Frauen, die ich auf der Straße sehe, fast alle Kopftücher tragen.

Wir treffen ihn in einem Café an der Ecke zur Wiener Straße, das auf die begrünten Reste des zerbombten Görlitzer Bahnhofs guckt. Timo ist mager, wirkt erschreckend harmlos und jünger als die 25, die er laut Hendrik erst ist. Nur die hellen, grauen Augen, die mich freudlos abscannen, verraten sein wahres Alter. Sie sind flink und wach, spöttisch und durchdringend. Auf den zweiten Blick fallen mir auch seine Tätowierungen und Nikotinflecken an den Fingern auf.

Der Osten sei zu riskant, hat er Hendrik erklärt. Wir täten uns keinen Gefallen, wenn wir dort in seiner Gesellschaft gesehen würden. Er fragt mich, woher ich komme und will wissen, seit wann ich Hendrik kenne. Der unterbricht ihn. „Ich bürge für sie."

„Nimm's nicht krumm, Keule", sagt er. „Ich muss vorsichtig sein."

Timo raucht, wie er redet. Manisch, konzentriert und mit der gleichen unterdrückten Gehetztheit, die sich hinter seinem scheinbar kühlen Auftreten verbirgt.

Von Hendrik weiß ich, dass er Frontmann der „Nationalen Alternative" und Führungskader verschiedener „Kameradschaften" gewesen ist. Dass er sich nach seinem Ausstieg in den hintersten Winkel des türkischen Ghettos verkrochen hat, entbehrt nicht einer gewissen Ironie. Doch wenn auch nur die Hälfte von dem stimmt, was er erzählt, hat er allen Grund, sich zu verstecken.

Wir sprechen fast zwei Stunden. Das heißt, überwiegend spricht er und ich bin damit beschäftigt, die Fassung zu bewahren. Schon als er von den Verhören der Staatssicherheit berichtet oder von seiner Zeit im Zementwerk von Rüdersdorf, wo die Häftlinge mit bloßen Händen haben arbeiten müssen. Hendrik quittiert diese Schilderungen äußerlich gelassen und nickt kaum merklich. Zwischen den beiden besteht eine seltsame Vertrautheit, die weit über das hinausgeht, was er mir gegenüber zuvor angedeutet hat.

Timo ist im Sommer 1989 über Ungarn abgehauen und kurz nach der Wende in den Osten zurückgekehrt, zusammen mit Leuten aus der westdeutschen Neonaziszene, von denen damals viele in die „Hauptstadt gepilgert" sind, um unter Skins und Hooligans Kontakte zu knüpfen. Er hat in dem besetzten Haus in Lichtenberg gewohnt, wo er einer Reihe „prominenter Köpfe" aus der „Bewegung" begegnet ist. Für die meisten „dieser Gestalten" hat er nur noch Spott übrig. Einzig von Michael Kühnen spricht er mit Respekt. Der an Aids verstorbene Agitator hat ihn tief beeindruckt.

„Kühnen hatte Qualitäten, die für die Leute in der Szene absolut untypisch sind. Er hörte zu, wirkte nie verbohrt und besaß echte Ausstrahlung. Und er war nicht korrupt. Für die Jungs verkörperte er alles, wonach sie sich sehnten. Deshalb hielten sie sein Schwulsein auch für linke Propaganda …"

Die Hymne geht mir auf die Nerven. Also frage ich, ob Kühnen und Dreiser Kontakt gehabt haben können.

„Kühnen redete nicht mit System-Politikern."

„Auch nicht inoffiziell?"

„Da fragst du lieber den Verfassungsschutz."

Bleibt Schwertfeger. Der Name sagt ihm nichts und Hendrik interessiert sich mehr für Timos sonstige Aktivitäten. So erfahre ich von der abenteuerlichen Abstinenz staatlicher Organe anlässlich von Gedenkmärschen für Rudolf Hess, Feiern auf Soldatenfriedhöfen in Halbe oder „Wehrsportübungen" in der Mark Brandenburg.

Timo und seine Kumpane haben sich „bei den Russen"

mit MGs eingedeckt und damit auf verlassenem Armeegelände Schießübungen veranstaltet.

„Und die Waffen?"

„Nach dem Wochenende gruben wir die Teile wieder ein."

„Daran hat sich niemand gestört?"

„Ach was. Die Leute kriegten Schiss, wenn sie uns sahen. Wir liefen da doch in voller Kampfmontur rum. Einmal hielt ein alter Förster an. Im Kübeltrabbi. Der wollte uns wegen der Brunftzeit aus dem Wald vertreiben. Ich hab' ihm gesagt, das sei eine militärische Übung und er solle verschwinden. Das hat er auch brav getan."

„Ihr hattet nie Ärger mit der Polizei?"

Er grinst spöttisch. „Die Dorfbullen waren uns dankbar, wenn wir ihnen nicht auf der Nase rumtanzten."

„Und die Bundeswehr?" Das kam von Hendrik.

Timo spielt mit seiner Zigarette. „Rieger, dieser durchgeknallte Rechtsanwalt aus Hamburg, hatte im Sommer '90 ein Treffen für Liebhaber militärischer Fahrzeuge arrangiert. Das fand auf Bundeswehrgelände statt. Wir erschienen alle in der Tarnkluft vom österreichischen Heer. Die sieht genauso aus wie die der SS. Rieger teilte uns in Gruppen auf und scheuchte uns quer durchs Gelände. Am Ziel wurde ein Wettschießen veranstaltet, für das uns die Bundeswehr Übungsmunition zur Verfügung stellte. Der Gewinner kriegte einen Karabiner aus alten BW-Beständen und abends wurden wir in die Kaserne gebeten, zu Grillwurst und Freibier …"

„Wussten die zuständigen Offiziere, wer ihr wart?"

„Keine Ahnung." Timo lehnt sich zurück. „Aber wir haben keinen Hehl aus unserer Haltung gemacht."

Ich rühre ratlos in meiner Tasse. Der Kaffee ist längst kalt. „Wie denkst du heute darüber?"

Das spöttische Grinsen, das bis eben um Timos Mund geirrlichtert ist, verfliegt. „Unser Kriegspielen war ja noch relativ harmlos, die Prügeleien mit den Autonomen vielleicht auch. Aber der Rest?"

„Welcher Rest?"

„Na, die ganze ausländerfeindliche Grütze ... Gegen wen geht denn das? Das sind doch viel ärmere Schweine als wir ..." Er drückt seine Kippe mit einer heftigen Bewegung aus. „Irgendwann hab' ich angefangen mich zu fragen, was das soll. War das etwa deutsch? Oder national?" Er blickt erst mich an, dann Hendrik. „Aber ich hab' munter mitgemacht, hab's nachgesabbelt und von den Vietnamesen Zigaretten erpresst: Fidschis klatschen. Wie Sport. Freizeitspaß. Bis die Asylantenheime brannten. Da bin ich langsam aus dem Koma erwacht ..."

Seine Miene ist starr, aber seine Hände zittern, als er sich die nächste Zigarette ansteckt.

„Die Morde von Mölln gaben mir den Rest. Wie die anderen die Dumpfbacken, die das abgezogen hatten, auch noch feierten. Die rafften gar nicht, wieso ich ausrastete. ‚Hab' dich doch nicht so! Sind doch bloß Kanaken!'" Er starrt seinem Rauch hinterher. „Was ist mutig daran, schlafende Kinder anzuzünden? Das ist das Niedrigste überhaupt! Aber ich Arschloch hab' mitgezündelt. *Ich* hatte den Boden bereitet für das, was da abging. Ich war keinen Deut besser als die Feiglinge, die die Benzinbomben geworfen haben." Er stößt im Sitzen den Stuhl zurück und hält den Blick auf den Tisch gekrallt. „Ab dem Punkt wollte ich mit der ganzen Kacke nichts mehr zu tun haben. Mich kotzte das an. Die Typen um mich rum, die Phrasen, der Hass, die ganze Art Leben. Ich hatte es satt. Ich wollte da raus."

„Und wie bist du raus?"

„Ziemlich spektakulär", wirft Hendrik ein. „Über's Fernsehen …" Er lächelt, als ob ihm das gefallen hat. Timo ist es offenbar peinlich.

„Die kannten mich. Ich war ein paar Mal interviewt worden, da hab' ich eben so einen Fatzke von den Privaten angerufen, der geil auf Nazistorys war. Der hat das groß aufgemacht. Danach kamen sofort Morddrohungen und ich musste abhauen."

„Und nun?"

„Für die Autonomen bin ich 'ne Faschosau und die Nazis haben geschworen, mich plattzumachen."

„Was hast du vor?"

„Keine Ahnung. In 'n Aussteigerprogramm. Wenn die mich wollen … Ich weiß, was die Jungs anfixt, ihnen das Hirn weichspült. Wie es sich anfühlt, wenn sie zum ersten Mal so was wie Stolz und Selbstwert spüren. Ich weiß auch, was sie alles bereit sind dafür zu tun und wie schwer es ist, sich davon zu lösen."

„Hältst du's für denkbar, dass Dreiser Leute aus der Weitlingstraße einsetzt, um Mieter loszuwerden?"

„Denkbar ist alles. Nur wird der kaum mit denen reden. Das läuft anders. Verschleiert. So wie bei unseren Spenden."

„Nämlich?"

„Anonym. Als Schwarzgeld. Oder über eine Stiftung, die es weiterleitet, bis es bei jemandem landet, der Projektmittel verteilt. Entscheidend ist, dass man die Spur des Geldes nicht verfolgen kann."

„Ist dir bekannt, wer spendet?"

Er mustert mich skeptisch, sieht dann kurz Hendrik an. Der nickt wieder.

„Gerüchteweise. Das waren feine Herren. Die redeten nicht mit Typen wie mir."

„Sondern?“

„Mit Bürgern.“ Er lächelt wieder sein freudloses Lächeln.

„Was ist mit der Bau- und Invest? Beschäftigt die Rollkommandos?“

Hendrik schildert ihm die Erlebnisse des überfallenen Mieters, dessen Wohnung nach seiner Rückkehr aus dem Krankenhaus Kleinholz gewesen ist.

„Davon weiß ich nichts“, sagt Timo. „Aber klar, das regelst du mit ein paar Kisten Bier. Du sagst den Dumpfbacken, die Zecke braucht 'n Denkzettel, schiebst die Adresse rüber und winkst mit einem Blauen als Prämie. Das ist 'n Selbstläufer.“

43

Nach dem Gespräch brauche ich frische Luft. Statt am Schlesischen Tor in die U-Bahn zu steigen, gehen wir zu Fuß. Durch die Köpenicker Straße Richtung Mitte. Die Straße verläuft parallel zur Spree, zwei Steinwürfe von der ehemaligen Grenze. Sie zählt nicht unbedingt zu den edelsten Ecken Kreuzbergs. Die Häuserzeilen wirken trostlos. So trostlos wie das finstere Lichtenberg, wo Timos frühere Kumpane hocken, rülpsend an Bierflaschen nuckeln, Rassistenwitze reißen und sich fürs nächste „Fidschi-Klatschen“ warm saufen.

Wyssozkis Lied von den Partisanen geistert mir durch den Kopf. Welche grauenhafte Ironie, dass die Rote Armee den Enkeln der Invasoren, die ihr Land verwüstet haben, bürgerkriegstaugliche Arsenale an Waffen und Munition überlässt. Doch noch übler ist, wie die Verantwortlichen bei uns wegsehen. Es lässt die Regierung kalt, wenn Flüchtlingsheime brennen. Hauptsache, der Export rollt. Ansonsten erpresst sie das Parlament, auch noch die Reste des Asylrechts zu schleifen.

„Was geht dir durch den Kopf?"

Hendriks fragender Blick. Vorhin, als ich ihn traf, hat er mich nur flüchtig geküsst. Heute Morgen hielt er mich noch im Arm.

„Ob Timo wohl auch in Rostock war."

Er zuckt die Achseln. „Keine Ahnung. Jedenfalls bin ich froh, dass er da raus ist."

Beim Pogrom von Rostock hat die Nation tagelang live zusehen dürfen, wie ein mordlüsterner Mob eine Handvoll Flüchtlinge in Todesangst versetzte. Hinterher erklärte der Chef der sozialdemokratischen Grundwertekommission, die Vorgänge seien zwar bedauerlich, aber die Ostdeutschen eben nicht an Ausländer gewöhnt.

Ich war entgeistert. Daraufhin hatte Vater mir erzählt, die SPD habe im Juni 1933, wenige Wochen vor ihrem Verbot durch die Nazis, noch rasch alle Juden aus dem Parteivorstand geschmissen.

Hendrik mustert mich von der Seite. „Was ist?"

„Wieso hast du mich angelogen?"

„Angelogen?"

„Über dich und Timo."

Er bleibt abrupt stehen, lacht verletzt auf und schüttelt den Kopf.

„Warum hast du mir gesagt, ihr hättet euch jahrelang nicht gesehen?"

„Weil's stimmt!"

„Trotzdem seid ihr so vertraut?"

Er kaut leer und sieht an mir vorbei die Straße hinunter. „Nein …"

„Sondern?"

Statt zu antworten, spuckt er aus und geht weiter. Es

ist eher ein Reflex, so wie am ersten Abend, als er von den Brüdern Sass gesprochen hat, und da dämmert es mir.

„Ihr wart zusammen im Knast?"

„Ja!"

Er geht so schnell, dass ich mich beeilen muss, Schritt zu halten.

„Wo?"

„In Rummelsburg. In der U-Haft."

„War er da schon Skin?"

Er blickt starr geradeaus. „Ja. Aber das spielte keine Rolle. Da zählte, ob du dich gerade gemacht hast ..."

Knastsprache für Knastkämpfe. Er rotzt die Worte raus. Erst denke ich, es sei Zorn. Die Enttäuschung über mein Misstrauen. Bis mir schwant, dass es die bösen Erinnerungen sind.

„Acht Typen, die man ständig zusammensperrt. Auf engstem Raum. Vierundzwanzig Stunden am Tag. Bis auf die dreißig Minuten Hofgang. Du teilst das Leben mit Leuten, denen du draußen nie die Hand geben würdest. Null Privatsphäre. Angst. Leerlauf. Brüllender Stumpfsinn."

Er spricht schnell, wie einer, der weiß, dass Worte das Erlebte nicht fassen, und der es bloß hinter sich bringen will, weil im Aussprechen keine Erlösung liegt.

„Die Hölle sind die anderen", sagt Sartre. Das ist Knast. Der beruht auf diesem Prinzip, und führt zwangsläufig dazu, dass Spielchen gespielt werden."

„Spielchen?"

„Schwächere piesacken. Um Zeit tot zu schlagen. Oder miese Jobs wegzudrücken."

„Und die Wärter?"

„Solange nichts nach draußen dringt, ist denen egal, was läuft."

„Da ist dir Timo begegnet?"

Er nickt. „Ich weiß noch, wie er nach seiner Überstellung aus Hohenschönhausen zu uns auf die Zelle kam. Grün und blau geprügelt. Da hab' ich ihm maximal eine Woche gegeben."

„Bis?"

„Die ihn klein gekriegt hatten. Bei so jungen Typen ging das ganz fix und wir hatten da drei richtig üble Kunden auf der Zelle, die ansagten …" Er geht jetzt langsamer, fast schleppend, und stoppt, weil ein großer Umzugswagen vor uns in eine Einfahrt rangiert.

„Und?"

„Mit Timo kam ein weiterer Zugang. Jünger und hübscher als er. Knapp siebzehn. Ein richtiger Knabe. Unverdorben. Ahnungslos. Über den machten die drei sich nachts her. Der Kleine wehrte sich. Er schrie um Hilfe …" Hendrik schluckt. „Ich lag auf meiner Pritsche und wusste nicht, was ich tun sollte. Allein konnte ich gegen die nichts ausrichten. Die hätten mir sämtliche Knochen gebrochen. So elend wie da hatte ich mich im Leben noch nie gefühlt."

„Dir hätte keiner geholfen?"

Er lacht sarkastisch auf. „Bei so was halten die anderen still. Oder sie beteiligen sich, um nicht der Nächste zu sein. Außer dieses Mal: Ich weiß noch, wie Timo mir zurief: ‚Was ist? Mach dich grade, Keule! Oder haste Muffe vor der *Mumpe*?' Dann ist er auf die Typen los. Wie ein Tier. Wir haben erst aufgehört, als sie nicht mehr kriechen konnten."

Ich sehe ihn an. Seine Kaumuskeln tanzen.

„Die durften nicht von allein wieder hoch kommen. Sonst wären wir fällig gewesen … Es war pure Angst. Beeindruckend, welchen Hass das freisetzt."

„Und hinterher?"

„Ruhe im Karton. Wir sind nicht mal in Arrest marschiert. Kurz darauf wurde er verlegt und ich entlassen. Seitdem hab' ich ihn nicht mehr gesehen. Bis heute."

Kein Wunder, dass er mir das verschwiegen hat. Selbst wenn er in dieser einen Situation vielleicht seine Integrität hatte wahren können, so nur um den Preis, selbst fast zum Totschläger zu werden. Nein, er ist kein kalifornischer Strandknabe. Er kommt wirklich aus einer anderen Welt. Einer Welt, die man erst glaubt, wenn man sie erlebt.

„Gibt's den Knast noch?"

„Klar. Den kannste dir angucken. Ein Steinkoloss an der Spree. Hat nichts von seinem Charme eingebüßt. In einem Teil davon sind heute Asylbewerber untergebracht, um sie gleich an die Sonnenseite der Republik zu gewöhnen. In die Gefängnistrakte darfst du nur mit Erlaubnis der Justizverwaltung rein, weil die noch nicht wissen, ob sie den Laden nicht wieder in Betrieb nehmen wollen. Aber in der Mauer zum Fluss hin ist ein Loch und wenn du Sehnsucht hast, kannst du da durch und dir den Hundelaufgang, die Wachtürme, die Kantine und die Büros ansehen. Da stauben sogar noch die alten Telefone vor sich hin. Die können sie morgen wieder anschließen ..."

44

Caroline hat mir ein neues Café bei den Hackeschen Höfen empfohlen. Es ist eine der glitzernden Espresso-Zapfstellen, die dieser Tage überall aus dem Boden schießen. Polierter Stahl mit italienischem Pop. Teuer, kalt und laut. Hendrik frotzelt sofort, es sei „urst anheimelnd". Ich will kehrtmachen und vor der Tür auf Lauenstain warten, doch er setzt sich und zitiert einen tänzelnden Kellner herbei, der ihm mit affektiert abgespreizten Fingern den Unterschied zwischen „Latte Macchiato“ und Milchkaffee erläutert.

Mein Stuhl ist zu hart und ich fühle mich unwohl, aber Hendrik erklärt, der Laden sei ideal für Milieustudien und als sich ein dicklicher Typ mit wuchtiger Brille an den Nachbartisch quetscht, fällt mir wieder ein, dass ich ihn von Kalle grüßen soll. Ich schildere ihm das Treffen auf halber Treppe.

Hendrik grinst. „Kalle ist ziemlich speziell.“

„So?“

„Er verbringt jede freie Minute in der Gauck-Behörde.“

„Wozu?“

„Um die Klarnamen der offiziellen und inoffiziellen Stasi-Mitarbeiter aufzudecken, denen er seine Haft verdankt.“

„Was hast du mit ihm zu tun?“

„Die Typen, die ihn verhörten, sind dieselben, die mich in der Mangel hatten. Der eine leitet jetzt einen privaten Wachschutz, der andere ist Sicherheitsberater für die Deutsche Bank.“

„Na prima!“

„Der Staatsanwalt, der ihn verknackt hat, wurde auch sofort übernommen.“

„Hör auf, mir wird ganz schlecht!“

„Inzwischen ist er Anwalt in Weimar und Chef des Lions-Clubs.“

„Klingt interessant“, sagt da eine ironische Stimme. „Darf ich mich dazu gesellen?“

Ich fahre erschrocken herum. Lauenstain steht lächelnd hinter uns.

„Ich hab’ dich gar nicht kommen sehen. Kurt, das ist Hendrik … Hendrik, das ist Kurt.“

Die Männer geben sich die Hand. Lauenstain nimmt Platz.

„Ich wollte euch nicht unterbrechen", lächelt er.

„Nicht so wichtig", meint Hendrik nur. „Wir sind durch."

Er ist wenig begeistert. Vielleicht wegen der ungeschickten Art, mit der sich der Ältere ins Gespräch gedrängt hat, oder weil er in seinem Ost-Khaki fortgeschritten vorgestrig wirkt, fast wie eine Honecker-Persiflage. Und obwohl Hendrik sonst kein Typ ist, der auf Äußerlichkeiten Wert legt, stößt ihn das sichtlich ab. Lauenstain tut, als bemerke er nichts und rüscht nur leicht den Mund, aber der Auftakt ist entgleist. Eben will ich vorschlagen, woanders hinzugehen, als der Kellner mit affektiertem „Voilà, der Latte" Hendriks Glas auf den Tisch stellt und mir den Milchkaffee vor die Nase schiebt. Lauenstain bestellt sich ein Mineralwasser.

Ich skizziere Kurt unser Gespräch mit Timo, wobei ich nicht darauf eingehe, woher Hendrik Timo kennt, sondern nur erkläre, es habe nichts Neues ergeben. Lauenstain nickt bloß und mustert Hendrik.

„Sind Sie schon länger an der Volksbühne?"

„Ein paar Jahre. Und Sie? Was machen Sie so?"

„Ich mache gelegentlich Führungen in Weißensee."

„Ehrenamtlich?"

„Quasi. Gegen eine kleine Aufwandsentschädigung."

„Und vorher?"

„War ich dort auch beschäftigt, ja."

„Darf ich fragen als was?"

„In der Betriebsleitung."

Ich bin plötzlich außen vor. Die beiden verhören einander, spielen Pingpong in Kürzeln, die ich nicht verstehe. Sie simulieren ein Gespräch, wie sie es auch vor vier

Jahren hätten führen können, weil sie so rascher herausfinden, wie der andere tickt. Die Kugel rollt über Bande. Doch dann will Hendrik auf einmal wissen, seit wann Lauenstain in der Partei gewesen ist. Nun liegen die Gegensätze offen.

„Ich war nie Mitglied", erwidert der Ältere trocken. „Bloß Bürger. Bei uns mag vieles schief gelaufen sein, trotzdem blieb immerhin der antifaschistische Grundkonsens gewahrt."

„Was ist antifaschistisch daran, auf Menschen zu schießen, die das Land verlassen wollen?"

„Jeder Staat hat das Recht, seine Grenzen zu schützen. Ich will hier nicht die Mauer verteidigen, aber finden Sie es etwa besser, wenn Nazis öffentlich Propaganda treiben dürfen?"

„Die Mauer war faschistisch!"

Lauenstains Mund wird schmal. „Sie verwechseln da etwas Entscheidendes! Was ist denn heute? Nach dieser grandiosen Wiedervereinigung? Überall macht sich der braune Abschaum breit!"

Hendrik lacht böse. „Woher kommt der wohl? Halten Sie all die ehemaligen FDJ-Kader in der NPD nur für fremdgesteuert und vom Westen gekauft?"

Lauenstain lächelt kühl. „Wenn die Massen sich betrogen fühlen, schlägt immer die Stunde der Rattenfänger!"

„Müsst ihr das unbedingt jetzt diskutieren?"

„Wann sonst?", meint Lauenstain.

„Genau", echot Hendrik.

Meine Illusion ist wie ein wassergefüllter Luftballon zerplatzt. Ich hocke triefend daneben und darf den Streithähnen zugucken. Dazu habe ich keine Lust.

„Fein. Fetzt euch gern weiter. Aber ohne mich!"

Ich mache Anstalten aufzustehen.

„Was ist denn?“ Es gelingt Hendrik tatsächlich, erstaunt auszusehen.

„Ich hatte gehofft, ihr hättet euch was zu sagen. Stattdessen beharkt ihr euch!“

„Du hast nicht bei uns gelebt.“

„Stimmt. Trotzdem habt ihr meines Erachtens viel mehr gemeinsam als ihr denkt …“

„Ach ja?“ Das kommt von Lauenstain.

„Das werdet ihr kaum merken, solange ihr nur auf das schielt, was euch trennt!“

Er hüstelt. „Was schlägst du vor?“

„Dein Plan war, spazieren zu gehen, und ich würd’ gern so schnell wie möglich aus diesem Schuppen raus! Außerdem gibt’s Neuigkeiten von Dreiser!“

„Was für Neuigkeiten?“

Ich berichte ihnen von Reidenbachs letztem Anruf.

„Offenbar hat die Bau- und Invest Dutzende von Schrottimmobilien am Hals, kann die Zinsforderungen nicht bedienen und ihr Kontaktmann bei der Landesbank steht unter heftigem Beschuss.“

Hendrik schüttelt den Kopf. „Wieso? Dreiser ist doch nicht blöd.“

„Die entsprechende Profitmarge macht das Kapital eben kühn“, bemerkt Lauenstain spitz.

„Klar“, kontert Hendrik. „Bei zwanzig Prozent wird’s lebhaft, ab fünfzig waghalsig. Jenseits der hundert fegt es alles beiseite und geht über Leichen.“

„Marx aus Ihrem Munde!“

„Wo der alte Charlie Recht hat, hat er Recht.“

„Seid ihr fertig?“

„Vorläufig“, grinst Hendrik.

„Gut.“ Ich atme durch. „Der Anwalt hat Dreiser eine

Frist für eine außergerichtliche Einigung gesetzt. Er meint, das könnte Dreiser in Panik versetzt haben."

„Hast du das Schreiben in Kopie?"

„Nein. Er sagt, es sei eher pro forma gewesen."

„Pro forma gibt's bei Anwälten nicht", sagt Lauenstain.

„Bei ihm schon. Er ist kein typischer Anwalt."

Einen Moment lang bin ich versucht, ihm die Episode aus dem Libanonfeldzug zu erzählen. Aber das lasse ich lieber und erkläre stattdessen, dass Frau Grosser den Namen der Bekannten von Bella auch nicht wisse.

„Welcher Bekannten?", wundert sich Hendrik.

„Eine Frau, die im Krieg offenbar auch hier versteckt war und erst danach in die USA gelangt ist."

„Sie hatte sich versteckt?"

„Anscheinend."

Lauenstain greift zu seinem Glas, trinkt es in einem Zug leer, winkt dem Kellner und bestellt noch eine Flasche. Erst jetzt fällt mir auf, wie blass er aussieht.

„Was ist?"

„Es sind nicht sehr viele, die bis zur Befreiung durchgehalten haben."

Er betrachtet seine Hände, langt nach den Zigaretten, zieht eine aus der Schachtel und rollt sie unangezündet zwischen Daumen und Mittelfinger.

„Hast du denn schon mit Käthes Freundin gesprochen?"

„Nein, bisher nicht."

„Wahrscheinlich bin ich dieser Frau nie begegnet", sagt er. „Und selbst wenn. Ich weiß gar nicht, ob ich es überhaupt noch wissen will."

„Was wissen?"

Er starrt ins Leere. Um Jahre gealtert. Hendrik guckt mich ganz betroffen an, als begreife er erst jetzt, was der andere mit sich herumschleppt. Weil der alte Mann, der da gerade um Fassung ringt, so gar nichts mehr mit dem virilen, älteren Herrn zu tun hat, der eben noch munter die DDR gefeiert hat.

Hendrik zückt seine Streichhölzer, reißt eines an und hält es Lauenstain unter die Nase.

„Bitte." Seine Stimme ist überraschend sanft. Lauenstain zuckt zusammen. „Danke ..."

„Ich verstehe nicht", sage ich.

Es bleibt einen Moment lang still. Lauenstain kneift die Lider zusammen, als habe sich der Rauch in seinen Augen verfangen.

„Du meinst es gut. Ich fürchte nur, es hat wenig Sinn."

„Was hat wenig Sinn?"

Hendrik schluckt. „Soll ich euch besser allein lassen?"

Lauenstain schüttelt den Kopf.

„Um wen geht es?", frage ich.

Lauenstain stiert Rauchkringeln nach. „Nora ..."

„Nora?"

„Sie war ein Jahr jünger als ich. Sie ging in die Klasse über Käthe."

Der Kellner bringt mit strahlendem Hüftschwung das Wasser. Ob die Herrschaften noch einen Wunsch hätten? Wir verneinen wortlos. Er rauscht wieder ab.

„Ende Juni 1943, als ich längst untergetaucht war, traf ich sie bei Aschinger. Am Ku'damm. Sie erkannte mich sofort und stellte sich zu mir."

Aschinger war ein Stehlokal, wo es Erbsensuppe, Brühwürste und belegte Brötchen gab. Außerdem Schrippen satt. Ohne Marken. Hier aß alle Welt. Aschinger garantierte Anonymität. Ähnlich wie das Automatenrestaurant „Quick" einige Schritte weiter am Zoo, wo hypermodernes Art-déco-Flair mit Glas, poliertem Chromstahl und rotem Kunstlederimitat noch einen Abglanz der Ära spiegelte, in der Berlin als heißeste Jazz-Metropole Europas gegolten hatte.

Ich sehe die beiden an einem runden Tisch stehen, neben einer dicklichen Hausfrau und einem Soldaten an Krücken, die Linsensuppe löffeln.

„Anschließend gingen wir spazieren. Bis zum Charlottenburger Schloss. Nora wohnte im Wedding bei Leuten, die in der KPD gewesen waren. Sie gab sich als deren ausgebombte Nichte aus. Dort wurde es schwierig. Wegen der Nachbarn. Mir brannte der Boden auch unter den Füßen. Die Laube in Frohnau, wo ich übers Frühjahr gewesen war, gehörte einem, dessen Bruder gerade verhaftet worden war. Ich kannte in Wilmersdorf den Namen einer Tierärztin, die Kontakte zur schwedischen Kirche besaß. Die galt als sichere Adresse. Da bin ich mit ihr hin. Die Ärztin vermittelte uns weiter an zwei ältere Leute in Halensee. Die waren tief religiös und hatten nur ein Bett. Also sagten wir ihnen, wir seien verheiratet. So wurden wir tatsächlich ein Paar …“ Er lächelt. „Ein paar Wochen lang lief alles glatt. Sie bekam sogar echte Papiere. Ende Juli fanden die Luftangriffe auf Hamburg statt. Sie kannte sich in der Stadt aus und behauptete, sie käme aus Rothenburgsort und sei in Berlin gestrandet. Rothenburgsort war nur noch eine Schuttwüste und alle Melderegister zerstört. Sie wurde zu Siemens in die Produktion geschickt. Dort muss sie irgendwem von früher über den Weg gelaufen sein, der sie verpfiffen hat. Am Abend des 4. September kam ich spät nach Hause. Die alten Leute waren noch wach und ganz aufgeregt. Nora sei fort. Vermutlich habe man sie verhaftet. Ich müsse sofort weg. Sie rechneten jeden Moment mit der Gestapo.“

„Und Nora?“

„Seitdem hab’ ich nie mehr etwas von ihr gehört …“

Er drückt die Zigarette aus und sieht mich an. „Trotzdem war da immer noch so etwas wie der Funken einer Chance. Am selben Morgen hatten wir uns gestritten …“

Er bricht ab und fährt sich mit der Hand über die Augen.

„Worüber?“

Ein verlorenes Lächeln. „Sie sagte mir, sie sei schwanger.“

„Oh nein.“

„Doch.“ Sein Mund zuckt. „Sie wollte weg. Aufs Land. Irgendwohin, wo sie unser Kind in Frieden zur Welt bringen konnte.“

„Und du?“

Er legt die Hände wie zum Beten übereinander und klopft sich damit ein paar Mal ratlos gegen das Kinn. „Zusammen mit mir? Wir wären sofort aufgeflogen.“ Seine Stimme ist eher ein Krächzen. „Also sagte ich ihr, sie solle zu einer Ärztin gehen und es wegmachen lassen.“

45

„Heftige Geschichte“, meint Hendrik, als wir später durch das frühnächtliche Mitte zur Alten Schönhauser gehen. „Trotzdem versteh' ich nicht, wieso du Bella nicht nach dem Namen dieser anderen Frau fragen sollst.“

„Jede Gewissheit erstickt die Hoffnung ein bisschen mehr.“

„Welche Hoffnung?“

„Anscheinend gab's Leute, die aufs Land geflohen sind und es dort geschafft haben. Er sagte doch, Nora habe genauso arisch ausgesehen wie er und sie besaß saubere Papiere.“

Hendrik verzieht nur stumm das Gesicht.

„Weißt du noch, was du mir über Käthe erzählst hast? Dass sie ihre Erinnerungen nicht aufs Spiel setzen wollte?“

„Ja …“

„Bei ihm ist es ähnlich.“

„Nach fast fünfzig Jahren?“

Seine Skepsis tut mir weh.

Zehn Minuten zuvor haben wir uns von Lauenstain verabschiedet. Er ist noch mit uns in der Rosenstraße gewesen, um uns die Stelle zu zeigen, wo die Frauen gegen die Deportation ihrer Männer demonstriert haben. Er hat uns in die Burgstraße geführt, von wo aus man auf die Spree und die Museumsinsel blickt. Auf Höhe der alten Nummer 28 ist er stehen geblieben.

„Hier war das Judenreferat der Gestapo. Von hier aus haben kranke Sadisten wie Walter Dobberke die Deportation von über fünfzigtausend jüdischen Berlinern in die Vernichtungslager orchestriert. Und wenn sie beim Planen der Todestransporte aus dem Fenster sahen, guckten sie auf den Schrein preußischer Kultur.“

Sein Arm zeigte auf die gegenüberliegende Museumsinsel. Ein kalter Schauer schüttelte mich.

„Bist du diesem Dobberke mal begegnet?“

„Dem begegnetest du nicht einfach so …“ Er grinste sardonisch und sein Blick gleitete übers Wasser. „Ja. Ich bin ihm mal begegnet. Gott sei Dank nur aus der Ferne. Jemand zeigte ihn mir auf der Straße. Angeblich war er vorher bloß ein kleiner Kriminalassistent beim Sittendezernat. Im Judenreferat stieg er auf zum Herrn über Leben und Tod.“

„Was ist nach dem Krieg aus ihm geworden?“

„Er soll in einem Internierungslager umgekommen sein.“

Lauenstain zuckte müde die Schultern. Ich fragte nicht weiter.

Zuvor hatte er uns von seinem Leben als „Illegaler" berichtet. In Bruchstücken. Wo er wann untergekrochen war, sich Lebensmittelmarken organisierte, Kennkarten besorgte, an „Bombenscheine" kam und durch Kontrollen lavierte.

Ein grelles Kaleidoskop tat sich auf, schillernd, böse, im Angesicht ständiger Bedrohung durch Menschenjäger, Denunzianten und Bomben.

„Wirklich sicher warst du nirgends. Jeder Ort konnte zur Falle werden. Trauen tatest du besser keinem. Jeder konnte dich verraten. Auch ein Freund. Vielleicht sogar ohne Absicht. Schon der kleinste Fehler war immer potentiell tödlich. Zugleich musstest du irgendwie deine elementarsten Bedürfnisse stillen, musstest essen, schlafen, dich rasieren, brauchtest Geld oder warme Klamotten. Läufst du zu lange im selben Hemd rum, fängst du an zu riechen, fällst auf und bist geliefert."

Es sei eine „Achterbahnfahrt aus Glück, Pech und Zufall" gewesen. Mut habe genutzt, Witz, Frechheit und schauspielerisches Talent.

„Entscheidend war die Fähigkeit, spontan zu lügen. Es gab welche, die gaben sich als baltische Adelige aus oder legten sich Titel zu. Andere tummelten sich auf dem Schwarzmarkt und verkehrten in exklusiven Cafés. Wer seine Nächte auf Parkbänken zubrachte und sich in der S-Bahn verkroch, hielt selten lange durch."

Genau das jedoch war ihm auch selbst oft genug widerfahren, wenn er gerade wieder mal „geplatzt" war. So, wie am 4. September in Halensee, als Nora verschwand und die zitternden alten Leute ihn hinaus in die Nacht schickten.

Er sprach von Helfern, die Geld, Gold und Schmuck forderten. Die die „Illegalen“ ausbeuteten, um sie, wenn sie ihrer überdrüssig waren oder Angst bekamen, einfach anzuzeigen. Doch es habe auch andere gegeben. Anständige, die nicht nur ihren Vorteil suchten, die selbstlos Unterschlupf gewährten, warnten und wegsahen.

Einmal sei er sogar von einem Polizisten gerettet worden. Der habe nur einen einzigen Blick auf seinen Ausweis geworfen, ihm ins Gesicht gesehen und halblaut gesagt, heute sei dicke Luft in der Oper, bevor er ihm das erbärmlich gefälschte Dokument zurückgab und ihn weiter winkte.

Die Oper sei bei Abgetauchten beliebt gewesen. Denn dort verkehrten auch viele hochrangige Diplomaten und NS-Bonzen, und die Gestapo hielt sich mit Kontrollen meist zurück.

Er sei nur wegen der Worte des Schutzmanns umgedreht. Später habe er über den „Mundfunk“ gehört, dass in der Oper tatsächlich eine Razzia stattgefunden habe.

Hendriks Gesicht wirkt verschlossen.

„Was hast du?“

„Wieso hat er abgestritten, in der Partei gewesen zu sein?“

„Du glaubst, das war gelogen?“

„Er wird kaum in der Betriebsleitung gelandet sein, ohne Linientreue bewiesen zu haben.“

„Linientreue! Wundert dich das, bei der Biografie? Alles, was nach der Befreiung kam, war für ihn besser. Daran klammert er sich.“

„Vom Ergebnis her war’s trotzdem Grütze.“

„Bestimmt nicht wegen Leuten wie ihm!“

„Honecker war auch ein Naziopfer.“

„Er war dir von Anfang an unsympathisch, weil er dich an irgendwelche Charaktermasken aus der SED erinnerte.“

„Das ist es nicht. Jedenfalls nicht nur."

„Sondern?"

„Erst kam diese hammerharte Story, dann klang es fast, als sei alles nur ein irres Spiel gewesen."

„War's ja auch."

„Ich meine, wie er über die sprach, die weniger Glück hatten als er! Die „platzten" eben. Wurden verhaftet. Hatten Pech. Er ließ gar nicht an sich ran, was das bedeutete: Verhör, Folter, Deportation, Tod."

Ich lache wütend. „Genau das hat er uns doch in allen Details geschildert!"

„Ich rede von seiner *Art*!"

„Das sagst ausgerechnet *du*? Er wollte überleben! Da waren solche Gefühle Luxus!"

„Damals vielleicht. Aber heute?"

„Wie redest *du* denn über den Knast?"

Er antwortet nicht. Wir gehen wortlos nebeneinander her. Schließlich bemühe ich wieder das Bild vom eisernen Heinrich.

„Der ließ sich Bänder um die Brust schmieden, damit es ihn nicht zerriss."

„Ja und?"

„Verstehst du nicht? Es geht ihm viel zu nahe, um anders drüber zu reden."

Hendrik mustert mich, als frage er sich, ob ich schlechte Witze mache. Dabei übersieht er eine Furche in den Gehwegplatten, stolpert und flucht.

„Wie kommst du darauf?"

„Mein Vater tischte uns auch gern putzige Storys auf, wie er den tumben Nazis Schnippchen schlug. Das ärgerte mich, weil ich fand, dass er den Horror verniedlichte. Bis mir irgendwann klar wurde, wie wichtig es für ihn war, das Gefühl zu haben, den übermächtigen Feinden nicht nur ausgeliefert gewesen zu sein, sondern ihnen Paroli geboten zu haben. Er wollte kein Opfer sein. Davor lief er weg."

Wir passieren eine Gruppe amerikanischer Touristen.

„Klar", sagt Hendrik heiser und reckt das Kinn in die Luft. „Das ist ja auch tödlich. Besonders, wenn du allen Grund hast, dir leid zu tun ..." Er wirft mir einen Seitenblick zu. „Und? Haben seine Bänder gehalten?"

„Die Frage ist, ob er ohne sie überhaupt hätte atmen können und wieso ich zu blind gewesen bin, das eher zu begreifen ..." Ich habe plötzlich einen Kloß im Hals. „Bei Lauenstain ist es dasselbe. Der läuft mit der gleichen Verkrüppelung durchs Leben und markiert Härte, weil er glaubt, dass ihn alles andere umbringt."

Hendrik schweigt. Das Licht der Straßenlampen leckt über schüttere Fassaden und versickert in den Rissen des Asphalts. Seine Welt. Käthes Vergangenheit. Lauenstains Gestern und Heute. Und für mich? Was ist es für mich? Nachsitzen für nie gemachte Hausaufgaben oder serieller Erkenntnisinfarkt?

Hell rotzend zieht ein lila Trabi an uns vorbei. Auf der Rückscheibe prangt von links unten nach rechts oben der Schriftzug „Zonen Power".

Auf einmal fasst Hendrik nach meinem Arm und stoppt mich. Mitten im Gehen. Er legt den Kopf schief. „Tut mir leid ... Manchmal bin ich ein Vollidiot!"

46

Wir sind schon fast bei Hendrik, als ich eine Telefonzelle sehe. Caroline hört sich lausig an. Ich überlege, zurück nach Charlottenburg zu fahren. Aber es ist noch einigermaßen früh und wir gehen erst mal zu ihm. Er überfällt mich, ist zärtlich, aber es fühlt sich anders an als gestern und ich werde die innere Spannung nicht los. Er spürt, wie verkrampft ich bin.

„Was ist?"

„Keine Ahnung. Ich mach' mir Sorgen um Caro."

„Willst du wirklich noch hin?"

Er liegt neben mir und malt mit dem Zeigefinger Kreise um meinen Bauchnabel.

„Ja."

Er sieht an die Decke. „Morgen hab' ich mir extra frei genommen ..."

Ich setze mich auf. „Warum hast du mir nichts davon gesagt?"

„Ich wollte dich überraschen ..." Er rollt sich auf den Ellenbogen. „Du kannst ja zum späten Frühstück wiederkommen."

„Nein. Kann ich nicht. Ich bin mit diesem Fachmann fürs Wirtschaftsverwaltungshauptamt verabredet."

„Sag's ab."

„Ich bin froh, dass ich den überhaupt zu fassen gekriegt hab'."

Hendrik schiebt sich mit dem Rücken an die Wand. „Hat er Informationen über Schwertfeger?"

„Nein. Das dauert."

„Was soll's dann bringen?"

Ich lache verstört. „Je mehr ich übers WVHA weiß, desto besser."

„War's dir heute denn noch nicht fett genug?"

Ich schüttele den Kopf, stehe auf und nehme meine Sachen.

„Wo willst du hin?"

„Ins Bad. Ich muss los."

Er zieht seine Beine an, geht in den Schneidesitz und springt hoch.

„Nu' renn' nicht gleich weg."

„Du hättest mir auch eher sagen können, dass du frei hast. Ich find's toll, wenn du dir Zeit für mich nimmst. Aber so läuft das nicht."

„Komm schon, wo ist das Drama?"

Er versucht mich in den Arm zu nehmen. Ich wehre ihn ab.

„Lass mich ..."

„Bitte, Süße."

„Nenn' mich nicht *Süße*!"

Er grinst entschuldigend. Es soll witzig aussehen.

„Ich find' dich nun mal süß. Auch jetzt. *Gerade* jetzt."

„Scheiße! Mach' mich nicht klein!"

Plötzlich schießen mir Tränen in die Augen. Ich drehe den Kopf rasch weg, damit er sie nicht sieht und beiße mir auf die Lippen.

„Schwertfeger hat nicht nur privat arisiert. Der betrieb das professionell, von Amts wegen ..."

Hendriks Feuerzeug macht Geräusche. „Fürs Restitutionsverfahren dürfte das keine Rolle spielen."

„Darum geht's nicht."

„Sondern?"

„Darum, dass Dreiser öffentlich das Andenken jüdischer Deportierter beschwört und mit der erplünderten Immobilie seines SS-Schwiegervaters Geld scheffelt!"

Er schweigt. Seine Zigarette glüht im Halbdunkel. Ich bin nackt und mich fröstelt.

„Wem nutzt die ganze beschissene offizielle Erinnerungskultur, solange es den Erben egal sein kann, wie viel Blut an ihrem Vermögen klebt? Tatsache ist: Mord lohnt. Mord bleibt ungesühnt. Die Täter entkommen und ihre

Erben genießen gesellschaftliches Ansehen. Und wenn sie so clever wie Dreiser sind, können sie sogar als deutsch-jüdische Versöhner punkten … Ich will diesem selbstgerechten Arschloch unter die Nase halten, was sein sauberer Schwiegervater veranstaltet hat. Öffentlich. Mal sehen, ob er danach noch so strahlt wie bei der Podiumsdiskussion!"

„Schon gut."

„Nein. Ist es nicht! Dieses verdammte WVHA hat sämtliche KZs verwaltet. Dem hat meine Großmutter zu verdanken, dass sie bis zuletzt Gasmasken für die Scheiß-Continental herstellen durfte, bevor die sie nach Belsen in den Tod schickten!"

Nun läuft es trotzdem. Ich wische die Tränen zornig weg. Hendrik drückt seine Zigarette aus und steht auf.

„Maja …"

Er streckt seinen Arm aus und berührt vorsichtig meine Wange. Dann tritt er zwei Schritte näher und nimmt mein Gesicht in seine Hände. Ich lasse zu, dass er mein Haar streichelt und mich auf die Schläfe küsst.

Ich verstehe sogar, weshalb er sich Sorgen macht. Wer im Dreck wühlt, darf nicht erwarten, sauber zu bleiben. Aber du wirst den Dreck nicht los, ohne ihn anzufassen, und manche Wunden heilen eben erst, wenn du sie öffnest.

Ich spüre seinen Atem. Er hält mich eine Weile ganz fest. Ich rieche das Nikotin, sein Haar und seinen Schweiß. Dann gleiten seine Finger meinen Rücken hinab, über mein Steißbein, tasten sich vor zu meinem Gesäß, werden hungriger, fordernder. Ich gerate ins Schlingern, zugleich stößt mich seine Begierde ab. Es ist falsch. So jedenfalls ist es falsch. Ich löse mich von ihm und nehme meine Sachen.

Als ich die Treppe hinunterrenne, ist es auch eine Flucht. Schon einen Block weiter holt mich die elende Sehnsucht wieder ein. Doch erst muss ich es für mich selbst klären. Also laufe ich, bis ich außer Atem bin und der Hackesche Markt in Sicht ist.

An der Station brauche ich nicht lange zu warten. Die S-Bahn ist leer. Ich setze mich ins vordere Gepäckabteil, direkt hinter den Fahrstand. Unter die Notbremse. Das mache ich nachts immer so. Ich hab' mal erlebt, wie eine Frau in der U-Bahn von zwei besoffenen Typen angegangen wurde. Seitdem schwöre ich auf die Dinger.

Ich denke an Hendriks Kampf mit den drei Männern. So, wie er es darstellt, war es Notwehr. Aber obwohl ihn die Gewaltorgie abstößt, scheint er darauf in gewisser Weise auch stolz zu sein, und ich merke erst jetzt, wie tief mich das verstört. Nicht nur, weil ich mich dadurch bedroht fühle, sondern weil es ihn mit Timo zusammenschweißt. Sie teilen eine Erfahrung, die keiner versteht, der sie nicht selbst gemacht hat. Wie das Töten in den Hügeln von Qunaitra. Oder das Löffeln der Buna-Suppe.

Aber viel schlimmer ist, wie er über Lauenstain urteilt. Er merkt gar nicht, wie sehr er mich damit verletzt. Wegen Vater. Und wegen Clara.

An der Friedrichstraße steigt niemand zu. Als der Waggon über den Fluss rollt, fällt für ein paar Sekunden das Deckenlicht aus. Aus dem Dunkel wächst die gespenstische Brache des früheren Niemandslands. Am Potsdamer Platz ragen riesige, in grelles Scheinwerferlicht getauchte Hochkräne ins angestrahlte Mattschwarz, nur auf Höhe Invalidenstraße sieht es noch so aus, als sei die Mauer gerade erst abgerissen worden.

Scheiße, Mädchen, denke ich. Du bist in den Typen verliebt.

Caroline sitzt auf dem Balkon vor einer halb geleerte Flasche Wein. Es ist ihre erste und sie hat gar keine Lust, lange über Frank zu reden. Stattdessen hören wir Musik. Caroline hat alte Aufnahmen von Billie Holiday herausgekramt. Als Billie „Strange Fruit“ anstimmt, verstummt unser Gespräch. Billie singt das Stück fast ohne Begleitung, mit quälender, schrecklich schöner Intensität. Es geht mir durch Mark und Bein. Glücklicherweise ist die Platte danach zu Ende und wir sitzen hinterher eine Weile wortlos da.

Irgendwann steht Caroline auf. Sie müsse mir noch was vorspielen. Es ist Dylans „Blind Willie McTell“, eine Ballade über die kaputte Schönheit des kriegszerstörten Südens.

Ich bin innerlich woanders, reise mit Lauenstains Storys im Gepäck durch ein zerbombtes, graues Berlin zurück bis zu dem Abend bei Hendrik, als er Wyssozki für mich übersetzt. Und obwohl Dylans „ganzer Weg von New Orleans nach Jerusalem“ scheinbar wenig damit zu tun hat, fasst es mich genauso an. Weil dort auch namenlose Märtyrer auf der Strecke bleiben und Geschichten vom Scheitern erzählt werden und von Menschen, die darum ringen, das zu behaupten, was anderswo, in einer besseren Welt, Würde heißt.

47

Am nächsten Morgen klopft Caroline mit der flachen Hand gegen die Tür des Gästezimmers und hält mir verschlafen den Telefonhörer entgegen.

„Für dich.“

Es ist der Mensch aus Steglitz. Ihm sei leider etwas dazwischen gekommen. Ob er unsere Verabredung um einen Tag verschieben könne? Er klingt, als würde er das Treffen am liebsten ganz absagen. Deshalb willige ich ein, obwohl Hendrik, der am nächsten Tag eigentlich mit mir nach Potsdam will, alles andere als begeistert sein wird.

Caroline verkriecht sich wieder ins Bett. Es ist acht. Zwei Uhr nachts in New York. Zu früh, um Bella anzurufen. Ich setze Kaffee auf. Heute ist Freitag. Ich bin schon fünf Tage hier und habe noch nichts erreicht. Jenninger wird Dreiser nie unter die Lupe nehmen und Reidenbach denkt zu sehr wie ein Jurist. Ich hasse es, von anderen abhängig zu sein.

Theoretisch könnte ich mich in die S-Bahn werfen und zu Hendrik fahren. Keine Dreiviertelstunde und ich stünde mit einer Tüte Schrippen bei ihm und wir verteilten tapfer Krümel auf seinem Laken. Das lenkt mich garantiert ab. Nur danach?

Was, wenn ich doch zu Dreiser gehe? Um ihn aus der Reserve zu locken. Was habe ich zu verlieren? Auch wenn er mit allen Wassern gewaschen ist, hält er mich im Zweifelsfall für ein naives Dummchen. Vielleicht wäre es schlauer, Hendrik mitzunehmen. Aber dann ist Dreiser sofort gewarnt. Außerdem erreiche ich seinen Nachbarn um diese Zeit nicht mehr. Und erst in die Schönhauser zu fahren, um ihn abzuholen, ist mir zu riskant. Nachher bleiben wir bei ihm hängen. Bis wir wieder halbwegs sortiert sind, ist Dreiser längst nicht mehr in seinem Büro. Bei Reidenbach läuft nur das Band. Egal. Ich werde Caroline einen Zettel hinlegen. Solange sie weiß, wo ich bin, ist alles im grünen Bereich.

Die Büros der Bau- und Invest befinden sich im nördlichen Schöneberg. Ich fahre bis zur Kurfürstenstraße. Um die Station rum ist der Drogenstrich, doch außer ein paar trostlosen Gestalten, die am Ausgang lungern, kriege ich davon wenig mit. Vermutlich die frühe Stunde. An der Potsdamer Straße, schräg gegenüber vom „Tagesspiegel“, prangt die mit Hunderten von Glühbirnen verzierte Fassade des „Wintergarten“.

Kurz darauf betrete ich das lichte Foyer eines Bürogebäudes. Glas, Chrom und Marmor demonstrieren die Scheintransparenz von Geld und Macht. In der Portiersloge sitzt ein grau melierter Mann mittleren Alters in undefinierbarer Livree, flankiert von zwei Kameraaugen. Ich muss in den siebten Stock. Er avisiert mich telefonisch. Es gibt vier Fahrstühle.

Als sich die Doppeltür aus Edelstahl hinter mir schließt, überfallen mich Zweifel. Dreiser hat dem Gesprächsvorschlag ohne jedes Zögern zugestimmt. Weder sonderlich überrascht noch verunsichert. Er hat sogar von sich aus vorgeschlagen, dass ich sofort vorbeikomme.

Ich rekapituliere, vor welchen Formulierungen ich mich besser hüte, atme langsam ein, halte die Luft an und zähle stumm bis zehn. Mein Puls bleibt trotzdem zu schnell. Und während die roten Punkte neben der Etagenknopftafel wieselflink zu neuen Ziffern mutieren, frage ich mich, ob dieser Besuch wirklich eine so brillante Idee ist.

Das Bremsen des Fahrstuhls wippt in meiner Magengrube nach. Die Türen gleiten zur Seite und ich pralle auf das zwischen Nadelstreifen gepresste Lächeln einer Stahlblonden im Kostüm. Dreisers Assistentin.

„Wenn Sie mir bitte folgen würden …“

Der Geschäftsführer der Berliner Bau- und Invest residiert in einem dreißig Quadratmeter großen Raum, dessen rückwärtige Seite komplett verglast ist und einen Panoramablick über den Landwehrkanal auf die Philharmonie bietet.

Dreiser sitzt halb mit dem Rücken zur Fensterfront hinter einem schlachtschiffgroßen Mahagonischreibtisch und ist gerade dabei ein Telefonat zu beenden. Er erhebt sich schwungvoll und kommt mir mit ausgestrecktem Arm entgegen.

„Reizend, dass Sie sich herbemüht haben. Nehmen Sie doch Platz."

Ich nicke höflich und weiche ihm so geschmeidig aus, dass er gar nicht auf die Idee kommt, mir seine Hand weiter aufzudrängen, sondern nur auf die Sitzgruppe weist, die sich um den Glastisch für Besuchergespräche schart.

„Darf ich Ihnen etwas zu trinken anbieten?"

Auf dem niedrigen Tisch sind eine Batterie Saft- und Mineralwasserfläschchen drapiert, sowie Thermoskanne, Tassen und Gläser. Ich lehne dankend ab. Er lässt sich in einen der Ledersessel fallen und schlägt die Beine übereinander. Er wirkt erschreckend entspannt. Ich warte auf seine Ouvertüre, doch er scheint alle Zeit der Welt zu haben. Als verwechsele er mich mit einer Kundin, die luxussanierte Apartments im Prenzlauer Berg zu erstehen gedenkt.

„Sie wollten ohne Anwälte reden", sage ich. „Da bin ich."

Er beugt sich vor, öffnet eine der Mineralwasserflaschen, gießt sich ein und trinkt bedächtig einen Schluck.

„Ich will Ihnen ein Angebot machen", lächelt er dann. „Sie sind in keiner ganz einfachen Lage. Mit der Alten Schönhauser hinterlässt Ihnen Ihre Tante einen Rechtsstreit, der sich über mehrere Jahre hinziehen kann. Das Objekt befindet sich in einem desolaten Zustand und muss dringend saniert werden. Selbst wenn es Ihnen zugesprochen würde, dürfte die Instandsetzung Sie finanziell überfordern. Jede weitere Verzögerung der Reparaturen vergrößert die Schäden und treibt die Kosten in die Höhe. Damit ist keinem gedient."

„Worauf wollen Sie hinaus?"

„Ich will uns beiden Zeit, Ärger und Kosten ersparen.

Einigen wir uns außergerichtlich. Sie erhalten eine bestimmte Summe und verzichten dafür auf Ihre Ansprüche. Das erlaubt uns, ohne Verzug das Haus zu sanieren."

„Wieso bieten Sie mir Geld, wenn Sie gar nichts zu befürchten haben?"

„Weil ich kein langwieriges Verfahren will, von dem nur die Anwälte profitieren. Ich bin mir zwar sicher, dass das Gericht zu unseren Gunsten entscheidet, aber trotzdem wird es für uns wegen des Sanierungsstaus dann teurer. So gewinnen alle Seiten. Sie stehen nicht mit leeren Händen da und ich spare Zeit. Ganz einfach."

„Klingt gut. Vorausgesetzt, Sie gewinnen."

„Gewiss." Er stellt das Glas auf den Tisch, ein schmales Lächeln um die Lippen. „Das werden wir."

„Welche Summe schwebt Ihnen denn da so vor?"

„Hunderttausend?"

„Die Kripo schätzt den Wert des Hauses auf anderthalb bis zwei Millionen."

Er lacht. „Schön wär's! Realistisch ist nicht mal die Hälfte."

„Hundert ist Ihr letztes Wort?"

„Nun, in Anbetracht der besonderen Umstände wäre ich bereit, auf hundertzehn zu erhöhen, doch das wäre wirklich mein letztes Wort."

„Haben Sie diesen Vorschlag so auch schon meiner Tante und Herrn Dr. Reidenbach unterbreitet?"

„Nein. Aber Sie sind eine sympathische junge Frau und ich hoffe …"

„Warum nicht?"

Dreiser öffnet die Hände und bringt sie in Parallelhaltung, als wolle er sie zum Beten falten, wobei er die gefächerten Finger gespreizt lässt, so dass sich nur die Spitzen berühren. Er klopft sie ein paar Mal sachte aufeinander.

„Dr. Reidenbach neigt dazu, die Dinge unnötig zu verkomplizieren."

„Meinen Sie etwa sein Schreiben? Darin informiert er Sie doch nur über Frau Hirschs Ansprüche."

„Wir sind der falsche Adressat. Dr. Schwertfeger hat das Objekt nicht von Herrn Hirsch gekauft, sondern von Herrn Engerling. An dessen Rechtsnachfolger hätte er sich halten müssen."

„Wenn ich es richtig verstehe, geht es bei Restitutionsverfahren ausschließlich um die Immobilie. Deren Eigentümerin ist Ihre Frau."

„Dr. Schwertfeger erwarb das Haus von Herrn Engerling, nicht von Herrn Hirsch."

„Das ist unerheblich. Nach geltendem Recht muss Ihre Gattin belegen, dass Herr Hirsch den damals marktüblichen Preis dafür erhielt und frei über die erzielte Summe verfügen konnte. Das war nachweislich nicht der Fall. Außerdem erfolgte der Weiterverkauf an Ihren Schwiegervater weniger als sechs Monate nach dem Erstabschluss. Herr Engerling hat das Haus am 21. März 1938 erworben. Am 3. September ist es an Dr. Schwertfeger gegangen. Ohne jeglichen Aufpreis. Herr Engerling reichte es einfach weiter. Faktisch trat er also nur als Strohmann auf."

„Da sind Sie falsch orientiert."

„So?"

Dreiser lächelt. „Herr Engerling war in Schwierigkeiten. Er schuldete Dr. Schwertfeger und dessen Partnern eine nicht unerhebliche Summe. Darum musste er sich von dem Objekt trennen. Allerdings hatte er keine Lust, den vermeintlichen Gewinn zusätzlich zu versteuern. Deshalb vereinbarten die Vertragsparteien eine gesonderte Regelung: Engerling trat das Haus an Dr. Schwertfeger zum Einkaufspreis ab, dafür tilgte der dessen Schulden. Das hinzugerechnet, liegt man wieder im damals marktüblichen Spektrum."

„Was hatte Jacob Hirsch davon? Nichts. Es ist völlig unerheblich, was sich anschließend abspielte, solange der Vater von Käthe Hirsch um den Wert seines Hauses geprellt wurde."

„Bitte", unterbricht mich Dreiser. „Was wissen Sie denn über die Hintergründe? Hätte Herr Engerling meinen Schwiegervater seinerzeit nicht überzeugt, dass bei dem vorherigen Verkauf alles mit rechten Dingen zugegangen ist, hätte der ihm die Alte Schönhauser gewiss nicht abgenommen."

„Nach den damals geltenden Gesetzen war daran bestimmt nichts auszusetzen. Der Staat förderte erpresserischen Raub."

„Davon rede ich nicht."

„Sondern?"

„Es kam häufiger vor, dass Emigranten Bekannte baten, ihre Geschäfte für sie fortzuführen, damit nicht alles an die Nazis fiel."

„Wollen Sie damit andeuten, Herr Engerling habe Herrn Hirsch bloß einen Gefallen getan, als er ihm die Alte Schönhauser abknöpfte?"

Dreiser trinkt einen Schluck. „Nun, wir sind gerade dabei, die Details zu recherchieren …"

„Das sollten Sie auch", sage ich wütend. „Juden durften bei Verlassen des Reichs zehn Mark mitnehmen. Keinen Pfennig mehr. All ihr übriger Besitz fiel an den Staat."

Dreiser lächelt konziliant und versucht verbindlich zu bleiben. „Ich weiß nur, dass Herr Engerling meinem Schwiegervater gute Gründe genannt haben muss. Sonst hätte der sich nie auf den Kauf eingelassen! Dr. Schwertfeger war ein Ehrenmann."

„Sprechen wir hier eigentlich von demselben Dr. Schwertfeger, der 1943 als Abteilungsleiter im Amt A des Wirtschaftsverwaltungshauptamts der SS in Lichterfelde tätig war?"

„*Wie bitte? Wo?*" Dreiser sieht für einen Moment wirklich erstaunt aus.

„Im Amt A des Wirtschaftsverwaltungshauptamts der SS. Unter den Eichen 126 bis 135."

„Wer hat Ihnen denn *das* erzählt?" Er setzt sich ruckartig auf. „Ich traue Reidenbach eine Menge zu, doch dass er sich dazu versteigt ..."

„Käthe Hirsch hat Belege darüber gesammelt."

„Was für Belege?"

„Aktenkopien aus dem Wirtschaftsverwaltungshauptamt, die die Unterschrift eines Dr. Schwertfeger aus Lichterfelde tragen."

Dreiser lässt ein trockenes Auflachen hören. „Dr. Schwertfeger war den Krieg über als Major der Wehrmacht in Dänemark. Er hatte nie etwas mit der SS zu tun. Im Gegenteil. 1944 wurde er im Zusammenhang mit dem Attentat vom 20. Juli von der Gestapo verhaftet und ist nur knapp der Erschießung entgangen. Er war ein enger Freund von Generaloberst Beck, der einer der führenden Köpfe des militärischen Widerstands war und noch am Tag des Stauffenberg-Attentats von fanatischen Hitler-Getreuen ermordet wurde ..." Er hüstelt, um mir die Gelegenheit zu geben, den Rückzug anzutreten. „Außerdem sprechen Sie von Kopien. Die kann man fälschen. Wo befinden sich die Originale?"

Ich habe nicht den leisesten Schimmer, woher Käthe die Kopien hat, aber deren Echtheit bis zu dieser Sekunde nie angezweifelt. Dass irgendwer auf die Idee gekommen sein soll, interne Aktennotizen eines pedantischen Vorgesetzten über den Verbrauch von Kohlepapier zu fälschen, halte ich für wenig wahrscheinlich.

„Das lässt sich gewiss nachvollziehen“, erkläre ich daher, vielleicht eine Spur zu forsch.

Dreisers Mund wird schmal. „Sie wissen es also nicht. Ich warne Sie: Das ist reine Verleumdung. Hüten Sie sich, dieses Märchen weiter zu verbreiten!“

„Käthe Hirsch ist weder verunglückt, noch hat sie Selbstmord begangen. Sie ist ermordet worden. Nutznießer ihres Todes ist Ihre Firma.“

„Das wird ja immer besser. Gleich behaupten Sie noch, wir wären dafür verantwortlich ...“

„Sind Sie es?“

Er erhebt sich. „Ich hatte gehofft, wir könnten uns hier wie zwei erwachsene Menschen unterhalten. Offenbar habe ich mich getäuscht.“ Sein Blick streift kurz seine teuer wirkende Uhr am linken Handgelenk. „Wir beenden das Gespräch an dieser Stelle!“

Ich bleibe sitzen. „Es gibt Dokumente, die nahelegen, dass dieser Dr. Schwertfeger den Krieg nicht im besetzten Dänemark verbracht hat. Da Ihr Herr Schwiegervater nicht mit ihm identisch ist, haben Sie ja bestimmt nichts dagegen, wenn sie veröffentlicht werden.“

Dreiser macht spontan einen halben Schritt auf mich zu. „Wenn Sie mit diesem Unfug hausieren gehen, werden Sie es bereuen!“

Meine Knie zittern, aber ich bin zornig genug, stehe auf und trete ihm entgegen. „Woher wussten Sie überhaupt, wer ich bin?“

Vielleicht überrascht ihn die Frage. Oder es ist die Geste. Doch er fängt sich sofort. „Sie haben der Polizei gegenüber die Restitutionsansprüche von Frau Hirsch erwähnt.“

„Der zuständige Ermittlungsbeamte hat Ihnen meinen Namen genannt?“

Er lächelt frostig. Ohne zu antworten.

„Stimmt es, dass Ihre Firma Liquiditätsprobleme hat?“

Das Lächeln erstarrt.

„Ich habe gehört, es soll einen Untersuchungsausschuss geben, der die Kreditvergabepraxis der Landesbank unter die Lupe nimmt. Auch die Vereinbarungen mit der Bau- und Invest …“

Seine wohlkomponierte Maske bröckelt. „Woher haben Sie das?“

„Falls die Alte Schönhauser in den Deal eingebunden ist, dürfte das den Ausschuss und die Behörden interessieren. Nicht zuletzt im Hinblick auf den rätselhaften Tod von Käthe Hirsch. Durchaus möglich, dass dann bald ein anderer Polizist die Ermittlungen leitet … Guten Tag!“

Ich drehe mich um und gehe zur Tür.

„Warten Sie!“

Doch ich bin schon auf dem Flur und laufe zum Fahrstuhl. Eine der vier matt silbern schimmernden Türen gleitet sofort auf und verschluckt mich.

Ich presse den Knopf fürs Erdgeschoss, lehne den Rücken gegen die Wand und schließe die Lider. Die Kabine sackt nach unten. Mein Herz rast. Ich habe erreicht, was ich wollte. Ich habe Dreiser dazu gebracht, mir sein wahres Gesicht zu zeigen. Trotzdem bin ich kein Stück weiter. Außer, dass er jetzt offen mein Feind ist.

48

Eben habe ich Caroline in der Agentur angerufen und ihr gesagt, dass ich heil zurück bin. Nun glotze ich auf ihr altes Telefon. Rechts vorn hat das Bakelit einen Haarriss. Meine Impulsivität hat mir schon öfter Streiche gespielt, aber ich habe hinterher selten so schnell ein so lausiges Gefühl gehabt. Die letzten Sätze bei Dreiser sind mir aus reiner Wut rausgerutscht. Jetzt weiß er nicht nur, was ich weiß, er kann sich auch zusammenreimen, was ich tun werde. Es war mir ein Fest, seine Visage entgleisen zu sehen. Doch ich fürchte, der kurze Genuss ist teuer erkauft.

Ich rufe bei Reidenbach an. Er ist noch im Gericht und frühestens nachmittags wieder in der Kanzlei. Eine genaue Zeit kann Frau Stern mir nicht nennen.

Es hilft alles nichts. Ich muss auf Plan B zurückgreifen. Meine famose Medienoffensive. Zum Glück ist Larissa im Büro und hat sogar ein paar Minuten Zeit. Sie hört sich meinen Bericht einigermaßen amüsiert an.

„Ich glaube nicht, dass Sie so arg viel Porzellan zerschlagen haben“, sagt sie. „Und was die angeblich so intime Freundschaft dieses Dr. Schwertfeger zu Generaloberst Beck anlangt, das lässt sich prüfen. Ein Bekannter von mir arbeitet in der „Gedenkstätte deutscher Widerstand“. Er ist Fachmann für den 20. Juli. Den rufe ich gleich mal an. Spätestens am Montag wissen Sie Bescheid.“

Dann wechselt sie abrupt das Thema und erkundigt sich nach dem Spaziergang mit ihrem Vater. Warum, weiß ich bis heute nicht. Sie hört sofort raus, dass es Spannungen gegeben hat. Schon stecke ich wieder in der Klemme.

Das Feld zwischen ihr und Lauenstain ist heillos vermint, aber ich will sie nicht anlügen. Also dosiere ich die Fakten. Beiläufig erwähne ich auch Bellas Bekannte, die während des Krieges in Berlin war, und bin überrascht, als Larissa sofort nachhakt.

„Wie hat Kurt reagiert?“

Bilde ich mir das ein, oder schwingt da Argwohn mit?

„Es ist ihm nahegegangen …"

Ich will nicht über Nora reden. Er hat sich Wort für Wort abringen müssen. Es ist zu intim, um es so weiter zu tragen. Das muss er ihr selbst sagen, in seinen Worten.

„Aber?"

Ich habe kein stummes Aber eingebaut. „Ich hab' ihm angeboten, den Namen der Frau in Erfahrung zu bringen."

„Und?"

Sie verhört mich.

„Er wollte das nicht …"

„Warum?"

Ich kann nur das Falsche sagen. Also halte ich den Mund. Es bleibt für zwei Sekunden still. Ich höre, wie Larissa am anderen Ende der Leitung durchatmet.

„Hat er Ihnen von Nora erzählt?"

Woher weiß sie von Nora?

„Ja", würge ich bloß.

„Hat es Sie erschüttert?" Ihr Ton ist fast spöttisch. „Mich hat er damit zu Tränen gerührt …"

„Hört sich nicht so an."

Sie lacht ihr kurzes, herbes Lachen.

„Tut mir leid. Ich wollte Sie nicht schon wieder vor den Kopf stoßen."

„Haben Sie aber", platzt es aus mir raus. „Ich mag Ihren Vater."

„Ich weiß." Sie schweigt einen Augenblick. „Leider kenne ich auch eine andere Version der Geschichte. Nach der hat diese Nora noch bis Frühsommer 1944 in Berlin gelebt."

Auf einmal ist aller Spott aus ihrer Stimme weggewischt.

„Das kann nicht sein! Weiß er das?"

Es bleibt drei Sekunden lang still.

„Das ist die entscheidende Frage."

„Warum fragen Sie ihn nicht?"

„Ich werde mich hüten. Ich wäre mir nie sicher, ob er nicht lügt."

„Aber …" Mein Hals fühlt sich trocken an. „Ich verstehe nicht …"

„Vielleicht weiß das die Frau in New York, diese Bekannte von Käthes Freundin. Lassen Sie sich ihre Nummer geben. Ich würde gern selbst mit ihr sprechen."

Sie klingt blechern. Ich spüre, es ist ihr ernst. Hier geht es um mehr, etwas jenseits des Tochter-Vater-Dramas.

„Ich begreife das alles nicht. Sagen Sie mir, was …"

„Bitte! Es ist wichtig … Ich muss jetzt in die Produktion. Rufen Sie mich an, sobald Sie was erfahren! Ich kümmere mich um die Sache mit Beck."

Sie legt auf.

Ich lausche dem statischen Knistern, bis das tutende Lautsignal für die abgebrochene Verbindung einsetzt. Irgendwann stehe ich auf und hole Bellas Telefonnummer.

In New York muss es früher Morgen sein. Als ich es letzte Nacht versucht habe, ist keiner rangegangen und auch jetzt klingelt es ins Leere. Bella scheint viel unterwegs zu sein. Oder sie ist Frühaufsteherin und hört ihren Anrufbeantworter nie ab.

Ich habe Sehnsucht nach Hendrik. Wir müssen ohnehin reden. Gestern hat er gesagt, er wolle schreiben. Mit etwas Glück treffe ich ihn in der Alten Schönhauser an.

Ich gehe ins Bad, frische meine Wimperntusche auf, schnappe mir meine Tasche und bin fast aus der Tür, als das Telefon schellt. Lauenstain. Es gibt keine Zufälle.

„Ich hab' alte Fotos gefunden", verkündet er munter. „Aus der Schule. Auf einem davon ist Käthe. Hast du Lust, sie dir anzusehen?"

„Gern …“ Ich bin verwirrt. „Aber ich will grad’ zu Hendrik …“

„Bring’ ihn doch mit.“

Keine gute Idee. Andererseits verdienen die beiden eine zweite Chance miteinander und wenn ich erst zu Lauenstain gehe, verpasse ich Hendrik vielleicht. Außerdem kann er immer noch Nein sagen.

„Ich frag’ ihn. Bis wann bist du zu erreichen?“

„Ich bin den ganzen Nachmittag über hier.“

49

Hendrik hat nicht mit mir gerechnet. Er sagt auch gar nichts, sondern hält sich an der Wohnungstür fest. Unrasiert und barfuß, in Jeans und kurzärmeligem, offenem Hemd, die Haare zerrauft, eine kalte Kippe im Mundwinkel. Trotzdem sieht er unverschämt sexy aus. Also nehme ich ihm die Zigarette aus dem Mund und küsse ihn.

„Stör ich?“

Er wirkt konfus und muss sich einen Ruck geben. „Komm ’rein.“

Ich halte die Kippe noch immer zwischen spitzen Fingern und gehe vor. Im Wohnzimmer auf der quer gelegten Tür stapeln sich Papiere vor einem der neumodischen, kofferartigen Klappcomputer. Das Ding ist mir bisher nicht aufgefallen. Es sieht teuer aus.

„Du schreibst auf so einem tragbaren Teil?“

„Seit kurzem …“

„Sind die nicht unglaublich teuer?“

„Es geht.“ Er grinst betreten. „Den habe ich ganz günstig bekommen. Er ist gebraucht.“

„Gebraucht?“

Das Gerät sieht brandneu aus. Ich lasse die Kippe über der Untertasse fallen und gehe auf den Tisch zu, um es zu bewundern. Er überholt mich in drei Schritten, dreht den Bildschirm von mir weg und klappt es zu. Doch mein Blick ist auf den Monitor gefallen und über einen Halbsatz im oberen Drittel gestolpert: ‚Maja ist völlig blind. Sie glaubt …'

Was um Himmels willen schreibt er da?

Ich versuche mir nichts anmerken zu lassen, aber meine Ohren sind plötzlich heiß. Hendrik ist die Situation sichtlich unangenehm.

„Entschuldige", würgt er mit belegter Stimme.

„Ich sollte nicht so neugierig sein."

„Schon gut." Er grinst verkrampft. „Der Text ist noch nicht fertig. In der Rohfassung mag ich ihn dir ungern zeigen."

„Woran schreibst du denn grad'?"

„Ach", er zieht den Laut in die Länge. „An einer Art Kurzgeschichte. Keine Ahnung, was draus wird …"

Ich setze mich halb auf die Lehne des Sessels und lasse das linke Bein baumeln.

„Worum geht's?"

Er legt den Kopf schräg. Daumen und Zeigefinger zupfen an der Kuppe des Mittelfingers.

„Um einen Typ und eine Braut …"

„So?"

Stand- und Spielbein wechseln. Er schindet Zeit.

„Die zwei haben 'ne Affäre. Das heißt, er glaubt, sie hätten eine, doch sie kennen sich noch nicht lange und wissen nicht, was sie voneinander halten sollen. Die üblichen Verdächtigen eben: mackengeplagte Stadtneurotiker …"

„Klingt wie aus dem Leben gegriffen. Und? Was will er von ihr?"

„Frag mich lieber, was sie für ein Problem mit ihm hat."

„Na schön. Was ist ihr Problem?"

„Wenn ich das wüsste. Vermutlich ist sie zu verletzt, um ihm zu trauen. Dummerweise hat der Typ auch sein Fett weg. Ich fürchte, das peilt sie nicht."

Seine Augen strafen die Schnodderigkeit Lügen. Es ist weniger, was er sagt, als wie er es sagt. Erleichterung durchströmt mich.

„Bist du dir da wirklich sicher?"

Ich trete auf ihn zu und beschäftige mich mit der Knopfleiste seines Hemdes. Als meine Finger über seinen Bauch hinuntergleiten, werden die Muskeln über seinem Zwerchfell hart und sein Adamsapfel beginnt zu tanzen.

„Komm schon", sage ich heiser. „Küss mich!"

Eine Stunde später verlassen wir das Haus. Er hat sich nach viel Zureden doch entschlossen mitzukommen. Wir nehmen die S-Bahn bis Friedrichstraße, weil ich mir unterwegs noch die Reste des ‚Wilhelmplatz' ansehen will. In den Arkaden kurz vor den Linden drückt er mir kurz die Hand. „Sekunde."

Er verschwindet in einem exklusiven Süßwarengeschäft. Mein Blick wandert über die Auslage. Pralinés, Krokanttrüffel und Marzipanrosen mit raffinierten Schokostreifen, Kirschen, Blattgold, Zuckerschnee und hell gebrochenem Kakao gemustert. Lauter kleine, süße Kunstwerke. Was in aller Welt treibt er da? Ich sehe, wie er vor dem Tresen unschlüssig hin und her scharwenzelt. Als er wieder rauskommt, präsentiert er mir auf einem mit Goldfolie überzogenem Papptablett zwei in Pergamentpapier drapierte Petit Fours, imitiert das „Voilà" des Kellners aus dem Café und deutet eine Verbeugung an. Ob ich links oder rechts vorzöge?

„Links."

„Das hatte ich befürchtet."

„Soll ich das hier etwa so profan auf der Straße verspeisen?"

„Genießen." Seine Linke malt Luftbilder. „Gib den Geschmacksknospen eine Chance. Das süße Feuerwerk muss sich *langsam* entfalten."

„Was hast du mit Confiserien am Hut?"

„In einem meiner früheren Leben war ich Chocolatier bei August dem Starken. Leider hab' ich der Gräfin Cosel zu sehr berlinert."

Knabbernd überqueren wir die Linden und folgen der Friedrichstraße bis auf die Höhe des „Haus der Demokratie" gegenüber vom Grand Hotel, biegen in die Behrenstraße und sind kurz darauf dort, wo vorm Krieg die alte Reichskanzlei, das Propagandaministerium und der „Kaiserhof" gestanden haben. Ich kenne das Ensemble nur von historischen Fotos. Barocke und klassizistische Stadtpaläste, Grünanlagen, die verspielten Liebreiz atmen. Davon ist nichts mehr zu erkennen. Das Grün ist ausradiert, der Rest begraben unter Beton. Der Anblick tut weh. Hier hat nicht nur der normale Wiederaufbauwahn gewütet. Der Platz ist mutwillig verstümmelt.

„Was die hier veranstaltet haben ist pure Barbarei!"

„In der Gegend war bei Kriegsende alles im Eimer. Wieso sollten die ausgerechnet die Feudalpaläste retten?"

„Weil die Teil ihrer Geschichte waren! Die Polen haben sogar die Marienburg wieder aufgebaut!"

„Die steht auch nicht mitten in Warschau! Klar war das Kahlschlag, aber die hatten andere Sorgen."

Ich versuche ihm zu erklären, dass Ästhetik kein reiner Luxus ist und der Umgang mit dem eigenen architektonischen Erbe immer auch den Zustand einer Kultur spiegelt.

„Das war mal einer der schönsten Plätze Berlins! So wie die den hingerichtet haben, das ist die Fortsetzung der Vernichtungswut unter anderen Vorzeichen."

„Ich finde es auch brutal. Nur da sofort faschistische Impulse zu bemühen, ist mir zu fett!"

Er will nicht verstehen. Dabei ist sonst er es, der die Kontinuität nach 1945 betont. Ein Missklang schleicht sich ein und ich bin erleichtert, als wir endlich vor dem hohen Apartmentblock an der Leipziger Straße ankommen, wo Lauenstain wohnt. Anders als Hendrik. Der wirkt jetzt noch angestrengter.

„Warum guckst du so?"

Er beäugt den Bau und schüttelt sich.

„Dir ist klar, was für Pack hier bis '89 gewohnt hat?"

„So wie du aussiehst, kann ich's mir denken."

„Das sind Bonzenschuppen. Der ganze Dreh' hier. Hier an der Mauer hat man Kader geparkt."

„Fang' jetzt bitte nicht schon wieder damit an!"

„Wahrscheinlich ist es besser, wenn du allein gehst."

„Komm schon. Wir müssen ja nicht lange bleiben …" Ich mache eine hilflose Geste. „Versteh' doch. Ich wünsch' mir so …"

„Ich weiß. Aber das haut nicht hin." Er holt tief Luft. „Mein Fehler. Ich hätte gar nicht erst mitkommen sollen."

„Scheiße, Hendrik!"

„Tut mir leid. Ist eben so, wie es ist."

„Super! Was sag' ich ihm?"

„Egal."

Einen Moment lang ringen unsere Blicke miteinander.

„Verdammt! Du schreibst Geschichten über fehlendes Vertrauen. Warum kannst du mir an der Stelle nicht mal vertrauen?"

„Wer, bitte schön, vertraut hier wem nicht?"

Er schüttelt den Kopf, dreht ab und geht. Ich laufe ihm hinterher und packe ihn am Arm.

„Hendrik!"

Er wischt meine Hand weg. Sein Kinn zittert. „Mir wird schlecht, wenn ich das da sehe! Ich verlang' von dir ja auch nicht, dich bei irgendwelchen Altnazis auf den Schoß zu setzen und so zu tun, als sei nüscht gewesen."

„Wie kannst du ihn mit denen vergleichen?"

„Das ist für mich derselbe Unterschied wie zwischen warmer und kalter Kacke!"

„Trotz allem, was er hinter sich hat? Das meinst du nicht ernst!"

„Gerade *deshalb*!"

„Du tickst ja nicht mehr richtig!"

Diesmal geht er wirklich. Eine große, schlanke Gestalt, die in der Steinwüste so verloren scheint, wie ich mich auf einen Schlag fühle. Hätte er sich umgedreht, wäre es gut. Doch er geht einfach.

Ich sehe ihm nach. Mit Wut, Panik und Enttäuschung im Bauch. Ich will ihm hinterher, ihn aufhalten, es aufklären. Doch alles ist gesagt. Der Stolz siegt.

Es dauert, bis ich den Klingelknopf drücken kann.

Lauenstain wohnt im elften Stock. Er wartet am Ausgang des Fahrstuhls. Wieso ich allein komme? Dann begreift er. Ob ich überhaupt in Stimmung sei, mir Bilder anzusehen?

„Deshalb bin ich hier."

Mein Lächeln missrät und ich weiche seinem Blick aus.

„Willst du drüber reden?"

Natürlich will ich das. Es brennt mir Löcher in die Seele. Doch ich bin viel zu durcheinander und sage nachher nur wieder das Falsche. Also beiße ich mir auf die Zunge, schüttele den Kopf und beschränke mich auf die Begegnung mit Dreiser.

Trotzdem fragt er behutsam nach. Während ich mir selbst beim Herumdrucksen zuhöre, überfällt mich die Furcht, er könne mein Gestammel missdeuten. Deshalb erkläre ich einigermaßen unvermittelt, Hendrik zöge mich zwar sehr an, aber wir kämen eben aus verschiedenen Welten.

„Das beeinflusst unsere Sicht auf die Dinge. Auch politisch."

Nun habe ich doch preisgegeben, worum es geht. Er ist dezent genug, nicht weiter zu bohren.

Wir stehen längst im Wohnzimmer. Der Raum ist hell und karg möbliert. An der rückwärtigen Seite Bücher, an den anderen Wänden Zeichnungen und Lithographien, darunter auch zwei echte von George Grosz. Das eigentliche Prunkstück jedoch ist der Balkon. Der guckt nach Norden und bietet eine atemberaubende Aussicht.

„Darf ich?"

Die Sonne im Westen wirft warmes Licht über die Kuppeln der Kirchen um den Gendarmenmarkt, den Turm von St. Marien und den Dom. An der Aussichtskugel des Fernsehturms bündelt es sich zu einem gleißenden Kreuz. Gestern hat Hendrik bemerkt, wie sehr das die Herren im Politbüro angeblich geärgert hat. „Immer wenn die Sonne schien, wurde ihre sozialistische Großtat zu einem christlichen Symbol ..."

Wieso ist der Dummkopf jetzt nicht hier und genießt den grandiosen Blick mit mir? Meine Augen schweifen weiter nach Westen, über den Reichstag, die Baustellen am Potsdamer Platz und das satte Grün des Tiergartens. Man erkennt sogar den großen Stern.

„Phantastisch ..."

Lauenstain räuspert sich. „Wenn du dich satt gesehen hast, gibt's Kaffee."

Er hat die Fotos schon rausgelegt. Daneben wartet eine Kanne unter einem altertümlichen Wärmer. Dazu gibt es Anisplätzchen aus einem niedlichen, bunt bemalten russischen Holzschälchen.

Ich setze mich neben ihn aufs Sofa. Alte Aufnahmen entfalten oft einen eigenen Zauber, beschwören eine andere Gegenwart, wecken Gerüche, Klänge, Farben, Stimmungen und Gefühle. Es fesselt mich sofort. So sehr, dass ich den Streit mit Hendrik für die nächste halbe Stunde fast vergesse.

Wir gehen die Bilder einzeln durch. Dann entdecke ich Käthe. Ich erkenne sie sofort, obwohl die Fotografie fleckig und unscharf ist. Ein Mädchenlachen unter Mittelscheitel und Ponyhaarschnitt. Mit Grübchen.

„Wann war das?"

„Das muss Frühjahr 1938 gewesen sein."

„Der schlaksige Junge da hinten bist du?"

Er nickt. „Sieh an", stößt er überrascht aus. „Mimi Elbohm!"

„Mimi Elbohm?"

„Käthes engste Freundin. Die zwei waren unzertrennlich."

„Was ist aus ihr geworden?"

Er stülpt die Unterlippe vor und zuckt die Achseln. „Ich glaube, sie hatte Glück. Aber ich weiß es nicht. Wer ging sagte es den anderen selten …"

„Wo ist Nora?"

„Die hat an dem Tag wohl gefehlt."

„Hast du ein Bild von ihr?"

Er sieht mich prüfend von der Seite an.

„Nur eins. Darauf ist sie schon älter."

Er erhebt sich, geht zu einem Schrank, wühlt einen Moment in der Schublade und kehrt mit einem vergilbten Briefumschlag zurück, aus dem er ein kleines Schwarz-Weiß-Foto fischt.

„Hier, das ist am Wannsee."

Auf dem Bild ist eine blond gelockte, junge Frau zu sehen, die quer auf einer zaunartigen Balustrade am Wasser sitzt. Sie trägt elegante Shorts und Sandalen und hat die Ärmel ihres Pullovers bis zur Armbeuge hochgeschoben. Ihr Lächeln wirkt so lasziv wie unschuldig.

„Hoppla", entfährt es mir.

Lauenstain lächelt geschmeichelt. „Ja, sie war nicht unattraktiv."

„Nicht unattraktiv? Sie sieht absolut umwerfend aus! Allein schon die Pose! Die ganze Art! Passt gar nicht in die Zeit. Neben der stellt man sich keine SA-Uniformen, sondern Typen wie James Dean vor."

Lauenstain nickt nachdenklich. „Ja. Sie träumte auch immer davon, nach Amerika zu gehen."

„Amerika?"

„Ja. Wegen der Musik. Sie liebte Jazz. Sie hat mich regelmäßig zum Schwofen in den Delphi-Palast geschleppt."

Er spricht das Wort nicht Englisch aus, sondern sagt „Jatz".

„In den Delphi-Palast?"

„Da ist in den Dreißigern Teddy Stauffer aufgetreten. Das war der Berliner Swing-Tempel. Den spielte man dort auch noch, als er längst verboten war. Bis weit in den Krieg."

„Wurde denn da nicht dauernd kontrolliert?"

„Kreuzten die Heinis von der Reichsmusikkammer auf, wechselte die Kapelle eben den Rhythmus." Er lächelt. „Es kam auch kein Mensch auf die Idee, englische Titel anzusagen. Ein Stück wie der ‚Tiger Rag' hieß eben ‚Schwarzer Panther' oder ‚Kätzchen im Park'…"

„Da seid ihr hin? Das ging so einfach?"

Sein Mund zuckt. „Klar. Es war sicherer als anderswo. Außerdem taten wir ja nur, was die Nazis uns sowieso unterstellten, warfen uns dem Kulturbolschewismus an den Hals und tanzten zu entarteter Negermusik."

„Hast du Bilder von dir aus der Zeit?"

Seine Finger gleiten in den Umschlag. Es sind drei Portraits einer Serie, offenbar im Winter aufgenommen. Aus dem schlaksigen Jungen ist ein schlanker, junger Herr mit Hut geworden, den Mantelkragen halb hoch geschlagen, den Schal lässig um den Hals geschlungen.

„Hübscher Kerl", lache ich erstaunt. „Der konnte sich vor Zuspruch bestimmt kaum retten."

Lauenstain langt nach den Zigaretten. „Lange her …"

„Wo ist das aufgenommen?"

„Auf dem Ku'damm. Nicht weit vom Kranzler."

„Wann?"

„Frühjahr '43. Kurz bevor ich Nora traf."

„Du warst schon abgetaucht?"

Er hüllt sich in Rauch und nickt bloß.

„Kein Wunder, dass du ihr gefielst: dressed to kill."

„Was soll das heißen?"

„Wörtlich: Verkleidet zum Töten."

Er muss plötzlich husten. „*Wie?*"

„Die fesche Kluft … so aufgedonnert."

„Wohl eher umgekehrt", sagt er nur.

Als wir mit den Fotos durch sind, schenkt er mir Kaffee nach.

„Nach dem Besuch bei Dreiser hast du also mit Larissa telefoniert?"

„Montag weiß sie, ob Generaloberst Beck mit einem Dr. Schwertfeger befreundet war."

„Was bedrückt dich dann so?"

„Ich glaube, ich hab' Dreiser wirklich Angst gemacht."

„Das wolltest du doch?"

„Nicht so."

Lauenstain reibt sich die Nase. „Und der Polizist?"

„Blockt alles ab. Ich soll mich nicht einmischen und seine Ermittlungen behindern."

„Was jetzt?"

„Morgen treffe ich einen Historiker in Steglitz. Dem zeige ich die Schwertfeger-Kopien und falls ich Bella endlich zu fassen kriege, verrät die mir vielleicht, wen Käthe in der letzten Woche getroffen hat."

Lauenstain verzieht verwundert den Mund.

„Du hast also noch gar nicht mit ihr gesprochen?"

„Nein. Bisher hatte ich kein Glück. Sie ist anscheinend dauernd unterwegs."

Er sieht mich einen Moment lang ganz merkwürdig an.

50

Als ich zurück in der Goethestraße bin, ist Caroline noch nicht zu Hause. Siedend heiß fällt mir ein, dass ich Reidenbach gar nicht angerufen habe. In der Kanzlei läuft schon das Band. Sein Privatanschluss steht nicht im Telefonbuch. Bis Montag früh kann ich ihn nun nicht mehr erreichen.

Es ist höllisch schwül. Der klebrige Film auf der Haut nervt, aber ich kann mich nicht aufraffen zu duschen. Stattdessen hole ich mir ein Glas Eistee ohne Eis, hocke mich auf den Balkon und brüte.

Wieso musste ich Hendrik unbedingt zu Lauenstain mitschleifen? Aber ich mobilisiere meinen Trotz. Selbst wenn. Kein Typ hat das Recht, mich so auf der Straße stehen zu lassen! Allein schon, wie er dabei geguckt hat!

Doch das fegt die Leere des näher rückenden Wochenendes leider nicht beiseite. Als Hendrik mich vorhin mit den Petit Fours gefüttert hat, streifte ich mit ihm innerlich schon durch den Park von Sanssouci. Stattdessen gähnen mich nun einsame Nächte an.

Kurz bevor ich ging, fragte Lauenstain mich noch, ob ich das Gefühl habe, voranzukommen. Ich heuchelte tapfer Optimismus, gegen die mitleidigen Zweifel in seinem Blick, und klammerte mich an das Treffen mit dem Hobbyhistoriker. Obwohl in den Sternen steht, ob der überhaupt etwas Greifbares über Schwertfeger liefert.

Sanssouci wäre schön gewesen. Mir graut vor dem Wochenende. Verdammt. Dabei kenne ich den Kerl kaum. Wo zum Teufel bleibt Caroline? Muss Mutter ausgerechnet jetzt in Südfrankreich sein?

Ich trage das leere Glas in die Küche, fische den Zettel mit Bellas Nummer aus der Tasche und schnappe mir das Telefon, wähle 001 212 und ihre siebenstellige Nummer. In New York ist jetzt Mittag und an einem Tag wie diesem, an dem alles in die Hose geht, rechne ich nicht ernsthaft damit, Bella zu erreichen. Doch mitunter geschehen Zeichen und Wunder. Statt des üblichen „Sorry, I'm not in right now, but you can leave a message" nimmt am anderen Ende tatsächlich jemand ab. Eine verwitterte Frauenstimme. Die leibhaftige Bella, genauso kratzig und verraucht, wie sie auch damals geklungen hat. Sofort habe ich wieder ihre gefärbten Haare, clownroten Lippen und die filterlose Zigarette vor Augen.

„Du bist es", sagt sie. „Endlich. Ich dachte, wir schaffen's nie. Warum hast du deine Nummer nicht hinterlassen? Ich hätt' dich zurückrufen können."

Sie hält sich nicht lange mit Betroffenheitsbekundungen auf, sondern will sofort wissen, was los ist. „Was hast du über diesen Schwertfeger rausgekriegt? Ist es der SS-Major?"

Offenbar hat sie nicht nur ständig mit Käthe telefoniert, sondern auch mit Elvira. Ich schlucke die Verwunderung runter.

„Morgen treffe ich einen Spezialisten für dieses SS-Amt. Der kann mir hoffentlich weiterhelfen."

Mein Englisch holpert anfangs, was Bella nicht weiter stört, obwohl die Verbindung lausig ist. Leider kann sie mir auch nichts Neues über Käthes Zeitplan verraten. Dafür weiß sie, wie Käthe drauf gekommen ist, sich ans Document Center zu wenden.

„Eine Bekannte von mir regte das an. Die hat dort selbst mal Akten durchgesehen."

„Ist das die Frau, die früher auch in Berlin gelebt hat?"

„Wie kommst du darauf?"

„Käthe erwähnt eine D. in ihren Notizen. Ich wollte dich ohnehin nach ihrem Namen fragen."

„Warum?"

„Weil Käthe schreibt, dass es ihr leid tut, wie sie mit ihr umgegangen ist. Offenbar hat sie sich deswegen Vorwürfe gemacht."

Bella schweigt.

„Außerdem bin ich jemandem begegnet, der während des Krieges auch hier versteckt war und Käthe von früher kannte."

„Der Mann, der mit ihr zur Schule gegangen ist?"

„Ja. Hat sie dir von ihm erzählt?"

„Was ist mit ihm?"

„Nun, vielleicht kannte er diese D."

„Vielleicht …“ Bellas Organ rutscht eine halbe Oktave tiefer und wirkt auf einmal merkwürdig flach. Es knattert in der Leitung und pfeift hohl.

„Erzähl mir von ihm.“

„Er war Käthes Freund und hat mir sehr geholfen. Ich mag ihn.“

Sie scheint eine Sekunde zu zögern. „Ist er irgendwie verkrüppelt?“

„Er humpelt etwas. Wieso?“

„Ach, nichts.“

„Was denn?“

„Es könnte alles ein Missverständnis sein.“

Sie klingt angespannt. Plötzlich beschleicht mich ein ungutes Gefühl.

„Wovon redest du?“

„Vergiss es“, sagt sie. „Du magst ihn und er hat dir geholfen. Ich will nichts in die Welt setzen.“

„Ich hab' keine Ahnung, wovon du sprichst!“

„Na schön. Die Frau, von der Käthe schreibt, hatte mit den Nazis eine böse Zeit …“

„Im Lager?“

„Das war nicht das Schlimmste …“ Bellas Stimme wird auf einmal brüchig. „Sie war jung und sah gut aus. Darum ließ sich die SS eine besondere Verwendung für sie einfallen. Muss ich weiterreden?“

„Nein …“ Mein Gaumen ist plötzlich trocken. „Nein. Ich hab' darüber gelesen.“

„Lesen ist was anderes, als es tun zu müssen, Kindchen“, krächzt Bella. „Sie hat's getan. Nicht einmal, nicht zehn Mal, sondern jeden Tag Dutzende Male, nur um zu überleben, und hinterher wusste sie nicht, ob sie noch leben wollte. Das weiß sie bis heute oft nicht. Darum hat sie nie drüber gesprochen, okay?“

„Ja, aber woher …"

„Ich hab' nur gewusst, dass sie aus Deutschland ist. Sie hat mir nie gesagt, woher. Inzwischen weiß ich, es war eine Kleinstadt irgendwo im Norden, doch damit rückte sie erst raus, nachdem Käthe losgefahren war."

„Warum?"

„Als ich ihr sagte, Käthe sei in Berlin und hat jemanden aus der Schulzeit wieder getroffen, der den Krieg über versteckt gewesen ist, wurde sie neugierig. Sie wollte alle Details von mir. Dann sagte sie, sie sei bis Dezember 1943 auch in Berlin gewesen."

„Ich denke, sie kommt aus der Provinz?"

„Berlin war größer und anonymer. Deshalb. Also: Sie lebte da mit gefälschten Papieren, was gut klappte, weil sie nicht besonders jüdisch aussah, bis sie eines Tages in einem Café von der Gestapo verhaftet wurde. Die kamen direkt zu ihr an den Tisch und nahmen sie fest. Die wollten noch nicht mal ihren Ausweis sehen." Bella pausiert und holt Luft. „Kurz vorher hatte sie eine Frau getroffen, die sie von früher kannte, auch eine abgetauchte Jüdin, und zwar in genau dem Café."

Ich muss schlucken.

„Du meinst, die hat sie verraten?"

„Sieht so aus."

„Warum?"

„Aus dem gleichen Grund, weshalb sie selber wenig später mit Männern schlief, die ihr eine Waffe an die Schläfe setzten …" Bella zündet sich eine Zigarette an, inhaliert geräuschvoll und bläst den Rauch in die Sprechmuschel. „Du bist so still, Kindchen. Hab' ich dich schockiert? Wusstest du etwa nicht, dass die Nazis einige von uns dazu benutzt haben?"

Mein Nacken brennt. „Doch", sage ich. „Kürzlich ist

ein Buch über jüdische Gestapo-Greifer erschienen. Von einem amerikanischen Journalisten, der in Berlin aufgewachsen ist. Wie Käthe. Ich hab's noch nicht gelesen."

„Wieso nicht?"

„Weil ich den Verdacht hab', dass es nur das deutsche Bedürfnis bedient, nachzuweisen, dass auch Juden zu Tätern werden können."

„Das gefällt dir nicht?"

„Es ist die Kehrseite der Medaille, im Nachhinein so zu tun, als seien alle jüdischen Opfer gut und edel gewesen."

Bella lacht kurz auf. „Weißt du, was ich an den Deutschen am wenigsten mag?"

„Nein."

Sie hustet. „Genau das. Doch die größten Schmocks sind die, die ihnen diesen Schmonzes auch noch abkaufen!"

Ich muss wider Willen lachen.

„Was wollte Käthe denn nun von der Frau?"

„Nicht so wichtig. Kümmere du dich um diesen Nazi!"

„Ich brauch' ihren Namen!"

„Wozu?"

„Unter anderem, um ihr zu sagen, wie sehr es Käthe leid tat."

„Das kann auch ich ihr sagen. Sobald ich sie erreiche."

„Wann?"

„Keine Ahnung. Vielleicht schon morgen."

Sie lässt mich ins Leere laufen. Ich hole Luft. „Außerdem würde die Tochter des Mannes, über den wir grad sprachen, gern mit ihr reden."

„*Seine Tochter?* Warum?"

„Wie soll ich das erklären? Sie weiß kaum was über ihn. Ihr Verhältnis ist kompliziert."

„Kompliziert?"

„Spannungen. Probleme. Mir fehlen die Wörter auf Englisch. Sie waren fast dreißig Jahre durch die Mauer getrennt. Sie lebte in Westberlin, er in Ostberlin. Sie sind wie Fremde."

Es bleibt eine Weile still. Parallel rauschen stetig klackend die Einheiten an meinem Ohr vorbei. Caroline wird bei ihrer nächsten Telefonrechnung aus der einen oder anderen Wolke fallen.

„Was hast du mit ihr zu tun?"

„Sie unterstützt mich."

„Zusammen mit ihrem Vater?"

Bella spricht das „Vater" ganz eigenartig aus, als setze sie es in Anführungszeichen.

„Nein. Unabhängig von ihm."

„Du vertraust ihr?"

„Ja."

Ihre Reserviertheit schüchtert mich ein. Ich begreife nicht, wieso sie mauert. Dass sie den Namen ihrer Freundin nicht ohne deren Einverständnis rausrücken will, leuchtet mir ein, besonders nach der Horrorgeschichte eben, doch was hat das mit Larissa zu tun?

„Kannst du deine Bekannte nicht einfach fragen, ob es in Ordnung ist, ihre Telefonnummer an mich weiterzugeben?"

„Vielleicht solltest du vorher besser mit dieser Frau klären, welche Sorte Ärger sie mit ihrem Vater hat!"

„Das hab' ich sie schon gefragt."

„Und?"

„Sprich selbst mit ihr."

„Na schön", knurrt sie.

Ich krame Larissas Nummer raus, schwitze, wische mir über die Stirn und reibe die Hand an der Jeans ab. So rächt sich die fehlende Dusche. Wie hätte ich auch ahnen sollen, dass Bella sich als derart zäh erweist. Käthe hat sie zwar mal als „tough cookie“ apostrophiert, doch das ist untertrieben. Sie ist Granitgebäck. Ich gebe ihr die Nummer durch und rappele mich noch mal auf. „Frag die Frau, ob sie eine Nora kennt!“

„Wie?“

„NORA.“

„Wer ist Nora?“

„Ein anderes verschollenes U-Boot.“

Bella hat mich nicht verstanden. „Wer?“

„Sie war auch untergetaucht.“

Ich höre, wie der Schlüssel im Schloss geht. Caroline taucht im Flur auf. Sie sieht abgekämpft aus. Da sagt Bella: „Ich kann dir nichts versprechen, aber ich werd‘ mit ihr reden, okay?“

„Danke.“

„Dank’ mir lieber nicht zu früh.“

51

In dieser Nacht schlafe ich schlecht. Es ist heiß und drückend, und obwohl das Fenster sperrangelweit offen steht, ist die Luft zum Schneiden. Das Leinen ist feucht und klebt. Ich wälze mich stundenlang hin und her. Erst als draußen bereits der Tag graut, wird es etwas kühler und ich dämmere weg.

Ich träume wirr. Keine guten Träume. In einem davon liebt Hendrik Larissa auf einer verbrannten Wiese in Sanssouci. Zunächst denke ich, es sei Larissa, doch als die Frau mir ihr Gesicht zudreht, ist es das Triumphgrinsen von Betty. Ich will schreien, aber bringe nicht mal ein Krächzen raus. Schließlich erhebt sich Hendrik wortlos, knöpft seine Hose zu und schreitet mit ausladenden, provozierend weichen Bewegungen die Allee hinunter Richtung Grand Palais. Ohne sich ein einziges Mal umzusehen.

Ich begreife im Traum, dass ich nur träume, aber fühle das Gleiche wie nachmittags auf der Straße und bin erleichtert, als die Szene endlich wechselt. Nun bin ich nicht mehr in Potsdam, sondern in Weißensee. Die Bäume entlang der Allee, über die Hendrik gerade verschwunden ist, verwandeln sich in strotzend blühende Rosskastanien. Dann sehe ich Vater und Lauenstain. Sie sitzen plaudernd auf einer Parkbank und sind so ins Gespräch vertieft, dass sie mich erst bemerken, als ich direkt vor ihnen stehe. Vater sieht auf und lächelt ein erkennendes Lächeln, so wie er früher immer gelächelt hat, wenn er mich „seine Maja" nannte.

Eine Welle staunender Dankbarkeit erfüllt mich. Ich strecke den Arm aus, um ihn zu berühren, aber meine Hand greift ins Leere. Nur noch das rissige, graue Holz der verwitterten Rückenlehne. Der Himmel ändert schlagartig seine Farbe in fahles Gelb. Lauenstain steht jetzt hinter mir. Er bleckt die Zähne und sieht aus wie Josef.

„Warum hast du auch daran gerührt", sagt er betrübt. „Weißt du Dummerle denn nicht, dass es immer Dinge gibt, die unerledigt bleiben?"

Ich schrecke nass geschwitzt hoch. Entfernt kreischt eine S-Bahn. Ich denke an Hendrik und sofort holt mich der Schmerz wieder ein. Der Tag türmt sich auf wie ein Berg.

Ich dusche kalt und besorge Schrippen und eine Zeitung. Auf dem Karl-August-Platz bauen Markthändler ihre Stände auf. Eine gute Stunde später, als ich längst wieder in der Küche sitze und bereits ins Feuilleton vorgedrungen bin, erscheint eine völlig verschlafene, aber schon rauchende Caroline, schlurft zur Spüle und hält eine Tasse mit Schnellkaffee unter den Warmwasserhahn.

„Wieso bist du denn so erbarmungslos früh auf?"

„Ich konnte nicht schlafen."

Sie zuckt bedauernd die Achseln, erklärt sie werde sich noch eine Weile hinlegen und verschwindet wieder. Ich blättere weiter in der Zeitung, bin aber viel zu angespannt, um mich zu konzentrieren und ärgere mich, dass der Hobbyhistoriker erst heute Nachmittag Zeit hat. Statt weiter in der Küche zu hocken und zu grübeln, gehe ich besser an die Luft. Bis zum Charlottenburger Schloss braucht man keine halbe Stunde. Das ist zwar nicht Sanssouci, aber hat wenigstens einen Park.

Als ich in Steglitz aus der U-Bahn steige, ist der Himmel stumpf und trübe, fast wie in dem Alptraum. Ich habe noch Zeit, also gehe ich von der Nordseite aus durch den Botanischen Garten, vorbei an dem Wasserturm und dem Glaspalast des Tropenhauses, bis ich an der Südostpforte der Anlage lande, die auf ein avenueartiges Asphaltband mündet. Schräg gegenüber hockt ein wuchtiger, grauer Komplex, der sich über den gesamten Häuserblock erstreckt: Das frühere SS-Wirtschaftsverwaltungshauptamt.

Neben dem Portal wartet ein hagerer Mensch, der trotz der Temperaturen in einem zeltartigen Parka versinkt. Er hält sich gekrümmt, hat einen Ziegenbart und raucht an einer Selbstgedrehten. Ich will auf dem Absatz kehrtmachen, doch er hat mich schon erspäht und äugt mir über seine Nickelbrille entgegen. Er schielt nach außen, mit der gleichen Art Chamäleonblick wie einst Marty Feldman.

„Frau Schäfer?"

Sein Ton ist nicht unangenehm, ähnlich klar wie am

Telefon und ein krasser Kontrast zur übrigen Erscheinung. Als sei seine Vogelscheuchenoptik nur eine raffinierte Tarnung. Und er ist älter, als es auf den ersten Blick aussieht. Mindestens fünfzig.

„Ich werde Sie ums Gebäude herum führen … Viel länger als eine Stunde brauchen wir nicht. Bei Fragen können Sie mich jederzeit unterbrechen."

„Sehen Sie sich das bitte vorher kurz an." Ich hole die Duplikate von Käthes Kopien aus der Tasche. „Mir ist nicht klar, woher meine Tante die hatte."

Er geht die Blätter langsam durch, mustert einzelne intensiver und zwirbelt an seinem Bärtchen. „So ad hoc nicht. Manchmal findet man Vermerke alliierter Behörden, die die Akten nach dem Krieg gesichtet haben. Die fehlen hier. Es gäbe demnach verschiedene Möglichkeiten. Ich fürchte, das braucht noch etwas Zeit mit Ihrem Dr. Schwertfeger …"

Es ist nicht „mein Dr. Schwertfeger", denke ich nur. Als könne er Gedanken lesen, schiebt er sofort hinterher: „Nehmen Sie das Possessivpronomen nicht persönlich. Darf ich die Kopien einstecken?"

Ich nicke. „Man hat mir übrigens vorgeworfen, sie seien gefälscht."

Er lacht ein helles, meckerndes Lachen. „Was sollte daran gefälscht sein?"

„Vielleicht der Name."

„Da gäbe es Besseres."

„Sie halten sie also auch für echt?"

„Hundertprozentig weiß man das erst, wenn die Originale vorliegen, aber ich denke schon." Er faltet die Kopien zusammen und verstaut sie in der Innentasche seines Parkas. „Wollen wir?"

„Gerne …"

Er tritt drei Schritte zurück. Sein Gesicht strafft sich und er wechselt unvermittelt in Vortragsmodus.

„Wir stehen hier vor einem der vergessenen Tatorte des Dritten Reichs, einem der unscheinbarsten und zugleich der monströsesten. Man sieht es dem Bau nicht an, welch immense Macht sich hier ballte, doch innerhalb der SS bildete das Wirtschaftsverwaltungshauptamt das Gegenstück zum Reichssicherheitshauptamt ..."

Sein Blick tastet die Fensterfronten ab, als säßen dahinter noch immer Nazi-Bürokraten und keine biederen Finanzbeamten.

„Die SS ist nicht nur Staat im Staate, sondern ein gigantischer Konzern. Hier befindet sich die Zentrale: Schaltstelle zwischen Apparat, Partei und Privatunternehmen. Geleitet wird sie von Oswald Pohl, einem ehemaligem Marinezahlmeister und „altem Kämpfer", der als Himmlers „graue Eminenz" gilt. Pohl baut als Chef der kombinierten SS-Hauptämter „Haushalt und Bauten" und „Verwaltung und Wirtschaft" ein gigantisches Firmenimperium auf. Den Grundstock dafür liefert erpresstes jüdisches Vermögen. Dabei spielt die Dresdner Bank eine Schlüsselrolle. Die sondiert Objekte, schlägt sie der SS zur Arisierung vor und finanziert deren Übernahme. Ein Geschäft auf Gegenseitigkeit: Erst die intime Nähe zur SS macht die kleine Dresdner Bank zu dem, was sie heute ist ..."

Sein Mund verzieht sich zu einem unschönen Lächeln.

„Ende der Dreißiger besitzt die SS Steinbrüche, Baustofffirmen, Forst- und Fischereibetriebe, kontrolliert die Saft- und Mineralwasserbranche. Nach Kriegsbeginn verschiebt sich ihr Engagement auf den Rüstungssektor. Der verspricht nicht nur höhere Profite, sondern auch politischen Machtzuwachs. Zumal massiver Arbeitskräftemangel herrscht. Februar 1942 befiehlt Himmler Pohl, die Ämter „Haushalt und Bauten“ und „Verwaltung und Wirtschaft“ zusammenzulegen, um den „menschlichen Rohstoff“ aus den Lagern dem Zugriff des Rüstungsministeriums zu entziehen, und die SS beginnt Arbeitssklaven an Privatfirmen zu vermieten.“

Während er doziert gehen wir langsam um den vierstöckigen Gebäudekomplex herum, der eine ähnliche Unnahbarkeit ausstrahlt wie die Bauten am Fehrbelliner Platz: typische NS-Architektur, die Gewalt mit Größe und Brutalität mit Stärke verwechselt. Unterwegs weist er auf Bombenschäden hin und skizziert das Bunkersystem, das unter den nahe gelegenen Fichteberg führt.

„Am 1. März 1943 werden hier im Hof zwei Häftlinge gehenkt. Ein Pole und ein Deutscher. Sie waren zu Aufräumarbeiten nach einem Luftangriff eingesetzt und hatten sich eine beschädigte Konservendose angeeignet.“

Er fährt sich an die Nase und macht einen eigenartigen Knacklaut, der als Abscheu gedeutet werden kann. Ich spüre, wie ich ungeduldig werde. Ich hatte gehofft, er könne mir auf einen Blick sagen, woher Käthe die Akten hat, doch dafür muss er erst nachforschen. Stattdessen schüttet er mich nun mit gruseligen Details zu.

„Die Firmen zahlen pro Häftling zwei bis sechs Reichsmark täglich und sorgen für die Infrastruktur. Die SS stellt die Bewacher und garantiert Arbeitsunfähige auszutauschen. Die werden mit Phenolinjektionen getötet oder kommen ins Gas. Pohl ordnet an, der Einsatz müsse im wahrsten Sinne des Wortes erschöpfend sein und lässt ausrechnen, bei welcher Lebenserwartung ein Häftling die höchste Rendite bringt. Das nennt er Vernichtung durch Arbeit.“

„Wie lange musste man arbeiten, bevor man sterben durfte?“

„Neunzig Tage. Rudolf Höss, Kommandant von Auschwitz und späterer Amtschef D I im WVHA, sagt nach dem Krieg, pro Monat sei etwa ein Fünftel der Häftlinge ausgefallen. Doch das dürfte eher zu niedrig angesetzt sein."

Ich atme durch und denke an Clara.

„Die Firmen sorgen für die Infrastruktur, heißt, sie errichten eigene KZs?"

Er nickt. „Bei Kriegsende gibt es offiziell 1.634 Nebenlager. Überwiegend auf Privatgelände. Wobei zu unterstreichen ist, dass keine einzige Firma je dazu gezwungen wird, mit der SS zusammenzuarbeiten. Im Gegenteil. Die Firmen reißen sich um die billigen Arbeitskräfte."

Er pausiert kurz. „Können Sie noch?"

Ich zucke wortlos die Achseln. Seine Frage ist rein rhetorisch. Er will es loswerden und ich bin dazu verdonnert ihm zuzuhören. Allerdings schielt er hin und wieder angestrengt zum Himmel, wo sich düstere Wolken zu ballen beginnen.

„Sklavenarbeit ist nur eine der Säulen des SS-Imperiums", sagt er. „Die andere ist der industrielle Massenmord. Das Wirtschaftsverwaltungshauptamt schöpft sämtliche Werte ab, die bei der Vernichtung der Juden und Zigeuner anfallen. Hier in Lichterfelde wird dieses Vermögen erfasst, geschätzt und verteilt. Ein Großteil fließt auf ein Reichsbankkonto zugunsten eines fiktiven Max Heiliger, aus dem sich die SS-Holding im Sommer 1943 mit einem Kredit über 30 Millionen Reichsmark bedient ..."

Er spricht jetzt schneller, als fürchte er, ich liefe ihm weg, bevor er es zum Eigentlichen schafft.

„Odilo Globocnik, SS- und Polizeiführer im Distrikt Lublin, legt am 15. Dezember 1943 einen vorläufigen Abschlussbericht über die Geld- und Sachwerte vor, die die „Aktion Reinhard" seit dem 1. April 1942 gebracht hat.

Die Summe beträgt 178.745.960, 59 Reichsmark. Zusätzlich fallen der SS Gegenstände im Wert von 180 Millionen Mark in die Hände ..."

Wieder dieser Knacklaut.

„Jüdisches Kapital, das sich nicht abziehen lässt wie Fabriken, übernimmt die eigens zu diesem Zweck gegründete „Ostindustrie GmbH". Die Osti hat acht größere Werkseinheiten. Herbst 1943 werden sämtliche Juden, die für die Osti arbeiten, in Todeslager deportiert. Am 3. November feiert die SS ihr so genanntes Erntefest. In den Lagern Trawniki, Poniatowa und Majdanek erschießen Polizeiregimenter und Waffen-SS insgesamt etwa 43.000 Menschen."

Wir sind an der Nordseite des Blocks entlang gegangen, um die Ecke gebogen und befinden uns nun auf dem Begonienplatz, mitten in einem adretten Wohnviertel zwischen Buchsbaumhecken und begrünten Vorgärten. Die Bebauung ist schon älter und stammt aus der Vorkriegszeit.

Verputzte Fassaden und Geranien in Eternitkästen. Sauber, langweilig und gepflegt. Eine deutsche Spießeridylle. Vermutlich hat es hier Anfang der Vierziger schon genauso ausgesehen.

Für Pohls Mitarbeiter der tägliche Weg zur Arbeit, ihr Blick aus dem Bürofenster, die Kulisse, vor der sie erwogen, das Körperfett der Ermordeten zum Befeuern der Krematorien zu nutzen, um Kosten zu sparen.

Mittlerweile kann ich wirklich nicht mehr. Ich ersticke unter der Flut gruseliger Details. Der Mann neben mir, dessen Augen längst fiebrig glänzen, ist eben dabei mir aufzuzählen, wie viele Tonnen Menschenhaar und Zahngold aus Auschwitz bis Ende 1944 ins Reich geschafft worden sind. Auch das weiß er bis hinters Komma auswendig und betet es mit akribischer Besessenheit runter, als lasse sich das Grauen so dingfest machen.

Ich unterbreche ihn.

„Wo landete die Beute nach dem Krieg?"

„Als abzusehen ist, dass Deutschland verliert, denkt man sich alle möglichen Wege aus, um Gold und Devisen in neutrale Länder zu schaffen. Ein Großteil fließt in die Schweiz, anderes nach Lateinamerika und in die arabische Welt."

„Da ist es bis heute?"

Er zuckt vielsagend die Achseln.

„Und die Mitarbeiter des WVHA?"

„Hier waren 1.700 Menschen beschäftigt. Davon wurden später genau 17 vor Gericht gestellt."

„Und Pohl war der Einzige, den man hinrichtete?"

„Richtig. Am 31. Januar 1951 revidiert US-Hochkommissar John McCloy auf Druck deutscher Politiker und der Kirchen die Urteile aller in Landsberg einsitzenden Kriegsverbrecher. Zwei Drittel kommen sofort frei. Fast alle übrigen Todesurteile werden in Haftstrafen umgewandelt. Bei Pohl allerdings streikt McCloy. Einen Menschenschinder dieses Formats, der persönlich befohlen hat, After und Scheide der Vergasten nach Wertsachen zu durchsuchen, könne er nicht begnadigen."

Der kleine Mann hat den Tabak aus seiner Parkatasche geholt und dreht sich eine Zigarette. Seine Zunge gleitet über die Gummierung, dann flackern die losen Tabakfädchen auf.

„Pohl selbst hält sich für unschuldig. An Ex-Admiral Gottfried Hansen, der für ihn bei Adenauer vorstellig wird, schreibt er, kein Mensch sei durch ihn verfolgt, eingesperrt, gequält oder gar umgebracht worden. Das Gericht habe ihn in Zuständigkeiten ‚gezaubert'. Da sein

Vorgesetzter durch Selbstmord ausgefallen sei, habe man sich eben den Zahlmeister gegriffen. Das Urteil sei glatter Justizmord."

„Und die Öffentlichkeit?"

„Die katholische Kirche nimmt Pohl 1950 als Konvertiten in ihren Schoß auf. In einem Landshuter Verlag erscheint ein vom späteren Monsignore Morgenschweis herausgegebenes Bekenntnis: „Credo. Mein Weg zu Gott. Von General der Waffen-SS a. D. Oswald Pohl". Darin attestiert Morgenschweis Pohl Gebetseifer und Opfergeist von seltener Größe. Er sei ein Mann von hoher Geistes- und Herzensbildung. Aufrecht, gerade und wahrhaft, erfüllt von innigem Gebetsgeist, Bekennermut und apostolischem Eifer, Dankbarkeit und Demut gegen Gott in der Bereitschaft, dort Schuld zu bekennen, wo Schuld ist."

Er lässt ein irres Lachen hören, aber fängt sich sofort wieder, hustet, und sieht in den düsteren Himmel.

„Es wird gleich regnen. Falls Sie noch Fragen haben, rufen Sie mich an."

Von einer Sekunde auf die andere mutiert er wieder zu dem verhuschten Männchen. Als ich mein Portemonnaie zücke, wehrt er ab.

„Behalten Sie Ihr Geld. Das ist das Mindeste … Ich muss jetzt."

Er dreht sich um und läuft buchstäblich weg.

„Sekunde!"

Schon im Gehen wendet er sich um. „Um die Kopien und Schwertfeger kümmere ich mich. Keine Sorge."

„Da ist noch was."

„Ja?"

„Wie kommen Sie überhaupt zu dem Thema?"

Er bleibt ein paar Meter entfernt stehen. Sein Lächeln

wirkt panisch. „Niemand hat seine Verbrechen so gut dokumentiert wie die Nazis …"

„Weshalb gerade das Wirtschaftsverwaltungshauptamt?"

„Es ist einer der schlimmsten Orte."

„Und Sie! Was haben Sie damit zu tun?"

„Fragen Sie nicht!"

„Wieso?"

„Ihre Großmutter war in Belsen …" Er stockt.

„Ja, und?"

„Es tut mir leid. Ich kann Ihnen gar nicht sagen, wie sehr."

Sein Ton verstört mich. „Danke", lächele ich ratlos. „Warum sagen Sie mir das?"

„Weil Sie es leichter haben …"

„Leichter als wer?"

„Sie haben nichts mit denen zu tun. Seien Sie froh! Sie wissen gar nicht, wie froh Sie darüber sein können!" Er wedelt mit dem Arm vage in Richtung des Gebäudes und jetzt sieht er wirklich aus wie eine gerupfte Krähe.

Mein Körper reagiert eher als der Kopf. Das Herz schlägt mir auf einmal heftig gegen die Rippen. „Wie heißen Sie wirklich?"

Er schüttelt langsam den Kopf, widerstrebend, trotzig, gequält. „Ich hab' Sie nicht angelogen. Es ist der Mädchenname meiner Mutter." Sein Gesicht ist verzerrt. „Aber das hilft auch nichts!"

Ein Blitz zuckt. Donner rollt. Er weist zum Himmel, wirft die Parkakapuze über, macht kehrt und wieselt davon.

Ich bin wie erstarrt. Dann klatscht mir ein Regentropfen auf die Stirn, dem nach dem ersten Windhauch drei Dutzend weitere folgen. Mit einem Mal wachsen zerplatzende Fontänen aus dem Boden und hüllen die fliehende Gestalt in wogende Schleier.

Ich starre ihm nach und starre immer noch, als er längst verschwunden ist. Triefend vor Nässe, bis ich merke, dass ich zittere.

52

Als ich zehn Minuten später am Schlossparktheater vorbei auf den Kreisel zugehe bin ich völlig durchgeweicht, aber lasse den Eingang zur U-Bahn rechts liegen und laufe weiter. Ich muss mich bewegen. Den Regen spüre ich kaum. Trotz der Gänsehaut. Ich mag Regen.

Früher hat Mutter gesagt: „Wenn der Himmel weint, wäscht er die Welt."

Das ist ein schönes Bild. Obwohl es gelogen ist.

Denn das, was mir da aus den Augen läuft, ist eher eine allergische Reaktion. Weniger auf die schwefelhaltige Säurebrühe, die sich als Sommerregen verkleidet, als auf das Geständnis des kleinen, krähenartigen Mannes.

Der ist zum Bemitleiden. Doch sein Neid dreht mir den Magen um. Dieser Neid darauf, dass ich es vermeintlich „leichter habe". Er glaubt an der größeren Bürde zu schleppen, hält sich für bedauernswerter: Das schuldlos schuldige Täterkind, ohne eigenes Zutun auf ewig verflucht.

Ihn interessiert nicht, was seine Details bei mir auslösen. Mit welchen Schuldgefühlen Vater ein Leben lang gerungen hat, dafür, dass er noch lebte. Das kann er sich nicht vorstellen. Das spielt für ihn im Licht seiner eigenen Tragik, der Sohn Pohls oder irgendeines anderen Schreibtischmonsters zu sein, nicht die geringste Rolle.

Täterkinder wie er tragen die Schande wie einen Schild,

sind auf perverse Weise stolz darauf und verkaufen es sich und dem Rest der Welt als Sühne. Das klappt hervorragend. Hier, in diesem Land. Genauso hervorragend wie Dreisers öffentlich beschworener Respekt für das Andenken der „ermordeten jüdischen Mitbürger", während er mit Zähnen und Klauen das Beuteerbe seiner Gattin verteidigt.

Der Klinker des Steglitzer Rathauses glänzt wie blutig gelackt. Keine fünf Tage ist es her, da hat Reidenbach mich zu der Podiumsrunde mitgenommen. Fünf Tage! Es kommt mir wie Monate vor!

Als ich die Schlossstraße hoch laufe und an unterschiedlichsten Geschäften vorbei komme denke ich daran, was Reidenbach über die Flut von Firmenjubiläen gesagt hat. Fast zwanghaft frage ich mich bei jedem Schaufenster, welcher Name hier wohl früher überm Eingang gestanden hat. Vor 1938.

Nicht weit von Carolines Haustür ist ein kleiner Laden. Nach außen hin wirkt er völlig unspektakulär. Es gibt kein Neon, keine Auslage, kein Schild. Der gekachelte Raum ist schmucklos und die Regale hinter der Verkaufstheke fangen nur Staub. Wenn geschlossen ist, blockieren grüngraue Jalousien die Sicht ins Innere.

Einmal bin ich einem vierschrötigen Mann mit Hut begegnet, der sich aus einem alten Benz wuchtete und Schlüssel klimpernd der Tür zustrebte. Später am Abend habe ich Caroline gefragt, was es mit dem Laden auf sich hat.

„Das ist eine jüdische Fleischerei. Ich hab' da noch nie gekauft, aber angeblich ist das Geflügel ausgezeichnet."

Ich frage mich, wieso der Schlachter auf jede Werbung verzichtet. Schließlich isst auch der eine oder andere Goi gelegentlich Huhn. Aber er legt offenbar Wert auf flaches Profil. So wie die Synagoge in der Pestalozzistraße. Auch die fällt nach außen hin kaum auf. Selbst das schüchterne Messingschildchen am Portal schimmert im gleichen Farbton wie der Fassadenanstrich. Ins Auge fallen bloß die uniformierten Polizisten, die auf dem Bürgersteig stehen und ihre Maschinenpistolen streicheln.

So sieht die Normalität aus, für die, die es angeblich „leichter haben". Fast fünfzig Jahre danach.

53

Es regnet nicht mehr, doch ich bin klitschnass und merke, wie sich die Luft abgekühlt hat. Ich will zum U-Bahnhof Walther Schreiber Platz, aber es ist weiter als gedacht und die Schlossstraße lang. Neben dem Betonbalken der Autobahnbrücke dräut der „Bierpinsel". Der Turm wirkt wie die Karikatur eines futuristischen Fliegenpilzes. Soll keiner sagen, nur die Ostberliner bauten scheußlich.

Mich fröstelt. Ein Stück weiter Richtung Feuerbachstraße gibt es eine kleine Konditorei. Die hat Caroline mir mal gezeigt, um sich ein Stück Sacher-Torte zu gönnen und mir die „schrille Atmo" vorzuführen. Es ist die sterbende Spezies Café, wo frisch frisierte, ältere Damen zwischen Spitzengardinen auf Samtplüschmöbeln thronen, sich allen Diabetesvorschriften zum Trotz durch Sahnetorten schaufeln, verfettete Pudel mit Keksen füttern und das Häubchen der Serviererin kommentieren. Hin und wieder mag ich solche Läden. Besonders, wenn mir kalt ist.

Endlich sehe ich den Schriftzug auf der anderen Straßenseite. Ich steuere schon darauf zu, als mir ein grobschlächtiger Mann in einer der Fensternischen ins Auge fällt. Er guckt zu mir rüber, aber nimmt mich gar nicht wahr, weil er gerade seinem Gegenüber lauscht. Von dem sehe ich nur Rücken und Haarschopf. Doch das reicht.

Ich weiß, dass Jenninger in Steglitz wohnt. Daher erstaunt es mich nicht sonderlich, dass er in diesem Café sitzt, obwohl er eher der Typ für Cevapcici im Balkan-Grill ist. Doch was hat Hendrik an seinem Tisch verloren?

Es muss eine Sinnestäuschung sein. Meine Sehnsucht. Oder Paranoia. Aber es ist keine Sinnestäuschung. Mir wird heiß und kalt. Dann greifen die Überlebensreflexe. Ich drehe mich von Jenninger weg, als betrachte ich die Auslage und stehle mich aus seinem Sichtfeld.

Kurz darauf sitze ich in der U-Bahn. Noch immer wie betäubt. Mein Puls hämmert. Worüber reden die zwei da? Wie sind sie überhaupt zusammengekommen? Ich habe Jenninger nie von Hendrik erzählt. Also kennen sie sich längst oder Hendrik hat den Kontakt hergestellt. Wie auch immer, er hat es mir verschwiegen. Obwohl er weiß, was ich über den Kommissar denke und er Gelegenheit genug gehabt hätte, es mir schonend beizubringen.

Gestern haben wir über Vertrauen gesprochen. Egal wie ich es drehe, diese Unterlassung ist ein übler Vertrauensbruch.

Fragt sich nur, wie weit der Bruch geht. Denn was ich da beobachtet habe, wirkte nicht offiziell, sondern eher konspirativ. Deswegen auch die schräge Örtlichkeit, in der man normalerweise keinen von beiden vermuten würde. Sie wollen vermeiden, dass irgendwer sie miteinander in Verbindung bringt.

Wieso wollen sie ihre Verbindung verheimlichen? Vor wem? Dafür fällt mir nur eine Erklärung ein. Reidenbach hat sich getäuscht. Der Kommissar arbeitet doch für Dreiser. Und Hendrik?

Sein Klappcomputer geistert mir durch den Sinn.

Dies angeblich günstig gebraucht gekaufte Teil und die verräterische Eile, mit der er es gestern geschlossen hat. Damit ich auf keinen Fall mitbekomme, was er schreibt. Laptops sind teuer. Der Neupreis des Geräts, das auf seinem Schreibtisch herumstand, dürfte zwischen zwei- und dreitausend Mark liegen. Vermutlich locker das Doppelte von dem, was er im Monat nach Hause trägt. Woher hat er das Geld, sich so was zu leisten? Anders gefragt, wer finanziert ihm den Spaß? Etwa die Bank? Oder hat er einen Sponsor? Falls ja, fällt mir da eigentlich nur einer ein und dann brauche ich auch nicht mehr lange zu rätseln, welche Gegenleistung der dafür erwartet. Hendrik wäre der ideale Informant.

Spätestens nachdem ich bei Jenninger gewesen bin, hat Dreiser begriffen, dass ich Nachforschungen anstellen würde und vorausgesehen, dass ich früher oder später auch in der Alten Schönhauser aufschlagen würde. Und wenn er mir den hübschen Hendrik als seinen persönlichen Gegenspieler präsentierte, hatte er beste Chancen, dass ich ihm auf den Leim ging.

Zumal Hendrik so tat, als sei er selbst ein Opfer der Bau- und Invest und gleich mit einem fetten Köder aufwartete: Der Horrorstory über misshandelte Mieter und dem Angebot, Kontakt zu einem Ex-Nazi herzustellen, der aus der Schule plauderte.

Tatsächlich hatte Timo mir nichts Konkretes verraten, aber das so eindringlich, dass ich völlig geplättet war und Hendrik mir anschließend die dramatische Haftgeschichte beichten konnte. Pünktlich vor seinem ersten Zusammentreffen mit Lauenstain. So hatte er einen triftigen Grund, sich sofort mit ihm anzulegen und den Einzigen, der seiner Legende eventuell gefährlich werden konnte, vor mir schlecht zu machen.

Doch das lässt etwas Entscheidendes aus: Woher weiß er so gut über Käthe Bescheid? Wie kommt es, dass er das traumatische Erlebnis, das sie als Kind am Fenster gehabt hat, genauso erschütternd nacherzählen kann wie Arno Wyden? Er ist weder Arno noch Mabel je begegnet.

Wahrscheinlich hat er es direkt von Käthe. Weil auch sie ihm vertraute. Ähnlich blind wie ich. Er tischte ihr seine herzzerreißende Story auf und sie fiel darauf rein. Nur hat sie sich ihm nicht gleich an den Hals geworfen.

Falls das stimmt, geht es vielleicht sogar noch einen Schritt weiter. Obwohl sich alles in mir sträubt: Wer war besser geeignet, um Käthe nachts auf die Putlitzbrücke zu locken? Wer, wenn nicht ein charmanter, historisch interessierter junger Mann, der an ihren Lippen hing und sie einlud, ihr Berlin zu zeigen? Sie ging gern zu Fuß und war völlig arglos.

Vermutlich waren sie vorher in der Levetzowstraße, hatten sich die Brache angeguckt, wo früher die große Synagoge stand. Die Synagoge, in der die Gestapo die Männer, Frauen, Kinder und Greise sammelte, um sie vom nahe gelegenen Bahnhof aus in den Tod zu schicken. Er brauchte ihr bloß vorzuschlagen, noch einen Abstecher zum Mahnmal zu machen. Sie an die passende Stelle zu lotsen, von hinten zu packen und über die Brüstung zu werfen, war eine Sache von Sekunden. Fußgänger gab es auf der Brücke kaum und nachts auch nur wenige Autos. Falls sie schrie, konnte sie so laut schreien, wie sie wollte. Zumal sie nicht lange geschrien haben dürfte.

Ich merke erst jetzt, dass ich zittere. Mein Inneres fühlt sich eisig an.

Bringt einer wie Hendrik so etwas fertig? Einer, dessen Augen feucht werden, wenn er die Verse eines versoffenen russischen Liedermachers übersetzt? Der neben mir liegt, mich minutenlang mit Blicken liebkost, um sich danach leise seufzend auf den Rücken zu wälzen, an die Decke zu starren, und, wenn ich ihn frage, wieso er seufzt, mich wieder anzusehen, und zu sagen: Weil es mir Angst macht, wie glücklich ich bin.

So gut kann keiner lügen, oder?

Dann denke ich an die Nacht mit Andreas. Zwei Nächte, bevor er sich mit Betty in der Küche vergnügte. Frauen bilden sich gern ein, sie seien Männern beim Lügen überlegen. Vielleicht geben sich die Kerle bloß weniger Mühe – wie so oft im richtigen Leben. Vera Wollenberg war mit einem zartgliedrigen Dichter verheiratet, der gewiss auch gefühlvoll seufzen konnte, aber sie über Jahre an das MfS verraten hatte. Wer garantiert mir, dass ich schlauer bin als sie? Vater hat mal gesagt: „Die Quintessenz jeden Betrugs ist Selbstbeschiss. Der Schlüssel liegt in der Bereitschaft, sich die eigenen Wunschvorstellungen andrehen zu lassen."

Nur weil ich mit ihm gestritten habe, hat Hendrik nicht gewusst, dass der Termin in Lichterfelde verschoben worden war, und wäre das Treffen mit dem Täterkind weniger gruselig geendet, hätte ich mich hinterher kaum bei strömendem Regen auf die Steglitzer Schloßstraße verirrt.

Mitunter kommt das eigene Glück in ziemlich schrecklicher Verpackung. Die quäkende Lautsprecherstimme über der Tür verkündet: „Nächster Halt Zoologischer Garten."

54

Das Gewitter hat über der ganzen Stadt gewütet. In der Goethestraße liegen heruntergepeitschte Zweige. Mir ist kalt. Mein Kleid klebt klamm auf der Haut. Ich träume von einer heißen Dusche und einer großen Tasse Tee. Dann würde ich mich am liebsten nur noch ins Bett verkriechen.

Als ich auf dem Treppenabsatz vor der Wohnung ankomme, bin ich geschafft. Der Schlüssel hakt beim Aufschließen meist, doch es ist gar nicht abgeschlossen. Die Tür schwingt leise quietschend auf. Ich stutze. Der lange Flur liegt in diffuses Halbdunkel getaucht. Nirgends ein Laut. Augenscheinlich ist Caroline fort. Sonst schließt sie grundsätzlich ab. Selbst wenn sie nur auf einen Sprung zu Ingo geht.

„He, Caro, ich bin's."

Keine Antwort.

Ich habe plötzlich ein blödes Gefühl und ziehe die Wohnungstür langsam zu. Caros Zimmer liegt ein paar Schritte weiter. Die Tür steht sperrangelweit offen. Auf dem Schreibtisch der flimmernde Bildschirm ihres Mac. Ich spüre Beklemmung in mir aufsteigen und folge dem Korridor Richtung Küche. Als ich um die Biegung komme rieche ich es: Hellbrauner, halbverdauter Mageninhalt, in hohem Bogen über Wand und Dielen verteilt. Mehr Spritzer links und rechts an der Raufasertapete. Ihr muss plötzlich übel geworden sein. Sie hat sich die Hand vor den Mund gepresst und noch versucht, zum Klo zu laufen.

Die Tür des Bads ist nur angelehnt. Als ich sie aufstoßen will, spüre ich einen Widerstand. Etwas Weiches drückt gegen das Holz. Ich drücke fester. Der Widerstand gibt langsam nach. Die Tür öffnet sich einen Spalt weit. Ich taste nach dem Schalter links vom Rahmen. Grell flammt das Deckenlicht auf.

Caroline liegt gekrümmt auf der Seite, ihr Kopf in einer Blutlache, die Jeans halb heruntergezogen, das Gesicht kalkweiß. Anscheinend ist sie auf ihrem Erbrochenen ausgerutscht und mit der Schläfe gegen die Kloschüssel geknallt. Blut klebt in ihren Haaren. Sie hält die Augen halb geöffnet, starrt ins Leere und reagiert nicht auf mein Rufen.

Ich registriere die feuchten Schweißtropfen auf ihrer Haut, unterdrücke mein Würgen und die Panik, sacke in die Knie und greife nach ihrem Handgelenk. Es fühlt sich kalt an. Kaum Puls.

Sie steht unter Schock! Erinnere dich, was sie dir beim Erste-Hilfe-Kurs beigebracht haben! Du musst ihren Kreislauf stabilisieren! Zieh ihr die Beine hoch. Sie braucht Wärme. Stabile Seitenlage …

„He Caro! Komm schon! Bitte! Wach auf!"

Keine Reaktion. Ich muss die Blutung stillen. Taumele hoch und reiße die Tür zu dem Apothekerschränkchen über dem Waschtisch auf. Doch das ist entweder zu voll oder die Bewegung zu heftig. Sofort kommt mir der Inhalt entgegen. Tampons, Lippenstifte, Pillendosen, Schminkstifte, Zäpfchen und Dragees purzeln ins Waschbecken, fallen auf den Boden, rollen in das Blut und das Erbrochene.

Vergiss es! Nimm Handtücher. Ruf den Notarzt.

Ich rede laut mit mir selbst. Eine Mischung aus Heulen, Beten und Fluchen. Dadurch kommt Caro auch nicht wieder zu sich. Ich zwinge mich zur Ruhe. Das Übelste ist die Kopfverletzung. Glücklicherweise liegt ihr Körper so, dass ich sie nicht groß zu bewegen brauche. Mit fliegenden Händen greife ich zwei Handtücher, schiebe sie ihr unter den Nacken, ziehe ihre Stirn nach hinten und klaube ihr die Speisereste aus dem Mund. Dann rufe ich die Feuerwehr.

Der Notarztwagen braucht sechs Minuten. Sie sind zu dritt. Zwei Sanitäter und ein Arzt. Der Arzt ist unrasiert und übermüdet, aber weiß anscheinend, was er tut. Er beginnt sofort Caroline zu reanimieren. Die Kopfwunde sähe übler aus als sie ist, sagt er.

„Was hat sie in den letzten Stunden gegessen?"

Sein Blick fixiert mich. Ich stehe in der Badezimmertür und sehe ihm zu.

„Keine Ahnung. Ich war den ganzen Tag nicht da. Warum?"

„Scheint eine Vergiftung zu sein."

Ich renne in die Küche. Auf dem Tisch steht ein riesiger Strauß Baccararosen, der mindestens fünfzig Mark gekostet haben muss. Wer schenkte Caro solche Blumen? Frank? Haben sich die beiden versöhnt? Die Rosen sind umwerfend, aber ich habe keine Zeit mir darüber den Kopf zu zerbrechen. Denn da ist nichts, das nach einer kürzlich verzehrten Mahlzeit aussieht. Also laufe ich in ihr Zimmer, wo der Computer noch immer sirrt.

Neben der Tastatur liegt eine offene, halb geleerte Schachtel Pralinen. Im Gegensatz zu mir ist Caro Schokoladenjunkie, doch sie würde nie auf die Idee kommen, sich derart teures Konfekt zu kaufen. Vielleicht gehört die Schachtel zu den Rosen. Im selben Moment fällt mein Blick auf den Briefumschlag. Adressiert an mich. Die Lasche ist nur eingesteckt. Ich nehme die Karte heraus; der Text in geschwungenen Schreibschrifttypen gesetzt.

Verehrte Frau Schäfer, bitte betrachten Sie dies als Zeichen meiner aufrichtigen Wertschätzung und lassen Sie uns bitte noch einmal über alles reden, Ihr M.D.

Da ist die Eishand wieder.

M.D. heißt ausgeschrieben vermutlich Marcus Dreiser und der weiß nicht, dass ich gefüllte Pralinen hasse. Im Gegensatz zu Caro. Irgendwer hat die Blumen und das Konfekt abgegeben. Das lacht Caroline an und sie kann nicht widerstehen.

„Wir sind fertig."

Caro liegt festgeschnallt auf der Trage, eine Sauerstoffmaske über dem Mund. Je einer der Sanitäter vorne und hinten. Der Arzt an der rechten Seite. Bei ihrem Anblick wird mir ganz flau.

„Hier, die Pralinen", meine Worte dringen zu mir selbst wie durch eine Wattewand.

„Was ist damit?"

Ich halte die Schachtel hoch.

„Die muss sie gegessen haben. Ich glaube, die sind nicht in Ordnung."

„Wie kommen Sie darauf?"

Ich will ihm erklären, wie ich darauf komme, die Sache mit den Blumen in der Küche und dem Kärtchen, will ihn bitten, die Polizei zu verständigen und die Pralinés sofort einer toxikologischen Analyse zu unterziehen, doch als ich auf ihn zugehe, gleitet mir die Stimme weg. Ich merke, wie meine Beine weich werden und die Schachtel bleischwer.

„Scheiße", höre ich einen der Sanis sagen. „Nu' schmiert die uns hier auch noch ab."

55

Eine weit entfernte Stimme dringt durch einen orangefarbenen Nebel.

„Hallo, Frau Schäfer! Hören Sie mich?"

Etwas klatscht gegen meine Wange. Scharfer, stechender Geruch. Wie Ammoniak. Ich blinzele. Gleißende Helligkeit umgibt mich.

„Frau Schäfer?"

„Ja?"

Ein weibliches Gesicht blickt auf mich hinab. Um die vierzig. Brille. Verschwitzte blonde Haare. Der Notarzt ist fort. Die beiden Sanitäter auch. Ich liege noch immer auf dem Boden in Carolines Zimmer. Offenbar hat das erste Team Ersatz geschickt, denn die Frau, die da zwischen mir und einer schwarzen Instrumententasche kniet, trägt Latzhosen und hat ein Stethoskop um den Hals.

„Wissen Sie, welcher Tag heute ist?"

Durchs Fenster dröhnt plötzlich lautes Glockengeläute. Das kommt von der Kirche am Karl August Platz. Es ist Sonnabend. Achtzehn Uhr. Sie läuten den Tag des Herrn ein.

„Wer hat Sie gerufen?"

„Die Kollegen, die eben hier waren."

„Wo ist meine Freundin?"

„Auf dem Weg ins Klinikum Westend."

„Wie geht es ihr?"

„Stabil."

„Was heißt das?"

„Sie ist in guten Händen." Ein knappes Lächeln. „Wie fühlen Sie sich?"

„Geht schon. Danke." Ich versuche hochzukommen.

„Sachte …" Die Ärztin drückt mich zurück. „Ganz ruhig."

„Sie müssen diese Pralinen untersuchen lassen. Die sind vergiftet."

Die Frau nickt, als sei das längst in Arbeit, nimmt mein Handgelenk, tastet nach dem Puls. Während sie auf ihre Uhr sieht, fragt sie. „Haben Sie auch davon gegessen?"

„Nein."

„Und das eben?"

„Wohl nur der Schreck."

Sie verzieht den Mund. „Sie waren ziemlich lange weg."

„Ich hab' heute Morgen kaum was gegessen und war den ganzen Tag unterwegs."

„Haben Sie öfters solche Probleme?"

„Nicht wirklich."

„Schwanger?"

Ich schlucke erschrocken und schüttele stumm den Kopf. Das wäre jetzt das Allerletzte.

„Sicher?"

„Jedenfalls bin ich nicht überfällig."

Ein knappes Lächeln.

„Bitte …" Ich stütze mich mit den Händen ab. „Kann ich aufstehen?"

Die Ärztin zieht sich das Stethoskop vom Hals, wirft es in die Tasche und klappt sie zu.

„Ihr Blutdruck ist in Ordnung. Aber Sie sollten schleunigst was essen. Obst und Kohlenhydrate."

Sie federt hoch und hilft mir auf die Beine.

„Danke."

„Nehmen Sie das nicht auf die leichte Schulter. Mit einem Kreislaufkollaps ist nicht zu spaßen." Ein Griff zur Tasche. Sie nickt den beiden Männern in Sanitäterkluft zu, die abwartend in der Tür stehen. „Ich glaub', wir können."

Der größere der beiden tippt sich an die Stirn. Der andere packt die Trage und geht grußlos Richtung Treppenhaus.

„Vielen Dank!", rufe ich ihnen hinterher.

Erst dann sehe ich, dass da noch jemand ist. Er hat sich im Hintergrund gehalten und lehnt gewollt lässig gegen die Wand im Flur. Ein Streichholz zwischen den Zähnen. Mein Atem stockt.

„Also, essen Sie was!", flötet die Ärztin noch und folgt den Sanitätern.

Mit einem satten Schmatzen fällt die Haustür hinter ihr ins Schloss. Ich bin zu erschrocken, um zu schalten und zu rufen, dass sie mich auf keinen Fall mit diesem Typen allein lassen sollen.

Er grinst teigig. „Geht's wieder?"

„Was machen Sie denn hier?"

Jenninger tritt näher. „Ich war grad' auf dem Weg zu Ihnen."

„Jetzt? Allein? Um diese Uhrzeit?"

„Ich komme außerdienstlich. Wer hat Ihnen die Pralinen gegeben?"

„Außerdienstlich?"

„Wir haben zu reden."

„Worüber?"

„Von wem haben Sie die Pralinen?"

„Die müssen hier abgeliefert worden sein, zusammen mit den Blumen in der Küche. Auf dem Schreibtisch liegt eine Karte."

Ich deute zu dem Umschlag. Er folgt meinem Blick, durchquert den Raum, grapscht ihn sich.

„Wissen Sie das oder vermuten Sie es nur?", knurrt er. Er lässt das Kärtchen wedelnd gegen sein Hosenbein klatschen. Im Fernsehen benutzen Profis Plastiktütchen und Latexhandschuhe, um Fingerabdrücke und etwaige Feinpartikel zu sichern. Die würden die Karte nie so zwischen die Pfoten nehmen und an der Hose abreiben.

„Als ich meine Freundin fand, lag sie ohnmächtig im Badezimmer."

Ich bemühe mich um einen angemessen schnippischen Ton. Zugleich überlege ich fieberhaft, wie ich ihn wieder loswerde, bevor er merkt, dass ich ihn durchschaut habe.

„Sie konnte mir leider keine Details mehr verraten."

„Laut Karte war das für Sie. Wie kommt Ihre Freundin dazu, die Pralinen aufzumachen?"

„Sie weiß, dass ich das Zeugs nicht mag. Außerdem hat

sie grade Liebeskummer. Schokolade hilft. Behauptet sie jedenfalls."

„Wer ist M.D.?"

Das Lauern in seinen Schweinsäuglein. Gebe ich mich zu ahnungslos, verrate ich mich.

„Außer Marcus Dreiser kenne ich niemanden mit diesen Anfangsbuchstaben."

„Worüber will er denn noch mal mit Ihnen reden?"

„Er reagierte unwirsch, als ich ihn fragte, ob sein Schwiegervater SS-Sturmbannführer gewesen sei."

Jenninger zuckt nicht mal. Er nickt nachdenklich. Also weiß er es längst.

„Die Karte könnte auch von jemand anderem sein", sagt er nur.

Er hat Recht. Die Karte beweist gar nichts. Jeder hätte sie in Auftrag geben können. Ich muss sofort an Hendriks überteuerte Petit Fours denken.

„Stimmt. Theoretisch kann das jeder x-Beliebige verschickt haben. Zumindest jeder, der weiß, dass ich bei Dreiser war."

„Sogar Sie selbst."

Ich lache. „Wie bitte? Warum sollte ich das tun?"

Er lässt die Karte beiläufig in der Hosentasche verschwinden und nimmt das zerkaute Streichholz aus dem Mund. „Um mich zu zwingen, Ihnen zu glauben. Sie wären nicht die Erste, die so was inszeniert."

„Was?" Ich bin fassungslos. „Haben Sie gesehen, wie meine Freundin aussah?"

„Vielleicht war ja gar nicht geplant, dass sie von dem Zeug isst."

Am liebsten würde ich ihn ohrfeigen. Stattdessen atme ich tief durch.

„Wenn ich Sie richtig verstanden hab', sind Sie außerdienstlich hier. Sie haben die Ärztin gehört. Ich muss was essen. Außerdem würde ich gern duschen und ins Krankenhaus. Also gehen Sie bitte."

„Gleich. Vorher habe ich noch ein paar Fragen."

„Dafür bin ich nicht in der Verfassung." Meine Stimme wird lauter. „Gehen Sie! Bitte!"

„Aber …"

„Sie dringen hier ungebeten ein und belästigen mich. Ich hab' Sie höflich aufgefordert, mich in Frieden zu lassen. Verstehen Sie kein Deutsch? Verlassen Sie bitte sofort diese Wohnung!"

Ich werde so schrill, dass die Nachbarn es mitbekommen müssen.

„Nun werden Sie mal nicht gleich hysterisch. Ich will ja nur drei Sätze mit Ihnen reden …"

„Ich aber nicht! Verschwinden Sie! Lassen Sie mich gefälligst in Ruhe!"

Es fällt mir gar nicht schwer, eine verängstige Frau in heller Panik zu geben, obwohl ich selbst überrascht bin, wie unangenehm ich keifen kann. Jenningers Grinsen verfliegt. Er wird blass.

„Regen Sie sich ab."

Er macht Anstalten, auf mich zuzugehen, und besinnt sich erst eines Besseren, als ich loskreische.

„Bleiben Sie mir vom Leib! Fassen Sie mich ja nicht an! Wenn Sie noch einen Schritt näher kommen, nur einen einzigen Schritt, schreie ich hier alles zusammen!"

Aber ich schreie bereits laut genug. Vom Hausflur aus klopft jemand an der Tür. Ein Mann, vermutlich Ingo, ruft: „Was ist denn da los? Öffnen Sie! Sonst rufe ich die Polizei!"

„Ich bin die Polizei", brüllt Jenninger.

Dafür erntet er nur umso heftigeres Klopfen.

„Das kann jeder sagen", ertönt eine weibliche Stimme. „Machen Sie auf der Stelle auf!"

Die Sache fängt an, mir Spaß zu machen.

„Sie ziehen das bloß ab, um mich mies aussehen zu lassen!", faucht Jenninger.

„Ja", zische ich. „Warten Sie's ab. Gleich sehen Sie noch viel mieser aus ..." Ich hole tief Luft.

„Na schön! Ich kann auch anders!"

Jenninger stürmt in den Flur, reißt die Haustür auf und hält den drei Gestalten dort, unter denen ich Ingo und eine andere Nachbarin erkenne, am langen Arm seinen Dienstausweis vors Gesicht.

„Kripo Berlin", bellt er. „Ich führ' hier eine amtliche Ermittlung durch. Alles in bester Ordnung. Frau Schäfer ist etwas nervös. Danke für Ihre Mühe. Gehen Sie in Ihre Wohnungen zurück!"

Ohne den Erfolg seines Schnauzens abzuwarten, schlägt er den verdutzten Visagen die Tür vor der Nase zu und dreht sich um.

„Ab in die Küche!"

„Wozu?"

„Ihr Blutzuckerspiegel. Nun machen Sie schon hinne!"

Die Runde geht an ihn. Ich gebe mich geschlagen.

56

Ich lehne kauend gegen den Kühlschrank. In der Linken eine Tomate, in der Rechten ein Stück Gouda. Jenninger hat sich auf einen der Armlehnenstühle geflätzt. Er raucht.

Die letzten drei Minuten sind fast wortlos verlaufen. Ich frage mich, wieso er noch hier ist. Er behält mich zwar im Auge, aber scheint im Übrigen bloß darauf zu warten, dass ich wieder zu Kräften komme. Immerhin ist er so weise, mir den Fluchtweg offen zu lassen, und sitzt weit weg. Außerdem gibt er sich Mühe, entspannt auszusehen. Anscheinend probiert er eine neue Taktik.

„Sie können ja richtig aufdrehen …"

„Wundert Sie das? Ich fisch' meine halbtote Freundin aus der Kotze, klapp ab, wach auf, und da stehen Sie und erzählen mir, ich hätte sie vergiftet."

Er quetscht sich ein Grinsen ab.

„Nur rein theoretisch."

Ich deute einen Vogel an. Mein Blutzuckerspiegel erholt sich spürbar. Langsam werde ich wieder munter. „Statt mir zu unterstellen, Anschläge auf mich selbst zu fingieren, sollten Sie lieber die Hinweise prüfen, die ich Ihnen geliefert habe!"

„Wenn Sie nicht gleich so losgekreischt hätten, hätt' ich's Ihnen vielleicht sogar erklären können."

„Ach ja? Erklären Sie mir lieber, wer Sie zwingt, den Deckel auf der Sache zu halten! Ihre Vorgesetzten? Oder zahlt Dreiser Sie dafür, so tapfer wegzusehen?"

„Nun halten Sie mal die Luft an."

„Wie kommt es eigentlich, dass Sie ausgerechnet heute hier aufschlagen?"

„Zufall. Reiner Zufall."

„Obendrein außerdienstlich, kurz nachdem die Pralinen abgegeben worden sind …"

Seine Hand klatscht auf den Tisch. „Schluss jetzt! Halten Sie den Mund! Hören Sie mir gefälligst fünf Minuten zu, okay?"

„Na schön. Sagen Sie, was Sie zu sagen haben und dann lassen Sie mich bitte in Frieden."

Er atmet pfeifend aus, kippt nach vorn, rammt die Ellenbogen auf die Knie und faltet die Hände.

„Ich weiß, dass das zwischen uns von Anfang an suboptimal gelaufen ist. Aber ich bin nicht käuflich."

„Reden Sie vom Mord an meiner Tante?"

„Wovon sonst?"

„Also interessieren Sie sich inzwischen dafür?"

„Das tun wir schon seit 'ner Weile." Er sieht mich müde an. „Darum bin ich hier. Unter anderem."

„Weshalb noch?"

Seine Hand wandert in die Jackettasche. Er zieht drei Pralines hervor, verpackt ins Zellophan einer Zigarettenschachtel. Die muss er vorhin aufgelesen haben, als ich noch ohnmächtig war.

„Deshalb …", sagt er halblaut. „Hören Sie endlich auf, sich in unsere Arbeit einzumischen. Sie sind grade dabei, sich satt Ärger einzuhandeln …"

Er schwenkt die Hülle. „Nehmen Sie das ernst! Ich hab' keine Lust auf eine weitere Leiche."

„Sie glauben also auch, dass das Zeug vergiftet ist?"

Seine Hand wiegt die Pralinen, bevor er sie auf den Tisch wirft.

„Ja. Da möchte Sie jemand dringend loswerden." Er sieht mich beschwörend an. „Packen Sie Ihre Siebensachen und hauen Sie ab! Fahren Sie nach Haus!"

Ich muss unwillkürlich lachen. „Wie sich das fügt. Meine Freundin isst vergiftete Pralinen und Sie stehen vor der Tür und raten mir, mich vom Acker zu machen."

„Sie treten zu vielen Leuten auf die Füße."

„Meinen Sie Ihre Vorgesetzten?"

Er verzieht den Mund. „Der Fall schmeckt denen nicht. Trotzdem werfen sie mir keine Knüppel zwischen die Beine."

„Der Einzige, dem ich auf die Füße getreten bin, ist Dreiser. Das wissen Sie!"

„Genau darüber wollte ich mit Ihnen reden."

„Ach ja?"

Er richtet sich auf. „Dreiser ist aus dem Schneider. Ich hab' ihn befragt, seine Konten checken lassen, auch die seiner Frau, sein und ihr Alibi überprüft, bin sogar den Spuren in der rechten Szene nachgegangen. Da ist nichts!"

Das klingt ziemlich überzeugend. Hätte ich ihn vorhin nicht im Café gesehen, wäre ich beinahe versucht, ihm zu glauben.

„Dreiser steckt geschäftlich in Schwierigkeiten", sage ich heiser.

„Nicht mehr. Er kann alle Gläubiger befriedigen."

„Seit wann?"

„Das wurde nachweislich eingefädelt, bevor Frau Hirsch zu Tode kam."

„Na und? Vielleicht hatte er da ihren Mord bereits in Auftrag gegeben."

Jenninger schüttelt den Kopf. „Als Reidenbachs Brief bei ihm einging, der Brief, von dem Sie glauben, er sei Auslöser für die Tat, war das längst eingetütet. Tut mir leid. Damit entfällt sein Motiv."

„Was nun?"

Er zuckt die Achseln. Sein Blick deutet auf die Pralinen. „Das geht direkt ins Labor. Die Konfektschachtel nehme ich mit. Immerhin sind wir einen Schritt weiter. Das kommt von jemandem, der weiß, dass Sie bei Dreiser waren."

Das sind genau fünf Leute, denke ich. Wobei ich Caroline ausschließen kann. Außerdem haben Bella und Elvira vielleicht noch miteinander telefoniert.

„Wieso hat er die Karte mit diesen Initialen versehen? Als Warnung, weil er mich aus Berlin weg haben will?"

Jenninger verlagert sein Gesäß. „Wie hätten Sie merken sollen, dass es eine Warnung ist?" Er zieht die Mundwinkel runter. „Nein. Der meint's ernst und er hat offenbar keine Angst, dass wir aufgrund der Initialen eine Verbindung zu ihm herstellen können."

„Was heißt das?"

„Anhand der Packung können wir vielleicht klären, zu welcher Lieferung die Pralinen gehören und wohin sie gegangen sind. Entweder ist der Täter ein Dilettant oder er glaubt, er muss sich darum keinen Kopf machen. Aber eins ist sicher: Er stammt aus Ihrem Umfeld. Mit wem haben Sie über den Besuch bei Dreiser gesprochen?"

Ich höre zwar, was er da sagt, aber in meinen Ohren ist Watte. Ich sehe Hendrik mit den Petit Fours aus dem Laden kommen, sein Lächeln, den angedeuteten Diener, als er mir das kleine Papptablett reicht und das genießerisch laszive Zwinkern, mit dem er sich die Finger einzeln ableckt. Mein Rücken brennt, als gösse man heißes Blei darüber. Er muss gar nicht unbedingt von dem Gespräch mit Dreiser wissen, denke ich nur. Man kann das Kärtchen auch anders lesen.

Jenninger räuspert sich.

„Gibt es jemanden, der Sie von Ihrer Suche abhalten will? Bei dem Sie den Eindruck haben, das, was Sie tun, schmeckt ihm nicht?"

Er raucht schon wieder. Ich bitte ihn um eine Zigarette. Er nickt bloß und zeigt auf die Schachtel. Ich löse mich vom Kühlschrank, gehe rüber und fingere eine aus der Packung. Meine Hände zittern. Jenninger gibt mir wortlos Feuer. Ich kreuze die Arme vor der Brust, weil mir kalt ist, und merke, dass mein Kinn zu tanzen begonnen hat.

„Fällt Ihnen jemand ein?"

Er bohrt und es ist, als hätte ich simultan Eisklumpen

im Bauch und Frösche in der Kehle. Ohne Hoffnung auf Tränen.

„Nicht wirklich."

Meine Stimme ist rau. Ganz fremd, wie die Stimme einer alten Frau. Einer erschöpften, alten Frau. Du liebst ihn, denke ich. Du willst es nicht wahrhaben und es zerreißt dir das Herz.

„Diesmal hat er sein Ziel nicht erreicht", sagt Jenninger. „Er wird's wieder versuchen."

Er klingt müde. Ich gucke in sein blasses, bekümmertes Gesicht. Er wirkt erschreckend ehrlich. Aber ich weiß es besser. Er arbeitet auch für Dreiser und er ist der Letzte, dem ich die Wahrheit sagen kann. Ich töte die Glut der halb gerauchten Zigarette und schüttele den Kopf.

„Wie Sie wollen ..." Er erhebt sich seufzend, steckt die Zellophantüte mit den Pralinen ein und geht mit schlurfenden Schritten langsam an mir vorbei zur Tür. Dort dreht er sich noch mal um.

„Auch wenn Sie sonst keinen Rat von mir annehmen: Hüten Sie sich vor falschen Freunden."

Erst nachdem die Wohnungstür hinter ihm zugefallen ist, sickert mir ins Bewusstsein, was eben geschehen ist. Meine Zähne fangen plötzlich an zu klappern. Ich presse meine Schultern gegen die Wand. Damit die Angst mich nicht völlig packt. Mir ist mulmig. Die Art Mulmigkeit, die einen einholt, wenn man spürt, dass jenseits dessen, was eh nicht stimmt, noch anderes schräg läuft, etwas, das man nicht zu fassen kriegt, weil es zu diffus und zu vage ist.

Ich bin verwirrt über Jenningers Auftritt. Er hat zwar keinen einzigen Beweis dafür vorgelegt, dass Dreiser tatsächlich entlastet ist, doch was er gesagt hat klingt schlüssig. Und er hat regelrecht besorgt gewirkt. Fast fürsorglich, wie er mich zum Essen gescheucht und mir Feuer gegeben hat. Unbeholfen, sperrig und voller Widerwillen, aber echt.

Andererseits sein Timing: Der Überraschungsbesuch ist genau so abgepasst gewesen, dass er mich grade noch rechtzeitig hat finden können. Später dann, unter dem Eindruck der glücklich überstandenen Giftattacke, hätte ich seine Behauptungen kaum in Zweifel gezogen. Entpuppt Saulus sich als Retter, ist er doppelt glaubwürdig.

Allerdings gibt es da ein Problem. Wer oder was hat ihm garantiert, dass ich die Pralinen sofort esse? Wäre es nicht möglich gewesen, dass ich sie weiterverschenke oder bei einem Kaffeekränzchen in die neckische Silberschale lege?

Wieso überhaupt Pralinen? Gefülltes Konfekt ist zwar leichter zu manipulieren als Weingummi, aber eher etwas für betagtere Damen. Ziemlich absurd, mich ausgerechnet mit Pralinen vergiften zu wollen. Es sei denn, man veranstaltet vorher den Petit-Fours-Test und interpretiert die Ergebnisse falsch.

57

Ich verriegele die Haustür, wische das Bad und entferne die Kotzreste aus dem Korridor. Dann dusche ich, ziehe mich um und fahre mit der Taxe ins Krankenhaus.

Caroline liegt noch auf der Intensivstation. Morgen soll sie auf die Innere verlegt werden. Der Arzt ist Ende vierzig, ein knochiges Gesicht voller Aknenarben. Er sieht übermüdet aus.

„Ihre Symptomatik deutet auf ein klassisches Alkaloid mit zytotoxischer Wirkung hin. Wie Colchicin. Zu Deutsch: Herbstzeitlose.“

„Ein Pflanzengift?“

Er nickt knapp. „Einfach zu extrahieren. Schon in niedriger Konzentration tödlich. Das schmeckt man in einer Praline nicht.“

„Wie sind die Symptome?“

„Übelkeit, Magenschmerzen, Erbrechen, Durchfall und starker Wasserverlust. In der zweiten Phase kommt es zu Bewusstseinseintrübungen, Krampfanfällen, Herzrhythmusstörungen, Atembeschwerden, Nierenversagen und Koma …“ Er räuspert sich. „Ihre Freundin hatte Glück. Sobald die systemische Intoxikation einsetzt, wird's eng.“

„Und jetzt?“

„Wir haben ihr den Magen ausgepumpt und behalten sie über Nacht noch auf der Intensiv. Das CT hat außer einer Gehirnerschütterung nichts ergeben. Ihre Kopfverletzung scheint nur oberflächlich zu sein. Wir schicken sie zur Beobachtung auf die Innere.“

„Warum nicht in die Neurologie?“

„Ihre Leberwerte sind einigermaßen besorgniserregend.“

Er mustert das Patientenblatt und reinigt seine Stimmbänder. „Trinkt sie?“

Ich mache eine ausweichende Geste. Sein Mund wird hart, der Blick löst sich von der Akte.

„Sie tun ihr keinen Gefallen, wenn Sie das runterspielen.“

„Ich fürchte, sie sieht's nicht als Problem.“

„Das tun die wenigsten, die damit eins haben. Wenn sie so weitermacht, ist sie bald wieder hier.“

„So heftig?“

Er zuckt die Achseln. „In absehbarer Zeit dürften die Schäden irreversibel sein. Bei Frauen geht das relativ schnell.“

Er scheint zu wissen, wovon er spricht, was nicht unbedingt nur professionelle Gründe haben muss.

„Was schlagen Sie vor?“

„Reden Sie mit ihr. Es gibt in der Gierkezeile eine Suchtberatung.“ Er hebt die Brauen. „Sie wohnt doch in Charlottenburg, oder?“

Ich nicke. „Kann ich denn jetzt zu ihr? Ich hab' Waschzeug und ein paar Sachen zum Wechseln für sie dabei.“

„Sicher.“

Sein Kopf deutet den Gang hinunter auf ein verglastes Zweibettzimmer.

Caroline liegt mit verbundenem Kopf auf dem Rücken. In ihrem linken Arm steckt eine Braunüle mit einem Schlauch, durch den eine durchsichtige Flüssigkeit tropft. Sie ist blass, aber bei Bewusstsein und lächelt schwach, als sie mich erkennt. Ich setze mich auf den Bettrand und nehme ihre Hand.

„Wie geht's dir?“

„Nicht mehr ganz so beschissen … Hast du mich gefunden?“

„Du lagst im Bad.“

„War's schlimm?“

Ich lächele. Mir wird noch im Nachhinein übel vor Angst.

„Jetzt bist du ja hier.“

„Ich hab' keine Ahnung, was mit mir los war.“

„Es lag wahrscheinlich an den Pralinen.“

„Möglich. Eine Weile, nachdem ich die gegessen hatte, bekam ich so ein komisches Kratzen im Hals …“ Sie stockt. „Die waren für dich, Maja …“

„Ich weiß. Ich hab' die Karte gefunden.“

„Ich hätt' dich fragen sollen, aber dachte, es wird schon okay sein, weil du mal gesagt hast, du fändest das so sexy wie Margot Honeckers Hüfthalter…" Sie grinst entschuldigend. „Kleine Sünden bestraft der liebe Gott sofort."

Sie hat offenbar noch gar nicht begriffen, dass das Naschwerk gezielt vergiftet worden ist.

„Das war nicht der liebe Gott", sage ich nur.

„Die Rosen dufteten himmlisch …"

„Wann sind die eigentlich gekommen?"

„Heut' früh. Kurz nachdem du weg warst. Da klingelte so ein junger Typ und gab die für dich ab."

„Wie sah er aus?"

„Dunkel. Anfang zwanzig."

„Was hat er gesagt?"

„Nur ‚Fleurop'. Ich war grad im Bad und bin bloß kurz an die Tür."

„Weißt du die Uhrzeit noch?"

„Gegen halb zehn."

„Und wann ist dir schlecht geworden?"

„Erst viel später. Vorher war ich noch auf dem Markt und im Café Barbar…"

„Wann?"

„Als das Gewitter aufzog und es zu grummeln anfing. Da wurde mir von jetzt auf gleich höllisch übel."

„Das war so gegen drei, halb vier?"

„In etwa."

„Bis dahin hast du nichts gemerkt?"

„Ich hatte Durst und so einen komischen Geschmack im Mund. Aber es ging erst los, als ich mich wieder an die Maschine gesetzt hatte."

Die Maschine ist ihr Mac. Ich hebe die blaue Plastiktüte aufs Bett, in der Waschzeug Nachthemden, Slips und frische Sachen verstaut sind.

„Neben deinem Bett lag Ruth Rendell. Die hab' ich dir auch eingepackt."

Caroline liebt Ruth Rendell. Heute lässt sie sie kalt. Sie lächelt nicht einmal. Ihre Augen werden plötzlich groß und sie richtet sich auf. „Sag mal, das war gar kein Unfall, oder?"

Ich nicke wortlos.

„Oh Mann!" Sie greift nach meinem Arm und sackt zurück. „Manchmal hab' ich auch 'ne elend lange Leitung."

„Da bist du nicht die Einzige", erwidere ich nur, streichele ihre Hand und denke an Hendrik.

58

Gegen neun bin ich zurück in der Wohnung. Obwohl ich gelüftet habe, stinkt der Flur noch immer nach Erbrochenem. Draußen fängt es eben erst an zu dämmern, aber der Korridor ist bereits duster. Das Lämpchen des Anrufbeantworters blinkt. Bevor ich ihn abhöre, knipse ich Licht an, gehe zu Carolines Bücherregal und konsultiere ihr antiquarisches Lexikon. Zwölf Bände in Fraktur. Unter Colchicum finden sich die pharmakologischen Eigenschaften des Pflanzengifts.

Die lange Latenzzeit des Wirkstoffes spricht dafür, dass der Täter die Pralinen ursprünglich gar nicht für mich gedacht hat, zumal die Symptome zunächst wie bei Brechdurchfall sind und das Opfer anfangs gar nicht merkt, dass es vergiftet worden ist. Jedenfalls nicht, bis es zu spät ist und die Ärzte nur noch mitfühlend gucken können.

Das Konfekt war für Käthe. Er wollte ihr das Zeug kurz vor der Abreise in die Hand drücken. Sie sollte mit dem Tod im Gepäck nach New York fliegen und dort sterben. Weit weg von Berlin. So dass kein Verdacht auf ihn fiel. Sauberes Konzept. Aber irgendwas ging schief. Käthe kam ihm auf die Schliche. Oder sie hatte ihn schon entlarvt. Da blieb kein Raum mehr für mörderische Feinarbeit.

Ich hocke noch immer an der Wand. Mir ist kalt und ich fühle mich noch genauso ausgebrannt, ratlos und verlassen wie vorhin. Es hilft alles nichts. Ich kann nur beten, dass es Caroline bald besser geht. Und ich muss jetzt endlich den Anrufbeantworter abhören.

Das Band braucht eine Weile zum Zurückspulen. Über den Tag haben sich diverse Nachrichten angehäuft. Die erste ist auf Englisch.

„This is Bella. Maja, we gotta talk. It's urgent, so call me back the minute you get this."

Bellas Stimme klingt so dringend, dass mir sofort wieder ganz anders wird. Aber ihre Nachricht ist schon Stunden alt. Ich zwinge mich, erst den Rest abzuhören. Die nächsten zwei Anrufe sind für Caroline. Dann ertönt das helle, harte Organ von Larissa Lauenstain. Der Fachmann für den 20. Juli hat sich gemeldet.

„Sieht aus, als habe Dreiser nicht gelogen. Es gab einen verhafteten Schwertfeger aus dem Umfeld von Generaloberst Beck. Ob der mit dem identisch ist, den Sie meinen, kann er aber erst klären, wenn er wieder in der Gedenkstätte ist. Das nur als Zwischenbescheid."

Hat Käthe vielleicht doch falsch gelegen? Nur wer in aller Welt ist dann der SS-Major? Mir wird ganz schwummrig. Sollte das wirklich eine gezielt gelegte falsche Fährte sein? Doch Larissa ist noch nicht fertig.

„Im Übrigen wollte ich fragen, ob Sie schon mit der Dame in New York gesprochen haben? Wie gesagt, sie kann sich direkt bei mir melden. Ich rufe sie zurück."

Ihr Nachtrag klingt anders. Blecherner. Als sei der Zwischenbescheid nur der Vorwand für das Eigentliche gewesen. Was ist mit ihr los?

Ich drücke erneut die Wiedergabe. Das Gerät fiept, klackt und setzt sich schlürfend in Gang. In derselben Sekunde weiß ich, dass die Nachricht von Hendrik ist. Trotzdem zucke ich beim Klang seiner Stimme zusammen.

„Ich bin's. Du bist nicht zu Haus oder hast keine Lust. Es war bescheuert von mir gestern. Ich weiß, ich hätte mich anders verhalten sollen. Aber ich wusste wirklich nicht, wie ..."

Ich höre Hintergrundgeräusche, als spräche er von einer der neuen Telefonsäulen irgendwo auf der Straße. Sein Ton ist drängend und aufgewühlt. Genau so, wie er sein muss, um mein Herz zu erweichen, falls ich noch wütend auf ihn sein sollte. Und obwohl mir klar ist, dass er lügt und nur an meine Schwäche appelliert, wird mir einen Moment lang übel vor Schmerz.

„Darüber konnte ich nicht mit dir reden", sagt er. „Es war viel zu vage. Nun hab' ich's schwarz auf weiß. Kalle hat alte Unterlagen gefunden. Mein Gefühl war mehr als richtig. Es ist viel übler, als ich's mir je hätte ..."

Irgendwer hupt, was mit einer wütenden Replik beantwortet wird. Der Rest des Satzes geht unter.

„... guck's dir selbst an. Sonst glaubst du's nicht. Es ist viertel nach vier. Ich bin unterwegs und gegen sechs wieder in der Alten Schönhauser. Bis dahin haste das hoffentlich abgehört. Ich warte auf dich."

Viertel nach vier. Er hat von Steglitz aus angerufen. Meine U-Bahn ist gegen halb fünf am Zoo eingerollt, keine halbe Stunde, nachdem ich ihn und Jenninger in dem Café gesehen habe. Ansonsten: Wovon spricht er da überhaupt? Wieso macht er es so mysteriös und unterschlägt mir den Hauptkommissar, dem er beim Telefonieren quasi gegenüber gesessen hat?

Ganz einfach. Weil er mich für dumm verkauft. Der

Anruf soll nur dafür sorgen, dass ich zu ihm nach Mitte komme, falls Jenninger mich in Charlottenburg verpasst. Und damit ich auf jeden Fall anbeiße, tut er so, als habe sein verfetteter Kumpel Kalle irgendwelche finsteren Details ausgegraben. Mir ist danach, den Anrufbeantworter an die Wand zu klatschen. Für heute reicht es mir. Ich hab' die Nase voll. Der Flur riecht, wie ich mich fühle. Ich hocke allein in einer stinkenden, kalten Wohnung und darf zertrümmerte Illusionen zusammenfegen. Falls sich Larissas fulminanter Zwischenbescheid bestätigt, kann ich gleich noch mal von vorn damit anfangen. Caroline hängt am Tropf auf der Intensivstation. Was habe ich erreicht – außer sie in Lebensgefahr zu bringen? Das Bitterste ist Hendriks Verrat. Der geht tiefer als bei Andreas. Diesmal zerbricht wirklich etwas in mir. Das Vertrauen in die eigenen Gefühle ist verschwunden. Und es ist fraglich, ob ich das in diesem Leben je wieder lerne.

„Tough shit", sage ich halblaut zu mir selbst. „Willkommen im echten Leben, Sweetie."

Es hilft nicht viel.

Der Anrufbeantworter blinkt weiter. Ich hab' das Band noch nicht zu Ende gehört, reiße mich zusammen und drücke widerwillig auf den Knopf. Es ist Lauenstain. Er dankt mir für den gestrigen Besuch.

„Es hat mir gut getan, mit dir zu plaudern. Hoffentlich habe ich dich nicht zu sehr mit meinen ollen Kamellen gelangweilt ..." Er läßt ein kurzes Räuspern hören. „Es ist schön dir begegnet zu sein. So schmerzlich die Umstände auch sind ... Das wollte ich dir schon längst gesagt haben ..." Er hüstelt. „Na ja. Wenn du magst, kannst du mir ja gelegentlich berichten, wie es in Steglitz so gelaufen ist. Erst mal ein schönes Wochenende!"

Seine Stimme strahlt Zuversicht und Gelassenheit aus

und als mir unwillkürlich ein Aufseufzen entschlüpft, weiß ich, an wen ich mich wenden kann. Er geht schon beim zweiten Läuten ran.

„Nein, es ist nicht zu spät … Vor halb zwölf bin ich selten im Bett … Was ist denn los? Du hörst dich nicht gut an …"

Als er erfährt was geschehen ist, fragt er sofort, ob ich allein bin und bietet an vorbeizukommen.

„Mit dem Wagen brauch' ich keine zwanzig Minuten."

„Das würdest du tun?"

„Sicher. Das ist doch selbstverständlich."

„Das wär' wunderbar …" Ich will ihm beschreiben, wie er fahren muss. Er unterbricht mich.

„Charlottenburg kenn' ich besser, als du denkst. Keine Sorge. Also bis gleich."

Nach dem Auflegen ist es, als fiele eine Last von mir ab. Einen Moment lang spüre ich nur tiefe Dankbarkeit. Auch auf die dunkelste Stunde folgt irgendwann wieder der Tag.

59

Noch zwei Telefonate. Bei Bella nimmt nur die Maschine ab. Ich wähle Larissas Nummer. Es klingelt eine Weile. Ich will schon aufgeben, da meldet sich am anderen Ende doch noch eine müde Stimme.

„Ja bitte?"

Es kommt fast tonlos. Ich erkenne sie erst gar nicht.

„Passt es Ihnen gerade nicht?"

„Doch, doch …" Sie klingt angestrengt. „Gut, dass Sie sich noch melden."

„Es ging nicht eher. Ich hab' Ihre Nachricht grad' erst abgehört …"

Ich berichte ihr, was vorgefallen ist.

„Pralinés, sagen Sie", versichert sie sich bestürzt. „Vergiftet?"

„Ich nehme an, die waren eigentlich für Käthe gedacht. Zum Abschied. Sie wäre frühestens auf dem Flug erkrankt und vermutlich hätte man es dort zu spät diagnostiziert ..."

Ich höre, wie Larissa schluckt.

„Schlecht gewordene Lebensmittel kann man definitiv ausschließen?"

„Der Labortest steht noch aus, aber der behandelnde Arzt sprach von Colchicin. Nachdem man ihr den Magen ausgepumpt hat, geht es meiner Freundin besser."

„Immerhin ...", sagt sie erschöpft. „Was wollte der Kommissar denn von Ihnen?"

„Mich vor falschen Freunden warnen."

Larissa schweigt.

„Er behauptet, er habe alle meine Hinweise überprüft. Dreiser sei aus dem Schneider."

Es bleibt still. Sie reagiert gar nicht. Stattdessen fragt sie nach einer Weile, ob ich mit ihrem Vater über Nora gesprochen habe. Sie klingt wieder blechern und ich registriere, wie ein leises, lästiges Pochen hinter meinen Schläfen zu nagen beginnt.

„Ja", erwidere ich unwillig. „Er hat mir ein Foto von ihr gezeigt."

„Haben Sie ihm von meinem Verdacht erzählt?"

„Welchem Verdacht?"

„Dass Nora bis mindestens Sommer 1944 noch in Berlin gewesen ist?"

„Nein ..." Ich merke, wie ich den Kopf schüttele, obwohl sie mich gar nicht sehen kann.

„Sicher?"

Ihre Nachfrage irritiert mich. Zugleich kriecht dieselbe Beklemmung in mir hoch wie bei dem Telefonat mit Bella.

„Absolut. Wieso?“

„Käthes Freundin aus New York hat mich vorhin angerufen. Wir haben über meinen Vater gesprochen. Über ihn und Nora …“

Sie sagt nicht „Kurt“, sie sagt „mein Vater“, doch es liegt nichts Liebevolles darin.

„Inzwischen gibt es keinen Zweifel mehr, dass Nora tatsächlich länger in Berlin war, als er behauptet …“

Schon möglich, denke ich trotzig. Na und?

„Selbst wenn. Er hat sie seit dem Morgen des 4. September 1943 nie mehr gesehen.“

„Ich fürchte, das ist gelogen. Sie scheint danach durchaus noch Kontakt zu ihm gehabt zu haben.“

„Wieso sollte er lügen?“

„Weil Nora Anfang September verhaftet und von der Gestapo in die Burgstraße geschafft wurde …“

„Wie?“ Ich lache verständnislos auf. „Das heißt dann aber doch, dass sie kurz darauf deportiert wurde …“

„Nein. In ihrem Fall nicht.“

„Sondern?“

Larissa bleibt eine Weile still.

„Sie war die Frau, die am Nachmittag des 18. Dezember 1943 in das Café in der Kantstraße kam, wo sich die Bekannte von Bella gerade aufwärmte …“

„Was sagen Sie da?“

„Sie setzte sich zu ihr an den Tisch. Die beiden redeten, bis Nora aufstand und sagte, sie müsse mal kurz telefonieren. Hinterher wirkte sie nervös und schielte dauernd zur Tür. Eine Viertelstunde später verabschiedete sie sich und keine Minute nachdem sie gegangen war erschienen drei

Männer, steuerten auf die Frau am Tisch zu und zückten grüne Gestapoausweise."

„Nein", würge ich, „bitte nicht." Eine Flut widersprüchlicher Gefühle stürmt auf mich ein. „Wollen Sie damit etwa sagen … Weiß er das?"

„Anzunehmen. Das dürfte er früher oder später erfahren haben. So was sprach sich damals rasch rum."

„Worauf wollen Sie hinaus?"

„Das erspare ich Ihnen besser, nach dem, was heute passiert ist … Außerdem muss ich mir selbst erst Gewissheit verschaffen."

In dieser Sekunde ballt sich das diffuse Unbehagen zu einem monströsen Zweifel.

„Ich hab' eben grad mit ihm gesprochen. Er ist auf dem Weg hierher."

„Was?"

Larissas heiseres Flüstern spiegelt weit mehr als Angst. In dem Moment ahne ich es, sehe die Lawine anrollen und kann nichts tun. Das Pochen hinter den Schläfen wird zum Dröhnen.

„Er war auf dem Anrufbeantworter", erkläre ich mechanisch. „Ich rief ihn zurück. Als er hörte, dass ich allein war, bot er mir sofort an, vorbeizukommen …"

Larissa braucht drei stumme Sekunden.

„Geben Sie mir Ihre Adresse!"

Ich bin wie betäubt. Meine Ohren sind erfüllt vom höhnischen Donnern der dunklen Wand, die auf mich zu rast.

„Ihre Adresse!" Jetzt schreit Larissa fast. „Hören Sie! Nora hatte einen Partner. Die zwei arbeiteten im Team. Von ihr existieren Fotos. Über ihn gibt es nur Gerüchte. Er legte großen Wert darauf, dass ihn niemand identifizieren konnte. Wen er persönlich festnahm, der verschwand sofort. Doch es heißt, er habe eine Gehbehinderung gehabt. Sein Spitzname war ‚der hinkende Greifer' …"

Deshalb also hat Bella wissen wollen, ob er verkrüppelt ist.

„Verstehen Sie?"

Ich verstehe. Auf einen Schlag. Wie dankbar ich eben noch war. Wie erleichtert. Wie sehr ich mich ihm verbunden fühlte. Es überrollt mich. Fegt den letzten Halt weg. Nichts bleibt. Wirklich nichts.

In der Sekunde schrillt die Türklingel, lang gezogen und durchdringend, ein Kreischen, das mir durch Mark und Bein dringt. Das Pochen verwandelt sich jäh in Glut und explodiert in meinem Schädel.

„Ich muss Schluss machen … Er ist da …"

„Ihre Adresse! Geben Sie mir Ihre Adresse! Begreifen Sie denn nicht? Sie sind in Gefahr!"

Ich höre sie kaum.

Mein Blick gleitet zum Fenster, hinaus in das schmutzige, düster werdende Abendgrau. Wie war das noch mit der dunkelsten Stunde?

Ich habe mich in der Uhrzeit getäuscht. Wie in so vielem. Die Nacht hat noch gar nicht angefangen. Die wartet auf mich. Da draußen vor der Tür.

Ich denke daran, wie ich ihm das erste Mal begegnet bin, ich neben ihm auf der Bank in Weißensee saß, er mir von Käthe erzählte und mich mit dem Satz tröstete, es bleibe immer etwas offen. Den wehen Ausdruck seiner Augen, als er von seiner Tochter sprach. Er hat mich so an Vater erinnert, das gebrochene Lachen, der mürbe Witz, die unersättliche Art zu rauchen.

Was war der Auslöser? Dass mir gestern „dressed to kill" aus dem Mund gerutscht ist? Seine Angst vor Käthes Notizen? Die Furcht vor dem Telefonat mit Bella? Oder hat er die Entscheidung lange vorher gefällt und bloß auf den passenden Augenblick gewartet?

Egal.

Ich habe Käthe vor Augen, Vater und das Foto der jungen, lächelnden Clara. Denke an Carolines Gesicht zwischen Krankenhauskissen und höre Bellas rauchgegerbte Altfrauenstimme: Hinterher wusste sie nicht, ob sie noch leben wollte. Das weiß sie bis heute oft nicht … Vielleicht war es auch Lauenstain, der die Gestapo gerufen hatte. Oder er hatte vor der Tür des Cafés auf Nora gewartet, während sie die Frau verriet.

Mir ist klar, was ich ihnen schulde, aber ich hab' keine Ahnung, ob meine Kraft dazu noch reicht.

„Ich werde ihn fragen", sage ich und lege auf.

Der Schmerz ist fort. Auch der Schock. Ich spüre keine Angst mehr, nur eine seltsame Schicksalsergebenheit. Ich warte an der offenen Wohnungstür und denke an das Versprechen, das mir Mabel Wyden vor ein paar Tagen gab, in der Hotellobby, als sie mir mit rosa Taschentüchern aushalf: Du wirst die Antworten bekommen. Vielleicht nicht die, die du erwartest, aber alle, die du brauchst.

60

Lauenstain nimmt die Stufen mit Tempo und Energie. Die drei Stockwerke machen ihm nichts aus. Vom letzten Treppenabsatz aus schaut er nach oben. Er wirkt wie immer. Nichts an seinem besorgt lächelnden Gesicht lässt in irgendeiner Weise darauf schließen, dass er aus einem anderen Grund gekommen sein könnte als dem, mir beizustehen. Ich zwinge meine Mundwinkel nach oben.

„Das ging ja schnell."

„Ich hab' mich beeilt."

Sein Atem geht ganz ruhig. Er ist erschreckend fit, denke ich. Trotz seiner Raucherei und der Fußverletzung.

„Komm rein."

Ich drehe mich rasch um, damit er keine Gelegenheit hat, mir seine Hand anzubieten. Wir sind vertraut genug, um ohne die Geste auszukommen, aber vor einer halben Stunde wäre ich ihm noch um den Hals gefallen. Ich darf es ihn nicht zu früh spüren lassen. Sonst ist mein einziger Trumpf verschenkt.

Er folgt mir durch den Flur zur Küche. Dort stehen die Rosen. Er stockt, als er den Strauß entdeckt.

„Sind das die Blumen?"

Sein Blick wirkt völlig unschuldig.

„Ja ..." Ich lade ihn mit einer Geste zum Sitzen ein und stoße beide Fensterflügel weit auf. Für alle Fälle. Der Hof ist an vier Seiten geschlossen und die Akustik hervorragend. „Hier stinkt es am wenigsten ... Was darf ich dir anbieten?"

Er nimmt auf demselben Stuhl Platz, auf dem Caroline normalerweise sitzt, und will nur ein Glas Wasser.

„Es gibt auch Apfelsaft."

„Leitungswasser reicht, danke."

Ich wende ihm den Rücken zu und lasse das Wasser über die Finger laufen. Als es angenehm kalt ist, schenke ich zwei Gläser voll. Eins davon vergesse ich neben der Spüle. Das andere trage ich um den Tisch herum und setze es mit einem Lächeln vor ihm ab, sehe mich wie suchend um und kehre zur Spüle zurück. Das ist zwar nicht sonderlich raffiniert, aber ich ertrage die physische Nähe zu ihm nicht.

Er spitzt die Lippen. Amüsiert, auch milde verwundert.

„Du scheinst dich erholt zu haben. Am Telefon wirktest du ziemlich niedergeschmettert ..."

Er sitzt mit aufgestützten Ellenbogen am Tisch und hält die Hände gefaltet, die linke Augenbraue wandert nach oben.

„Das täuscht …"

Meine Stimme kiekst. Ich huste, als habe ich mich verschluckt, und trinke etwas. Jetzt, wo er mir gegenübersitzt, bin ich gar nicht mehr so ruhig. Mein Herz schlägt bis zum Hals.

„Eben sprach ich mit Larissa. Sie sagt, Nora habe als Greifer für die Gestapo gearbeitet."

Seine Miene zuckt nicht mal. Nur seine grauen Augen gleiten langsam von mir ab.

„So. Sagt sie das? Das erklärt Einiges."

Die Knöchel seiner Finger werden weiß, krampfen sich ineinander und scheinen eine Weile zu ringen, bevor er mich schließlich wieder anblickt.

„Denkst du das auch?"

Ich bleibe stumm.

„Genau das hab' ich befürchtet", sagt er. „Genau das. Seit Jahrzehnten immer wieder dieselbe Lüge. Wie ein Fluch …"

Er schüttelt den Kopf. Ein klagender Ton schleicht sich in seine Stimme. „Inge hat sich auch von irgendeinem Wichtigtuer verhetzen lassen. Als sie es begriff, war es zu spät …" Er sieht auf. „Es hat mich die Ehe gekostet. Die Tochter. Alles ist daran zerbrochen! Dabei ist es absurd! Sie verwechseln Nora mit einer anderen! Es gab da eine, ja. Die arbeitete für Dobberke. Die war fast so hübsch wie sie. ‚Das blonde Gift' …"

„Das ‚blonde Gift'?"

„So nannten wir sie. Weil sie so gut aussah und ihr so viele auf den Leim gingen. Die graste die einschlägigen Cafés ab, trieb sich in der Oper herum, sprach Leute auf der Straße an, tauchte bei Beerdigungen auf …" Er hustet laut. „Aber das war nicht Nora! Das war Alice, und Alice wurde nach dem Krieg von der sowjetischen Militäradministration zu zehn Jahren Zwangsarbeit verurteilt … Inge hat mir damals versprochen, sie würde Larissa nichts sagen, und als Larissa dann '89 vor meiner Tür stand, war ich überglücklich … Ich dachte, nun sei es vorbei, ich könnte nach all den verlorenen Jahren endlich anfangen, ihr ein Vater zu sein … Aber es ist aussichtslos …"

Sein Schmerz ist echt. Bleibt die Frage, wieso Inge sich von ihm getrennt hatte, wenn es damals nur um Nora gegangen ist.

„Wie konnte es überhaupt zu der Verwechslung kommen?"

„Angst. Neid. Missgunst. Was weiß ich? Nora trat selbstbewusster auf als andere …"

„Sie soll Anfang September 1943 von der Gestapo verhaftet und in die Burgstraße geschafft worden sein."

Er lacht auf. Ein wütendes, verächtliches Lachen. „Selbst wenn!"

„Die Bekannte von Bella hat sie als diejenige identifiziert, die sie am 18. Dezember 1943 denunziert hat."

„Sie muss sich irren!" Lauenstain stiert vor sich hin. Dann wird er plötzlich laut. „Was sind das doch für grausame Ignoranten! Falls es wahr wäre, womit ich nicht sage, dass es das ist, nur falls, also falls sie wirklich von der Gestapo in die Burgstraße verschleppt und dort tagelang im Keller gefoltert worden sein sollte, wie kann man sie dann für das, was sie angeblich danach getan hat, überhaupt noch verurteilen?"

„Sie hat andere ausspioniert und verraten. Sie hat sie ans Messer geliefert, um ihr eigenes Leben zu retten."

„Machst du Witze? *Leben?*" Mit einem Mal schreit

er. „Hast du die leiseste Vorstellung davon was es hieß, denen in die Hände zu fallen? Du musstest drauf gefasst sein, dass sie dir die Zähne einzeln abfeilen! Die haben da Dinge mit dir veranstaltet, die jede Phantasie übersteigen! Wer das körperlich überstand, war hinterher kein Mensch mehr, sondern bloß noch ein wandelnder Leichnam! Wenn Dobberke dem sagte, du musst uns soundso viele liefern, sonst kommst du wieder in den Keller, hatte der höchstens noch die Wahl, aus dem nächsten Fenster zu springen. Aber mit Leben hatte das nichts zu tun!"

Speichel hat sich in seinen Mundrändern gesammelt. Er atmet heftig. Seine Rechte fällt auf den Tisch. Es ist still. Nur der Sekundenzeiger von Carolines Küchenuhr macht klackende Geräusche. Einen Moment lang bin ich versucht ihn zu fragen, wie sie ihm dort den Fuß kaputt gemacht haben und ob es Dobberke persönlich war, der ihn verkrüppelt hat. Stattdessen rede ich von Clara.

„Meine Großmutter war auch in Gestapohaft. Im El-De-Haus. Mitten in Köln. Das Gebäude steht sogar noch ... Wie sie starb, hat ihr Sohn nie erfahren. Zumindest sagte er uns das immer. Wir kannten bloß das Datum ihres Abtransports aus Hannover-Limmer. Der fiel genau auf ihren 36. Geburtstag. 6. April 1945. Neun Tage später, als die Briten Belsen befreiten, lebte sie nicht mehr."

Sein Blick flackert. Er holt Zigaretten aus der Jackentasche, zündet sich eine an und schleudert die Pappschachtel auf den Tisch.

„Warum erzählst du mir das?"

Mir ist egal, ob er es versteht. Ich spreche es zum ersten Mal überhaupt aus und sage es so, wie ich es sagen muss. Für mich selbst.

„Wenn ich meinen Vater fragte, erklärte er bloß, sie sei verschollen. Ich glaubte jahrelang, sie sei an Typhus gestorben. Irgendwann verplapperte er sich und sagte, die Aussagen seien widersprüchlich. Erst als er tot war erfuhr ich, dass es gleich nach dem Krieg eine Untersuchung gegeben hatte. Es existierten sogar schriftliche Zeugnisse. Aber er hat mir nie erzählt, was da drin stand. Er hat es nicht mal seiner Frau erzählt. Er behielt es sein Leben lang für sich und bevor er starb, fing er noch an, alte Papiere auszusortieren, um es vor uns zu verheimlichen. Doch der Krebs war schneller und so stieß ich später auf das, was da zu Protokoll gegeben worden war. Als ich es las, begriff ich, weshalb er immer nur gesagt hatte, seine Mutter sei verschollen ..."

Lauenstain scheint zu dämmern worum es geht. Seine Kaumuskeln zucken.

„Er wollte uns davor bewahren. Noch als wir erwachsen waren, wollte er das! Weil es ihm selbst so wehtat. Doch letzten Endes konnte er das nicht."

„Was soll das?" Lauenstain bleibt ruhig, aber ich sehe, wie seine Hand zittert.

„Du kannst Larissa nicht mehr von der Wahrheit fernhalten. Sie weiß längst über alles Bescheid. Sie hat mir von der Frau in New York erzählt ..."

Er drückt seine Zigarette aus. Sehr systematisch und gründlich. Fast so, als lösche er damit das aus, was ich gesagt habe.

„Ja, und?"

„Rede mit ihr. Das ist das Einzige, was dir jetzt noch bleibt."

Er lächelt bitter. Bitter und spöttisch. „Das Einzige, sagst du?"

Vielleicht bildet er sich ein, ich bluffe bloß. Also mache ich zwei Schritte auf ihn zu.

„Sie hat mir nicht nur von Nora erzählt. Sie sprach auch

von Noras Partner, den die anderen U-Boote den ‚hinkenden Greifer' nannten ..."

Er nickt langsam, als stelle ich nur fest, was längst bekannt ist. Sein Gesicht wirkt tönern. Er zeigt keine Gemütsregung und sieht an mir vorbei, seltsam abgekoppelt, als ginge ihn das, was ich sage, gar nichts mehr an.

„Weshalb, denkst du, bin ich heute hier?"

„Um das zu Ende zu bringen, was du mit den Pralinen vorhattest."

Er sieht überrascht auf. Scheinbar erstaunt. „Jetzt sind plötzlich auch die Pralinen von mir?"

„Ursprünglich waren sie wahrscheinlich für Käthe. Als Abschiedsgeschenk."

„Für Käthe?" Er hebt die linke Braue. Sein Sarkasmus verpufft.

„Sie telefonierte zu viel mit ihrer Freundin Bella. Das drohte deine Legende platzen zu lassen. Bella hat diese Bekannte die damals von Nora verraten worden ist und die hellhörig geworden sein muss als Bella ihr erzählte, ihre Freundin Käthe sei in Berlin einem alten Bekannten aus der Schulzeit begegnet, der unter abenteuerlichsten Umständen den Krieg überlebt habe. Irgendwie kamen sie auf deinen kaputten Fuß zu sprechen. Vielleicht fragte Bellas Bekannte auch gezielt danach und da war dir klar, spätestens, wenn Käthe diese Frau trifft, bist du überführt ..."

Er verzieht das Gesicht. „Woher soll ich all das denn gewusst haben?"

„Von Käthe natürlich! Sie hat dir alles brühwarm berichtet. Sie fand es phantastisch, wie du das damals alles überstanden hast, und hatte gegenüber Bellas Bekannter ein schlechtes Gewissen, weil sie sich deren Horrorgeschichten in New York nicht hatte anhören wollen! Vermutlich glaubte sie, sie täte euch beiden was Gutes, wenn sie euch miteinander in Kontakt bringt! Das musstest du verhindern."

„Mit Pralinen?"

„Vergifteten Pralinen. Die Symptome wären frühestens im Flugzeug aufgetreten. Bevor irgendwer begriffen hätte wieso, wäre sie ins Koma gekippt. Selbst wenn die Polizei eingeschaltet worden wäre, hätte sie die Spur nie bis zu dir zurückverfolgen können."

„Das ist doch völlig absurd!"

„Du wolltest eigentlich warten, bis sie abflog. Aber dir lief die Zeit weg. Du wusstest, dass sie nach ihrem nächsten Telefonat mit Bella im Bilde sein würde …"

„Absurd! Sie ist von der Putlitzbrücke gesprungen."

„Oder sie wusste längst Bescheid und hat dich konfrontiert!"

„Was?"

„Ich hab' mir lange den Kopf zerbrochen über diese merkwürdige Liste auf der letzten Seite ihrer Notizen, die du sofort als Deportationsliste erkannt hast. In den Tagen vor ihrem Tod gibt es kaum noch Einträge. Als habe sie Angst gehabt, das, was sie bewegte, überhaupt zu Papier zu bringen."

„Wovon redest du?"

„Von der Deportationsliste. Die ergibt keinen Sinn. Wozu hätte Käthe das festhalten sollen? Etwa um sich selber schlecht zu fühlen? Kaum. Der Tod ihrer Großeltern, von dem du ihr berichtet hast, war für sie schlimm genug! In ihren Notizen stehen die Namen all derer, die sie kannte und die ermordet wurden! Sie brauchte nicht noch extra Salz in die Wunde zu streuen!"

„Sondern?"

„Sie hat die Liste für dich angelegt. Um dich damit zu konfrontieren. Oder für Larissa, um ihr zu zeigen, wie viele Leben du geholfen hast zu zerstören. Zwischen dem 18. Oktober 1941, als der erste Zug nach Lodz ging, und dem 5. Januar 1945, als der letzte Transport Berlin verließ."

Lauenstains Mund zuckt, als wolle er protestieren, aber er bleibt stumm.

„Vielleicht hat sie dich sogar dazu gebracht, mit ihr zu dem Mahnmal zu gehen, um dich dort mit der Wahrheit zu konfrontieren, sozusagen am Ort des Geschehens und dir gedroht, sie werde mit Larissa reden."

„Genug! Hör' auf!"

„Deine Tochter hätte sich von dir abgewandt, so wie sich deine Frau von dir abgewandt hat. Und dein Leben, dein Ansehen, deine gesamte Existenz wären auf einen Schlag zerstört gewesen. Man hätte dich vor Gericht gezerrt so wie einen Honecker, Mielke oder Krenz, und dich wegen Beihilfe zum Mord angeklagt. Dann hätten dort all die grausamen Ignoranten gesessen, die keine Ahnung davon haben, was Dobberke dir damals in dem Folterkeller angetan hat, und sie hätten über dich gerichtet …"

„Jetzt reicht's!", stößt er heiser hervor. „Schweig!"

Sein Stuhl kippt krachend um. Mit geballten Fäusten auf den Tisch gestützt schießt er hoch, als wolle er sich auf mich stürzen. Ich weiche instinktiv zurück. Das scheint ihn zu ermutigen. Er stößt den Tisch beiseite. Mein Blick flitzt zu dem Messer, das neben dem Holzbrett auf dem Buffet liegt. Ein solides, schweres Messer mit glatter, fester Klinge. Ideal, um sich zu verteidigen. Doch es ist außer Reichweite. Er folgt meinem Blick mit den Augen, lächelt böse und fängt an zu kichern. Die Laute sind abgehackt. Fast irre. Aber es könnte auch Schluchzen sein. Ich warte die Feinauswertung nicht ab, mache auf dem Absatz kehrt, stürze zur Küchentür, werfe sie hinter mir zu und renne so schnell ich kann den Flur entlang zum Ausgang der Wohnung. Der Flickenteppich vor dem Gästezimmer rutscht unter meiner Sohle weg. Ich knicke um, verliere die Balance, knalle gegen die Wand und segele der Länge nach auf die Dielen.

Hinter mir höre ich, wie die Küchentür aufgerissen wird und Absätze unregelmäßig klackernd näher poltern. Der Jagdschritt des hinkenden Greifers. Er muss mich fast erreicht haben. In heller Panik rappele ich mich hoch, ignoriere das Stechen im Fußgelenk und haste weiter, erreiche die Wohnungstür, reiße sie mit einem Angstlaut auf und pralle direkt gegen die Brust eines großen, kräftigen Mannes, der mich an beiden Schultern packt und festhält.

61

Im ersten Augenblick bin ich viel zu erschrocken, um zu schreien.

„Da schein' ich ja grade noch rechtzeitig gekommen zu sein."

Hendrik klingt drohend. Sein Haar ist wirr, er ist außer Atem und mustert mich mit einem ganz eigenartigen Blick. „Was ist hier los?"

Lauenstain ist im Flur hinter der Wohnungstür stehen geblieben, streicht sich verstört über den Schopf und hebt ratlos die Hände.

„Maja hatte einen bösen Tag. Ihre Freundin liegt im Krankenhaus. Sie rief mich an. Ich kam auf ihre Bitte hin her, weil ich mir Sorgen um sie machte …" Er zuckt die Achseln. „Sie muss gedacht haben, ich wolle ihr etwas tun."

Seine bekümmerte Miene spiegelt Mitleid. Ich bin fassungslos, wie geschmeidig er die Rolle wechselt.

„Stimmt das?"

„Ja. Aber es ist anders …"

„Ich weiß", sagt Hendrik.

Erst jetzt begreife ich, dass sich sein Zorn gar nicht gegen mich richtet. Intuitiv bin ich davon ausgegangen, ich hätte nur wieder etwas Entscheidendes verpasst und er die ganze Zeit vor der Tür im Dunkel des Treppenhauses auf mich gelauert. Ich habe heute schon so viele üble Überraschungen erlebt. Aber das dunkle Treppenhaus hat nichts zu sagen. Vielleicht ist das Licht gerade ausgegangen. Oder er hat auf Beleuchtung verzichtet. Wer an zwanzig Watt Birnen gewöhnt ist, den stören keine finsteren Stufen.

Sein Ausdruck erschreckt mich.

„Hat er dich angefasst?"

Ich schüttele den Kopf. „Ich bin gestürzt …"

Das scheint ihn nicht zu überzeugen. Seine Lippen sind zusammengepresst.

Ich lege ihm die Hand auf den Arm. „Lass. Ich bin mir noch nicht mal sicher, ob er das tatsächlich wollte."

„Aber ich bin es!" Hendrik schüttelt meine Hand ab.

Lauenstains Stirn beginnt plötzlich zu glänzen. Gegen den Jüngeren hat er keine Chance. Aber er schiebt das Kinn vor: „Ich werde jetzt gehen. Würdest du deinen Freund bitten, mich durchzulassen?"

„Nein", zischt Hendrik und tritt einen Schritt vor. „Erst soll er dir sagen, warum er Käthe ermordet hat …" Er zittert vor Wut. „Dieser reizende alte Herr war ein Gestapo-Helfer! Ein Greifer! Ein Lockvogel und Menschenjäger. Er hat den Horror nur überlebt, indem er andere Juden aufspürte und an die Gestapo verriet. Damit der Sadist Dobberke dann aus ihnen rausfoltern konnte, wer sie versteckt hatte!"

„Das weiß ich längst", sage ich rau. Hendrik ignoriert mich.

„Wie viele waren es? Ein Dutzend? Zweihundert? Oder mehr? Hat Ihnen Dobberke auch einen Ausweis und eine Dienstwaffe gegeben, damit Sie die armen Säue selbst festnehmen und noch ein wenig erpressen konnten, bevor Sie sie ablieferten?"

Lauenstains Gesicht ist aschfahl geworden.

„Lass'", bitte ich.

„Er soll es dir sagen", beharrt Hendrik. „Hier und jetzt. Vor Gericht ist er nachher nur vergesslich und es findet sich irgendein Quacksalber, der ihn für verhandlungsunfähig erklärt. Außerdem weißt du noch nicht, für wen dieses Schwein nach dem Krieg gearbeitet hat."

62

Eine halbe Stunde später fühle ich mich wie erschlagen. Mein Fußgelenk schmerzt. Ich lehne gegen den Herd. Hendrik sitzt am Tisch, das Kinn in die Handfläche gestützt, und starrt durch Rauchschwaden auf Lauenstain. Der hockt am anderen Ende des Tisches, hält die Hände im Schoß gefaltet und schweigt verstockt. Hendrik hat ihn mit dem Inhalt der Akten konfrontiert, die Kalle aufgestöbert hat.

Es sind Unterlagen der Staatssicherheit, die bis in die zweite Hälfte der Vierziger zurückreichen. Akten mit Klar- und Decknamen aus denen hervorgeht, dass Lauenstain sich im Spätsommer 1945 an die sowjetische Militäradministration gewandt hat, um den Geheimpolizisten vom NKGB seine Unterstützung bei der Jagd auf frühere Gestapo-Helfer anzubieten.

„Mit dem Kriegsende wurden Sie vom Jäger zum Gejagten. Hätte man Sie erkannt, wären Sie erschossen worden oder bestenfalls in Sibirien gelandet. Sie waren clever genug nicht zu warten, bis man Sie anzeigte. Sie gingen direkt zu den Sowjets, gaben sich als Opfer des Faschismus aus und erklärten, dass Sie über unschätzbare Spezialkenntnisse verfügten, die bei der Suche nach untergetauchten Nazis nützlich sein würden. Und siehe da: Man hatte sofort wieder Verwendung für Sie."

Hendrik wendet sich an mich. „Die Geheimpolizei der Sowjets, beziehungsweise das NKWD, hat ihn eine Weile in Potsdam festgehalten, aber dort nur ausgequetscht. Hinterher schickten sie ihn nicht ins Lager, sondern er durfte als operativer Informant weitermachen. Mit Sonderausweis und Extra-Rationen. Vermutlich durfte er sogar seine alte Dienstwaffe behalten."

Ich nicke bloß müde. Ich mag nicht mehr.

Nun ist klar, wie Lauenstain durch die Nachkriegsjahre gekommen ist, mit wessen Hilfe er seine Vita hat schönen und sich vom Menschenjäger in ein respektables Mitglied der sozialistischen Arbeiter- und Bauernrepublik verwandeln können.

Laut Larissa ist er schon während des Krieges darauf bedacht gewesen, nie zu laut aufzutreten. Das half die Spuren zu verwischen. Zumal fast alle, die ihn belasten konnten, längst tot waren. Trotzdem gab es gelegentlich Komplikationen. Etwa im Frühjahr 1961, als ihn der sechzigjährige Felix Regensburger aus Berlin-Schöneberg anzeigte, der in ihm den Mann zu erkennen glaubte, dem er seine Verhaftung und den Abtransport ins Sammellager Große Hamburger Straße verdankte.

Regensburger war sich sicher gewesen. Laut Akten hatte er Lauenstain sogar persönlich gestellt. Im Zweifelsfall ist Regensburger der „miese Wichtigtuer" gewesen, der Lauenstains Frau Inge „verhetzt" hat. Doch die Sache verlief im Sande. Stets hielt das Ministerium für Staatssicherheit seine schützende Hand über den verdienten Mitarbeiter, der inzwischen nach Weißensee gewechselt war und auch von dort aus weiter fleißig Berichte lieferte.

Vielleicht ist es mein Gesichtsausdruck, der Lauenstain schließlich doch noch zum Reden bringt.

„Das stellt sich Ihnen heute vielleicht so dar", sagt er zu Hendrik. „Aber es war nicht so. Es ging darum, Nazis zur Rechenschaft zu ziehen. Darum ging es, nur darum." Er atmet hörbar aus, bevor er weiterspricht. „Stimmt. Ich habe die Befreiung nicht als Befreiung erlebt. Dafür war ich zu ausgebrannt. Es war bloß das Ende der einen Art Grauen. Alle waren sie tot. Auch Nora …", sagt er leise.

„Wie ist sie umgekommen?"

„Das hab' ich nie erfahren. Dobberke wird sie mit den anderen auf die Liste gesetzt haben. Wer nutzlos geworden war, ging ins Gas. Die wenigsten Greifer haben das Kriegsende erlebt …" Sein Blick wandert zu Hendrik. „Vielleicht befriedigt das Ihren tieferen Sinn für Gerechtigkeit."

Er sieht mich an.

„Als sie mich schnappten, hatte ich Papiere aus der Werkstatt eines früheren Kunststudenten. Der stellte hervorragende Fälschungen her und bereitete der Gestapo viel Kopfzerbrechen. Dobberke wollte diesen Mann unbedingt fassen. Sie nahmen mich tagelang in die Mangel, doch ich hatte den Mann immer nur in Cafés getroffen und nicht die leiseste Ahnung, wo er wohnte. Dobberke glaubte mir nicht. Er ließ meine Eltern verhaften und drohte sie zu deportieren, wenn ich nicht auspackte. Mein Vater war Kriegskrüppel. Auf ihn wartete der sichere Tod, und es war klar, dass meine Mutter keine Woche ohne ihn überstehen würde."

Er bricht ab und starrt vor sich hin.

„Also botest du Dobberke an den Mann zu finden, sofern er im Gegenzug deine Eltern verschonte?“

Sein Mund zuckt. „Natürlich hielt er nicht Wort. Sie waren der Hebel, um mich gefügig zu machen. Als er begriff, dass es auch noch Nora gab, waren sie überflüssig und kamen auf den nächsten Transport.“

Er streckt die Hand aus, schält mit zitternden Fingern eine Zigarette aus der Packung und zündet sie sich an.

„Sicher, dafür kannst du mich heute verurteilen, aber frag' dich mal, was du an meiner Stelle getan hättest.“

Ich spüre, wie mir das Blei aus den Knochen in die Adern sickert und auf mein Herz zukriecht.

Lauenstain kaut Rauch.

„Glaub' mir, ich hab' Dobberke gehasst. Für das, was er war und für das, was er aus mir gemacht hat. Irgendwann begriff ich, dass der einzige Sinn, den mein verpfuschtes Leben hinterher überhaupt noch haben konnte, bloß noch darin bestand, Leute wie ihn zur Strecke zu bringen.“

Er drückt die eben angerauchte Zigarette aus. „Deshalb, nur deshalb, hab' ich mich den Sowjets zur Verfügung gestellt.“

Hendrik lässt sich in seinem Stuhl nach hinten fallen, stützt die Ellenbogen auf die Armlehnen und klatscht drei Mal verhalten.

„Gleich kriegen wir zu hören, wie vielen Sie dadurch nebenbei das Leben gerettet haben“

„Lass'“, bitte ich ihn.

Aber er ist zu wütend. „Tut mir leid“, faucht er. „Die Story hab' ich zu oft gehört. In diesem beschissenen Land wimmelt es von heldenhaften Denunzianten, die entweder irregeleitete Opfer waren oder klammheimliche Widerstandskämpfer, die Schlimmeres verhütet haben.“

Lauenstain zuckt wortlos die Achseln und sieht mich an.

„Erklär's deiner Tochter", sage ich. „Ich bin die Falsche." Und zu Hendrik: „Mir reicht's. Er soll endlich gehen."

Hendrik fährt empört hoch. „Was?"

Aber ich rede mit Lauenstain. „Ich schlage vor, du rufst sie an."

Der sagt verständnislos. „Wie?"

„Jetzt. Du hast bis morgen früh Zeit, mit ihr zu reden. Dann verständige ich die Polizei."

Hendrik springt auf. „Bist du verrückt geworden? Der marschiert von hier aus direkt in den Bau! Sonst nirgendwohin."

„Es geht um sie. Nicht um ihn."

Hendrik lacht entgeistert. „Du träumst. Die hat nichts davon!" Sein Arm fliegt hoch und zeigt auf Lauenstain. „Der wird sich verpissen. So, wie er sich bisher immer verpisst hat!"

„Wo soll er hin? Er kann nirgends mehr hin."

„In zwei Stunden ist er in Polen!"

„Selbst wenn."

„Er hat Käthe ermordet und zig andere ans Messer geliefert! Soll er dafür etwa leer ausgehen?"

„Ich schulde es ihr."

Der Mann, über den wir sprechen, sitzt regungslos. Er stiert auf Carolines altertümliches Buffet, das Gesicht zur Maske erstarrt. Steinalt sieht er aus. Steinalt, verloren und fremd. Der Schädel schimmert bereits durch die wächserne Haut. Du bist wirklich ein wandelnder Leichnam, denke ich, und weiß, ich werde dieses Bild nie vergessen.

Es ist vorbei.

63

Vom Kirchturm am Karl-August-Platz schlägt es halb zwölf. Lauenstain ist fort. Ich habe Larissa angerufen und ihr erklärt, was geschehen ist. Als ich die Küche wieder betrete, steht Hendrik am Herd. Er kocht Espresso. Ich frage ihn, seit wann er Bescheid weiß.

„Heute früh kam Kalle vorbei. Er hat mir seine Unterlagen gezeigt. Da passte das Puzzle auf einmal zusammen."

Ich leere das Glas, das von vorhin noch halbvoll auf dem Tisch herumsteht und nehme mir eine seiner Zigaretten.

„Er hatte Käthe von Nora erzählt", sage ich. „Das war sein Fehler. Wie sollte er auch ahnen, dass sie ständig mit ihrer Freundin Bella in New York telefonierte und die wiederum eine Bekannte hatte, die während des Krieges hier in Berlin war."

„Und die kannte den hinkenden Greifer?"

„Vielleicht erwähnte Käthe auch nur, dass Lauenstain eine alte Fußverletzung hatte. Bella trug es weiter und da schrillten bei der Bekannten sämtliche Alarmglocken. Wie auch immer. Jedenfalls reagierte Bella ganz eigenartig, als ich von ihm sprach. Sie wollte sofort wissen, ob er irgendwie verkrüppelt sei."

Hendrik zupft sich nachdenklich die Unterlippe.

„Ich hätte mich eigentlich viel eher wundern sollen", sage ich.

„Worüber?"

„Dass in Käthes Notizen nichts über Nora steht. Er muss ihr von Nora erzählt haben. Das brachte alles ins Rollen."

„Und wieso hat er uns dann danach überhaupt noch ihre Story aufgetischt? Das war doch idiotisch."

„Um meine Reaktion zu testen. Ich hatte ihm von Käthes Notizen erzählt. Er wusste nicht, was drin stand und versuchte abzuschätzen, wie viel ich wusste."

„So was Ähnliches habe ich mir auch gedacht und statt lange mit dir zu diskutieren, lieber gleich die Kripo angerufen. Als Jenninger hörte, was Kalle rausgefunden hatte, wollte er die Sachen sehen. Wir trafen uns und ich zeigte ihm Kalles Kopien." Hendrik grinst. „Dabei hab' ich erfahren, dass Jenninger die ganze Zeit hinter Dreiser her war."

„Wie? Hinter *Dreiser*?"

„Sie sind zusammen zur Schule gegangen. Als du den Restitutionsantrag und Schwertfeger erwähntest, wusste Jenninger sofort, um wen es geht. Er sagte, dass er ‚das korrupte Schwein liebend gern auf der Anklagebank gesehen' hätte."

„Wieso hat er mich dann verdächtigt?"

„Hat er nie. Jedenfalls nicht ernsthaft. Seine Chefs machten ihm Druck. Die hätten die Sache offenbar wirklich lieber leise beerdigt, was den Alliierten auch ganz Recht gewesen wäre, aber mit deinem Auftauchen gab es jemanden, der Erbansprüche hatte und folglich ein echtes Tatmotiv. Also durfte Jenninger weitermachen. Offiziell hatte er ja dich im Visier."

„Oh Gott." Ich denke daran, was ich Jenninger vorhin so alles an den Kopf geworfen habe.

Hendrik kommt auf Lauenstain zurück.

„Geahnt hab ich's früher. Eigentlich gleich am ersten Abend. Als er über Nora sprach und die anderen die, wie er sich ausdrückte, geplatzt waren …"

Er zuckt die Achseln.

„Am nächsten Tag traf ich Kalle und erzählte ihm davon. Kalle beschäftigte sich unter anderem mit der Frühphase des MfS. Er hatte sowieso gerade entsprechende Vorgänge zu fassen und wollte interessehalber mal sehen, ob er was fände. Es war eher ein Schuss ins Blaue. Nur zur Sicherheit."

„Zu wessen Sicherheit?"

In dem Moment fängt die Espressokanne an zu zischen. Hendrik nimmt sie vom Herd und schenkt mir ein. Ich sehe ihn an.

„Wirkte ich auf dich denn so vernagelt?"

Seine Brauen wandern nach oben und er macht ein schiefes Gesicht.

„Du hast alles abgeblockt, was als Kritik an Lauenstain gedeutet werden konnte. Erst dachte ich, du hieltest mich für eifersüchtig, aber in dem Moment, als du über deinen Vater sprachst, wurde mir klar, dass es viel tiefer ging ..."

Ich denke an unseren Streit über Vertrauen. Plötzlich komme ich mir sehr klein vor. Er streckt seine Hand aus, will mir über den Arm streicheln. Ich schüttele den Kopf, ziehe die Hand zurück. Eine Welle von Scham steigt in mir auf. Ich will die Tränen unterdrücken, aber es geht nicht. Ich fluche halblaut, drehe mich von ihm weg, sacke nach vorn und verberge den Kopf in den Armen auf dem Tisch.

Hendrik ist verstört. Er steht auf und macht begütigende Laute. Dann kommt er näher und streichelt mir über Kopf und Schultern.

„He ... Ist doch nicht so schlimm. Es ist alles in Ordnung."

„Lass mich!" Ich springe auf und weiche drei Schritte vor ihm zurück. „Nichts ist gut! Nichts ist in Ordnung. Nichts, du Idiot!"

Ich halte die Arme gekreuzt, umklammere mit der Linken den Ellenbogen und wische mir mit der Rechten die Tränen aus dem Gesicht.

„Ich hab' dich mit Jenninger gesehen. In Steglitz, im

Café. Da dachte ich, du hast mich die ganze Zeit belogen und arbeitest für Dreiser. Dann kam ich nach Hause und fand Caroline ohnmächtig in ihrer Kotze und ihrem Blut. Und als der Notarzt sagte, es sähe aus wie eine Vergiftung, fand ich die Pralinen, und da musste ich sofort an die Petit Fours denken, die du gekauft hast …"

Ich kann nicht mehr. Es schüttelt mich. Meine Stimme erstickt. Er ist stehen geblieben. Die anfängliche Bestürzung weicht aus seinem Gesicht. Ich sehe, wie es langsam ganz leer und sehr blass wird.

„Du dachtest, ich …"

„Ja!", schreie ich. „Ich bin nicht für eine Sekunde darauf gekommen, dass es Lauenstain sein könnte. Ich sah nur immer dich und Jenninger in diesem beschissenen Café und wie panisch du den neuen Computer zugeklappt hast, auf dem du grade was über mich schriebst. Und alles was ich denken konnte war, dass ich schon wieder von einem Typen gelinkt worden bin, in den ich mich verliebt hab'. Aber dieses Mal bin ich nicht nur an ein Arschloch geraten, das meine frühere Schulfreundin vögelt, sondern an eines, das meine Tante ermordet hat."

Er sieht an mir vorbei und schweigt. Schließlich atmet er tief durch und nickt bedächtig.

„Du hattest *wirklich* einen harten Tag."

„Ist das alles? Mehr hast du nicht zu sagen? Ich gesteh' dir gerade, dass ich dir das Übelste unterstellt hab', was man einem anderen überhaupt unterstellen kann, und mehr fällt dir nicht dazu ein?"

„Doch. Eine ganze Menge … Die Frage ist, was du daraus machst."

„Wie, was ich daraus mache?"

Er zuckt mit den Lippen. „Sagtest du eben verliebt?"

Ich verstehe zuerst nicht und als ich begreife, schießen

mir schon wieder die Tränen in die Augen. Ich schäme mich noch mehr und bin glücklich und bekomme gleichzeitig wieder Angst, aber als er nun auf mich zukommt, laufe ich nicht weg.

Er hebt vorsichtig mein Kinn und küsst mich. Dann nimmt er mich in die Arme. Er hat Schultern, an die ich mich anlehnen kann, ohne mir bescheuert vorzukommen, und es fühlt sich wunderbar an. Bis mir einfällt, dass ich komplett vergessen habe Frank anzurufen, um ihm zu sagen, dass Caroline im Krankenhaus liegt.

64

Am nächsten Tag erfahre ich, dass Lauenstain in der letzten Nacht nicht mehr bei Larissa angerufen hat. Er ist verschwunden.

Möglicherweise lag es an den beiden Kripokollegen, die Jenninger zu ihm geschickt hatte, nachdem er bei mir gewesen war. Die hatten Lauenstain am frühen Abend nicht angetroffen und gegen halb zwölf in der Nacht erneut an seiner Tür geklingelt, was sich zeitlich ungefähr mit seiner Rückkehr aus Charlottenburg deckte. Eventuell hatte er die Männer bemerkt und das Weite gesucht.

Am Sonntagmorgen erschienen die Herren erneut bei ihm, diesmal in Begleitung von Larissa und der Feuerwehr. Sie verschafften sich gewaltsam Zutritt zu den Räumen.

Larissa war darauf gefasst, ihren Vater mit geöffneten Pulsadern in der Badewanne zu finden, aber die Wanne war so leer wie der Rest der Wohnung und das Bett unberührt. Sämtliche Fotos und der Pass fehlten. Es dauerte eine Weile, bis sein Golf zur Fahndung ausgeschrieben werden konnte, weil Larissa das Kennzeichen nicht wusste und

Jenningers Leute über die Zulassungsstelle gehen mussten. Zoll und Bundesgrenzschutz hatten am Sonntag auf Wochenendbetrieb geschaltet und teilten bloß lakonisch mit, dass sie Personenkraftwagen mit deutschem Nummernschild bei der Ausreise in der Regel durchwinkten.

Polen liegt nahe, aber die tschechische Grenze ist nicht viel weiter, und vielleicht ist er auch längst an der dalmatinischen Küste. Sofern er überhaupt nach Südosten geflohen ist. Im kriegsgebeutelten Kroatien taucht man leichter unter als in Dänemark, doch vielleicht flaniert er inzwischen auch durch Kopenhagen, Antwerpen oder Amsterdam.

Es gibt noch eine Variante. Nach der ist er nicht ganz so weit gefahren, nur irgendwohin aufs Land, in einen der märkischen Wälder, die Schorfheide oder an einen der zahllosen Seen nördlich von Berlin, um dort das zu tun, was er zu Hause in der Badewanne unterlassen hat. Das passt zwar nicht zu den fehlenden Papieren, aber so wie er bei seinem Abgang aussah, fällt es schwer mir etwas anderes überhaupt vorzustellen. Allerdings kann ich mir offenbar einiges nicht vorstellen, auch wenn ich mich immer für phantasievoll gehalten habe.

Vieles von dem, was ich in den letzten Tagen erfahren habe, wäre mir bis vor kurzem noch undenkbar erschienen. Dabei ist es tatsächlich so geschehen, ohne jede Rücksicht darauf, ob ich es mir vorstellen kann. Menschen tun alles Mögliche, leben hinterher damit und man sieht es ihnen nicht an. Wo der eine zerbricht, verbiegt sich der andere. Persönliche Wahrheit ist dehnbar wie Kaugummi.

„Leute legen sich ihre Geschichte so lange zurecht, bis sie damit leben können“, hat Vater mal gesagt, „und es dürfte dir schwer fallen, einen zu finden, der sich selbst für böse hält.“

Hatte Dobberke sich etwa für böse gehalten? Eher nicht. Und einer wie Lauenstain sagte sich vermutlich hinterher, er sei selbst nur ein Opfer und im Vergleich zu den Dobberkes ein kleines Licht gewesen. Auch wenn es mir ein fortgeschrittenes Rätsel bleibt, wie es ihm über vierzig Jahre lang gelungen ist, damit zu leben.

„Wieso sollte es ihm jetzt nicht mehr gelingen?", grinst Hendrik dazu bloß. „Nur weil sein Lügengebäude zertrümmert ist? Dann zimmert er sich eben ein neues. Du sprichst immer von ‚Gewissen'. Es gibt haufenweise Typen, die nie eins hatten und blendend ohne leben."

„Trotzdem. Er liebt Larissa und er weiß, dass er sie jetzt endgültig verloren hat. Er ist alt, allein und kann nie wieder an den Ort zurück, an dem er sein Leben verbracht hat. Früher oder später geht ihm das Geld aus, er hockt in der Fremde und alles, was ihm noch bleibt, ist Touristen anzuschnorren."

„Sagst du", erwidert Hendrik. „Vielleicht wird er auch in Dubrovnik Animateur für ältere Damen aus Leipzig."

Soll er, denke ich nur, und wundere mich, dass ich kaum Wut empfinde.

Letztendlich bin ich erleichtert, dass ich Jenninger nicht sofort angerufen habe. Denn obwohl ich Lauenstain theoretisch hassen müsste, hasse ich ihn nicht.

Viel mehr hasse ich Typen wie Dobberke, die ihn zu dem gemacht haben, was er geworden ist. Und Dobberkes Vorgesetzte, die die Anweisungen dazu erteilten, ohne sich selbst die Finger schmutzig zu machen, und die nach dem Krieg wieder in den Staatsdienst übernommen wurden, um als Kriminalrat oder Oberregierungsrat in Pension zu gehen.

Lauenstain und Nora? In der entsprechenden Situation

hätte ich hoffentlich keine Sekunde lang gezögert, ihn oder sie zu töten. Es gibt da nichts zu entschuldigen. Aber sie hassen? Im Nachhinein? Weiß ich, wozu ich nach Verhören in Dobberkes Keller bereit gewesen wäre?

Ich habe keine Ahnung. Und ich bin heilfroh, nie vor dieselbe Wahl gestellt worden zu sein wie er. Denn letztlich ist es immer eine Frage der Wahl. Die hat man, egal wie erbärmlich die Situation ist.

Diese Wahl hatte sogar Clara, als sie sich vor eine polnische Kameradin stellte. Auch wenn sie vermutlich nicht wusste, dass es sie das eigene Leben kosten würde. Doch ihr dürfte klar gewesen sein, dass sie es damit riskierte. Sie tat es trotzdem. Für die Polin und für sich selbst. Obwohl die Befreiung greifbar war.

Warum? Vielleicht, weil sie hinterher nicht damit leben wollte, sich das anzusehen, was sie sich da ansehen sollte. Sie ging dazwischen. Bei anderer Gelegenheit hätte ihr Protest vielleicht sogar gefruchtet. Doch die Polin wurde trotzdem erschossen. Von einem Unterscharführer. Anschließend traten er und drei Kapos Clara zusammen und ertränkten sie in der Latrine.

Hatte sie die richtige Wahl getroffen? War ihr Verhalten nun heroisch oder dumm? Oder beides?

Ist die eigene Würde den Preis wert? Oder will man überleben um jeden Preis? Ist das Überleben immer das Höchste?

Lauenstain hätte die Antwort gewusst.

Ich habe keine.

Dafür bekomme ich am Dienstag eine andere entscheidende Antwort. Über Herrn Dr. Schwertfeger. Marcus Dreiser hat die Wahrheit ein wenig geschönt und ein wesentliches Detail weggelassen.

Larissas Kontakt, ein rundlicher Mittvierziger den ich in den Büroräumen der Gedenkstätte im Bendler-Block treffe, weiß zu berichten, dass es ehedem eines zweiten Dr. Schwertfeger bedurft hat, um den ersten aus der Gestapo-Haft zu holen. Der zweite Schwertfeger sei auch promoviert und der jüngere Bruder des arretierten Wehrmachtsobersts gewesen.

„Er war persönlich mit dem Reichsführer SS bekannt. Himmler hat für ihn bei Kaltenbrunner interveniert und der ließ seinen Bruder umgehend entlassen ...“

Er sieht mich über seine Halbbrille hinweg an. „Die Sache war ohnehin nur ein Missverständnis.“

„Ein Missverständnis?“

„Der verhaftete Generaloberst Beck und Schwertfeger waren bloß Nachbarn. Sie wohnten in der Goethestraße.“

„Ich dachte, die ist in Charlottenburg?“

„In Lichterfelde gibt es auch eine. Beck wohnte in der Nummer 24, Schwertfeger zwei Häuser weiter. Beide waren Wehrmachtsoffiziere, aber hatten höchstens losen Kontakt, der kaum über einen flüchtigen Gruß hinausgegangen sein dürfte. Daraus im Nachhinein eine Freundschaft zu konstruieren, halte ich für gewagt. Milde gesagt ...“

Er reibt sich lächelnd die Nase. „Schon bemerkenswert, wer alles nach dem Krieg, als die Männer vom 20. Juli auf einmal nicht mehr als Verräter, sondern als Patrioten galten, Verbindung zu ihnen gehabt haben wollte. Aber Gott sei Dank gibt es ja noch die Ermittlungsakten, Verhörprotokolle, sowie die Ton- und Filmaufnahmen vom Volksgerichtshof.“

Und dann verrät mir der rundliche Mann, weshalb der jüngere Schwertfeger, der bloß den Rang eines Majors bekleidete, direkten Zugang zu Heinrich Himmler gehabt hat.

„Er war mit der Nichte von Margarete liiert."
„Margarete?"
„Himmlers Frau."
„Dieser Sturmbannführer arbeitete nicht zufällig im Amt A des Wirtschaftsverwaltungshauptamts der SS in Lichterfelde?"
„Doch. So steht es zumindest da. Lässt sich alles nachlesen."
Er deutet auf das Lesegerät für Mikrofiches auf seinem Arbeitsplatz.
„Könnte ich eine Kopie davon haben? Mit offizieller Quellenangabe?"
„Wenn ich Sie damit glücklich mache, kriegen Sie nicht nur die Archivnummer, sondern gleich noch einen Stempel der Gedenkstätte und meine Unterschrift dazu."
„Das ist dann amtlich und ich kann es zitieren und auch veröffentlichen?"
„Damit können Sie anstellen, was Sie wollen", schmunzelt er. „Es handelt sich ja um freigegebenes Material."
„Sie ahnen gar nicht, wie glücklich Sie mich damit machen!"

65

Käthes Beerdigung findet zwei Tage danach statt. An einem windigen Donnerstagmorgen. Es ist keine traditionelle Veranstaltung. Käthe war nie sonderlich fromm. Bella meinte vorher zu mir am Telefon: „Skip the whole shpiel with ‚Chewra Kaddisha'. It wouldn't be her thing. Get a reform-rabbi, that'll suit her best."
Trotzdem zerbricht sie dann nach Verlassen der Trauerhalle eine kleine irdene Schale, die sie eigens zu diesem

Zweck mitgebracht hat. Sie ist tags zuvor aus New York angereist und hat sich bei den Grossers einquartiert. Josef sitzt im Rollstuhl und verdreht ergeben die Augen, wenn Elvira wieder an der Wolldecke über seinen Beinen zupft. Arno und Mabel Wyden haben ihren Flug verschoben und gehen neben Reidenbach her. Arno und der Anwalt reden Deutsch, während Mabel auf Englisch mit der Studentin plaudert, die sie, Arno und Käthe für das Besucherprogramm betreut hat. Bei diesem Anlass begegne ich der Frau übrigens das erste Mal. Genauso neu ist mir Hendriks nachtblaues Samtsakko, über das er treffend sagt, er sähe darin aus wie bei der Jugendweihe.

Caroline geht Hand in Hand mit Frank, neben Larissa. Sogar Ulf Jenninger ist erschienen, dem es angesichts der sporadischen Windböen gewisse Schwierigkeiten bereitet, die schwarze Yamikel, die man ihm am Friedhofseingang leihweise in die Hand gedrückt hat, auf dem schütteren Schopf zu behalten.

Später stellen wir uns im Halbkreis um das offene Grab. Jeder wirft drei Hand Erde auf den Sarg und der Rabbi spricht uns auf Deutsch den Satz vom Staub vor, dem Staub, von dem sie kommt und zu dem sie nun zurückkehrt.

Als der Sarg mit Erde bedeckt ist, wird das Kaddisch gesagt, und weil nicht genügend Männer da sind, sprechen die Frauen ihn mit.

Ich denke an Clara und Käthe und an Vater. Daran, wie ich hier das erste Mal gestanden habe und Lauenstain über die Beerdigung von Nelly und Louis Traube sprach, und für einen Moment habe ich das Gefühl, sie alle stünden neben mir.

Wie Käthe gestorben ist, werde ich nie erfahren. Aber ich weiß genug, um es mir auszumalen. Lauenstain hat

Käthe nie von Nora berichtet. Sondern Larissa. Der hat er in einer Anwandlung von Offenheit seine Kriegsliebe gestanden, und sie hat es Käthe weiter erzählt. Der kurze Moment der Aufrichtigkeit, in dem Vater und Tochter sich näherkamen, ist ihm zum Verhängnis geworden. Tragische Ironie. Aber es passt. Trotz allem. Käthes Tod ist wie ein spätes Echo des Grauens. Doch immerhin liegt sie dort, wo sie hinwollte. Und es kann an ihrem Grab auf Deutsch und Hebräisch gebetet werden.

In den Wipfeln der Birken tanzt der Wind, ein paar Fetzen Blau tun sich darüber auf und gerade, als die letzte Zeile des Gebets gesprochen wird, bricht die Sonne durch die Wolken. Ich fange Hendriks Blick auf, er nickt und wir müssen beide lächeln.

Das Licht strahlt durch das Laub auf den Basalt. Es bringt den Türkis zum Leuchten. Den Türkis, den Käthe ihren Großeltern mitgebracht hat. Er liegt noch an derselben Stelle, wo ich ihn vor elf Tagen hingelegt habe. Er war ins Gras gefallen und ich hatte ihn aufgehoben. Und nun leuchtet er auch für sie.

Die anderen wenden sich zum Gehen. Hendrik will mich unterhaken, aber ich bleibe zurück und warte auf Bella. Die steht noch eine Weile vor dem Grab. Schließlich küsst sie das Innere ihrer Hand und streichelt damit den Stein. Dann bückt sie sich, reißt ein Büschel Gras aus und wirft es im Abgehen über ihre Schulter. Als sie mit raschen Schritten auf mich zukommt, verzieht sie den Mund.

„Das ist ein Symbol, Kindchen. Dafür, dass die Toten einst auferstehen. So wie das Gras auf dem Feld."

Dank – statt Nachwort

Dieses Buch ist ein Roman. Alle Ähnlichkeiten mit lebenden oder toten Personen sind unbeabsichtigt und rein zufällig. Stimmt. Stimmt aber nur halb. Graham Greene meinte mal, jeder Schriftsteller sei auch ein Spion. Recht hat er. Geschichtenerzähler sind Diebe. Sie stehlen der Realität Stoffe und geben sie als Produkte ihrer Phantasie aus. Doch die Wirklichkeit ist nicht nur oft viel haarsträubender als jede Phantasie, sie erzählt auch dramatischere Geschichten. Die zu fiktionalisieren birgt immer die Gefahr der Verharmlosung.

Darf ein Autor sich überhaupt fremdes Erleben aneignen, es aus seiner Sicht deuten und in einen anderen Kontext setzen? Doch tut er das nicht ohnehin ständig und sowieso? Wird er nicht immer das, was ihn berührt und erschüttert, aufgreifen und neu erzählen?

Die meisten Menschen, deren Erlebnisse mich zu diesem Roman anregten, konnte ich nicht mehr um Erlaubnis bitten. Ich kann nur hoffen, dem Geist ihrer Geschichten ansatzweise gerecht geworden zu sein. Mir war wichtig, ihre Erinnerungen nicht verloren gehen zu lassen. Jeder Schriftsteller ist auch Chronist. So wie jeder Autor Vorbilder hat.

Eines meiner Vorbilder heißt Peter Wyden, dessen brillante Biografie seiner Schulfreundin „Stella", die den Werdegang einer jüdischen Greiferin im kriegsgebeutelten Berlin nachzeichnet, 1992 erstmals erschien und meine Geschichte entscheidend inspiriert hat. Wesentliche Anstöße gaben mir auch Leonard Gross' „Versteckt – wie Juden in Berlin die Nazi-Zeit überlebten" und Ferdinand Krohs „David kämpft – vom jüdischen Widerstand gegen Hitler".

Ingo Hasselbachs und Winfried Bonengels „Die Abrechnung – ein Neonazi steigt aus“ gaben mir Einblicke in die Berliner Neonaziszene Anfang der Neunziger. Wer mehr über die organisatorische Struktur des Überwachungsapparats in der DDR erfahren möchte, sei auf Karsten Dümmels „Wer war die Stasi – Einblicke in das Ministerium für Staatssicherheit“ verwiesen. Aus Dümmels Feder stammt auch der beklemmende Roman „Nachtstaub und Klopfzeichen“, der beweist, dass Literatur oft mehr Wahrheit vermittelt als Historiografie.

Ansonsten gaben mir zahllose Bekannte, Freunde und Kollegen wichtige Anregungen. An erster Stelle meine Frau Ilse, die mich immer wieder ermutigte und unterstützte. Des Weiteren, ohne Anspruch auf Vollständigkeit, Gesa Pansch, Caroline Chevron, Hilkka Zebothsen, Ulrike Jensen, Anja Schwedas, Viveca Bachrach, Petra Wilson, Ulrike Wetz, Olaf Wulf, Frank Flechtmann, Rudolf Gellert und Gunter Gerlach. Oliver G. Wachlin half mir mit entscheidenden Passagen. Seinen letzten Schliff verdankt der Text dem intensiven Lektorat von Eike Birck und meinem Verleger Günther Butkus.

Ihnen allen sei an dieser Stelle herzlich gedankt.

Gewidmet ist das Buch dem Andenken zweier Menschen, durch deren Erzählungen ich vieles erfahren durfte, was später in diesen Roman einfloss.

Inge Hirschfeld musste 1938 als Kind Berlin verlassen. Sie wanderte in die Vereinigten Staaten aus. Es dauerte über fünfzig Jahre, bis sie sich traute, nach Berlin zurückzukehren. Von da an kam sie bis zu ihrem Tod immer wieder. Sie liebte die Stadt noch immer. Trotz allem.

Inge zeigte mir das ‚Scheunenviertel‘, das sie in ihrer Jugend übrigens nie als ‚Scheunenviertel‘ gekannt hatte, wir besuchten ihre alten Schulen und Spielplätze, das Grab von Moses Mendelssohn und vergessene Friedhöfe. Sie erinnerte sich für mich an Nachbarn, Freunde und Ereignisse, und stellte sich meinen gewiss nicht nur angenehmen Fragen.

Georg Kafka kam aus einer deutsch-jüdischen Familie unweit von Prag, einer der Familien, die dafür sorgten, dass die Tschechoslowakei in der Zeit zwischen den Kriegen, besonders nach 1933, ein Ort blieb, wo Deutsch als Kultursprache weiterlebte.

Er sah das Niederbrennen von Lidice mit an, wurde verhaftet, kam nach Theresienstadt, überlebte das Privat-KZ von Lina Heydrich und die Lager von Auschwitz, bevor er schließlich in Mauthausen befreit wurde. Er kehrte in seine alte Heimat zurück und floh erst nach dem Scheitern des Prager Frühlings. Im letzten Drittel seines Lebens wurde er Berliner.

Als ich ihm begegnete, war er bereits krank, aber hatte seinen Biss noch nicht verloren, was er der liebevollen Pflege der Frau verdankte, die mit ihm lebte.

In Gedenkreden wird oft vom „anderen Deutschland“ gesprochen. Inge Hirschfeld und Georg Kafka hat man vermutlich nie in einer dieser Ansprachen gewürdigt. Doch ihnen verdanke ich eine Ahnung davon, was jenes Deutschland gewesen sein könnte und wie es vielleicht sogar wirklich einmal war.

Personen

Ludwig Beck (1880–1944) Generaloberst der Wehrmacht, der in das Attentat auf Hitler verwickelt war. Er wurde in der Nacht des 20. Juli nach gescheiterter Selbsttötung erschossen.

Walter Dobberke (1906–1946) koordinierte als Kriminalbeamter im „Judenreferat“ der Berliner Gestapo in der Burgstraße die Fahndung nach abgetauchten „Illegalen“. Er starb in einem sowjetischen Internierungslager.

Wladimir Jabotinski (1880–1940) war ein in Russland geborener Zionist und Schriftsteller. Im Ersten Weltkrieg gründete er die Jüdische Legion, die auf Seiten der Briten kämpfte. Er führte eine umstrittene rechtszionistische Bewegung an.

Michael Kühnen (1955–1991) Zentrale „Führergestalt“ der deutschen Neonazi-Szene. Er wurde mehrmals zu Gefängnisstrafen verurteilt. Der aus katholischem Elternhaus stammende Ex-Leutnant der Bundeswehr starb an AIDS.

Rudolf Slansky (1901–1952) Generalsekretär der tschechoslowakischen kommunistischen Partei (KPC), der nach einem stalinistischen Schauprozess zusammen mit elf weiteren angeblichen Verschwörern in Prag gehängt wurde.

Berlin Document Center
Nach dem Krieg von den Alliierten zur Vorbereitung der Kriegsverbrecherprozesse gegründetes Dokumentationszentrum für NS-Akten. Im Bestand befinden sich auch etwa 60 Prozent aller SS-Personalakten (etwa 600.000). Es wurde bis 1994 von den Amerikanern verwaltet.

Berliner Sektoren
Die ehemalige Hauptstadt wurde nach Kriegsende von den Alliierten in zwei etwa gleich große Teile und vier Sektoren aufgeteilt. Im Osten saßen die Sowjets, im Westen die Amerikaner, Briten und Franzosen, wobei die drei Westsektoren grob von Nord nach Süd unterteilt waren. Im Norden die Franzosen, im Süden die Amerikaner, dazwischen die Briten. Zu Beginn der 1990er waren in Berlin noch die Truppen der Alliierten stationiert.

Boykott 1933
Aufrufe zum Boykott jüdischer Geschäfte hatte es in Deutschland vor der Machtübergabe an Hitler immer wieder gegeben. Oft kamen die Aufforderungen aus kirchlichen Kreisen. Der landesweit durch die SA organisierte „Boykott“ jüdischer Geschäfte, Banken, Arztpraxen und Rechtsanwaltsbüros fand am 1. April 1933 statt, zwei Monate nachdem Hitler zum Reichskanzler ernannt worden war. Schon in den Wochen davor war es zu Plünderungen und massiven Übergriffen auf jüdische Gewerbetreibende gekommen, über die in England und den USA besorgt berichtet wurde, woraufhin die Parteiführung beschloss, Deutschland müsse sich gegen die „jüdische Hetze“ aus dem Ausland „wehren“.

Der Boykott war der Auftakt der staatlich gelenkten Entrechtung von Juden, am 7. April gefolgt vom „Gesetz zur Wiederherstellung des Berufsbeamtentums", das den so genannten Arierparagrafen einführte, durch den Juden zwangsweise aus dem Staatsdienst entlassen wurden. Zugleich war der Boykott der Auftakt der „Arisierung" der deutschen Wirtschaft. Für die Nazis war der Boykott ein Testlauf, um zu sehen, wie die Bevölkerung und die Kirchen auf den Terror reagieren würden. Keine der Kirchen protestierte. Otto Dibelius, Generalsuperintendent der preußischen Landeskirche, der sich nach 1945 als eine Galionsfigur der „Bekennenden Kirche" feiern ließ, rechtfertigte in einer Rundfunkrede am 4. April 1933 die Aktionen als „notwendige Verteidigung" und bekannte sich als „Antisemit".

Deir Yassin / Deir Yasin

Deir Jassin ist ein strategisch wichtiges arabisches Dorf nordwestlich von Jerusalem, das am 9. April 1948 von paramilitärischen Einheiten der jüdischen Irgun angegriffen und eingenommen wurde. Angesichts der hohen Zahl ziviler Opfer – etwa 100 – wurde die Aktion als „Massaker" bezeichnet und propagandistisch von allen Seiten instrumentalisiert. Für viele Palästinenser ist Deir Yassin bis heute ein Synonym für die „Nakba" – die „Katastrophe", den Auftakt der Vertreibung und Flucht von 700.000 Menschen aus ihrer angestammten Heimat. Der israelische Historiker Ilan Pappe bezeichnet dies als gezielte „ethische Säuberung". Zeitgleich wurden allerdings auch etwa 600.000 Juden aus muslimischen Ländern vertrieben und mussten nach Israel fliehen.

Jom Kippur Krieg
Der Jom Kippur Krieg von 1973 war nach dem israelischen Unabhängigkeitskrieg (1948), der Suezkrise (1956) und dem Sechs-Tage-Krieg (1967) der vierte arabisch-israelische Krieg. Er begann mit einem Überraschungsangriff Ägyptens und Syriens am 6. Oktober 1973, dem höchsten jüdischen Feiertag Jom Kippur, auf dem Sinai und den Golanhöhen. Der Überfall war für die Israelis ein Schock, doch nach nur zwei Tagen wendete sich das Blatt. Bis zum Waffenstillstand am 24. Oktober hatte die israelische Armee die Syrer von den Golanhöhen vertrieben, den Suezkanal überschritten und die gesamte ägyptische Armee abgeschnitten.

Kapo
Funktionshäftling im KZ, wurde offiziell als Vorarbeiter, Stubenältester und Ähnliches eingesetzt. Nicht alle Kapos waren Schläger, doch nach dem Prinzip „Teile und Herrsche" schürte die SS Konflikte unter den jeweiligen Häftlingsgruppen und bediente sich gern „Krimineller" oder „Asozialer", die ihre Befehle besonders brutal ausführten.

Massaker von Sabra und Schatila
Während des libanesischen Bürgerkriegs von 1982 drangen christliche Falangisten zwischen dem 16. und 18. September in die Beiruter Flüchtlingslager Sabra und Schatila ein, die von israelischen Soldaten umstellt waren. Vorgeblich, um PLO-Kämpfer zu entwaffnen, denen sie vorwarfen, für die Ermordung des gerade gewählten Präsidenten Bashir Gemayel verantwortlich zu sein. Allerdings richtete sich die Aktion vorrangig gegen Zivilisten. Die Zahl der Toten ist unklar. Sie schwankt je nach Quelle zwischen 460 und 3.300.

MfS
Ministerium für Staatssicherheit, die „Stasi". Im Volksmund gelegentlich auch „die Firma" genannt. Daher der Name der ostdeutschen Punkband, die am 17. Oktober 1987 in der Berliner Zionskirche auftrat.

NA
„Nationale Alternative" – aus ostdeutschen Skinheadgruppen wie der „Lichtenberger Front" hervorgegangene neonazistische Gruppierung, die im März 1990 ins DDR Parteienregister eingetragen wurde und deren Parteizentrale sich ab Frühjahr 1990 in der Berliner Weitlingstraße 122 befand.

NKGB
Sowjetisches Volkskommissariat für Staatssicherheit (Komissariat Gossudarstwennoi Besopasnosti). War während des Krieges abwechselnd eigenständiges Staatskommissariat oder Teil des NKWD (s. u.). Wichtigste Abteilungen: Auslandsaufklärung, Spionageabwehr, Transportsicherung, Organisation von Terror und Sabotage in den von den Deutschen besetzten Gebieten, der Chiffrier- und Nachrichtendienst der Regierung sowie der Schutz der Partei- und Staatsführung der Sowjetunion. Das NKGB wurde am 15. März 1946 in Ministerium für Staatssicherheit umbenannt.

NKWD
„Narodny kommissariat wnutrennich del" – 1917 gegründetes sowjetisches „Volkskommissariat", dessen Geheimpolizei „GPU" maßgeblich für die „Säuberungen" verantwortlich war. 1946 wieder rückbenannt in „MWD", in „Ministerium für Innere Angelegenheiten".

Sabra / Sabre

Sabra / Sabre sind in Israel geborene Juden, die im Gegensatz zu denen aus der Diaspora Zugewanderten bereits in der neuen Heimat geboren und verwurzelt sind. Auf Neuhebräisch bedeutet das Wort ursprünglich „Kaktusfeige". Die Kaktusfeige gedeiht trotz widriger Witterungsbedingungen, ist zäh und extrem stachelig, aber hat süßes Fruchtfleisch.

Schalom Achschaw

Schalom Achschaw zu deutsch: „Frieden Jetzt". 1978 gegründete außerparlamentarische politische Bewegung in Israel mit dem Ziel, Öffentlichkeit und Regierung von der Notwendigkeit eines gerechten Friedens und der Versöhnung mit den Palästinensern zu überzeugen.

SMAD

„Sowjetische Militäradministration in Deutschland", übte von Juni 1945 bis November 1949 die Hoheit in der sowjetisch besetzten Zone aus und unterstand direkt dem „Rat der Volkskommissare" und damit Stalin.

Ulpan

Ulpan ist ein intensiver Hebräischkurs für Neueinwanderer zur Integration in die israelische Gesellschaft, der Grundkenntnisse vermittelt, um sich auf Hebräisch zu verständigen. Die meisten Ulpanim bieten außerdem eine Einführung in die israelische Kultur und Landeskunde.

Pendragon Verlag
gegründet 1981
www.pendragon.de

Gedruckt auf holz- und säurefreiem Naturpapier

Originalausgabe
Veröffentlicht im Pendragon Verlag
Günther Butkus, Bielefeld 2012

Lektorat: Eike Birck und Günther Butkus
Herstellung und Umschlag: Uta Zeißler, Bielefeld
Foto: ullstein bild – imagebroker.net / Lydie Gigerichova
Satz: Pendragon Verlag auf Macintosh
Gesetzt aus der Adobe Garamond
ISBN 978-3-86532-342-2
Gedruckt in Deutschland